MICHELLE THATE

PRINCE

# of HATE

ICH WILL DICH *nicht* LIEBEN

Impressum

Prince of Hate
Ich will dich nicht lieben
Roman
1. Auflage

Covergestaltung: XOXO - Dress up your Books (Daphne Bühner)
Buchsatz: XOXO - Dress up your Books (Daphne Bühner)
Lektorat: Denise Barta (Lektorat Zeilenzauber)
Korrektoren: Denise Barta (Lektorat Zeilenzauber)

Michelle Thate
c/o Autorenglück.de
Franz-Mehring-Str. 15
01237 Dresden

Vorwort

Hallo Ladys,

herzlich willkommen in Harlington, einem Königreich, das zwar den Glanz und Pomp der royalen Welt versprüht, im Inneren aber lauter Geheimnisse und Konflikte birgt. Und in einigen Punkten ziemlich hinterwäldlerisch ist.

Ich bin Prinz Nicolas und entführe dich in eine fiktive Realität, die sich von den Regeln und Dynamiken der bekannten Königshäuser unterscheidet.

Im Reich meines Vaters gelten nicht die Gesetze, die ihr kennt. Harlington ist ein Ort, an dem die üblichen Regeln außer Kraft gesetzt sind und das Unvorhersehbare regiert. Wer nach Parallelen zu den realen Königsfamilien sucht, wird enttäuscht werden. Denn hier tanzen die Figuren nach einem gänzlich anderen Takt. Dies ist eine Welt für sich.

In Harlingtons Straßen manifestieren sich noch immer Diskriminierung und veraltete Wertvorstellungen, die das Leben für viele zu einer wahren Herausforderung machen. Menschen werden mit ihren eigenen Dämonen konfrontiert, während sie nach Liebe, Wahrheit und ihrem persönlichen Glück streben.

Ihr könnt euch sicher sein, dass diese Geschichte ihre eigenen Wendungen und Überraschungen hat, die nicht immer den Konventionen folgen.

Und ich schon gar nicht.

Ich bin kein kuscheliger Märchenprinz und ich scheiße auf die Traditionen, die in diesem Land herrschen.

Wenn du damit klarkommst, wunderbar. Dann wird dir meine kleine Geschichte gefallen. Wenn du Bedenken hast, lass lieber die Finger von dem Buch. Es soll sich doch niemand beschweren, wie ›unrealistisch‹ diese Story ist. Denn japp, das ist sie.

Oh, eins sei noch angemerkt: Ich reite ganz sicher nicht auf einem weißen Gaul daher und auch rosa Wölkchen werdet ihr bei mir nicht finden. Falls ihr es aber richtig schwarz möchtet, seid ihr hier falsch.

Das hier ist **KEINE DARK ROMANCE.**

Und jetzt viel Spaß in meiner Stadt, in meinem Land und mit meiner Prinzessin und mir.

Euer
Nicolas of Harlington

Triggerwarnung

Auch wenn es KEINE Dark Romance ist, habe ich Triggerwarnungen für euch.

In diesem Buch wird der Tod und die Trauer stark im Fokus stehen, außerdem häusliche Gewalt innerhalb der Familie. Diese Szenen werden detailliert beschrieben, denn ich beschönige nichts.

Es wird Mobbing geben und Diskriminierung, wenn ihr also Probleme mit diesen Themen habt, lasst bitte die Finger von dem Buch.

Prolog

Betrogen. Er hat mich betrogen.

Das Video, das ich vorhin erhalten habe, spult sich immer und immer wieder in meinem Kopf ab. Und jetzt muss ich auch noch dorthin. Zu meiner Verlobung.

Mir ist kotzübel und wenn ich mich nicht auf diese verdammte Straße und die Paparazzi, die uns seit geraumer Zeit folgen, konzentrieren müsste, würde ich irgendetwas zertrümmern. Irgendwie haben diese Pisser Wind von der Sache bekommen, denn der Wagen folgt mir, seit ich losgefahren bin. Seit ich vor IHM geflohen bin.

Dieser Blick. Voller Schuld und Reue, als ich ihn damit konfrontiert habe.

Fuck.

Meine Finger krallen sich in das Lenkrad und ich würde am liebsten schreien.

»Beruhig dich bitte, Phil. Es gibt bestimmt eine logische Erklärung dafür. Glaube ich«, kommt es leise vom Sitz neben mir und ich werfe einen Blick zur Seite. Prompt wird mir leichter ums Herz, und ich hebe einen Mundwinkel. Amelia sieht genauso aus, wie ich mich fühle. Absolut chaotisch. Einige ihrer blonden Locken haben sich aus der eleganten Hochsteckfrisur gelöst, und ihr wunderhübsches Gesicht ist zu einer Grimasse verzogen.

»Wenn das dein erbärmlicher Versuch ist, mich aufzumuntern, Lia, musst du definitiv noch ein bisschen üben«, scherze ich trocken und drücke kurz ihre kleine Hand, die sich ebenso klamm und kalt anfühlt wie meine.

»Na ja, einen Versuch war es wert. Aber mal im Ernst, wir wissen nicht, was tatsächlich passiert ist. Rede mit ihnen, Phil. Und was den Rest angeht - wir wussten beide, dass Tag X kommen wird. Jetzt müssen wir eben das Beste daraus machen.« Sie schenkt mir ein kurzes Lächeln, das ich wirklich liebe, denn wenn Amelia einen anstrahlt, geht die Sonne auf, egal wie dunkel es ist. Und in mir ist es gerade verdammt dunkel. So dunkel, dass selbst der kleine Sonnenschein neben mir nicht ganz durchkommt.

»Dass wir es wussten, heißt aber noch lange nicht, dass es das Richtige ist, und das weißt du. Ich hätte ... ich hätte mir einfach ...« Doch weiter komme ich nicht.

»Phil, pass auf! Das Arschloch ist viel zu nah.« Sie klingt panisch und ich sehe im Augenwinkel, wie dieser Paparazzo tatsächlich zum Überholen ansetzt.

Verdammte Scheiße, das ist eng. So ein Wichser. Ist der noch ganz dicht? Es ist dunkel und regnet in Strömen, die Sicht ist gleich null. Und er überholt? Warum?

Ich zeige ihm den Mittelfinger, doch anstatt einfach an uns vorbeizuziehen, fährt er neben mir her. Ich sehe nach links und Wut rast durch meine Adern.

Dieser Pisser schon wieder.

Es blitzt, blendet mich und ehe ich reagieren kann, merke ich, wie mir der Wagen, wie mir die Kontrolle entgleitet, weil ich das Lenkrad verreiße.

Scheiße.

Ich versuche, den Aston Martin wieder auf Spur zu kriegen, doch ich bin bereits zu nah am Rand.

Scheiße. Scheiße. Scheiße.

Wir kommen ins Schlingern, das Heck bricht aus und Amelia keucht entsetzt auf. Mein Magen dreht sich um.

Das geht hier gerade mehr als schief.

»Festhalten, Lia«, brülle ich, bevor der Wagen sich dreht, bevor meine Welt aus den Fugen gerät.

Ich muss bremsen, schießt es durch meinen Kopf, doch es nützt nichts. Ich werde in den Sitz gepresst und der Gurt schneidet mir in den Brustkorb, als wir durch die Leitplanke brechen und über die Böschung schießen. Amelia sieht mich mit weit aufgerissenen Augen an.

Alles läuft wie in Zeitlupe und doch geht es rasend schnell, als wir in einen Baum krachen.

Gleißender Schmerz schießt durch meinen Körper, ich will nach Amelia rufen, doch alles wird schwarz.

***

Tropf. Tropf. Tropf. Tropf.

Dieses Geräusch hallt in meinen Ohren wider und wider. Der Druck auf meiner Brust fühlt sich an, als würde ich bei lebendigem Leib zerquetscht werden und ich versuche, mühsam Luft zu holen.

Was ist passiert?

Ich rieche Benzin und Rauch, doch ich kann nichts sehen. *W*ieso ist denn alles so dunkel?

Bilder von einem Wagen, der mich von hinten bedrängt, blitzen in meinem vernebelten Gehirn auf, doch ich kann sie nicht greifen.

»Philipp … bitte … wach auf.« Amelia.

Aber ich bin doch wach? Warum klingt sie so panisch, so verzweifelt?

Es ist so verdammt kalt. Wieso ist es so kalt?

Wieder will ich Luft holen, doch es geht nicht. Verdammt. Wieso geht es nicht?

»Phil … Scheiße … du machst mir Angst. Bitte bleib bei mir. Halte durch, die Rettungskräfte sind gleich da.« Wieder Amelia, und sie weint.

Aber ich bin doch bei ihr. Ich habe nicht vor, sie zu verlassen. Ich bin nur ein bisschen müde und mein Bauch schmerzt ein wenig.

Aber das wird schon wieder, Zwerg.

Das dumpfe Pochen in meinem Kopf und meinen Beinen wird schwächer. Es wird immer kälter. Wieder tauchen Bilder vor meinem inneren Auge auf, von einer nassen Straße und mir, wie ich die Kontrolle über den Wagen verloren habe.

Scheiße, mein Kopf ist so verschleiert durch den Nebel, dass ich nicht weiß, wie ich das zuordnen soll.

Amelias Stimme klingt inzwischen richtig gequält und so voller Trauer, ich muss ihr sagen, dass ich da bin. Dass ich mich nur ein bisschen ausruhen muss.

Mühsam reiße ich die Augen auf, doch es fühlt sich falsch an, denn ich sehe trotzdem nichts.

Bumm … bumm … bumm bumm.

Mein Herz hat einen seltsamen Rhythmus angenommen und die Kälte weicht einer schwerelosen Leichte.

»Ich liebe dich … hörst du. Durchhalten. Bitte …«

Ich liebe dich auch, Zwerg. Aber ich bin müde, so müde. Ich möchte nur ein bisschen schlafen. Danach geht es mir besser, versprochen. Sei nicht böse.

World News

BREAKING NEWS

LOREM IPSUM DOLOR SIT AMET, CONSECTETUR ADIPISCING ELIT, SED DO

• Business • Finances • Politics • Economics • Sports • Weather •

Am frühen Abend ist seine Majestät, Prinz Philipp von Harlington, bei einem Autounfall ums Leben gekommen. Mit im Wagen saß Lady Amelia Perlington, die mit leichten Verletzungen ins Krankenhaus eingeliefert wurde. Die Unfallursache ist noch ungeklärt.

KAPITEL
1

Nicolas

Die Spots schmeißen bunte Lichter durch die Halle, der Beat dröhnt und wummert und alle um mich herum geben sich der elektrisierenden Stimmung hin. Doch ich sehe durch sie hindurch. Sie interessieren mich nicht. Es juckt mich nicht. Auch, dass Sarah auf meinem Schoß sitzt und sich lasziv an mir reibt, juckt mich nicht.

Philipp ist tot. Mein großer Bruder lebt nicht mehr.

Seit meine Mutter mir diese Nachricht überbracht hat, bin ich dauerbesoffen. Seine Beerdigung gestern habe ich mit Müh und Not irgendwie überstanden, nur um danach komplett zu eskalieren.

Er ist tot.

Er ist tot.

Allein der Gedanke lässt meinen Magen kippen und meine Brust zieht sich so eng zusammen, dass ich Probleme habe, zu atmen. Der Schmerz gräbt sich wie heiße Lava durch meine Adern, durch meinen Körper und verbrennt alle anderen Gefühle vollständig. Meine Hand ballt sich zur Faust, als Sarah sich an mein Ohr beugt, sanft hineinbeißt.

»Honey, komm schon. Lass dich fallen«, lockt sie mich mit samtener Stimme, und mein Blick gleitet zu ihren dunklen Augen, als sie sich etwas zurücklehnt, um mich verlangend und einladend zu betrachten. Schneller als sie reagieren kann, habe ich in ihr Haar gegriffen und balle meine Hand darin zur Faust, ziehe leicht daran. Sarah´s Augen weiten sich, denn sie versteht die Drohung. Doch Madam möchte es heute wohl wissen.

Will sie mich verarschen? Hat sie Todessehnsucht? Den Wunsch kann ich ihr gerne erfüllen, wenn sie so weiter macht.

»Du hast zwei Sekunden, um deinen erbärmlichen Arsch von mir runter zu bewegen, ansonsten helfe ich nach. Mein Bruder ist tot. Er wurde gestern begraben. Sehe ich aus, als wollte ich dich JETZT ficken? Als würde ich JETZT vergessen und Spaß haben? SO gut bist selbst du nicht.« Meine Stimme klingt gleichgültig, doch meine Augen sind es nicht und bohren sich in ihre. Sarah weiß genau, dass sie sich gerade auf sehr dünnem Eis bewegt. Trotzdem besitzt sie die Frechheit, beleidigt ihr Gesicht zu verziehen, befolgt aber widerwillig meinen Rat und erhebt sich von meinem Schoß, um sich neben mir auf die Couch fallen zu lassen.

»Du bist so ein Arschloch, Nic. Natürlich weiß ich, dass du nicht vergisst. Ich wollte dir nur helfen«, schmollt sie mit verschränkten Armen, doch ich ignoriere sie einfach. *Helfen, hmmm?!*

Sie ist scharf auf meinen neuen Titel, und den, den es danach gibt. Nicht mehr und nicht weniger. Das weiß sie, das weiß ich.

Ich starre weiter vor mich hin, während ich den Whiskey pur in mich schütte. Kurz gleitet mein Blick auf die andere Seite der kleinen Loungeecke, wo Damien, mein bester Freund auf der weißen Ledercouch sitzt, oder vielmehr liegt, und mir zuprostet. Seine Augen sind glasig und er nicht mehr wirklich anwesend, denn er hat sich völlig abgeschossen.

Wieder krampft mein Magen, als ich an gestern denke. Als meine Mum zusammengebrochen ist und diese graue Maus sie zitternd und völlig zerschlagen aufgefangen hat. Nicht ich. Nein. Amelia die Große hat sie gestützt.

Damien ist die ganze Zeit, seit ich die Nachricht vom Unfall erhalten habe, bei mir. Als der Anruf vor zwei Wochen kam, ist sein Gesicht kreidebleich geworden und er musste sich setzen, nur um kurz darauf wie ein Berserker aus dem Haus zu stürmen. Gefunden habe ich ihn letztlich hier, doch das ist keine große Überraschung.

Das *Purge* ist unser zweites Zuhause, auch wenn es unter dem Radar läuft und mein kleines, dreckiges Geheimnis ist. Eins von vielen. Niemand weiß, dass wir Stammgäste sind und viele der Kids hier kennen und betreuen. Es ist für den Hochadel und die High Society von Harlington nicht mehr als ein Drecksloch und keiner der Herrschaften würde sich hierher verirren. Zu dreckig, zu arm, zu sehr unter ihrer Würde.

Der Gedanke, wie viel ich auch vor Philipp geheim gehalten habe, schmeckt bitter auf meiner Zunge, doch ich werde keine zweite Chance bekommen, um es richtig zu machen.

Der Hass auf mich selbst pflügt sich immer weiter in mein System, denn ich habe meine Pflichten als Bruder und als Sohn des Königs die letzten Jahre mehr als nur ein bisschen vernachlässigt. Weil ich selbstsüchtig und arrogant war. Es immer noch bin.

Doch jetzt ist es zu spät. Phil wird mich nie wieder aufziehen, mich nie wieder in die Schranken weisen oder von einer weiteren Dummheit abhalten.

Ich registriere gar nicht, dass ich aufgesprungen bin, bis das Glas aus meiner Hand klirrend an der Wand mir gegenüber zerschellt und Damien sich geistesgegenwärtig duckt, um den Splittern auszuweichen.

Fuck. Fuck. Fuck.

Ich muss hier raus.

Es ist alles so eng, es nimmt mir die Luft. Der Schmerz in meiner Brust explodiert und sprengt mich, sprengt mein Herz.

»Nic, nicht …« Damien ist aufgesprungen, versucht torkelnd, mich aufzuhalten, denn er weiß, dass ich jetzt etwas sehr Dummes tun werde. Doch ich schlage seine Hand beiseite, ignoriere die Qual in seinem Blick und bahne mir einen Weg nach draußen.

Ich brauche Luft. Ich brauche meinen Bruder, doch er wird nicht kommen und mich retten.

Meine Yamaha R kommt in Sicht, die am versteckten Seiteneingang steht. Keine Minute später habe ich meinen schwarzen Helm angezogen und lasse die Maschine an. Gebe Gas.

Weg von hier. Weg von dem Schmerz und den Schuldgefühlen, die meinen Brustkorb zerquetschen.

Doch es wird nicht besser. Kein bisschen. Nicht, als ich wie ein Irrer durch die Straßen von Harlington rase, und nicht, als ich endlich aus der Stadt raus fahre.

Das Gefühl von Freiheit, der Adrenalinkick, der mich sonst immer befällt, bleibt aus. Ich bin leer. Ich bin … scheiße, ich habe keine Ahnung, was ich bin.

Als ich auf die Aussichtsplattform von Harlington zufahre, drossle ich das Tempo und halte dicht vor dem Abgrund an. Heute Abend ist der Ausblick schmerzhafter, denn an so vielen Tagen saßen Phil und ich hier, auf unseren Maschinen. Immer, wenn es etwas Wichtiges zu besprechen gab, oder es einem von uns beiden schlecht ging.

Auch wenn Phil und ich die Leidenschaft für die Sportbikes teilten, hat er mich oft genug ermahnt. Denn wo er die Grenzen kannte und respektierte, überschritt ich sie jeden Tag aufs Neue.

Die Schwärze in meinem Herz nimmt zu, der Druck auf meiner Brust wird stärker, denn egal wie sehr ich auch wünsche, aus diesem Albtraum aufzuwachen, sinke ich stattdessen immer tiefer.

Warum?

Es hieß, er sei bei regennasser Fahrbahn von der Straße abgekommen, doch ich kenne meinen Bruder. Er ist ein perfekter Fahrer gewesen, deshalb muss etwas anderes passiert sein. Er war auf dem Weg zu seiner Verlobung. Von der keiner etwas wusste.

Hat er sich mit Amelia gestritten? Hat dieses pflichtbewusste, brave und überkorrekte Prinzesschen ihn abgelenkt?

Die Wut in meinen Adern fängt an zu brodeln, wartet begierig darauf, endlich frei gelassen zu werden. Endlich einen Schuldigen zu finden.

Hast du etwas damit zu tun, Amelia Perlington? Dann gnade dir Gott, wenn ich dich in die Finger kriege.

Jetzt durchrauscht mich doch das Adrenalin, denn ich weiß, dass etwas an der Sache faul sein muss. Es kann nicht anders sein.

Meine Hand ballt sich automatisch zur Faust, als ich an dieses blonde, zierliche Geschöpf der Tugend denke. Amelia ist schon immer ein über-perfektes Mädchen gewesen. Bildschön, das steht außer Frage, aber bieder, pflichtbewusst und von je her auf einen höheren Titel aus.

Erneut überschwemmt mich eine riesige Welle aus Wut und Trauer.

»AHHHRGGGGHHHHHHH.« Heiser dringt der Schrei aus meiner Kehle, hallt durch die Weite, die Dunkelheit, doch der Druck und das Gefühl zu ersticken, werden kein Stück besser.

Mein Handy vibriert, nicht zum ersten Mal in der letzten Stunde, und diesmal greife ich in meine Hosentasche und ziehe es hervor.

Morgen um Punkt neun bist du in meinem Büro anwesend. Es gibt einiges zu besprechen und zu klären. Und deine Mutter braucht dich jetzt. Also enttäusche mich nicht.

Die Nachricht ist kurz und knapp wie immer, und ich muss den Impuls unterdrücken, das Teil in den Abgrund zu schleudern. Die Worte brennen sich wie bittere Säure in meinen Magen, denn natürlich denkt mein Vater ganz königlich zuerst an die Pflichten.

Verdammt, sein Sohn ist gestern beerdigt worden und er … er …

Er macht, was gemacht werden muss, genauso wie es Philipp getan hätte, ermahnt mich ein leises Stimmchen in meinem Hinterkopf. Doch scheiß auf diese Stimme. Mein Bruder ist tot. Und mein Vater denkt nur an seine Pflicht, das Volk und die Krone.

Ein Brummen ist in der Ferne zu hören, und ich atme tief ein und aus. Natürlich muss dieser Idiot mir folgen. Und weil er sicher nicht mehr selbst gefahren ist, hat er bestimmt Cedric informiert. Er und Damien sind meine besten Freunde, seit ich denken kann, doch genau jetzt will ich sie nicht hier haben. Ich will allein sein.

Cedrics Maschine, eine Kawasaki Ninja ZX 10RR, hält neben meiner und ich schließe einen Moment die Augen, bevor ich langsam den Kopf in seine, beziehungsweise ihre Richtung drehe, denn natürlich sitzt Damien stockbesoffen hinten drauf. Beide haben nur ihre Hoodies übergeworfen und Cedric klappt sein Visier hoch, mustert mich mit ernstem Blick. Damien dagegen steigt taumelnd von dem Bike, fällt dabei fast auf die Fresse.

»Bro … Alter. Lass den Scheiß und setz dich hin, bevor du noch das Fliegen übst«, mault Cedric ihn an und nickt in Richtung Abgrund, doch Damien winkt ab, reißt sich den Helm vom Kopf und sieht mich mit rotgeränderten Augen an.

»Bist … bist du bescheuert? Ich … ich kann … ich will … Scheiße, Mann, du kannst doch nicht besoffen fahren. Nicht nachdem …« Er bricht ab und wieder zieht Schmerz und eine Qual durch seine Augen, dass mir schlecht wird.

Wortlos steigt Cedric von seinem Bike und stützt unseren Kumpel, der sich kaum mehr auf den Beinen halten kann.

»Wie zur Hölle hast du es geschafft, mit IHM als Backpack ohne einen Kratzer hier anzukommen?«

Cedric wirft mir einen Blick zu, der besagt, dass ich einfach meine Fresse halten soll, und das, obwohl er seinen Helm noch auf hat. Denn ich habe es schließlich auch besoffen und in einem Stück hier hoch geschafft.

»Wie du sicher bereits mehrmals in der Vergangenheit festgestellt hast, hat unser Freund hier ein sehr überzeugendes Wesen. Und da ihr beide einen außerordentlichen Hang zu Dummheiten habt … Here I am.« Er lässt Damien los, der in seinem apathisches Ich gefangen ist und sich im Schneidersitz auf den Boden setzt, und zieht seinen Helm ab. Als er mich ansieht, sehe ich die Sorge in seinen Augen. Er überblickt mich schnell, stellt aber wohl fest, dass ich das kleinere Übel bin, und sieht wieder auf Damien hinab.

»Langsam mache ich mir Sorgen um unseren Kumpel hier. So dermaßen neben der Spur habe ich ihn noch nie gesehen.« Cedric blickt über das Tal und auf die funkelnde Stadt und wieder pulsiert dieser stechende Schmerz in meinem Herz.

»Er hat Phil gemocht. Er kannte ihn von klein auf. Es … fuck, Ced, ich weiß einfach nicht, wie ich mit der ganzen Scheiße umgehen soll«, spreche ich stockend aus, was in meinem Kopf vor sich geht.

»Ich meine, Phil war immer da. Er war … nein, er IST mein Gewissen. Wie soll ich das denn ohne ihn schaffen? Verdammt, wie soll ICH jemals in SEINE Fußstapfen treten?«

Der Druck und die Last, die mein Bruder mir mit einem Schlag hinterlassen hat, sind enorm. Ich werde dem nie gerecht werden können. Nie.

»Indem du einfach machst, Nic. Du kennst die Regeln. Du weißt, worauf es ankommt. Du weißt, was Phil gerne verändert hätte. Du musst dich nur zusammenreißen. Und wenn jemand es schaffen kann, dann du.«

Mein Blick schweift zu Ced, der mich wieder ernst ansieht, und ich schlucke schwer.

»Ja, ich muss mich nur zusammenreißen. Hmm …« Ich lache bitter auf. »Und trotzdem wird es meinem Vater nicht genügen. Ich bin nicht Philipp.« Die Wahrheit schmeckt nach wie vor wie Asche. Ich bin und bleibe der Rebellensohn, der sich nicht anpassen will, egal wie sehr ich mich auch anstrenge.

»Wenn du König bist, kann dir das scheißegal sein. Bis dahin musst du deine Arschbacken eben zusammenkneifen. Er kann dich nur treffen, wenn du es zulässt. Zeig ihm, dass du nicht mehr der Nicolas von früher bist. Er kann es nicht wissen, Nic.« Cedric sieht mich an, wissend und mahnend.

Er sagt mir immer wieder, dass ich einen Schritt auf meinen Vater zumachen soll, doch das ist nicht so leicht. Und ich fürchte, mit dem Tod von Philipp wird es nur noch schwerer werden.

»Wir werden sehen. Was machen wir jetzt mit ihm?« Nicht bereit das Thema weiter auszubreiten, nicke ich auf Damien, der nach wie vor apathisch auf dem Boden sitzt.

»Na ausnüchtern und nach Hause bringen, wie immer. Er wird sich schon fangen. Er muss. Jeder von uns muss das.« Gedankenverloren blickt er wieder auf die vielen Lichter und ich höre die Trauer, die in seiner Stimme mitschwingt.

Er drückt kurz meine Schulter und macht es sich dann neben Damien bequem, während ich weiter auf die Stadt und mein Land starre.

Obwohl ich allein sein will, geben die beiden mir den Halt, den ich brauche.

Und sie wissen das.

***

Ein nerviges Piepen dringt an mein Ohr, als ich mich ächzend auf die Seite drehe, um zu sehen, was mich da stört. In meinem Schädel wummert es heftig und als ich die Augen aufmache, durchzuckt ein stechender Schmerz meinen Kopf.

Oh fuck.

Doch das Fiepen wird nicht weniger und ich registriere vage, dass es mein Handy ist.

»Verdammt, Alter, stell das ab«, brummt es genervt von der anderen Seite des Zimmers und ich taste auf meinem Nachttisch nach dem Störenfried.

Beweg deinen Hintern hierher oder du hast ein riesiges Problem. Ich kann sie nicht länger hinhalten.

Oh, verdammte Scheiße!

Sofort sitze ich aufrecht in meinem Bett, auch wenn mein Hirn das alles andere als gut findet.

Mein Vater. Ich habe verpennt.

Fuck.

Bin unterwegs. Tut mir leid. Danke.

Im Stillen danke ich meiner kleinen Schwester Lizzy dafür, und sofort sticht es wieder in meiner Brust. Auch sie hat ihren Bruder verloren und ich habe keinen Gedanken an sie verschwendet. Ich habe auch sie in den letzten Monaten vernachlässigt, weil ich ein egoistisches Arschloch bin.

Gerädert hieve ich mich aus dem Bett und schaffe es tatsächlich, fünfzehn Minuten später vor dem Arbeitszimmer meines Vaters zu stehen. Lizzy kommt mir entgegen und jetzt wird mir richtig schlecht.

Mein Magen dreht sich einmal komplett um, als ich ihre rotgeränderten Augen sehe, die tiefen Augenringe und diesen Schmerz in ihrem Blick. Ohne zu zögern, ziehe ich sie in meine Arme und drücke sie fest an mich. Ihre kleinen Hände krallen sich in meinen Pulli und ihr Körper wird von leisen Schluchzern geschüttelt.

»Nic …« Ihre Stimme bricht und ich streiche ihr beruhigend über den Rücken. Mein Magen zieht sich zusammen und die Schuld, dass ich in den letzten beiden Wochen so abwesend war, erdrückt mich. Sie musste es ganz allein durchstehen, weil ich zu egoistisch bin.

Scheiße.

»Shh, ist ja gut. Ich bin hier«, versuche ich, sie zu beruhigen, und merke dabei, wie lahm ich klinge.

Was soll es Lizzy bringen, dass ausgerechnet ich da bin? Ich, der die ganze Zeit eben genau das nicht ist.

»Er … Lia, sie … Oh Gott.« Meine kleine Schwester schiebt sich ein Stück von mir weg und in ihren Augen steht so viel Trauer, aber auch Angst.

»Lia?«, hake ich nach, denn ich kann den Namen nicht zuordnen. Erst, als sich ein vorsichtiger Ausdruck in Lizzys Gesicht schleicht, dämmert mir, wen sie meint.

Lia. Amelia.

Sofort beginnt es wieder in mir zu brodeln. Sie lebt noch. Sie ist noch hier. Philipp nicht.

Lizzy bemerkt, dass meine Haltung sich verändert, und sieht mich alarmiert an.

»Nic … sie kann nichts dafür. Rein gar nichts. Sie …« Weiter kommt meine Schwester nicht, denn die schwere Tür in meinem Rücken öffnet sich und eine tiefe, kalte Stimme erklingt.

»Elisabeth! Geh, deine Mutter braucht dich.« Eine deutliche Warnung, dass sie besser nicht weiterspricht. Lizzy senkt traurig und verzweifelt den Blick und nickt. Sie drückt noch einmal sanft meine Hand und huscht dann davon.

Meine Wut wächst und wächst, verknotet sich zu einem riesigen Ball in meinem Magen. Meine Hände ballen sich an meinen Seiten zu Fäusten und ich atme gepresst durch die Nase ein und aus.

Nicht ausflippen.

Nicht ausflippen.

»Du bist zu spät. Aber da es besondere Umstände sind, werde ich heute etwas nachsichtiger sein. Komm rein.«

Langsam drehe ich mich zu meinem Vater um, dessen Gesicht eine starre Maske ist. Keine Regung ist darin zu erkennen, auch seine Stimme verrät nichts. Kalt, berechnend, geschäftsmäßig. Als wäre gestern nicht sein ältester Sohn zu Grabe getragen worden.

»Vater«, presse ich mühsam beherrscht zwischen meinen Zähnen hervor und gehe stocksteif an ihm vorbei in sein Arbeitszimmer – und erstarre.

Denn der Duke of Perlington und seine Schwester sind bereits anwesend.

Amelia

Die letzten Tage spielen sich wie ein Film ab, bei dem ich von außen zuschaue. Mein Herz ist umgeben von einer dicken Mauer, die jegliches Gefühl abschirmt. Aber vielleicht ist es auch einfach nur der Schock. Gerade noch saß ich mit Phil im Auto, war auf dem Weg zu unserer Verlobung und jetzt, jetzt sitze ich mit hämmernden Kopfschmerzen und einem zerschlagenen Körper auf meinem Bett und starre ins Nichts. Philipp ist tot. Er ist in meinen Armen gestorben.

Ich konnte ihm nicht helfen.

Und ich habe nur ein paar Kratzer davongetragen.

Die Sanitäter haben mich nach dem Unfall in das königliche Hospital gefahren, wo ich untersucht wurde und mein Bruder mich dann mit der Anweisung, dass ich viel Ruhe bräuchte, abgeholt hat. Er hat keinen Ton gesagt, mich einfach nur in mein Zimmer gebracht und ist wieder gegangen. Ab und an hat er sich kurz dazu bequemt zu sehen, ob ich noch atme, nur, um gleich danach wieder zu verschwinden. Doch es ist mir egal.

So habe ich die letzten beiden Wochen verbracht. Allein oder mit Lizzy. Bis auf gestern …

Die Beerdigung war grausam. So unendlich grausam.

Philipps Mutter ist zusammengebrochen, Lizzy war völlig apathisch und Nicolas … der konnte nicht einmal geradeaus laufen.

Durch den grauen Nebel blitzt das erste Gefühl, das ich bereit bin, zu fühlen, nämlich Wut. Wut auf diesen egoistischen Mistkerl, der es nicht einmal am Tag der Beerdigung seines Bruders schafft, sich zusammenzureißen.

Ein weiteres Gesicht schiebt sich vor mein inneres Auge und ich kann die Gedankengänge nicht stoppen. Bilder ploppen in meinem Kopf auf, ohne dass ich es steuern kann.

Wie wütend Phil gewesen ist, als dieser Reporter uns überholt hat, wie entsetzt, als er begriff, dass er die Kontrolle über den Wagen verloren hatte.

Das Krachen und Knirschen, das Zerbersten von Glas, der Aufschlag, der noch immer bis in meine Knochen vibriert. Das Blut, das viele Blut. Und Phil, der sich einfach nicht mehr bewegt hat. Der so bleich dasaß. Und seine Augen nie mehr aufgemacht hat.

Das alles wegen diesem scheiß Reporter.

Wieder züngelt ein kleines Stückchen unbändigen Zorns durch diese Mauer, dunkel und schwer, und meine Hände krallen sich in die Bettdecke. *Dieser Mistkerl wird dafür bezahlen.*

Seit Wochen war Phil drangsaliert worden – von ein und demselben, das hatte er schon herausgefunden. Jetzt war dieser Typ zu weit gegangen. Nur wird es nicht einfach werden, das zu beweisen.

Die Fotos, die er kurz vor dem Unfall durch die Scheibe geschossen hat, kann er nicht verwenden, das weiß dieser Drecksack. Denn dann würde man ihn damit in Verbindung bringen. So dumm ist er mit Sicherheit nicht.

Doch ich werde ihn finden.

Meine Aussage bei der Polizei habe ich gemacht, sie kamen zwei Tage nach dem Unfall zu mir nach Hause. Wenn ich mich wenigstens an das verdammte Kennzeichen erinnern könnte. Irgendwas Handfestes, womit die Beamten etwas anfangen können. Aber nein, ich weiß noch nicht einmal, was es für eine Marke war. Nur eben, dass es blau gewesen ist.

Das, diese Unfähigkeit von mir, quält mich seither jeden Tag. Und der mitleidige Blick des Beamten. Denn seiner Reaktion nach zu urteilen, wird das Ganze im Sande verlaufen. Es gibt einfach zu wenig Anhaltspunkte.

Doch ich werde nicht aufgeben, bis ich diesen Typen gefunden habe.

Meine Matratze senkt sich, und ein vertrauter Geruch nach Orchideen und Vanille steigt in meine Nase, bringt mein Herz zum Krampfen. Es krampft so sehr. Und als ich den Kopf drehe und in die verzweifelten, verweinten Augen meiner besten Freundin sehe, lichtet sich der Nebel, den ich die letzten Tage so mühsam aufrecht erhalten habe, Stück für Stück.

Phil ist ihr Bruder. Gewesen.

Die schützende Taubheit der letzten Woche löst sich in Luft auf und ich liege komplett verletzlich da.

»Oh, Lia … ich … Nic meldet sich nicht … ich kann nicht …« Ihre Stimme klingt so gebrochen, es sticht tief in mir. Ich breite meine Arme aus und Lizzy wirft sich förmlich in die Umarmung. Mein ganzer Körper ächzt auf und ich zucke kurz zusammen, doch ich sage nichts. Beiße die Zähne fest aufeinander.

Gemeinsam sinken wir in mein Kissen und endlich, endlich öffnen sich die Schleusen. Die Tränen, die ich so lange zurückgehalten habe, beginnen ungehindert über meine Wangen zu laufen.

Lizzys zarter Körper vibriert, als auch sie lautlos an meiner Schulter zu weinen beginnt, und wir brauchen keine Worte. Nicht jetzt. Nicht hier.

Die Trauer und das Gefühl der Ungerechtigkeit drohen mich regelrecht zu ersticken, doch Lizzy ist jetzt wichtiger. Sie hat ihren großen Bruder, ihren Halt verloren, und ihr verzweifeltes Schluchzen schürt diese heiße Wut in mir nur noch mehr. Auf den Reporter. Auf Nicolas. Der hält es offensichtlich nicht einmal jetzt für nötig, nach seiner kleinen Schwester zu sehen.

»Es tut mir leid, so leid«, flüstere ich an ihrem Haar und ihr Körper zittert noch mehr. Ihr Schluchzen gräbt sich tief in mein Herz, reißt die Wunde noch weiter auf, doch ich werde stark bleiben. Das hat diese wunderbare Frau nicht verdient. Und Phil würde es so wollen.

»Er … du … gehts dir gut? Gott, ich bin so eine schlechte Freundin.« Entsetzt schiebt sie sich von mir, sieht mich mit ihren großen grauen Augen an. Augen, die denen von Philipp so ähnlich sind. Darin ein wahrer Sturm an Emotionen, der mich mitzureißen droht.

Mein Blick wird weich, auch wenn sich Lizzys Trauer darin widerspiegelt.

»Du bist die beste Freundin, die man sich wünschen kann, Elisabeth of Harlington. Mir geht es gut. Ich bin hier. Ich bin …« Meine Stimme versagt, als ein unkontrolliertes Schluchzen über meine Lippen kommt.

Zu viel, es ist alles zu viel und meine Mauer bricht ein. Bricht einfach in sich zusammen und ich tue es ihr gleich.

»Er … Himmel, Lizzy, er … ich konnte ihm nicht helfen. Ich konnte nicht …« Die Wahrheit der Worte drückt mich nieder, nimmt mir die Luft zum Atmen, schlingt sich wie eine Würgeschlange um meinen Hals.

Ich konnte Phil nicht helfen.

Obwohl ich eine Ausbildung zur Sanitäterin habe, konnte ich ihm in diesem Moment nicht helfen.

Nun schlingt Lizzy ihre Arme um meinen zitternden Körper und hält mich fest.

»Du warst eingeklemmt, Lia. Wie hättest du ihm helfen sollen? Dich trifft keine Schuld. Keine, hörst du? Phil würde dir den Kopf abreißen, wenn er das hören könnte«, murmelt sie an meinem Haar, und mein Körper fängt noch mehr an zu beben. Jeder Muskel tut unglaublich weh, ich falle einfach immer weiter und weiter, und es gibt kein Auffangnetz.

Philipp ist mein bester Freund gewesen. Mein Halt, meine Stütze. Mein Kopf und mein Herz weigern sich, die grausame Realität zu akzeptieren.

Ich weine so lange, bis meine Lider schwer werden, bis Lizzy uns sanft wieder zurück ins Kissen schiebt. Bis ich, ihren Herzschlag beruhigend an meinem Ohr höre, erschöpft einschlafe und mich ins schwarze Nichts fallen lasse.

***

»Amelia. Amelia, aufwachen. Komm schon. Mach die Augen auf«, dringt die tiefe, dunkle Stimme meines Bruders an mein Ohr und ich drehe mich stöhnend um. Schmerz schießt durch meinen Kopf, durch meinen Brustkorb und ich öffne ächzend die Augen. Die Decke und das Licht drehen sich und mein Magen findet das alles andere als lustig, krampft sich zusammen und ich muss würgen. Der Schwindel ist heftig und ich schaffe es gerade so, mich von meiner Decke zu befreien und aus dem Bett zu hasten. Doch das Bad ist zu weit weg und mein Bruder, der mich mit zusammengezogenen Augenbrauen mustert, steht mir im Weg.

»Ich muss …« Weiter komme ich nicht, denn der wenige Mageninhalt, den ich bei mir habe, beschließt, wieder nach draußen zu wollen. Mein Bruder macht einen erschrockenen Schritt zur Seite und verzieht angewidert das Gesicht, als ich mich vor ihm auf den Boden übergebe.

»Oh verdammt, Amelia, musste das jetzt sein?« Angeekelt sieht er auf mich herab, als ich schwer atmend wieder nach oben komme und mich schwankend am Bettpfosten festhalte.

»Als ob sie etwas dafür kann, du Idiot. Sie hatte einen schweren Autounfall und eine Gehirnerschütterung, falls du es vergessen haben solltest. Also benimm dich oder verschwinde. Sie braucht Ruhe«, kommt es scharf aus Richtung des Badezimmers.

Erleichtert atme ich auf. Lizzy ist noch hier.

Wie auf Kommando schiebt sich meine beste Freundin zwischen mich und meinen Bruder, der sie böse und mit verächtlichem Blick mustert, und legt einen Arm um meine Taille.

»Ah, die kleine Rebellenprinzessin ist auch anwesend. Mein Beileid zu deinem Verlust. Dir konnte ich es ja bei der Beerdigung nicht persönlich sagen, da du zu sehr in Trauer warst. Und was meine Schwester betrifft, geht es dich einen Scheißdreck an, wie ich mit ihr rede«, erwidert er eisig und angesäuert, und erneut breitet sich eine scharfe, schmerzende Kälte in meinem Inneren aus.

Was habe ich anderes von ihm erwartet? Nichts.

Aber mit welcher Abgeklärtheit er sein Beileid ausdrückt, als wäre es ihm scheißegal, jagt mir einen Schauer über den Rücken.

Sein berechnender Blick trifft mich, denn wenn Lizzy hier ist, benimmt er sich halbwegs und reißt sich zusammen.

»Nun gut, du kannst dich noch ein bisschen ausruhen. In zwei Stunden müssen wir beim König erscheinen. Also versuch, bis dahin halbwegs respektabel auszusehen. Ich komme dich dann holen.«

Lizzy öffnet den Mund, bereit, wieder für mich einzuspringen, doch ich drücke beschwichtigend ihren Arm. Sie würde es nur schlimmer machen.

Sie wirft mir von der Seite einen bösen Blick zu und presst ihre Lippen fest aufeinander.

»Wie du wünscht.« Ich nicke ihm knapp zu, was den Schwindel in meinem Kopf wieder verstärkt.

»Sorg dafür, dass die Sauerei auf deinem Boden verschwindet. Das ist ja widerlich.« Mit diesen Worten dreht Henry sich um, schlägt die Tür zu und ich zucke zusammen, da es einfach viel zu laut ist und für ein unangenehmes Stechen an meinen Schläfen sorgt.

»Dein Bruder ist ein Arschloch erster Güte.« Lizzy schüttelt den Kopf und als ihr Blick auf mich fällt, blitzt es wütend in ihren Augen auf. »Weshalb lässt du dich immer so von ihm behandeln? Ich verstehe es nicht.«

Immer noch kopfschüttelnd hilft sie mir ins Badezimmer, umschifft dabei die ›Sauerei‹, und ich weiche ihrem Blick aus, denn Scham ist ein ekelhaftes Gefühl. Und genau das verklebt gerade jede Pore meines Körpers.

Ich kann ihr nicht sagen, weshalb ich schweige. Weshalb es besser ist, seine Demütigungen und Sticheleien hinzunehmen.

»Weil es das Ganze nicht besser machen würde«, gebe ich schwach zurück und Lizzy schnaubt bei meiner unbefriedigenden Antwort.

»Wäre das mein Bruder, ich würde ihm jeden Tag mit dem größten Vergnügen die Hölle heiß machen. Frag Phil … frag Nicolas … Shit«, stolpert sie über ihre eigenen Worte und jetzt sehe ich sie doch an. Schmerz durchzieht ihren Blick und ich streiche ihr kurz über die Hand.

»Phil hat es geliebt und er hat seinen Spaß dabei gehabt, wenn du ihm das Leben schwer gemacht hast«, sage ich weich und sie schluckt, verdrängt nur mühsam die aufsteigenden Tränen.

»Ich weiß.« Sie schiebt mich vorsichtig in Richtung Dusche, hilft mir aus dem verschwitzten Shirt und lässt das warme Wasser an.

»Geh duschen, ich kümmere mich um die ›Sauerei‹ und besorge dir etwas zum Anziehen.« Sie lächelt mich an, doch es erreicht ihre Augen nicht, als sie meine dreckige Wäsche nimmt und mich allein lässt.

Mit schweren Gliedern schlurfe ich unter den heißen Strahl und wasche mir den Dreck, die Angst, den Schweiß vom Körper. Nur der Schmerz und die Trauer bleiben haften wie ein öliger Film.

Als ich wieder in mein Zimmer komme, wartet Lizzy schon mit einer schwarzen eleganten Hose und einer weißen Bluse mit Rüschen an der Knopfleiste auf mich.

»Ich dachte mir, dass dir eher nach Hose zumute ist als nach Kleid. Elara wird gleich bei dir sein und dir beim Schminken helfen, ich muss los. Mein Vater und meine Mutter warten bereits auf mich. Lass dich nicht in die Ecke drängen, ja?! Und schreib mir, wenn du aus der Höhle des Löwen zurück bist. Ich versuche in der Zwischenzeit herauszufinden, warum mein Vater dich sehen will.« Sie nimmt mich kurz in den Arm und drückt mir einen Kuss auf die Wange, bevor sie mein Zimmer verlässt.

Eine Stunde später bin ich fertig hergerichtet und habe zwei der Schmerztabletten genommen, die mir der Arzt mitgegeben hat. Trotzdem fühle ich mich wie von einem Lastwagen überfahren. Mein Kopf pocht leicht, doch innerlich habe ich wieder eine kleine Mauer errichtet, so dass eine kalte Leere in mir herrscht.

Ab jetzt muss ich funktionieren. Mich zusammenreißen.

Beim Blick in den Spiegel sieht mir ein bleiches Gesicht entgegen, das dunkle Augenringe zieren, die man trotz des Make-ups sieht. Und ich weiß, dass es Henry nicht gefallen wird.

»Lady Amelia, der Wagen Ihres Bruders steht bereit.« Elara kommt leise herein und ich nicke, straffe meine Schultern.

Ich tue das für Phil. Für ihn und für Lizzy.

Also atme ich einmal tief durch und gehe mit wackeligen Schritten hinaus, sitze keine fünf Minuten später neben meinem unzufrieden dreinblickenden Bruder.

»Du hättest dir mehr Mühe geben können. Was soll denn der König denken?« Missbilligend lässt er seinen Blick über mich gleiten und etwas in meinem Inneren reißt. Wut, heiß und glühend, schiebt sich durch meine Adern, weshalb ich die nächsten Worte nicht zurückhalten kann.

»Er wird die trauernde Freundin seines Sohnes sehen. Er hat sein Kind verloren. Was glaubst du, wie sehr er auf mein Äußeres achten wird?«, zische ich, bevor ich mich besinne, und schon explodiert mein Kopf vor Schmerz. Er ruckt durch die Wucht des Schlags zur Seite, als Henrys Hand mich an der Wange trifft. Der Schmerz lässt meine Augen tränen und meine Hand gleitet an meine Wange, mein Blick wandert kurz zu Henry. Und ich hasse ihn. Hasse mich. Er hat mir ins Gesicht geschlagen. Obwohl wir gleich einen Termin beim König haben.

»Wage es nicht, so mit mir zu reden.« Seine Stimme ist wie eiskaltes Wasser und lässt meinen Körper erstarren. Tränen schießen in meine Augen, doch ich dränge sie zurück. Dränge alle Gefühle, die über mich hereinbrechen wollen, zurück.

Leere. Alles, was ich fühle, ist Leere.

Reiß dich zusammen.

Das dumpfe Pochen in meinem Kopf ist zu einem scharfen Stechen geworden, aber ich ignoriere es. Stumm und ohne meinen Bruder anzusehen, nicke ich. Sehe bloß starr aus dem Fenster, obwohl ich die Stadt und die Menschen kaum wahrnehme.

»Amelia … es … es tut mir leid … ich.« Henry sieht mich von der Seite an, ein flehender Ausdruck in seinen Augen. Er will nach mir greifen, doch ich rutsche ein Stück zur Seite, weshalb er seine Hand zurückzieht.

»Nicht … lass es einfach. Ich habe verstanden.« Meine eigene Stimme klingt fremd und emotionslos in meinen Ohren, und Henry beißt die Zähne zusammen, nickt nur.

Die restliche Fahrt schweigen wir und ich sehe ihn auch nicht an, als wir vor dem Palast ankommen und durch die Tore gelassen werden.

Harlington House erinnert ein bisschen an den Buckingham Palace in London oder das Schloss von Versailles. Ich habe es immer geliebt hier herumzustreunen, doch heute ist es mir egal. Heute erfreut mich dieser Anblick nicht.

Ein Diener öffnet meine Tür am Auto und ich steige aus. Lasse Henry vorgehen und folge ihm schweigend.

Mein Herz pocht schnell und hart gegen meinen Brustkorb und das Gefühl zu ersticken, nimmt zu, je weiter ich in den Palast gehe, zu. Doch ich gehe weiter. Schritt für Schritt.

Obwohl der Kloß in meinem Hals immer größer wird. Obwohl die Erinnerungen an Philipp mich hier völlig erschlagen.

Henry strafft seine Haltung, als der Diener uns die Tür zum Arbeitszimmer des Königs öffnet. Ganz der treue Untertan, der er ist - und mir wird schlecht, als er eine bestürzte Miene aufsetzt, nur um den König von sich zu überzeugen.

Welche Rolle ich bei der ganzen Sache spiele, ist mir noch nicht klar, denn die Verlobung wird nicht stattfinden. *Kann* nicht mehr stattfinden.

»Duke Perlington, schön, dass Ihr es so kurzfristig einrichten konntet, auch wenn die Umstände alles andere als gut sind.«

König Edward ist immer noch ein beeindruckender Mann, groß und athletisch. Er strahlt Macht aus, aber auch eine Ruhe, die ich selten im Hochadel erlebe. Und als seine tiefe, angenehme Stimme erklingt, zieht mein Herz sich zusammen.

Er begrüßt Henry, und erst jetzt sehe ich auf und bemerke die tiefen Furchen unter seinen Augen. Sein Blick gleitet zu mir und wirkte er eben noch hart und unnachgiebig, so wird er jetzt weich, und ich sehe sie. Sehe die Trauer um seinen Sohn.

»Amelia, Liebes. Wie geht es dir?« Er breitet die Arme aus und zieht mich in eine feste Umarmung. Meine Augen beginnen zu brennen und ich schlucke und schlucke und schlucke, um nicht zu weinen. Um nicht vor seinen Augen zusammenzubrechen.

»Ich … ich weiß es nicht. Es … ich …« Meine Worte bleiben mir im Hals stecken, ich bringe nichts über die Lippen und jetzt kullert doch eine Träne. Henry wirft mir einen warnenden Blick zu, doch ich ignoriere ihn.

»Ich weiß, Liebes, ich weiß. Er wird uns allen schrecklich fehlen. Komm, setz dich. Soll ich dir etwas bringen lassen? Und Ihnen auch, Duke?« Edward bietet mir den Sessel vor seinem Schreibtisch an und ich lasse mich dankbar darauf sinken. Das dumpfe Pochen in meinem Kopf wird immer stärker und ich muss mich setzen.

»Nein, danke, ich möchte nichts.« Ich möchte nur wissen, was ich hier soll.

»Nun gut, ich weiß, du fragst dich sicher, warum ich euch gerufen habe, weshalb du nicht in Ruhe genesen und trauen darfst, und als Vater hasse ich meine Aufgabe in diesem Moment. Aber als König muss ich gewisse Dinge regeln.«

Ein Geräusch vor der Tür lässt den König aufhorchen und sein Blick verfinstert sich.

»Wie es aussieht, ist der zweite Gast soeben eingetroffen.« Er geht entschlossen zur Tür und ich höre, dass er mit jemandem spricht, der nicht sehr begeistert klingt, doch der Schwindel und meine Kopfschmerzen lenken mich ab und ich muss für einen Moment die Augen schließen.

Als ich sie öffne, trifft mein Blick auf ein paar düstere graue, die mich voller Verachtung ansehen. Mein Herz bleibt stehen, schlägt dann unregelmäßig weiter, und ich muss mich beherrschen, um nicht zurückzuzucken.

Denn Nicolas of Harlington hat soeben die Bühne betreten. Und ist nicht erfreut, mich zu sehen.

KAPITEL 2

Nicolas

Langsam drehe ich mich zu meinem Vater um, sehe ihn kalt an.

»Was will sie hier?«

Mein Blick gleitet zu ihrem Bruder.

»Nichts für ungut, Henry, deine Anwesenheit stört mich nicht. Ich verstehe nur nicht, was deine Schwester hier zu suchen hat.« Meine Stimme ist kälter als der sibirische Winter, aber ich muss Amelia zugutehalten, dass sie bei meinen harschen Worten nicht einmal zusammenzuckt.

»Nicolas! Halt den Mund und hör auf, meine Gäste zu beleidigen«, dröhnt mein Vater angepisst und ich zucke mit den Schultern.

»Entschuldige, aber hast du uns nicht beigebracht, ehrlich zu sein?« Doch der Blick, den er mir daraufhin zuwirft, lässt mich tatsächlich ausnahmsweise mal den Mund halten.

Ich ziehe die Finger über meine Lippen und setze mich. Dabei streift mein Blick Amelia und kurz stocke ich. Denn ich war nicht auf diese Augen vorbereitet, die mich voller Verachtung anstarren.

Waren die schon immer so blau?

Amelia ist schön, keine Frage, doch ich habe schon sehr lange keinen Blick mehr an sie verschwendet.

Weshalb sieht sie mich denn jetzt so an, als würde sie mich gleich um die Ecke bringen? Dazu hat gerade sie keinen Grund. Nicht sie!

Nun gut, die Sache wird interessant, so viel ist sicher.

»Amelia, bitte entschuldige meinen Sohn, er ist in letzter Zeit nicht ganz Herr seiner Sinne«, wendet mein Vater sich entschuldigend an Goldlöckchen, doch sie winkt einfach mit ihrer Hand ab und nickt.

»Das macht gar nichts, ich habe nichts anderes erwartet«, gibt sie kühl zurück und wieder trifft mich ihr scharfer Blick. Durchbohrt mich förmlich.

Wow, jetzt aber mal langsam. SIE hat nichts anderes erwartet? Ist das ihr Ernst? Sie kennt mich doch gar nicht.

Du sie aber auch nicht, belehrt mich meine innere Stimme, doch ich bringe sie sofort rigoros zum Schweigen.

Bevor ich darauf reagieren kann - was zugegeben weder sinnvoll noch erwachsen gewesen wäre -, grätscht Vater dazwischen.

»Es gibt einen Grund, weshalb Amelias Anwesenheit erforderlich ist, und auch deine. Wir müssen über das Arrangement, das seit vielen Jahren zwischen unseren Familien herrscht, reden.« Vater sieht mich eindringlich an und jetzt wird Goldlöckchen doch blass.

Moment, was?

Erst langsam begreife ich, was er damit sagen will.

»Was gibt es da zu reden? Sie ist Philipp versprochen worden. Jetzt ist er tot. Somit kein Krönchen für dich, Lady Perlington«, wende ich mich direkt an sie und sehe sie herausfordernd und hart an. Wieder überrascht sie mich, denn sie weicht meinem durchdringenden Blick nicht aus, im Gegenteil. Amelia erwidert ihn, und kurz verkrampft sich alles in mir. Denn in ihren Augen steht für einen Moment derselbe Schmerz, dieselbe Trauer und Verzweiflung, wie in meinen eigenen.

Auch fällt mir jetzt erst der Cut unter ihrem Haaransatz auf und ich kneife die Augen zusammen, betrachte sie das erste Mal genauer.

Sie ist bleich, tiefe Ringe liegen unter den Augen, und sie sitzt steif da, bewegt sich kaum. Und wenn doch, verzieht sie kaum merklich das Gesicht.

Sie ist verletzt. Weshalb zum Teufel lässt ihr Bruder DAS dann zu?

Verwirrt von der kurzen Wut, die darüber in mir aufflackert, breche ich den Blickkontakt ab, nur um in das nicht amüsierte Gesicht meines geliebten Daddys zu blicken.

»Ich denke, mit dieser Aussage liegst du nicht ganz richtig, mein Sohn. Amelia wird sehr wohl eine Krone bekommen. An deiner Seite.«

BOOM. Die Bombe ist geplatzt.

Will er mich verarschen? Das kann er nicht ernst meinen.

In meinen Ohren rauscht es und ich pumpe meine Hand immer und immer wieder zur Faust, damit ich nicht aufspringe und meinem Vater eine reinhaue. Er ist wahnsinnig. Einfach wahnsinnig. Und doch sitze ich nur da und starre ihn an, unfähig irgendetwas zu sagen oder zu reagieren. Im Augenwinkel sehe ich, wie Amelia ihrem Bruder einen scharfen, fast hasserfüllten Blick zuwirft, nur um dann noch bleicher aber mit regloser Miene ihren König anzusehen.

»Was … ich verstehe nicht ganz? Die Ehe zwischen Phil und mir wurde nach meiner Geburt geregelt. Ich sollte ihn heiraten, nicht Nicolas.«

Wie bei einem Tennismatch sehe ich zwischen ihr und meinem Vater hin und her, denn ich kann nichts sagen. Nichts. Sonst würde sich diese dunkle, heiße Wut wie glühende Lava bei einem Vulkanausbruch über dieses Zimmer legen. Doch ich habe mir geschworen, vor meinem Vater nicht mehr auszurasten, und muss dafür gerade all meine Willenskraft einsetzen.

Fest presse ich die Kiefer zusammen, balle eine Hand zur Faust und bleibe stumm.

»Falsch, Liebes. Du solltest den Thronfolger heiraten. Es wurde kein expliziter Name genannt. Und da Nicolas jetzt der Thronfolger ist …« Ich bekomme einen missbilligenden Blick, den ich ignoriere. »… und niemand von der bevorstehenden Verlobung mit Philipp wusste, werdet ihr in sechs Wochen heiraten.«

Amelia blinzelt wie eine Eule, krallt ihre kleinen Finger in ihre schwarze Hose, so fest, dass die Knöchel weiß hervortreten. Henry blitzt sie scharf an und sie senkt demütig den Kopf, doch ich sehe genau, wie sie ihre Lippen fest zusammenpresst. Wie sehr sie an sich halten muss, um nichts zu erwidern.

Dieses eine Mal kann ich sie verstehen, denn mein Vater muss verrückt sein, wenn er glaubt, ich würde bei dieser Farce mitmachen.

»Was passiert, wenn wir uns weigern?« Ich bin stolz auf mich, wie ruhig, wie beherrscht meine Stimme klingt, als ich die Frage in den Raum werfe … und schon treffen Henrys und Vaters Blicke auf mich.

»Ihr habt keinerlei Veto-Recht. Der Vertrag wurde lange vor eurer Geburt festgesetzt und gründet auf unseren Gesetzen.« Die Worte knallen wie Peitschenhiebe aus seinem Mund, und jetzt zuckt Amelia doch zusammen.

Sofort wird der Blick meines Vaters weicher und er sieht sie mit fast väterlicher Zuneigung an.

»Es wird sich schon alles finden, Liebes. Vertrau mir. Nicolas ist seinem Bruder sehr ähnlich. Warte ab.«

Ein Schnauben kommt aus ihrem Mund, und mein Vater unterdrückt ein Schmunzeln, bevor sein Blick wieder auf mich fällt. Nicht liebevoll und warm wie eben noch, sondern kalt und unbarmherzig.

Ein scharfer Stich erinnert mich daran, dass ich das schwarze Schaf bin, der Außenseiter, und meine Wut auf Goldlöckchen wird irrational hoch.

Sie kann nichts dafür. Sie kann nichts dafür, wiederholt mein Gewissen immer und immer wieder, doch ich kann es nicht ändern. Ich will sie bestrafen. Dafür, dass sie diesen Blick bekommen hat, dafür, dass sie Zeit mit Phil hatte. Dafür, dass sie ist, was sie ist. So unfair es auch sein mag. Ich kann diese Gefühle, diese Abscheu nicht abstellen.

Aber ich werde mich fügen. Ich werde tun, was mein Vater sagt. Nur auf meine eigene Weise. Letztlich habe ich keinerlei Alternative. Ich stecke in diesem Deal fest, ob er mir passt oder nicht. Aber das werde ich hier und jetzt nicht zugeben.

»Amelia wird sich dir anpassen und eine gute Ehefrau sein. Sie wird sich deinem Volk gegenüber vorbildlich repräsentieren. Sie wird dir keinerlei Ärger machen. Nicht wahr, Amelia?« Henry sieht mich triumphierend an und mein Vater zieht bei seinen Worten die Augenbrauen zusammen. Anscheinend ist auch ihm aufgefallen, dass Henry von seiner Schwester wie von einer Zuchtstute redet.

Amelia verhält sich auffallend ruhig und ich verenge meine Augen, nehme sie ins Visier. Mein Vater bleibt ausnahmsweise still. Welch Wunder.

»Ist das so? Wirst du ein braves Frauchen sein?« Verdammt ich sollte den Mund halten, aber ich will sie reizen, will sie aus der Reserve locken.

Heiraten. Sie! Verfluchte Scheiße.

»Natürlich.« Ihr Blick trifft auf meinen und ich will verdammt sein, wenn er mir nicht genau das Gegenteil entgegen spuckt. Das Blau lodert förmlich und verspricht mir die Hölle auf Erden.

Ein teuflisches Grinsen schleicht sich auf mein Gesicht.

»Nun gut, Amelia Perlington. Dann heiraten wir wohl in sechs Wochen. Ich freu mich darauf.«

Ihre Augen weiten sich kurz, denn sie hört genau mein unterschwelliges Versprechen an sie. Doch sie hat sich schnell wieder im Griff.

»Wunderbar. Da das erstaunlicherweise schnell geklärt wurde, kommen wir zum nächsten Punkt. Ihr werdet nächste Woche bei der Spendengala euren ersten öffentlichen Auftritt als Paar haben. Bis dahin haben wir eine romantische Geschichte über eure Verlobung und die Beziehung auf den Weg gebracht. Alles, was ich von euch verlange, ist, dass ihr halbwegs verliebt und als Paar erscheint. Oh und, Amelia, Liebes ...« Mein Vater wendet sich wieder an Goldlöckchen, die immer blasser und stiller geworden ist, und jetzt kurz die Augen zusammenkneift, als er sie streng ansieht. Sie will nicht hören, was jetzt kommt und ich wahrscheinlich auch nicht.

»Du wirst ab der öffentlichen Bekanntgabe mit Nicolas im Schloss wohnen. Bis dahin stoßt euch die Hörner ab, tut, was ihr tun müsst, aber tut es diskret. Und jetzt, Henry, bring deine Schwester nach Hause. Sie muss sich ausruhen.«

Damit sind wir offiziell entlassen.

Henry erhebt sich und auch meine zukünftige Frau steht auf, schwankt dabei leicht, doch ihr Bruder bemerkt es und greift rasch nach ihrem Arm. Was mir irgendwie missfällt. Warum auch immer.

»Nicolas. Wir sehen uns. Melde dich auf einen Drink, wenn du magst«, verabschiedet Henry sich und schiebt Goldlöckchen vor sich her. Ohne mich eines Blickes zu würdigen, huscht die aus dem Zimmer und ich sehe den beiden stirnrunzelnd nach.

»Versau es nicht, mein Sohn. Amelia ist anders, als du denkst. Und wenn du es schon nicht für mich tust, dann wenigstens für Philipp. Er hat sie geliebt.«

Zum ersten Mal seit dessen Tod lässt mein Vater die Maske fallen und ich sehe die Trauer und den Schmerz in seinem Gesicht. Und zum ersten Mal sieht er mich nicht mit diesem kalten, ausdruckslosen Blick an, sondern fast besorgt.

Es zieht seltsam in meiner Brust, als ich ihn so betrachte, und weil ich keinen neuen Streit vom Zaun brechen will, nicke ich einfach nur und verlasse schleunigst das Zimmer. Ich muss meine Hausaufgaben machen, bevor ich die kleine Miss Perlington eheliche.

Ich will wissen, mit wem ich es zu tun habe.

***

»Du musst WAS?« Damien sieht mich mit großen Augen an, während Cedric mich bloß stumm mustert.

Angepisst schiebe ich den Arm in meine schwarz-weiße Leder-Motorradjacke und ziehe den Reißverschluss zu. Heute Abend werde ich mir den Kopf freipusten, sonst drehe ich durch.

Heiraten. Ich soll die Frau heiraten, die mein Bruder wollte. Die offensichtlich tatsächlich Gefühle für ihn hat. Und auf die ich einen nicht rationalen Zorn hege.

Allein bei dem Gedanken wird mir schlecht und es zieht wieder schmerzhaft in meiner Brust. Wie kann mein Vater das nur für eine gute Idee halten?

Der Bass wummert über das alte Fabrikgelände und jede Menge Menschen feiern bereits eine fette Party.

Es ist Zeit für das wöchentliche Rennen. Sämtliche Biker der Gegend treffen sich - jede Woche an einem anderen Ort - auf der Suche nach dem ultimativen Adrenalinrausch. Einer davon bin ich, der andere Cedric. Damien hält nichts von diesen Rennen und ist dazu ein bisschen zu aristokratisch. Sein Vater ist einer der Minister meines Vaters, gehört zum Adel von Harlington. Und so ganz verstecken kann Damien das nicht. Er liebt sein Leben und steht dazu.

»Ich soll diese verklemmte Thronjägerin heiraten. Eine Frau, die mich nicht will und die ich nicht will.«

Damien wirft mir einen gequälten Blick zu und verzieht das Gesicht zu einer Grimasse.

»Phil hat sie geliebt«, meint er leise und sieht schnell auf den Boden, damit ich den Schmerz in seinen Augen nicht sehe. Prompt vermischt sich irrationale Wut auf diese Frau mit meiner Trauer und wird zu einem dicken fetten Kloß in meinem Magen.

»Sie hätte Nein sagen können. Sie hätte einfach Nein sagen können, verdammt. Stattdessen macht sie bei dieser Farce mit. Warum? Will sie die Krone so sehr?« Das Brodeln wird stärker und obwohl ich weiß, dass ich gerade völligen Stuss rede, kann ich nicht aufhören. Es tut weh. Alles tut weh. Und ich hasse es. Ich hasse sie dafür, dass sie mich an Phil und an mein Versagen erinnert.

Cedric sieht erst Damien, dann mich ernst an.

»Als ob Amelia jemals eine Wahl gehabt hätte, Nic. Sie kann genauso wenig etwas dagegen tun wie du, mein Freund«, gibt er mir mahnend zu verstehen, und scheiße, ich weiß ja, dass er recht hat. Trotzdem komme ich nicht gegen meine überschäumenden Gefühle an.

»Ist auch scheißegal. Ich werde mir jetzt die Birne freipusten und danach Sarah ficken.« Mein Plan klingt nicht sehr solide, aber es ist die einzige Ablenkung, die ich gerade habe.

»Vielleicht ist es gar nicht so schlimm. Ich mag sie. Sie ist cool.« Cedric spricht leise und vorsichtig, trotzdem treffen seine Worte mich wie ein Vorschlaghammer.

Was zur Hölle?

Mein Kopf schießt in seine Richtung und ich sehe ihn mit zusammengekniffenen Augen an.

»Bist du besoffen? Oder hast du dir was eingeworfen? Wir reden hier von Amelia Perlington, das weißt du aber schon?« Entgeistert und auch irgendwie getroffen sehe ich ihn an, denn normalerweise sind Ced und ich uns immer einig bei den Frauen. Und bisher hatte ich nicht einmal eine Ahnung, dass er Goldlöckchen näher kennt.

»Sie war an meiner Uni bis letztes Jahr und in zwei meiner Kurse. Sie ist eigentlich echt cool. Ganz anders als die in eurem Adelsvolk«, erklärt er schulterzuckend.

Cedric kommt nicht aus der Oberschicht, sein Dad ist unser Sicherheitschef, daher bezeichnet er uns gern als ›Adelsvolk‹. Doch seine Aussage schockiert mich. Ernsthaft. Dass mein Mund nicht aufklappt, ist alles.

Damiens Mundwinkel zucken ganz leicht bei meinem Gesichtsausdruck, doch er ist klug genug, die Klappe zu halten.

»Amelia und cool?! Ich … keine Ahnung, was ich dazu sagen soll, außer dass ich sicher nicht mit der abgelegten Frau meines Bruders anbandeln werde. Ich … ach Scheiße, ich hab keinen Bock mehr über sie zu reden. Schlimm genug, dass ich sie ab nächster Woche jeden Tag ertragen muss.«

Thema beendet. Ich habe keine Lust mehr, über diesen ganzen Müll nachzudenken. Ich will fahren. Ablenkung.

Cedric presst die Lippen fest zusammen und schließt ebenfalls seine Jacke, bevor er nach seinem Helm greift. Er sitzt bereits auf seiner giftgrünen Maschine, denn er ist als Erster dran.

»Wir sehen uns auf der Strecke, du Pisser. Und diesmal gewinne ich.« Er zwinkert mir zu, setzt seinen schwarz-grünen Helm auf und klappt sein Visier nach unten.

»Träum weiter.« Ich zeige ihm den Mittelfinger und er lacht leise, als er seine Maschine anlässt.

Zeit, ein bisschen Spaß zu haben.

»Viel Glück, Honey«, säuselt da eine Stimme an meinem Ohr und zwei Hände schieben sich von hinten um meine Taille. Damien verdreht die Augen und macht sich aus dem Staub, denn er kann Sarah nicht leiden. Ich auch nicht, wenn ich ehrlich zu mir selbst bin, aber sie vögelt gut und bisher ist es immer unkompliziert gewesen. Offensichtlich ändert sich das gerade.

Fuck.

Noch mehr Komplikationen, die ich momentan nicht gebrauchen kann.

Einmal tief durchatmend zwicke ich mich in meinen Nasenrücken und drehe mich zu ihr um.

»Was soll das?«, fahre ich sie an, packe ihre Hände und schiebe sie von meinem Körper. Sarahs Augen blitzen wütend auf, bevor sie ihren Kulleraugenblick aufsetzt und mit ihren Wimpern klimpert.

»Ach, sei doch nicht so. Wir haben so viel Spaß miteinander und ich dachte, du hast nichts dagegen, wenn wir es etwas exklusiver machen.«

What the fuck?

Eine Augenbraue nach oben ziehend mustere ich sie mitleidig. Ist sie wirklich so naiv? Nein. Sie ist berechnend, und ich schätze, der Buschfunk hat bereits seine Kreise gezogen. Adelige sind die schlimmsten Tratschtanten und meine liebe Sarah sieht ihre Felle davonschwimmen - die nie vorhanden waren.

Ok. Das wird jetzt ungemütlich.

»Wie genau kommst du auf die Idee, dass ich mehr als Vögeln will? Will ich nämlich nicht. Also lass die Spielchen, Sarah.« Ungerührt sehe ich auf sie hinunter. Kurz glimmt Hass in ihren Augen auf, bevor sie auf die Tränendrüse drückt.

Ach Scheiße, was habe ich heute nur verbrochen?

»Du bist so ein Arschloch, Nic. Ich dachte, da wäre was zwischen uns.«

»Ja. Sexuelle Frustration und Langeweile. Nicht mehr. Ich liebe dich nicht und hege auch sonst keinerlei nennenswerter Gefühle für dich und das weißt du auch. Also entweder du nimmst das, oder in Zukunft gar nichts. Und jetzt geh mir aus dem Weg, ich muss auf die Strecke.«

Genervt fahre ich mir durch die Haare und schiebe sie zur Seite. Man kann fast dabei zusehen, wie es in ihrem Hirn rattert und sie überlegt, wie ihr nächster Schachzug aussehen sollte, doch das juckt mich nicht.

Ich ziehe meinen Helm auf und steige auf meine Maschine. Gnädig wie ich bin, drehe ich mich aber doch nochmal zu ihr um.

»Falls du wieder normal bist, wenn ich zurück bin, dann ficke ich dich. Ansonsten …« Ich zucke mit den Schultern und lasse die Yamaha an.

Fuck auf die Weiber und meinen Vater.

Amelia

Heiraten.

Ich soll diesen arroganten, selbstsüchtigen Arsch heiraten.

Allein der Gedanke, mit ihm mein Leben verbringen zu müssen, lässt mein Herz rasen. Mein Magen schlingert und dieser dumpfe Schmerz in meiner Brust wird zu einer reißenden Klaue, die sich tiefer und tiefer gräbt. Denn ich bin mein Leben lang Philipp versprochen gewesen. Philipp, nicht Nicolas.

Obwohl ich schreien und toben will, dass es noch viel zu früh nach seinem Tod ist, um sich neu zu verloben, dass wir ihn verraten, tue ich es nicht und bleibe stumm. Denn niemand wusste, dass ich Philipps Frau hätte werden sollen, deshalb verraten und hintergehen wir ihn auch nicht. Phil würde es wahrscheinlich sogar gutheißen. Das macht es noch schwerer für mich, denn es fühlt sich so an, als hätte ich ihn einfach ausgetauscht. Dabei will ich sein Andenken bewahren.

Doch das kann ich nur, wenn ich genau das tue, was man mir heute nett verpackt befohlen hat. Was mit Sicherheit mein Bruder in die Wege geleitet hat.

Verschachert wie eine Zuchtstute.

Bitterkeit tropft aus jeder Pore und ich lache kurz auf. In meinem Kopf herrscht ein absolutes Chaos, weshalb er wieder dumpf pocht.

Unsinn! Du weißt genau, warum er schmerzt. Leugne es nicht immer, schimpft mein Unterbewusstsein und ich verziehe das Gesicht. Weil ich weiß, dass sie recht hat.

Er schmerzt, seit Henry mir eine gescheuert hat.

Es hätte mich nicht so überraschen sollen, nicht so treffen, doch das hat es. Und es macht den riesigen Krater in meinem Herzen noch größer. Weil ich wieder einmal so unendlich dumm war und Hoffnung hatte, dass es sich ändert. Dass ER sich ändert. Doch er hat sie, hat MICH zerschmettert wie dünnes Glas.

Bin ich das? So schwach und einfach zu zerbrechen?

Was soll ich denn machen? Ich habe niemanden, der für mich einsteht. Keinen Ort, an den ich mich flüchten kann. Ok, Lizzy würde Himmel und Hölle in Bewegung setzen, um mir zu helfen, wenn sie es wüsste.

Scham kriecht wie eine hinterhältige Schlange aus ihrem Versteck und umschlingt mich. Allein der Gedanke, jemandem sagen zu müssen, dass mein Bruder mich schlägt, mich misshandelt, lässt mir die Wangen brennen und mein Magen hebt sich.

Nein. Nein das geht nicht.

Obwohl ich allein bin, schüttele ich stumm den Kopf.

Nein. Niemals. Niemand wird es je erfahren.

Ein leises Klopfen reißt mich aus meinen Gedanken und ich sehe zur Tür, spanne mich an. Henry soll bloß von mir wegbleiben.

»Ich bin es, Lia. Darf ich reinkommen?« Lizzy. Erleichtert lasse ich die angespannten Schultern fallen.

»Komm rein.«

Leise wie immer schlüpft sie in mein Zimmer, da sie in Perlington House ein und aus geht, wie es ihr beliebt. Und weil sie Hoodie und Jogginghose trägt, weiß ich, dass sie sich wieder heimlich aus dem Staub gemacht hat, um heute Nacht bei mir zu bleiben.

»Ich bin so schnell gekommen, wie ich konnte«, murmelt sie und ich rutsche ein Stück, damit sie zu mir ins Bett steigen kann. Sie dreht sich auf die Seite, so dass wir uns ansehen können.

»Ich wusste es nicht. Ich wusste nicht, was er vorhat.« Ihre Augen spiegeln so viele Gefühle wider. Reue, Sorge, Trauer, Angst.

Sehen meine genauso aus?

»Das weiß ich. Es ist nicht deine Schuld. Henry hat das alles in die Wege geleitet. Er wird dafür gesorgt haben, dass der Vertrag trotz Phils Tod zustande kommt. Du kannst nichts dafür. Niemand kann das.« Und das ist das Bittere an der ganzen Sache. Ich kann niemandem die Schuld für meine Situation geben. Denn ich habe zugestimmt, mit dem Thronfolger von Harlington verheiratet zu werden. Auch wenn es längst beschlossene Sache gewesen ist.

Zwar war ich bisher der Meinung, dass es sich dabei eben um Philipp handelt, aber nun bin ich eines Besseren belehrt worden.

»Es tut mir so leid, Lia. Wirklich. Ich weiß, dass du Nic …« Sie verzieht das Gesicht, als sie sieht, wie ich bei seinem Namen zusammenzucke.

»Sorry, ich wollte nicht … ach … Kacke, ich weiß doch auch nicht, was ich sagen soll«, stößt sie verzweifelt aus und setzt sich auf. Seufzend tue ich es ihr nach.

»Du musst nichts dazu sagen, wirklich nicht. Ich komme schon klar. Irgendwie.« Und das meine ich ernst.

Lizzy zieht skeptisch die Brauen nach oben, mustert mich ganz genau.

»Wirklich? Denn ich meine mich zu erinnern, dass du Nic nicht unbedingt den roten Teppich ausrollen würdest.«

Nun, sie drückt es tatsächlich etwas harmlos aus und meine Mundwinkel zucken ein bisschen.

»Hmmm, nein, das würde und werde ich nicht. Aber ich kann mich anpassen und vor allem kann ich ihm aus dem Weg gehen. Es wird schon irgendwie klappen.« Bei dem Gedanken daran, wie viel Zeit ich in Zukunft mit Nicolas verbringen muss, sackt mein Magen ein Stockwerk tiefer, doch das zeige ich Lizzy nicht. Die sieht mich nach wie vor sehr skeptisch und besorgt an.

»Wie du das anstellen willst, wenn du mit ihm zusammen wohnst und die ganzen Veranstaltungen und öffentlichen Termine wahrnehmen musst, will ich sehen. Glaub mir, es wird verdammt schwer, meinem Bruder aus dem Weg zu gehen.« Sie sieht mich eindringlich an und nickt dabei beschwörend, und ich muss mir ein Lachen verkneifen, weil es fast ein bisschen manisch aussieht.

»Glaub mir, ich finde ein Schlupfloch. Ich kann und ich werde. Und zur Not wird er merken, dass ich nicht so prüde und unschuldig bin, wie er meint.« Ich grinse schief, und Lizzys Augenbrauen wandern noch höher.

»Hmmm, wenn du meinst. Aber mal im Ernst, ich kenne Nic. Er ist nicht so schlimm, wie er tut.«

Jetzt gehen meine Brauen nach oben und sie winkt ab.

»Ok ok, er ist so schlimm, wie er tut. Aber er hat ein gutes Herz. Phil hat ihn vergöttert«, versucht sie erneut, mir etwas Mut zu machen, aber es nützt nichts.

»Du tust es auch, obwohl er sich dir gegenüber wie ein Arschloch verhält. Danke, dass du versuchst, es mir leichter zu machen. Aber in diesem Fall kann ich mir nur selbst helfen.«

Lizzy sieht mich wieder ernst an und nickt.

»Ja, so ist es wohl. Aber du bist die stärkste Person, die ich kenne. Du schaffst das. Und du wirst meinem Bruder eine wundervolle Frau sein. Auch wenn er sich erst einmal mit Händen und Füßen dagegen wehren wird. Aber sollte er dir wehtun, kriegt er es mit mir zu tun. Fertig.«

Und obwohl diese Drohung bei Nicolas wahrscheinlich nur müdes Gelächter auslösen würde, bedeutet es mir die Welt. Mein Herz wird ein bisschen leichter und als ich mich zurück in mein Kissen sinken lasse, Lizzy sich an mich kuschelt, fühle ich mich einen kleinen Moment geborgen. Und dieses Gefühl schließe ich wie einen Schatz in meinem Herzen ein. Meine Lider werden immer schwerer und endlich falle ich in einen tiefen, traumlosen Schlaf.

***

Als ich am nächsten Morgen aufwache, ist Lizzy verschwunden, hat mir aber eine kleine Nachricht hinterlassen, dass sie mich heute Nachmittag in der Bibliothek treffen will. Deshalb beschließe ich, ein bisschen spazieren zu gehen.

Gerade als ich mir ein Shirt über den Kopf gezogen habe, klopft es energisch an der Tür und mein Bruder stürmt ins Zimmer, ohne abzuwarten, dass ich ihn hereinbitte.

»Die Königin will dich sehen. Du sollst in einer Stunde im Schloss erscheinen.« Er mustert mich von oben bis unten und sein Blick drückt ganz klar seine Missbilligung aus.

»Und zieh dir etwas Akzeptableres an. Du siehst aus wie ein Streetkid.« Verächtlich nickt er auf mein Shirt und die Jeans, und tief in mir beginnt es zu kochen. Heftig, dunkel. Meine Hand ballt sich zur Faust, öffnet sich wieder und ich atme ein und aus, ein und aus. Immer und immer wieder. Der Hass und die Wut brodeln vor sich hin und ich weiß, wenn ich diesen Zorn einmal loslasse, ihm erlaube, an die Oberfläche zu kommen, wird mich nichts mehr retten können. Deshalb atme ich tief ein, dränge diese Gefühle mit aller Macht wieder in ihre Schublade und verschließe sie gut.

»Dir auch einen schönen guten Morgen. Und danke der

Nachfrage, mir geht es gut«, erwidere ich sarkastisch, bevor ich mich zurückhalten kann. Henrys Blick verdüstert sich auf der Stelle und ich weiche automatisch einen Schritt zurück. Sofort huscht Reue durch seine Augen, doch das erreicht mich nicht mehr.

»Sei nicht kindisch, Amelia. Wir müssen uns von unserer besten Seite zeigen. Die Verbindung zum Königshaus ist wichtig. Sehr wichtig.« Mein Herz erhält einen neuen Riss, als seine Worte wider dessen, was seine Augen sagen, aus seinem Mund kommen. Innerlich schimpfe ich mit mir, denn weshalb erwarte ich bloß immer und immer wieder, dass er sich ändert?

Weil du ihn liebst, lässt mich mein neunmalkluges Stimmchen wissen und ich schließe einen Moment die Augen, atme tief ein und aus. Es würde nichts bringen, wenn ich jetzt etwas sage. Deshalb wird auch dieses Gefühl, diese Frustration nicht kleiner. Weil es sinnlos ist.

»Sag Winston, ich bin in einer halben Stunde abfahrbereit.« Ohne ihn eines weiteren Blickes zu würdigen, drehe ich mich um und verschwinde in meinem Badezimmer. Weg von ihm, weg von diesem Hass, den er immer weiter anschürt und mich in die Verzweiflung treibt.

Ich höre, wie er tief durchatmet und dann geht.

Erleichterung und Schmerz vermischen sich zu einer tsunamiartigen Welle, die über meinem Kopf zusammenbricht, und ein Schluchzen bricht aus mir hervor. Tränen laufen über meine Wangen, als ich auf den Badezimmerboden sinke und weine. Weine um meinen Bruder, den, der er einmal war, weine um mich, und das, was auf mich zukommt, weine um Phil, der es verdient gehabt hätte, glücklich zu werden. Diese Minuten des Rauslassens genehmige ich mir. Und als keine Träne mehr kommt, als sich meine Gefühle wieder in einen Nebel aus Gleichgültigkeit verziehen, stehe ich auf und verwandle mich von der Frau, die ich bin, in die Frau, die ich sein muss.

Als ich schließlich fertig geschminkt und angezogen in den Spiegel starre, sehe ich die Maske, die ich aufgelegt habe. Sehe die brave und folgsame Amelia, die alles perfekt machen möchte und nie, aber auch niemals ausbrechen würde. Ein Käfig in den ich mich selbst habe sperren lassen.

Mit gestrafften Schultern und vorgerecktem Kinn gehe ich durch Perlington Hall, vorbei an meinem Bruder, der mich mit unergründlichem Ausdruck mustert, direkt zur Limousine, an der Winston bereits steht und mich mit traurigen Augen ansieht.

»Mylady.« Er verneigt sich ein wenig, als er mir die Tür öffnet, und ich lächle ihn kurz an. Winston ist der Großvater, den ich nie hatte, und er weiß, wie es in mir aussieht. Oft genug musste er mich trösten oder hat mich weinend und zerbrechlich erlebt.

Er lächelt leicht und als ich eingestiegen bin, schließt er die Tür und bringt mich, ohne ein weiteres Wort zu sagen, zum Schloss.

Mein Magen krampft immer mehr und sackt nach unten, was auch daran liegen kann, dass ich noch nicht gefrühstückt habe. Doch wieder reiße ich mich zusammen und ignoriere meinen Körper.

Mit jedem Schritt ins Schloss, mit jeder Erinnerung, die dabei in meinem Kopf erscheint, fällt es mir schwerer, weiterzugehen. Mein Hals ist wie zugeschnürt und ich kann kaum atmen. Alles erinnert mich an Philipp. Alles.

»Amelia. Liebes …« Die Stimme von Mary, Phils Mutter, reißt mich aus meinem dunklen Strudel. Doch als ich aufblicke und sie da in Jeans und Shirt mitten in der Halle stehen sehe, zerbrechlich und voller Trauer, dabei so stark und unerschütterlich, brechen alle Dämme.

Liebevoll sieht sie mich an und breitet die Arme aus, schließt mich keine Sekunde später in eine feste Umarmung. Und wieder lasse ich los.

Ich dachte eigentlich, ich hätte keine Tränen mehr nach vorhin, doch offensichtlich war das ein Irrtum.

»Ach, Liebes, ich weiß. Ich weiß ...« Beruhigend streicht Mary mir über den Rücken, wobei ihr Körper zittert, und ich weiß, dass sie mit aller Macht versucht, nicht auch zu weinen.

Ich liebe Mary. Sie ist eine wunderbare Königin, aber eine noch viel wunderbarere Mutter. Sie ist alles, was ich bei meiner Eigenen immer vermisst habe. Liebevoll, gütig, herzlich, fröhlich und offen.

»Es ... es tut mir so leid. Ich ... ich wollte nicht weinen«, schniefe ich und schiebe mich leicht aus ihren Armen, um sie anzusehen. Ihre Augen betrachten mich so warm, dass ich am liebsten gleich weiterheulen würde, aber ich dränge die Tränen mit aller Macht zurück.

»Liebes, es ist völlig in Ordnung, dass du weinst, nach dem, was du durchgemacht hast. Schäme dich niemals in meiner Gegenwart für deine Gefühle, Amelia. Ich mag zwar Königin sein, und ja, offiziell herrscht in diesem Land noch das Mittelalter. Aber nicht hinter diesen Palastmauern. Hier darfst du immer sein, wer du wirklich bist. Vergiss das bitte nie.« Marys Worte schneiden tief in mein Herz, bohren sich unter meine Haut.

Wer bin ich denn? Wer bin ich?

Das weiß ich nach all den Jahren der Selbstverleugnung gar nicht mehr. Dafür haben meine Eltern und auch mein Bruder gesorgt. Und doch trifft es mich wie ein Faustschlag, genau die Worte, die ich seit Jahren so dringend habe hören wollen und müssen, jetzt von der Königin gesagt zu bekommen.

»Das ist nicht ganz so leicht. Ich weiß nicht mehr, wer ich wirklich bin«, murmle ich beschämt vor mich hin, aber natürlich hat Mary es gehört.

»Liebes, auch du wirst deinen Weg gehen. Ich schätze, dass du sehr bald herausfinden wirst, wer du bist und was du möchtest. Und dann, kleine Amelia, wird die Welt vor dir auf die Knie gehen. Wird dir zu Füßen liegen.« Sie sagt es voller Überzeugung und streicht mir eine verirrte Locke aus dem Gesicht. Erschüttert sehe ich sie an. Sehe meine alte und neue zukünftige Schwiegermutter an und frage mich, wie sie so etwas denken kann. Wie sie so überzeugt sein kann. Von mir. Denn ich bin es nicht.

Mit großen Augen blicke ich sie an und sie lächelt, als ihre feucht glänzen.

»Vertrau mir, Liebes, ich fühle das. Und jetzt brauche ich dich bei der schwersten Aufgabe, die ich je hatte.« Sie schluckt schwer und mit einem Mal weiß ich, weswegen sie mich gerufen hat. Und die tiefe Wunde in mir wird weiter aufgerissen.

»Du … du willst seine Sachen … aussortieren … oder?« Ich bringe es nur stotternd über die Lippen und ihr Blick verliert die Wärme und den Glanz. Stattdessen treten Trauer und Schmerz an ihre Stelle.

»Ja. Ich muss es tun. Allein schon wegen Nic. Er würde es nicht ertragen, ständig an Philipp erinnert zu werden.« Meine Hände ballen sich automatisch zu Fäusten und mein Gesichtsausdruck wird hart. Unnachgiebig, da die dunkle Wut mein Blut bei der Erwähnung meines Zukünftigen kochen lässt.

»Ha. Dass ich nicht lache. Nic hat kein Recht dazu. Er hat kein Recht zu trauern und es nicht zu ertragen. Er hat sich einen Scheißdreck um Phil geschert«, platzt es unkontrolliert und zornig aus mir heraus. Er, der nie da war, der nie da ist. Der sich um nichts und niemanden gekümmert hat, außer sich selbst. Wie oft hätte Phil ihn gebraucht. Wie oft ist er nicht dagewesen und hat Phil enttäuscht zurückgelassen. Allein der Gedanke jagt die Wut wie Gift durch meine Adern und verlangt nach Genugtuung.

Er hat kein Recht, es nicht zu ertragen.

Marys Blick wird kälter bei meinen Worten und erst da realisiere ich, wem gegenüber ich sie gerade gesagt habe. Erneut rollt eine Welle tiefer Scham und Reue über meinen Kopf hinweg und ich schlage die Hand vor den Mund, entsetzt über mein eigenes Verhalten.

»Es … Oh Gott … es tut mir leid. Ich … ich wollte nicht …«, versuche ich mich zu entschuldigen, doch die Königin schüttelt nur traurig und leicht distanziert den Kopf.

Mein Magen verknotet sich noch mehr.

»Entschuldige dich nicht für Worte, die du genau so gemeint hast, Amelia. Denn das hast du und ich verstehe es. Mein Sohn ist … eigen. Speziell. Und er hat dir allen Grund gegeben, so über ihn zu denken. Doch nicht immer ist alles, wie es auf den ersten Blick scheint.« Sie sieht mich ernst an und ich muss schlucken, denn ich habe das Gefühl, dass sie mir bis in die tiefste Ecke meiner Seele sehen kann.

»Hör auf dein Herz. Aber vor allem gib Nicolas eine Chance.« Sie lächelt traurig und deutet mir mit der Hand vorauszugehen. Das Thema ist offensichtlich beendet.

Mit einem dicken Knoten im Hals gehe ich vor, meine Gedanken sind ein einziges Wirrwarr, und es wird nicht besser. Die nächsten Stunden versinke ich in bittersüßen wie traurigen Erinnerungen, als ich mich gemeinsam mit der Königin daran mache, Phils persönliche Dinge auszusortieren.

***

Metall knirscht und Benzingeruch dringt an meine Nase. Mein Körper wird in den Sitz gepresst und ein harter Ruck geht durch mich hindurch. Mein Kopf knallt auf etwas Hartes und ein scharfer Schmerz zieht über meinen Schädel, bevor alles dunkel wird.

»Weshalb hast du mich nicht gerettet? Weshalb lässt du mich verbluten?« Phils Stimme dringt vorwurfsvoll an mein Ohr und

ich öffne blinzelnd die Augen. Zucke zurück, einen heiseren Schrei auf den Lippen.

Phil sieht mich aus toten, leeren Augen blutüberströmt an. In seinem Bauch klafft ein riesiges Loch.

»Warum? Warum? Warum? Warum?«

Seine Stimme hallt in meinem Kopf und ich fahre keuchend hoch.

Einatmen. Ausatmen.

Verdammt.

Ich fasse mir an die Brust, in der mein Herz rast, und versuche, meinen Atem unter Kontrolle zu kriegen.

Traum. Es war nur ein Traum.

Trotzdem klebt mein Shirt an meiner kalten, schweißnassen Haut. Die Bilder zerren an mir, lassen mich nicht aus ihren Schrecken, kleben wie ein öliger Film an mir, weshalb ich erst jetzt realisiere, wo ich mich befinde.

Ich muss eingeschlafen sein, und Mary hat mich wohl schlafen lassen, denn eine Decke ist über mir ausgebreitet.

»Du siehst nicht besonders erholt aus, Goldlöckchen. Schlecht geträumt?«, raunt mir eine dunkle Stimme zu und ich zucke erschrocken zusammen. Denn in dem Sessel neben Phils Couch sitzt Nicolas und durchbohrt mich mit seinen dunkelgrauen Augen.

Verdammt.

KAPITEL 3

Nicolas

Das Blau ihrer Augen wirkt im fahlen Licht der Nacht, das durch das Fenster hereinfällt, fast unwirklich. Ihr bis dahin unfokussierter Blick fällt auf mich und es fühlt sich an wie ein Schlag in die Magengrube.

Sind diese Augen schon immer so anziehend gewesen?

Natürlich wusste ich, dass sie mit meiner Mutter hier ist, denn ich habe die beiden am Morgen in der großen Halle gesehen. Allein der Gedanke daran, was sie gesprochen haben und wie sehr mich dieses Gespräch getroffen hat, lässt meinen Magen erneut in die Tiefe sacken.

Fuck, ich will mich nicht wie der letzte Penner fühlen, aber genau das tue ich. Denn dieses verklemmte Wesen vor mir hat recht. Ich bin egoistisch und selbstsüchtig. Nur, es aus ihrem Mund zu hören, lässt eine irrationale Wut in mir aufsteigen, die ich nicht kontrollieren kann, und ich habe das Bedürfnis, sie dafür zu bestrafen.

»Was … was willst du hier?«, stammelt sie und hält die Decke umklammert, als wäre es ein verdammter Rettungsanker.

Was bin ich? Jack the Ripper, oder was?

»Die Frage sollte wohl eher ich dir stellen. Was tust DU hier? Denn wenn ich mich recht erinnere, ist das der Wohnbereich meines verstorbenen Bruders. Und du, Goldlöckchen, hast hier nichts mehr zu suchen.« Kühl sehe ich sie an und obwohl meine Stimme samten und weich klingt, höre ich die Provokation darin. Was absoluter Schwachsinn ist, denn ich weiß ja, dass Mutter sie herbestellt hat. Doch das Verlangen, sie bis aufs Blut zu reizen, sie aus ihrer stocksteifen und braven Fassade zu locken, ist größer als die Vernunft.

Und prompt gibt sie mir, was ich möchte. Ihre Augen werden schmal und beginnen zu lodern. Sie reckt trotzig das Kinn und blitzt mich herausfordernd an.

»Richtig. Es ist das Zimmer deines Bruders. Und ich bin … war seine Freundin. Seine Freundin, die jeden Tag hier mit ihm verbracht hat. Die für ihn da war. Die sich um ihn gesorgt hat. Und ich kann mich nicht daran erinnern, dich auch nur einen einzigen Tag im letzten Jahr hier gesehen zu haben. Also: Was genau tust DU hier, Hoheit?«

Boom.

Ihr Tonfall lässt keinen Zweifel daran, wie sie jedes Wort meint. Diese Retourkutsche sitzt. Amelia hat gezielt und getroffen. Und ich bin selbst schuld.

Der Stich, den mir ihre Worte versetzen, ist heftig und ich balle eine Hand zur Faust, um den Zorn zurückzuhalten. Doch ich schaffe es nicht ganz.

»Vorsicht, Goldlöckchen. Du bewegst dich auf gefährlichem Terrain«, warne ich sie und beuge mich dicht zu ihr, eine Strähne ihrer langen Locken zwischen meine Finger zwirbelnd.

Kurz, ganz kurz sehe ich Angst in ihren Augen aufflackern und sie zuckt fast unmerklich vor mir zurück. Doch es vergeht so schnell, dass ich mir nicht einmal sicher bin, ob es tatsächlich der Fall gewesen ist. Denn schon hat sie wieder diese hochmütige, gleichgültige Miene aufgesetzt und starrt mich kalt an. Weicht nicht aus. Lässt zu, dass ich weiter mit ihrem Haar spiele.

Ihr Duft nach Vanille dringt in meine Nase und bei allem, was mir heilig ist, sie riecht umwerfend. Verdammt. Gefährlich. Unerwartet.

Sie hält meinem durchdringenden Blick stand, Blau trifft auf Grau - und nochmal verdammt. Diese Augen. So blau, so unschuldig. Wenn ich nicht aufpasse, ertrinke ich darin. Was auf keinen Fall passieren darf.

»Tue ich das? Warum? Weil es der Wahrheit entspricht? Weil seine Eminenz es nicht hören möchte?« Sie schnaubt verächtlich und schiebt sich die Decke vom Körper, schlägt meine Hand beiseite und will aufstehen. Dabei verzieht sie kurz vor Schmerz das Gesicht und stockt, fasst sich eine Sekunde an die Rippen, bevor sie sich ganz aufrichtet.

Wieder sticht es in meinem Inneren und ich verspüre den Impuls, nach ihr zu greifen, sie zu stützen, doch ich tue es nicht. Nicht bei ihr.

Amelia steht auf, und zum ersten Mal fällt mir wirklich auf, wie zierlich, aber auch wie verdammt weiblich sie ist. Die elegante Hose schmiegt sich an ihre Hüften und trotz der biederen Bluse, die sie trägt, sehe ich ihre Kurven und dass unter diesen schrecklichen Klamotten ein durchaus ansehnlicher Körper steckt.

»Was willst du denn tun, wenn ich nicht aufhöre? Hmm? Du machst mir keine Angst, Nicolas. Aber ich erspare uns dieses sinnlose Gespräch. Wenn du bereit bist, vernünftig zu reden, lass es mich wissen. Ansonsten wünsche ich einen schönen Abend, Eure Majestät.« Sie spuckt mir das letzte Wort förmlich entgegen und ein Grinsen schleicht sich auf meine Lippen.

Huuhh, jetzt habe ich sie gereizt, was mir wirklich ausnehmend gut gefällt.

Einzelne Locken fallen aus ihrem strengen Dutt, bei dem ich allein vom Hinsehen Kopfschmerzen bekomme, und tatsächlich würde ich gerne wissen, wie sie ohne diese biedere Frisur aussieht. Ich habe sie noch nie mit offenem Haar gesehen. Oder in Jeans.

Irritiert über meine Gedankengänge und ihr freches Auftreten ziehe ich eine Braue nach oben und erhebe mich ebenfalls. Stelle mich dicht vor sie, diesen Winzling, denn sie reicht mir gerade einmal bis zur Mitte meines Brustkorbs. Ihr Blick gleitet langsam an meinem Körper hinauf, und wieder trifft dieses unglaubliche Blau auf meine Augen. Doch die Wut und Verachtung, die ich darin sehe, sind wie eine eiskalte Dusche, die mich zurück ins Hier und Jetzt befördert.

Sie hat nicht das Recht, mich so anzusehen. Vorwurfsvoll und anklagend. Nicht sie.

»Oh, und wie ich dir Angst mache. Aber glaub, was du willst, Goldlöckchen. Du könntest nicht weiter von der Wahrheit entfernt sein als in diesem Moment. Genieße deine Freiheit noch ein bisschen. Tick tack, deine Zeit läuft. Also husch, husch …«

Was mich reitet, weiß ich nicht, doch ich beuge mich zu ihr hinunter, fahre mit meiner Nase an ihrem Hals entlang zu ihrem Ohr und sie erschauert.

Fuck. Denn meine Reaktion auf sie ist nicht weniger heftig. Ich will sie packen und …

Scheiße, nein. Nein. Nein. Nein.

»In sieben Tagen, Goldlöckchen. Zieh dich warm an«, raune ich und hauche einen zarten Kuss auf ihren schlanken Hals. *Fuck. Fuck. Fuck.*

Ich bin irre. Wahnsinnig.

Amelia starrt mich an, als ich einen Schritt zurücktrete. Ihr Brustkorb hebt und senkt sich schnell und ich, ich muss hier raus, bevor ich etwas verdammt Dummes mache.

Verlockend. So verlockend. Und Verboten. Und falsch. Lieber habe ich blaue Eier, als dass ich diese Grenze jetzt überschreite und sie an der Wand vögele.

***

»Oh Gott, jaaaa.« Sarah stöhnt laut, als ich mich erneut hart in sie schiebe. Immer und immer wieder.

Der Druck in meinem Schwanz ist unerträglich geworden, und here we are. Sie stützt sich an dem Glasfenster des Hotelzimmers, in das ich sie bestellt habe, ab und presst ihren Hintern fest an meinen Unterleib. An den Hüften halte ich sie fest, so dass ich mich noch härter in sie schieben kann.

Fuck, ich muss diesen Druck loswerden.

Blaue Augen tauchen vor meinem inneren Auge auf und ich werde noch härter.

Scheiße.

Nein.

Sarah stöhnt erneut, doch heute geht es mir auf den Sack.

»Ich sagte, du sollst leise sein. Kein Ton mehr, sonst höre ich auf«, fahre ich sie an und greife in ihr langes Haar, ziehe ihren Kopf nach hinten. Sie wirft mir einen lüsternen Blick zu, doch als ich fester zupacke und gleichzeitig hart in sie rucke, schluckt sie und befolgt meinen Befehl.

Endlich.

Sie zieht sich immer enger um mich zusammen, was mich sonst immer wahnsinnig macht. Heute nicht.

Blaue Augen, die mich verächtlich ansehen.

Scheiße.

Bei allem, was mir heilig ist, meine Eier explodieren gleich.

Fuck. Fuck. Fuck.

Denn als ich stöhnend komme, ist es nicht Sarah, die mich mit lustverhangenen Augen ansieht. Es ist nicht ihr Körper, der unter meinen Stößen erzittert.

Doppelfuck.

Schwer atmend ziehe ich mich aus Sarah zurück und schließe kurz die Augen.

Habe ich jetzt völlig den Verstand verloren?

Offensichtlich, sonst wäre ich gerade nicht härter als sonst gekommen. Und das alles wegen Goldlöckchen.

Mein Blut beginnt automatisch zu kochen und ich heiße es willkommen. Ich hasse es. Hasse, dass sie mich so fühlen lässt.

»Honey … was soll das? Ich war noch nicht fertig.« Sarahs maulige und nervtötende Stimme dringt an mein Ohr und erinnert mich daran, wo ich mich befinde.

»Dein Pech. Ich habe keine Zeit. Wenn du fertig bist mit was auch immer …« Ich werfe einen herablassenden Blick auf ihre weit gespreizten Beine, während ich mich anziehe. »Mach die Tür einfach hinter dir zu. Der Concierge weiß Bescheid.« Ohne sie weiter zu beachten, schnappe ich meine Lederjacke und den Helm und gehe zur Tür.

»Ist das dein Ernst? Du bist so ein Arschloch, Nicolas«, zischt es hinter mir empört und ich lache laut auf.

»Ja, und trotzdem lässt du dich immer und immer wieder von mir vögeln. Das sagt mehr über dich als über mich aus, Schätzchen. Ich weiß, dass ich ein Arschloch bin.«

Mit diesen Worten schlage ich die Tür hinter mir zu und verschwinde. Denn auch wenn ich mir gerade den Frust von der Seele gevögelt habe – das Verlangen ist immer noch da. Und das nicht nach Sarah.

Mein Handy vibriert in der Hosentasche, gerade, als ich in die Tiefgarage komme, wo meine Maschine steht. Als der Name meines Vaters auf dem Display zu sehen ist, zögere ich kurz. Ich habe keinen Bock, mich mit ihm auseinanderzusetzen. Andererseits bin ich jetzt der Thronfolger.

Oh fuck, Phil, wieso? Wieso hast du dich so ablenken lassen?

Mein trauerndes und wütendes Ich flüstert mir bösartig und mordlüstern einen Namen zu. Immer und immer wieder. Doch in diesem Moment schaffe ich es, diese Stimme in den Hintergrund zu drängen.

»Vater?«, gebe ich mich betont entspannt, was ich definitiv nicht bin. Mein Körper steht unter Hochspannung, als ich darauf warte, was mein alter Herr diesmal von mir möchte. Im Normalfall bedeuten seine Anrufe nämlich nichts Gutes.

»Nicolas, ich bin überrascht, dass du meinen Anruf überhaupt annimmst«, legt er prompt drauf los und ich atme geräuschlos tief ein und aus. *Nicht provozieren lassen.*

»Oh, ab und an weiß sogar ich mich zu benehmen, und ob du es glaubst oder nicht, mir ist bewusst, in wessen Fußstapfen ich treten soll. Und wem ich nie das Wasser reichen werde. Also spar dir die Anspielungen und komm zur Sache.« Das kam schärfer über meine Lippen als geplant, doch mein Frustrationslevel ist heute exorbitant hoch. Und mein Vater mein Ventil.

So wie Sarah und eine gewisse andere Frau es auch waren?, hakt mein Unterbewusstsein sarkastisch nach, aber ich bin Meister im Überhören.

»Pampig und anmaßend wie eh und je. Nun gut. Komm bitte morgen früh ins Schloss, wir haben einiges zu besprechen. Unter anderem den Umbau eures neuen Wohntrakts. Aber vor allem, wie wir mit der Presse umgehen. Und, Nicolas … sei pünktlich.« Ohne auf meine Antwort zu warten, legt er auf. Resigniert starre ich auf das Display und kneife mir in den Nasenrücken.

»Dir auch einen schönen Abend, Dad«, murmle ich vor mich hin und stecke das Handy wieder ein.

Der Riss, der sich über die Jahre zwischen meinem Vater und mir aufgetan hat, ist inzwischen so groß, dass ich nicht mehr weiß, wie ich ihn je überwinden soll. Jedes Gespräch ist ein Kampf, ein neuer Schlag ins Gesicht, in den Magen. Und jetzt habe ich nicht mal mehr meinen Bruder, der immer mein sicherer Hafen und Puffer zwischen uns gewesen ist.

Ohne darüber nachzudenken, was ich mache, setze ich mich auf mein Bike, ziehe den Helm auf und klappe das Visier runter. Es ist schwarz und verspiegelt, denn ich habe keinen Bock, wieder Aufhänger einer reißerischen Story in der Harlington Post zu sein. Die Wenigsten wissen, dass ich mich unter diesem Helm verberge, und das ist auch gut so.

Langsam rolle ich aus dem Parkhaus, fahre angepasst durch die beleuchtete Allee beim Hotel, als die letzten Stunden noch einmal vor meinem inneren Auge aufblitzen. *Ach fuck.*

Ich gebe Gas und fahre auf die Hauptstraße, die aus der Stadt rausführt. Ich brauche Luft zum Atmen.

Sobald ich die Stadtgrenze erreicht habe, drehe ich meine Maschine voll auf. Adrenalin schießt in meine Venen, als ich mich vorbeuge, als ich den Wind spüre, der an mir zerrt, als die Landschaft verschwimmt. *Freiheit.*

Einen kurzen Moment spüre ich es wieder. Fühle ich mich leicht und frei. Unbeschwert. Doch es hält nicht lange an.

Wie Seifenblasen zerfällt dieses wacklige Konstrukt, als ich realisiere, wo ich gerade entlangfahre. Sofort werde ich langsamer, sofort krampft mein Magen. Sofort schießen Wut und Trauer durch meine Adern.

Was ist passiert, Phil? Weshalb hast du die Kontrolle über deinen Wagen verloren?

An der Stelle, an der sein Auto über die Böschung ist, halte ich an. Inzwischen sieht man fast nichts mehr von den Spuren, die der Unfall hinterlassen hat, doch ich weiß genau, wo es passiert ist und wie es am Tag danach ausgesehen hat. Es hat sich in mein Gehirn gebrannt.

Ich stelle mein Motorrad ab und klappe mein Visier hoch, gehe langsam zu der Stelle. Der Knoten in meinem Bauch wird unermesslich groß und mir wird übel. Ich möchte am liebsten kotzen, als ich über die Böschung nach unten sehe. Zehn Meter Höhe und ein dicker Baum haben das Leben meines Bruders beendet.

»Es ist ein Wunder, dass du lebst, Goldlöckchen«, murmle ich vor mich hin und mein Hirn fängt an zu rattern.

Was ist wirklich passiert? Haben sie gestritten? Hat sie ihn abgelenkt? An der Stelle, wo er von der Straße abgekommen ist, hätte nichts passieren dürfen. Hätte nichts passieren KÖNNEN. Es sei denn, man ist unaufmerksam.

Meine Hände ballen sich zu Fäusten und ich pumpe automatisch. Tief ein und ausatmend drehe ich mich um und gehe zurück.

Es wird Zeit, dass Lady Perlington mir ein paar Fragen beantwortet.

Amelia

Die Uhr tickt. Meine Zeit läuft ab. Es sind nur noch zwei Tage, bis ich nach Schloss Harlington umziehen muss.

Mein Herz zieht sich zusammen, als ich vor der Familiengruft der königlichen Familie stehe. Dort, wo jetzt auch Philipp liegt.

»Warum hast du mich allein gelassen mit dem ganzen Mist, hmm?« Meine Stimme ist leise und zittert, denn es tut weh. Es tut so weh. Er war mein bester Freund. Er war mein sicherer Hafen. Er war mein Ticket in die Freiheit und ich seins. Doch jetzt werde ich in einen noch engeren Käfig gesperrt, trage die Last seiner Entscheidungen und er, er ist auf irgendeine Weise doch frei. Und das nehme ich ihm übel.

Eine bisher verborgene Wut schiebt sich über die Trauer und ich muss schwer schlucken. Tränen brennen in meinen Augen und ich weiß nicht, wie ich mit diesem Schmerz, der Wut und dieser dunklen Verzweiflung, die lauernd in meinem Herzen sitzen, umgehen soll.

Mein letzter Gedanke erschreckt mich selbst, Scham und Ekel kriechen durch meinen Körper.

Philipp wollte ganz sicher nicht sterben. Er wollte leben. Aber er war entschlossen gewesen sich und seine Wünsche und wie er wirklich war zu verstecken. Es vor aller Welt geheim zu halten.

Langsam lasse ich mich auf den Boden sinken, setze mich im Schneidersitz vor das Mausoleum und Tränen laufen mir über das Gesicht.

Seit wann bin ich so verbittert? Seit wann denke ich so schlecht?

»Es tut mir leid, Phil. Wirklich. Wenn ich könnte …«

»WAS genau tut dir leid, Goldlöckchen? Hmmm? Erzähl doch mal. Lass deinen Zukünftigen daran teilhaben.«

Nicolas' dunkle, raue Stimme ertönt dicht an meinem Ohr und ich stoße einen Schrei aus. Springe zutiefst erschrocken auf, versuche wegzukommen. Doch er ist schneller und greift nach mir, zieht mich an seine Brust.

Der abrupte Körperkontakt, das Gefühl seiner muskulösen Arme an meinen Hüften, an meinem Körper, jagt mir einen Schauer über den Rücken. Was mich mehr als nur ein bisschen irritiert.

»Ahhh, verdammt. Bist du wahnsinnig? Was soll der Scheiß?«, stoße ich atemlos und gleichzeitig wütend aus, denn seine grauen Iriden bohren sich regelrecht in meine, ziehen mich in ihren Bann und ich frage mich, ob er schon immer so faszinierende Augen gehabt hat.

Er riecht nach Leder und irgendetwas anderem, das ich nicht identifizieren kann. Aber Himmel, es riecht gut. Verdammt gut.

Normalerweise schrecke ich in letzter Zeit vor Berührungen zurück, vor allem wenn sie so schnell und ungefragt passieren, aber sein Griff ist sanft, er tut mir nicht weh. Deshalb bleibe ich stehen. Zumindest rede ich mir das ein.

»Weshalb so schreckhaft, Goldlöckchen? Hast du was zu verbergen? Ich bin´s doch nur, dein neues Ticket zur Krone«, säuselt er und ein arrogantes Grinsen schleicht sich auf seine Lippen.

Bitte was? Ticket zur Krone?

Er … das …

Diese wabernde und tickende Masse in meinem Inneren entlädt sich mit einer Intensität, die ich nicht kontrollieren kann.

»Ticket zur Krone? DAS glaubst du von mir? Du heuchlerisches, arrogantes Arschloch! Ich habe deinen Bruder geliebt. Er war mein bester Freund. Er war besser als wir alle zusammen. Du glaubst wirklich, ich bin scharf auf diese verfickte Krone? Einen Scheiß bin ich. Nichts könnte mir egaler sein als das. Ich will weder Königin werden noch sonst etwas von euch. Ich will Philipp zurück. Ich will, dass es aufhört, so wehzutun. Ich will keinen Schmerz mehr. Aber ich habe ihm etwas versprochen. Und dieses Versprechen halte ich. Also schieb dir deine Krone in den arroganten und selbstgerechten Hintern und lass mich in Ruhe.«

Ich kann das Schluchzen, dass in meiner Kehle brennt, nicht länger zurückhalten und schlage Nicolas mit meiner Faust auf die Brust, um mich dann aus seinem Griff zu befreien und nach hinten zu stolpern.

»Lass mich einfach in Ruhe. In zwei Tagen werde ich das sein, was immer man von mir erwartet. Bis dahin geh mir aus dem Weg. Ich will dich nicht. Ich will das alles nicht.« Abwehrend habe ich meine Hand gehoben und wische mir mit der anderen über meine Augen. Nicolas steht stocksteif und mit steinernem Gesicht vor mir, starrt mich einfach nur an, aber seine Hände sind zu Fäusten geballt.

Groß und breit, die dunklen Haare zerzaust, mit seiner Lederjacke sieht er gefährlich aus. Gefährlich schön.

Automatisch weiche ich noch weiter zurück, denn ich kann ihn nicht einschätzen, was mich unsicher werden lässt. Also mache ich das Einzige, das mir in diesem Moment richtig erscheint. Ich drehe mich um und gehe.

Weg.

Weg von ihm.

Weg von all diesem Mist, den ich nie gewollt habe.

Doch die Gefühle, die Angst, die Trauer folgen mir wie ein Schatten.

Ich spüre, wie Nicolas' Blick sich in meinen Rücken brennt, aber ich drehe mich nicht um. Verschwinde hinter den Büschen in den Schlosspark.

Keuchend und nach Luft ringend husche ich aus dem riesigen Tor, das den Park vom königlichen Friedhof trennt, und haste eilig zu meinem Auto.

Ich bin allein hier, mein Bruder weiß nicht, wo ich bin, und ich habe auch nicht vor, so schnell nach Perlington House zurückzukehren.

Fahrig ziehe ich mein Handy aus der Tasche und tippe auf Lizzys Kontakt. Ich brauche meine beste Freundin.

»Lia, hey …«

Ich unterbreche sie sofort.

»Können wir uns treffen? Jetzt? Ich … bitte«, flehe ich sie an, denn ich … ich fühle mich so … so. Keine Ahnung wie. Es ist alles zu viel und ich möchte aus meiner Haut.

Plötzlich schlägt das Gewicht dessen, was ich in zwei Tagen tun muss, was von mir erwartet wird, wie eine Bombe bei mir ein. Nimmt mir die Luft und ich habe das Gefühl, in meiner eignen Panik zu ertrinken.

»Wir treffen uns in einer halben Stunde am See. Bin schon unterwegs.«

Ich nicke, obwohl sie mich gar nicht sehen kann, doch sie hat sowieso schon aufgelegt.

Mein Körper steht komplett unter Strom, als ich mit zitternden Fingern meine Tür öffne und einsteige.

Wie kann er es wagen, so etwas zu sagen? Wie kann er sich das Recht rausnehmen, mich als Kronenjägerin abzustempeln? Er kennt mich doch gar nicht.

Du ihn aber auch nicht, gibt mein inneres Stimmchen neunmalklug von sich, doch ich wische dieses Argument beiseite. Ich will nichts davon hören. Er ist ein Mistkerl.

Ich starte den Motor und als ich in den Rückspiegel blicke, sehe ich auf der anderen Seite am Hinterausgang des Parks ein schwarzes Motorrad samt Fahrer stehen.

Nicolas.

Und mir dämmert, dass Phil und er sich wahrscheinlich doch öfter gesehen haben, als ich dachte. Allerdings bin ich für vernünftige Denkweisen und Argumente gerade nicht zugänglich. Dazu bin ich zu aufgewühlt.

Mein Herz macht einen Satz und der Zorn auf ihn, auf die ganze Situation brodelt erneut auf. Ich wende das Auto, hebe trotzig das Kinn und zeige ihm den Mittelfinger, als ich an ihm vorbeifahre - und gebe Gas. Fahre etwas schneller, als ich sollte durch das Tor, und die Wachen schütteln den Kopf. Normalerweise würde ich mich jetzt schämen, doch ich muss hier weg. Und so achte ich gar nicht darauf.

Zwanzig Minuten später bin ich aus der Stadt raus und biege auf die Schotterstraße, die zu Lizzy und meinem See führt. Es ist unser Rückzugsort, da er wunderbar abgelegen liegt und außer uns niemand mehr hierher kommt. Er ist nicht groß, aber wunderschön, versteckt in einem kleinen Birkenwäldchen. Man muss zu Fuß ein paar Meter durch den Wald gehen, damit man ihn findet, aber genau das ist das Wunderbare.

Das Wäldchen selbst hat eine so unglaubliche Anziehungskraft, mit den weißen Stämmen und den im Wind wehenden Zweigen, dass man stundenlang hier sitzen will. Sobald die Bäume sich lichten, kann man auf den kleinen Strand aus Kieselsteinen sehen, der zu dem glitzernden Blau des Sees führt. Auf der Seite, die zugänglich ist, steht eine Trauerweide, unter die ich mich immer setze und den Ausblick genieße. Hier komme ich zur Ruhe.

Neben Lizzys Audi halte ich an und muss schmunzeln, denn dieses Auto ist einfach mal babyrosa. Sie liebt diese Farbe und wollte es genau so haben. In diesem Punkt ist sie wahrlich eine Prinzessin.

Der Kies knirscht unter meinen Sohlen und als ich bei der Weide ankomme, sitzt sie mit zwei Kaffeebechern darunter und sieht mich prüfend an.

»Was ist passiert?«, fragt sie sofort und blickt auf meine zitternden Finger, als sie mir einen der Becher entgegenstreckt und ich ihn in entgegen nehme.

So viel zum Thema runterkommen.

Lizzy merkt genau, wie aufgewühlt ich bin.

Seufzend lasse ich mich neben sie ins Gras sinken, lehne mich an den Stamm.

»Alles ist los. Oder besser gesagt dein Bruder. Oder die Tatsache, dass ich in zwei Tagen in dieses Schloss ziehen muss, das mir auf einmal viel zu eng und klein und dunkel vorkommt.« Hilflos hebe ich die Schultern, denn ich kann selbst nicht erklären, was genau in mir vorgeht.

»Mein Bruder?« Natürlich geht sie als Erstes auf diesen Punkt ein und ich schnaufe einmal tief durch.

»Ich war gerade bei Phil am Grab. Ich wollte … ich wollte mit ihm reden, irgendwie den Kopf frei kriegen. Da ist Nicolas plötzlich aufgetaucht und hat mich zu Tode erschreckt. Nur um mir dann auf seine nette Art und Weise mitzuteilen, ich wäre eine gierige Kronjägerin. Er hörte sich an, als sei ich nur wegen der Aussicht darauf, Königin zu werden, hinter Phil her gewesen.«

Ich habe mich in Rage geredet, mein Herz rast wie wild. Allein der Gedanke, was er mir mit seinen Worten unterstellen wollte, lässt alles in mir rebellieren.

»Jaaaa, das hört sich ganz nach meinem werten Bruderherz an«, meint sie gedehnt und seufzt.»Ich will ihn nicht in Schutz nehmen, aber die Beziehung zwischen Phil und ihm war eng.

Sehr eng. Auch wenn es für dich nie so ausgesehen hat. Sie waren Brüder, Lia, und Nicolas hat Phil geliebt. Er … er verkraftet seinen Tod nicht ganz so gut - was keine Entschuldigung für sein Verhalten ist. Er kann ein richtiges Arschloch sein, wenn er will.«

Ich schnaube kurz auf.

»Na offensichtlich will er es bei mir sogar sehr. Und ich tue mich echt schwer damit, zu glauben, dass die beiden sich nahestanden. Phil hat so gut wie nie von ihm gesprochen. Geschweige denn, dass Nicolas mal anwesend gewesen wäre. Dafür hat er sich so ziemlich jedes Mal, wenn ich ihn zu Gesicht bekam, daneben benommen oder Phil musste ihn aus irgendeiner Scheiße rausholen«, gebe ich trotzig und sehr widerwillig zurück. Denn ich will nicht glauben, dass Nicolas nicht so schlimm ist, wie er tut. Und ich will auch nicht glauben, dass Phil mir ihre enge Beziehung verschwiegen hat. Dieser Stich tut nämlich weh und ich verstehe es nicht.

Lizzy bemerkt meinen Zwiespalt und lächelt mitfühlend.

»Phil hat Nicolas gehütet wie einen Goldschatz. Weil er ihn gut genug kannte und wusste, was er schon alles mitgemacht hat. Und nein, er wollte dir sicher nicht wehtun, indem er dir verschweigt, wie oft sie sich wirklich sehen. Aber sind wir mal ehrlich, Lia. Du hast dir dein Bild von Nicolas schon vor langer Zeit gebildet. Hättest du Phil geglaubt, wenn er dich vom Gegenteil hätte überzeugen wollen?« Sie sieht mich wissend an und der Widerwille in mir wird immer größer.

So bin ich doch nicht.

Doch, genau das hast du getan. Wieder mein vorlautes Stimmchen und ich würde es am liebsten schlagen. Denn verdammt, die beiden haben recht.

»Nein. Nein, das hätte ich nicht. Ich tue es jetzt ja noch nicht einmal«, gebe ich zähneknirschend und missmutig zu, und Lizzy lacht los.

»Dein Zahnarzt wird sich freuen, wenn du deine Kiefer weiter so zusammenpresst. Aber keine Sorge, ich versteh dich ja. Nicolas ist schwierig.«

Ich gebe ein verächtliches Schnauben von mir, denn ich bin wirklich nicht bereit, ihm auch nur einen Millimeter zu schenken. Nicht nach seiner Aktion vorhin.

»Ok, ok, er ist sehr schwierig. Aber du wirst dich mit ihm arrangieren müssen. Außerdem kannst du so endlich aus Perlington House verschwinden. Das ist doch immer noch das oberste Ziel, oder?«

Lizzy lehnt sich wieder an den Baumstamm und nippt an ihrem Latte Macchiato, mustert mich dabei aber genau.

»Ja. Ja, das ist es. Nur weiß ich nicht, wie ich ein braves Frauchen abgeben soll, wenn dein Bruder mich allein mit seiner bloßen Anwesenheit in den Wahnsinn treibt.« Verloren sehe ich sie an, denn ich habe keine Ahnung, wie ich mit dieser Situation und meinen sehr labilen und impulsiven Gefühlen umgehen soll. Ja, ich muss weg von Henry. Aber zu welchem Preis?

»Weißt du was? Wir lassen diesen ganzen Mist heute einfach hinter uns und gehen feiern. Die Truppe hat uns lange nicht mehr gesehen und ich weiß aus sicherer Quelle, dass sie heute Abend im *Purge* sein werden. Lass uns abschalten und dein Hirn ein bisschen freipusten. Hmmm?« Mit einem erwartungsvollen Glitzern in den grauen Augen sieht sie mich an.

»Ja? Ja? Ja? Komm schon, Lia«, bettelt sie weiter und ich muss lachen.

»Ok, ok, aber nur, weil du die Kids erwähnt hast«, gebe ich mich geschlagen.

Lizzy und ich arbeiten ehrenamtlich mit ehemaligen Straßenkindern zusammen, die in einem Hilfsprogramm für obdachlose Kinder untergebracht waren, das vom Königshaus unterstützt wird. Wir bringen ihnen das Tanzen bei.

Streetdance, Shuffeln, klassisches Ballett - die ganze Palette. Ich habe Sozialpädagogik studiert, was mich auf meine Aufgaben als künftige Königin mehr als gut vorbereitet hat, aber meine Leidenschaft neben Büchern ist das Tanzen. Genau wie Lizzys. Und einige der ehemaligen Bewohner kommen regelmäßig ins *Purge*.

»Yess.« Sie klatscht erfreut in die Hände, wobei sie ihren Becher umschmeißt und erschrocken aufkreischt, weil ihr Hintern plötzlich nass wird.

»Oh Shit, der schöne Kaffee«, jammert sie los und ich muss lachen, denn natürlich gilt die Trauer dem Latte und nicht ihrer Hose.

»Halb so wild, du trinkst heute eh noch zehntausend mehr, bis wir starten. Ich rufe Henry an und sage, dass ich bei dir schlafe. Sonst will er es mir nur wieder verbieten. Wenn ich im Schloss bleibe, hat er nichts dagegen. Dass wir weggehen, muss er ja nicht erfahren.« Vorfreude macht sich in meinem Bauch breit und es flirrt und surrt aufgeregt. Denn die Aussicht auf einen Abend ohne Nachdenken, ohne Henry ist zu verlockend.

»Na dann los, Lady Perlington. Lassen Sie uns mal ein Outfit für den Abend aussuchen. Wer weiß, vielleicht findest du ja noch jemanden, mit dem du ein bisschen Spaß haben kannst.« Sie zwinkert mir zu und ich stöhne auf.

»Nur weil mein Sexleben anders als bei dir seit MONATEN auf Eis liegt, heißt das nicht, dass du mich verkuppeln musst. Untersteh dich.« Drohend hebe ich meinen Finger, verkneife mir aber ein Schmunzeln.

»Gegen ein gutes und erfülltes Sexleben ist überhaupt nichts einzuwenden, meine Liebe. Im Gegenteil. Du wirst schon sehen. Und jetzt los. Wir haben eine Mission.« Sie hüpft zu ihrem Auto und ich folge ihr seufzend. Denn irgendwie habe ich das Gefühl, dass dieser Abend unvergesslich wird.

KAPITEL
4

Nicolas

Jeans. Sie hat Jeans getragen. Und ein Shirt.

Das Bild von Amelia, wie sie vor Philipps Grab gesessen hat, einsam und gebrochen, erscheint wieder in meinen Gedanken und ich fühle alles erneut. Wie ihre Trauer förmlich auf mich übergesprungen ist, weil sie aus jeder ihrer Poren gedrungen ist. Wie ich sie am liebsten an mich gepresst hätte. Sie sah so klein und verletzlich aus. Dabei traue ich ihr nicht.

Ich weiß, dass es unlogisch ist, und rational gibt es keinen Grund, aber irgendetwas an ihr reizt mich bis aufs Blut. Und doch zieht sie mich auf seltsame, intensive Weise an. Dafür hasse ich sie. Ich hasse sie dafür, dass sie diese widersprüchlichen Gefühle in mir hervorruft. Dass sie mir jedes verdammte Mal, wenn sie mir unter die Augen tritt, das Messer ins Herz rammt, weil sie mich an meinen Bruder erinnert.

Doch dummerweise habe ich heute den Fehler gemacht, sie zu berühren.

Ihren Körper direkt an meinem zu spüren, hat mir gelinde gesagt Stromstöße über die Haut gejagt. In diesem Moment wollte ich sie. So sehr, dass es wehgetan hat. Ihre Augen, ihr Körper. Sie ist eine kleine Sirene und das macht sie gefährlich. Sehr gefährlich, denn sie ist für mich absolut tabu.

Und doch hast du sie fast besprungen, du Vollidiot, verhöhnt mich mein Unterbewusstsein, dem ich mental den Mittelfinger zeige.

Ja, das hat mich noch wütender gemacht. Ich will sie nicht wollen. Sie hat meinem Bruder gehört, ihn gefickt, ihn vergöttert, und sie verabscheut mich.

»Erde an Nic! Alter, was ist denn mit dir los heute? Sei endlich mal locker und hab Spaß«, lallt mein bester Freund und torkelt mal wieder mehr als angetrunken zu mir an die Lounge, wo er sich neben mich auf die Couch fallen lässt.

Nach der Sache mit Amelia bin ich kurz zu mir ins Apartment und dann sofort ins *Purge*.

Ced zieht kopfschüttelnd eine Braue hoch und Eric - der Vierte im Bunde, der sich eher selten unseren Ausschweifungen anschließt, heute aber entschieden hat, mitzugehen - sieht ihn irritiert an.

»Verpiss dich mit deinem Gelaber, D. Keine Ahnung, ob du dir inzwischen auch die letzte Gehirnzelle weggesoffen hast, aber ich hab im Moment sicher kein Interesse an Spaß, du Arsch.« Angepisst nehme ich Damien ins Visier und er hebt beschwichtigend die Hände.

»Whoaa, komm runter. Ich will dir nur helfen. Mach es wie ich …« Er zeigt mit einer unkoordinierten Handbewegung auf sich und grinst. »Mir geht es blendend. Ich habe Spaß und feiere das Leben. Alles andere kann dir doch scheißegal sein. War es ja vor Phils Tod auch.«

Schneller als er blinzeln kann, habe ich ihn am Kragen gepackt und vor mein Gesicht gezogen. Wut. Da ist überall Wut. Es kocht so sehr in meinen Venen, dass es wehtut.

»An deiner Stelle würde ich die Fresse halten, ansonsten frisst du die nächsten Wochen nur Püriertes, verstanden?«

Meine Stimme ist leise, aber so kalt und drohend, dass mein bester Freund kurz die Augen aufreißt und Angst durch seinen Blick huscht, bevor diese abgrundtiefe Trauer wieder darin erscheint, die mich fast zerfetzt.

»Er … ich … fuck.« Damien reißt sich los und ich bemerke im Augenwinkel, dass Cedric sich zu mir geschoben hat, bereit einzugreifen. Doch das braucht er nicht.

Ich starre meinen besten Freund an, der sich erhebt und mich wie ein in die Enge getriebenes Tier ansieht.

»Du hast doch keine Ahnung. Ihr alle habt keine Ahnung … Es … Scheiße, ich kann das nicht.« Er dreht sich um, bringt dabei den Stehtisch hinter sich ins Wanken, greift nach der Wodkaflasche, die darauf steht, und haut ab. *Scheiße.*

In meiner Brust sticht es heftig, und ich will, nein, ich muss ihm hinterher. Doch Eric ist bereits aufgestanden und winkt ab.

»Lass mich. Er würde dich jetzt eh nur beleidigen. Ich mach das schon.« Er lässt mir keine Zeit zu antworten, sondern folgt Damien eilig.

»Irgendetwas stimmt da nicht.« Ceds Stimme erklingt dicht neben mir und ich nicke nur, da ich immer noch gedankenverloren zu der Stelle sehe, wo meine beiden Kumpel gerade verschwunden sind. »Definitiv stimmt hier etwas ganz und gar nicht. So hab ich ihn noch nie erlebt. Ich meine, ja, Phils Tod hat ihn genau wie dich und alle anderen getroffen, aber dass er sich so abschießt, so außer Kontrolle gerät deswegen – NEIN.« Jetzt drehe ich meinen Kopf in Ceds Richtung und sehe ihn ernst an.

»Warum entwickelt sich gerade alles zu einem stinkenden Haufen Scheiße? Als ob es nicht langsam reichen würde.« Die Frage gilt mehr mir selbst als jemand anderem, doch Cedric antwortet trotzdem.

»Ich kümmere mich darum. Sieh du zu, dass du das mit Amelia irgendwie regelst. Damit hast du genug zu tun.«

Ich stoße ein abfälliges Schnauben aus und lehne mich in die Couch zurück, während Cedric sich erhebt und an die Brüstung geht, von der aus man den ganzen Club betrachten kann.

Das *Purge* ist kein Edelclub, wo Schickimickis ein und aus gehen und literweise Champagner fließt. Hierher kommen ehemalige Straßenkids, die in meinem Förderprogramm waren. Ja, auch Prinz Selbstsüchtig hat ab und an eine soziale Ader. Sie kommen, um Spaß zu haben, zu feiern und abzuschalten. Hier treffen sich die Normalsterblichen, und ich genieße jede Sekunde.

Der Club ist besser bewacht und sauberer als jeder andere weit und breit, denn die ehemaligen Heimbewohner haben ihn erschaffen.

Das alte Lagerhaus wurde von unserer Stiftung zu einem modernen und stylischen Club umgebaut, und wir haben einen Teil der Backsteinfassade erhalten. An der einen Wandseite erstreckt sich eine lange Bar mit großem Spiegel und Neonleuchten, davor die riesige Tanzfläche mit Podesten in der Mitte. Der Club ist in zwei Farben geteilt, die sich wie ein Riss quer durch die Halle zieht. Die eine Hälfte ist in Weiß und Silber gehalten, symbolisiert das Licht, die andere ist Schwarz und Gold gestrichen und steht für das Dunkle. So wie es auch bei den Jungs und Mädels im echten Leben ist. Alles ist hochmodern und edel, nichts wirkt irgendwie schäbig oder heruntergekommen.

Das *Purge* ist ein verdammt moderner Club, wo sich scharfe Riffs mit dröhnenden Beats abwechseln. Hier batteln sich die Kids regelmäßig und ich bin stolz darauf, denn so vertreiben sie sich ihre Zeit sinnvoll.

Über eine Treppe kommt man hoch in den Loungebereich, eine Art Balkon, von dem man das ganze Geschehen beobachten kann. Da er durch eine Glaswand vom restlichen Bereich getrennt ist, kann man sich hier auch besser unterhalten. Und saufen. Und wer‘s nötig hat, auch vögeln. Die Security lässt nicht jeden hoch, nur ausgewählte Gäste dürfen hier rein. Vor allem, wenn wir hier sind.

»Was gibt es da zu regeln? Diese kleine, prüde Langweilerin wird übermorgen mit mir ins Schloss ziehen und sehr schnell merken, wie der Hase läuft. Was soll ich denn mit ihr anfangen?« Meine Antwort kommt angepisster, als sie klingen soll, doch der Gedanke an Amelia lässt meinen Magen komische Dinge tun und das hasse ich wirklich.

Cedric sieht gebannt auf die Tanzfläche und dann mit einem so dreckigen Grinsen zu mir, dass meine Augenbrauen nach oben wandern.

»Prüde? Bist du sicher?«, fragt er scheinheilig und meine Alarmglocken beginnen zu schrillen.

Weshalb grinst er so?

»Ähm, hast du sie mal angesehen?«, frage ich irritiert, denn ich verstehe nicht, was er von mir will. Wieder gleitet sein Blick runter zur Tanzfläche.

»Mhm, in diesem Moment. Und WAS ich sehe, ist alles andere als prüde, mein Freund. Und der Meinung bin wohl nicht nur ich.« Er wendet sich wieder zu mir, dieses teuflische Grinsen auf dem Gesicht, und ich erstarre.

Was? WAS?

Er nickt nach unten, als ich ihn alarmiert ansehe, als ich mich langsam erhebe und zu ihm gehe.

»So, wie ich das sehe, haben sie und deine Schwester gerade sehr viel Spaß.«

Spaß?

Das Wort hallt in meinem Kopf wie ein Echo wider.

Will er mich verarschen?

Doch als ich suchend durch die Menge schaue, sehe ich sofort, was er meint. Mein Atem stockt, Adrenalin rauscht wie ein ICE durch meinen ganzen Körper, und ich erstarre. Unfähig, irgendetwas zu sagen oder zu tun, stehe ich da und gaffe. Denn dort unten wird gerade ein weiteres Tanzbattle ausgetragen. Und mitten drin bewegt sich Amelia, als hätte sie nie etwas anderes getan.

Ihr schlanker, aber kurviger Körper steckt in einer hautengen, zerrissenen Jeans, die sich an ihren anbetungswürdigen Hintern schmiegt. Und als sie herumwirbelt, kommt ein straffer, trainierter Bauch zum Vorschein, in dessen Nabel ein glänzendes Piercing steckt.

Ein Piercing. Amelia ist gepierct. *Fuck.*

Ihr Off-Shoulder Shirt geht nur knapp bis zum Nabel, darunter trägt sie nur einen Neckholderbikini. Also quasi nichts. Ihre Brüste sind voll und trotz des weiteren Shirts gut zu erkennen.

Scheiße, diese Frau hat eine Figur zum Niederknien. Was mich aber am meisten trifft, sind ihre Haare. Es schockiert mich richtiggehend, denn sie fallen lang, wild und lockig über ihren Rücken. Offen.

Diese verdammten Haare sind nicht zu einem ihrer strengen Dutts gedreht. Sie sind OFFEN.

Doppelfuck.

Meine Finger krallen sich in das Geländer, so dass meine Knöchel weiß hervortreten, und ich presse meine Kiefer fest zusammen. Ich blinzle nicht einmal, während ich dieses Wesen da unten fixiere.

Adam, eins meiner ehemaligen Streetkids, wirbelt sie gerade in eine Drehung, während sie perfekt die Hüften schwingt. Sie lacht und ihr ganzes Gesicht erstrahlt dabei. Sie tanzen den Final Dance von einem dieser Filme nach, und Scheiße, verdammt, sie ist der Hammer.

Gebannt sauge ich jede ihrer Bewegungen auf, suche verzweifelt die biedere und unscheinbare Frau, die sie bisher für mich gewesen ist. Doch ich finde sie nicht. An Goldlöckchen ist nichts, aber auch gar nichts unscheinbar. Und das kriegt mein Hirn so gar nicht auf die Reihe.

»Anscheinend hat die kleine Lady dir ein bisschen was verschwiegen. Denn so, wie unsere Jungs sich da unten benehmen, kennen sie sich. Und weil Lizzy da mitmischt, schätze ich, dass Amelia die zweite Trainerin ist, die wir nie zu Gesicht bekommen haben.« Sichtlich amüsiert mustert Ced mich. Ich sehe sein süffisantes Grinsen im Augenwinkel und hebe nur meinen Mittelfinger, denn ich werde, ich KANN nicht eine Sekunde die Augen von dieser Frau nehmen.

Dieser Idiot neben mir lacht laut los.

»Oh, es wird ein Heidenspaß, dir beim freien Fall zuzusehen, mein Freund. Ich kann es nicht erwarten, Amelia dabei zu beobachten, wie sie dich Stück für Stück in die Knie zwingt. Denn glaub mir, das wird sie.« Er klopft mir gespielt mitleidig auf die Schulter und ich knirsche mit den Zähnen, drehe meinen Kopf langsam in seine Richtung.

In meinem Bauch hat sich eine seltsame Mischung aus Abscheu, Wut und Verlangen gebildet, und mein Schwanz, der Verräter, lechzt bereits nach Goldlöckchen. Was mich nicht unbedingt besänftigt.

»SIE WIRD GAR NICHTS. SIE IST NIEMAND! Und jemand, der mir nichts bedeutet, kann mich auch nicht in die Knie zwingen. Sie ist Phils Traumfrau gewesen. Nicht meine. Und wenn du dein arrogantes Grinsen behalten willst, hältst du jetzt besser die Klappe. Sonst freut sich dein Dentaltechniker bald über eine horrende Rechnung, die er dir stellen kann«, knurre ich und dieses Arschloch lacht noch mehr.

»Wenn du meinst. Du musst es ja wissen«, feixt er fröhlich weiter und ich möchte ihm wirklich gerne eine reinhauen. Meine Hand zuckt, doch Amelia fordert meine ganze Konzentration. Mein Verstand bekommt es einfach nicht auf die Kette, dass diese wunderhübsche, strahlende, lockere Frau da unten dieselbe sein soll, die ich heiraten werde.

Nun, du könntest es deutlich schlechter treffen, teilt mir diese nervige Stimme in meinem Kopf mit, und selbst wenn sie recht hat, würde ich es begrüßen, wenn auch sie die Fresse hält.

»Allerdings würde ich auch mal ein Auge auf deine Schwester haben. Sie sieht ziemlich hinüber aus, wenn du mich fragst«, meint er dann ernster und damit hat er meine Aufmerksamkeit dann doch.

Mein Blick schweift ein Stück nach rechts, und tatsächlich, Lizzy klammert sich schwankend an die Theke der Bar und versucht, ihr Gleichgewicht zu halten. Was ihr mehr schlecht als recht gelingt.

Verdammt.

Sorge breitet sich in meiner Brust aus, denn ich weiß, wie schlecht es ihr seit Phils Tod geht. Doch in diesem Moment erregt ein schmieriger Typ meine Aufmerksamkeit, denn er steht schräg hinter Lizzy und beäugt sie gierig. Der Ausdruck in seiner Fresse gefällt mir gar nicht. Auch Cedrik bemerkt es und verengt die Augen.

»Was zum Teufel …« Mir bleiben die Worte im Hals stecken, denn jetzt passiert alles gleichzeitig.

Dieser lebensmüde Bastard holt ein Röhrchen aus seiner Tasche, sieht sich unauffällig um und kippt es in Lizzys Glas.

WHAT THE FUCK?!

Ich springe über das Geländer nach unten, lande mitten auf der Tanzfläche und schiebe die gaffenden Leute grob zur Seite, als ich sehe, wie meine Schwester danach greifen will.

Nein, verdammt.

»LIZZY, NICHT!«, brülle ich quer durch den Club und stoße die Menschen vor mir weg, die mir im Weg stehen. Doch Amelia ist schneller und geht dazwischen, kochend vor Wut und Empörung. Ihre Augen blitzen regelrecht, das sehe ich sogar von hier aus, und mein Herz bleibt fast stehen, denn sie schnappt sich das Glas und kippt es dem Typ ins Gesicht.

Oh, verfluchte Scheiße. Ist diese Frau wahnsinnig?

Cedric ist dicht hinter mir, doch ich dränge mich wie ein Irrer durch die Menge.

Der Typ ist fällig. Sollte er Goldlöckchen anfassen, dann erst recht. Und auch wenn mein Respekt für Amelia gerade gestiegen ist, weil sie sich ohne Gedanken über die Konsequenzen für meine kleine Schwester einsetzt, pulsiert der Zorn über ihr unbedachtes Handeln scharf durch meine Venen.

Was meint dieses Wesen denn? Dass sie Hulk ist?

Der Typ stampft sie ungespitzt in den Boden, wenn es ihm gefällt, und meine kleine Schwester gleich mit. Was denkt Madam sich denn?

Gar nichts hat sie gedacht, sie hat impulsiv gehandelt. Das müsstest du doch kennen, teilt mein überaktives Unterbewusstsein mir mal wieder ungefragt mit, aber Scheiße, das ist doch mir gerade egal. Sie bringt sich mit dieser Kamikazeaktion in Gefahr und meine Schwester gleich mit.

Verdammt. Verdammt. Verdammt.

Adam und die anderen Jungs haben sich bereits in Amelias und Lizzys Richtung bewegt, als ich mich durch die Menge pflüge.

In diesem Moment reißt dieser Wichser Amelia das Glas aus der Hand und zerschlägt es an der Theke. Lizzy taumelt zur Seite, aber Ced ist da und zieht sie aus der Gefahrenzone. Doch mein zukünftiges Wifey ist kurz davor, die Kehle aufgeschnitten zu bekommen, denn sie steht wie ein Reh im Scheinwerferlicht da und bewegt sich nicht.

Der Typ macht einen Satz auf sie zu, holt mit dem zerschlagenen Glas nach ihr aus, doch ich bin schneller. Nur über meine Leiche wird er Goldlöckchen anfassen. Wenn einer sie umbringt, dann bin ich das, sonst keiner.

Bevor er sie zu packen bekommt, umfasse ich ihre Taille und ziehe sie an meine Brust. Sie keucht auf, erkennt aber wohl, wer sie da packt, denn sie wehrt sich nicht. Doch sie zittert und ist wie paralysiert. Ihr Kopf dreht sich in meine Richtung, und japp, Madam steht unter Schock. Sie sieht mich mit weit aufgerissenen Augen an, die Pupillen riesig und glasig, und dieser Blick bohrt sich in meine Eingeweide. Doch bevor ich mich damit befasse, muss ich das andere Problem in Form wandelnder Steroide vor mir beseitigen.

»Ah, ah, mein Freund. Willst du dich nicht mit jemandem in deiner Gewichtsklasse anlegen? Denn so unausstehlich und aufmüpfig diese Lady auch sein mag, würde ich es doch begrüßen, wenn du ihr nicht die Kehle aufschlitzt«, teile ich diesem Vollidioten freundlich mit und lege meinen Kopf schief.

Inzwischen hat sich die Security von beiden Seiten genähert, so dass ich wohl nicht selbst zum Zug kommen werde. Doch ich will diesem Typ eine donnern. Ich will ihm in seine dumme, von Drogen vollgepumpte Visage schlagen, dafür, dass er meine Schwester betäuben wollte. Dafür, dass er Goldlöckchen anfassen wollte.

»Verpiss dich. Die Schlampe kriegt nur, was sie verdient«, dröhnt er völlig high und prescht nach vorne, das kaputte Glas auf Amelia gerichtet. Die zuckt an meiner Brust zusammen und hebt schützend die Hände vors Gesicht - und ich sehe rot.

Bevor er uns erreicht, stoße ich sie zur Seite, weshalb sie erschrocken aufschreit - und der Weg ist frei für diesen Freak. Der nutzt die Chance augenblicklich und stürzt sich auf mich. Er stößt das Glas in meine Richtung, doch er kann nicht mehr richtig zielen und ich weiche aus, packe blitzschnell seinen Arm und verdrehe ihn auf seinen Rücken. Sein Kopf knallt schneller auf die Theke, als er Piep sagen kann, doch auch das befriedigende Knacken besänftigt mich nicht. Sein Brüllen dröhnt durch den Club, bevor sein Schädel erneut auf die Bar trifft, doch es reicht mir nicht. Noch lange nicht. Ich reiße ihn hoch und wieder kracht meine Faust in seine dumme, zugedröhnte Visage. Ich bin wie in einem Tunnel, sehe immer wieder meine taumelnde Schwester und eine verängstigte Amelia vor mir.

Schlage noch einmal zu.

»Nicolas nicht. Es reicht«, dringt eine panische Stimme zu mir durch und jemand fasst mir an den Unterarm.

Nein, fuck.

Ich will ihn leiden lassen.

Ich wirble herum, da der Typ regungslos zu Boden sackt, und packe denjenigen, ohne zu überlegen, an der Kehle. Nur dass mich kein Typ anstarrt, sondern große, geschockte blaue Augen. Amelia.

Fuck.

Sofort lasse ich sie los und mache einen Schritt auf sie zu, doch sie reißt schützend ihre Hände nach oben und weicht vor mir zurück.

»Nicht. Ich … es tut mir leid. Bitte nicht wehtun«, stammelt sie und ich höre, dass ihre Stimme bricht.

Fuck.

FUCK. FUCK. Was geht denn jetzt ab?

Schwer atmend stehe ich da und fixiere Amelia irritiert, die mich mit weit aufgerissen Augen anstarrt, als Cedric einen Schrei ausstößt.

»Lizzy.«

Amelia

Mein Kopf ist wie leergefegt und ich zittere unkontrolliert. Mein Herz pocht laut und wild und mein Puls rast. Adrenalin jagt durch meine Adern, denn ich komme gar nicht mehr mit, so schnell geht gerade alles.

Als ich gesehen habe, wie dieser Typ Lizzy das Zeug ins Glas gekippt hat, bin ich ausgeflippt. Ich habe nicht nachgedacht und erst begriffen, was ich getan habe, als es schon zu spät war.

Die Gewaltbereitschaft in den Augen dieses Typen hat mich gelähmt, hat Bilder in meinem Kopf abspielen lassen, die ich lieber vergessen würde. Ich konnte nicht mehr reagieren. Hilflos. Ich bin hilflos und schwach gewesen, wie immer. Wenn Nicolas nicht gewesen wäre …

Mein Magen hebt sich erneut und ich muss schwer schlucken. *Er hat mich gerettet.*

Als er mich an sich gezogen hat, hätte ich fast um mich geschlagen. Doch als sein Duft nach Leder und Moschus in meine Nase gestiegen ist, hat mein Unterbewusstsein nachgegeben. Sicherheit. Dieser arrogante Sack hat mir in dem Moment Sicherheit vermittelt.

Was das zu bedeuten hat, möchte ich lieber nicht analysieren und kann es auch gar nicht. Dazu überfordert mich diese Situation zu sehr.

Dann ist alles irgendwie eskaliert und jetzt, jetzt stehe ich mit hämmerndem Herzen wie ohnmächtig da und starre auf Nicolas, der mich mit lodernden Augen ansieht.

Oh Gott.

Meine Kehle schmerzt etwas, und mein ganzer Körper zittert. Er … er …

Doch Cedrics Ausruf reißt mich aus meiner Starre.

»Lizzy.«

Mein Blick gleitet zu meiner besten Freundin, die in Cedrics Armen zusammengebrochen ist. Er hat geistesgegenwärtig reagiert und sie aufgefangen, befiehlt Adam und Joey gerade, eine Getränkekiste zu bringen, um ihre Füße hochzulegen. Ihr Kopf ist sicher auf seinem Schoß gebettet, doch die Angst hat ihre Klauen tief in mich geschlagen. Ohne nachzudenken, knie ich mich neben sie auf den Boden und fühle ihren Puls. Mist, er ist viel zu langsam. Mir ist schon den ganzen Abend aufgefallen, wie viel sie trinkt und wie sehr sie versucht, sich abzulenken, doch dieses Arschloch hat das Fass zum überlaufen gebracht. Er wollte sie betäuben. Aber … Sekunde!

In diesem Moment kommt mir ein Gedanke und ich reagiere nur noch und drehe ihren Kopf zu mir.

»Wir müssen sie zum Erbrechen bringen. Vielleicht hatte sie vorher schon etwas im Glas und zusammen mit dem Alkohol … Ich … ich hatte sie nicht die ganze Zeit im Blick.« Meine Stimme gerät ins Stocken, denn ich könnte mich gerade selbst dafür schlagen, dass ich nicht besser aufgepasst habe.

Schuldgefühle sind eine ekelhafte Sache und nur schwer zu ertragen, aber da muss ich jetzt durch.

Cedrics Gesichtsausdruck verdüstert sich bei meinen Worten, doch bevor er antworten kann, bemerke ich eine

Bewegung neben mir. Jemand Großes, Breites kniet sich neben mich und schiebt Cedric beiseite, hebt Lizzy auf seine Arme und trägt sie ein bisschen abseits zu einer Sitzgruppe, wo er sie vorsichtig auf der Couch ablegt.

»Ruf Lincoln an, er soll zu mir ins Apartment kommen. Und verschaff mir einen Wagen, der unauffällig herkommt und in der Seitengasse hält. Niemand darf etwas von ihrem Zustand mitbekommen.« Nicolas Stimme klingt hart und in meinem angeschlagenen Magen beginnt es zu brodeln. Panische Angst beginnt mich einzuhüllen. Panische Angst, noch jemanden, den ich liebe, zu verlieren. Er dreht ihren Kopf zu sich und sieht mich mit Augen an, die so kalt glitzern wie Eis. Und ich erstarre.

»Fixier ihren Kopf, während ich sie brechen lasse«, befiehlt er mir harsch und ich sehe ihn blinzelnd an, unfähig zu reagieren.

»Amelia, jetzt, verdammt«, brüllt er mich an und ich fahre zusammen, mache aber, was er sagt, und halte ihren Kopf seitlich. Nicolas fackelt nicht lang und steckt ihr seine Finger in den Hals, so lange, bis sie anfängt zu würgen und sich zusammenkrümmt, und sich schließlich übergibt. Geistesgegenwärtig drehe ich sie auf die Seite, halte dabei weiter ihren Kopf fest.

»Gut so, Sweety, immer weiter«, murmelt Nicolas und hält ihr das Haar aus dem Gesicht, sein Blick voller Sorge, aber so liebevoll, dass mein Herz sich schmerzhaft zusammenzieht.

»Sobald der Wagen da ist, schaffe ich sie zu mir. Gib mir Bescheid und ruf Eric an. Er soll sich um die Presse kümmern, falls doch jemand Wind davon kriegt«, wendet er sich an Cedric und die Angst krallt sich fest in mich.

»Bist du wahnsinnig? Sie muss sofort zu einem Arzt. Sie könnte sterben, verdammt«, fahre ich zu ihm herum und sehe ihn das erste Mal heute wirklich an.

»Und genau DAS habe ich vor. Sie zu einem Arzt zu bringen. Aber was meinst du, Goldlöckchen, ist los, wenn die Presse oder mein werter Vater hiervon Wind bekommen, hmm? Wer, denkst du, wird die Konsequenzen dieses Abends tragen müssen?« Nicolas' Blick ist kalt und stählern, als er meinen erbosten, panischen erwidert. Ich muss schwer schlucken, um den dicken Kloß in meinem Hals herunterzubringen.

Verdammt, er hat recht. In meiner Panik habe ich gar nicht darüber nachgedacht, was es bedeuten würde, wenn das hier herauskäme. Niemand weiß, dass wir hierher kommen. Dass wir mit den Jungs und Mädels gearbeitet haben. Dass sie zur sozialen Unterschicht gehören, weil sie ehemalige Straßenkinder sind. Und dass wir uns außerhalb der royalen Kreise aufhalten.

»Dann wäre das geklärt. Noch irgendwelche Einwände, Mylady? Nein? Gut, dann los. Dich lasse ich nach Perlington House bringen.« Sein Gesichtsausdruck ist hart, als seine Augen erneut herausfordernd auf meine treffen. Und langsam sickern seine Worte in meinen Verstand.

Er will mich nach Perlington House bringen.

Mein Magen beginnt zu schlingern und ein kalter Schauer läuft über meinen Rücken. Wenn ich so nach Hause kommen würde …

»Nein! Ich komme mit. Ich gehe nicht weg, bis es ihr wieder gut geht«, stoße ich panisch aus und meine Hand zittert, als ich sie auf Nicolas' Unterarm lege. Sein Blick gleitet auf die Stelle, an der ich ihn berühre, und von da aus in mein Gesicht. Seine Augen glitzern hart, als er meine Finger grob abschüttelt.

»Das hast nicht du zu entscheiden, Goldlöckchen.« Mehr sagt er nicht, doch ich sehe, wie er die Zähne zusammenbeißt, als er mich harsch zur Seite schiebt.

»Ced, du bringst die Lady bitte nach Perlington House, wir treffen uns dann bei mir.« Er hebt Lizzy vorsichtig, als wäre sie aus Glas, hoch, und ihr Kopf sackt schlaff wie bei einer Puppe gegen seine Brust. Mein Magen hebt sich erneut und die Angst ist dabei, mich zu erwürgen. Ich bekomme keine Luft, denn … Lizzy darf nicht sterben.

Weshalb habe ich nicht besser aufgepasst? Weshalb bin ich so dumm gewesen, nicht die ganze Zeit bei ihr zu bleiben?

Atmen. Ich muss atmen. Verdammt.

Nicolas setzt sich mit Lizzy im Arm in Bewegung und ich stehe hilflos wie eine Marionette da und mache nichts. Halte ihn nicht auf.

Aber ich muss doch bei ihr bleiben, sie ist meine beste Freundin.

Und was genau willst du gegen einen eins neunzig großen Koloss wie den Prinzen machen?, fragt mich mein inneres Stimmchen spöttisch und ich schüttle den Kopf. Nichts natürlich. Ich habe ihm nichts entgegenzusetzen.

Dennoch lasten das schlechte Gewissen und die Schuld schwer auf meinen Schultern, als ich den beiden geschlagen nachsehe, unfähig, irgendetwas zu sagen. Eine Hand tippt mich vorsichtig am Oberarm an, trotzdem zucke ich zusammen und weiche sofort einen Schritt zurück.

»Sorry, ich wollte dich nicht erschrecken.« Cedric hebt entschuldigend die Hand und ich zwinge ein Lächeln auf meine Lippen.

»Ist schon okay. Ähm, du musst mich nicht nach Hause bringen. Ich bin mit dem Auto da und habe nichts getrunken«, sage ich schnell, bevor er mich wirklich noch fahren möchte. Denn das wird nur über meine Leiche passieren.

»Bist du sicher? Ich kann dich begleiten, das ist kein Problem, wirklich. Und nimm es Nic nicht übel. Er liebt seine Schwester und ist ab und an ein bisschen overprotective.« Er sieht mich sowohl skeptisch als auch entschuldigend an, und ich muss das aufsteigende Lachen, das in meiner Kehle blubbert, unterdrücken.

Ja, klar, Nic, der beschützende Bruder. Wo war er denn im letzten Jahr? Wo? Sicher nicht an der Seite seiner Schwester.

Ich ersticke die aufkommende Wut und sehe Cedric mit zusammengepressten Lippen an. Er ist verdammt gutaussehend. Die sandfarbenen Haare wild verstrubbelt, strahlend blaue Augen und ein maskulin schönes Gesicht. Dazu die charmante Art und sein muskulöser Körper, der sich sehen lassen kann. Das alles macht ihn zu einem reinen Frauenmagneten. Und er ist nett. Zumindest zum jetzigen Zeitpunkt.

»Nimm es mir nicht übel, Cedric, okay, aber ich glaube, dass du und ich definitiv anderer Ansicht sind, was Nicolas betrifft. Du brauchst ihn nicht in Schutz zu nehmen. Ich schätze, ich werde sehr bald herausfinden, wie nett und beschützerisch er sein kann. Geh und kümmere dich um meine beste Freundin, ich komme allein nach Hause.« Ich trete noch einen Schritt zurück, als Adam von der Seite an mich herantritt.

»Hey, Lady P, ist alles okay?« Er mustert mich besorgt von oben bis unten und ein kleines Lächeln schleicht sich auf meine Lippen.

»Alles gut, Adam. Danke, dass ihr da wart, und danke für den Tanz. Wir sehen uns nächste Woche wieder.« Ich nehme ihn kurz in den Arm und er drückt mich herzlich, als Cedric sein Handy hervorholt, das wild blinkt.

»Japp.« Sein Blick gleitet zu mir.

»Alles klar. Ich geb ihr Bescheid.« Er legt auf und sieht wieder zu mir. Mein Herz klopft unnatürlich schnell in meiner Brust, denn irgendwie habe ich das Gefühl, dass mir nicht gefallen wird, was er gleich sagen wird.

»Lizzy ist unterwegs zu Nicolas und der Arzt kommt dorthin. Ich soll dir ausrichten, dass er deinen Bruder informiert hat und Henry auf dem Weg ist, um dich zu holen.« Mein Herz sinkt auf der Stelle, gefriert zu Eis und ich merke, wie mir jegliche Farbe aus dem Gesicht weicht.

Dieser Bastard hat meinen Bruder gerufen.

Ich zwinge mir erneut ein Lächeln auf die Lippen und versuche, das Zittern meiner Hände, nein, meines ganzen Körpers zu unterdrücken.

Lass dir nichts anmerken. Reiß dich zusammen.

Es kostet mich alles an Kraft, was ich habe, meine Fassade aufrechtzuhalten. Innerlich krallt sich die Panik mit ihren Klauen in meine Eingeweide und ist dabei, diese einzeln herauszureißen.

Henry wird kommen.

»Danke fürs Bescheid geben, dann mache ich mich mal auf den Weg. Sag Nicolas bitte, er soll mir irgendwie eine Nachricht zukommen lassen, wie es Lizzy geht, ja? Und danke nochmal«, stammele ich vor mich hin, drehe mich wie in Trance um und laufe los. Wie ich nach draußen komme, weiß ich nicht mehr, denn mein Kopf ist leer. So leer.

Dort schlägt mir ein frischer Wind entgegen, und kurz spiele ich mit dem Gedanken, einfach zu meinem Auto zu gehen und abzuhauen. Doch das würde das Unausweichliche nur aufschieben.

Vielleicht habe ich ja Glück und er ist gut drauf und hat noch nichts getrunken. Doch tief in mir weiß ich, dass es nicht der Fall sein wird. Es ist nach Mitternacht.

Vorsichtig spähe ich um die Ecke, denn seitdem Nicolas die Paparazzi erwähnt hat, ist mir wieder bewusst, wie gefährlich das Ganze hier ist. Und dass wir heute Abend zu leichtsinnig gewesen sind.

»So so, ›ich schlafe bei Lizzy und wir sehen uns ein paar alte Filme an‹. Du hast mir einiges zu erklären, Amelia.« Die trügerisch sanfte, leicht amüsierte Stimme meines Bruders hinter mir lässt mich erstarren.

Er ist schon hier.

Mein Puls beginnt zu rasen, und ich drehe mich langsam um, hebe mein Kinn, auch wenn ich weiß, dass ich es später bereuen werde.

»Es war eine spontane Entscheidung von Lizzy. Und wer bin ich, der Prinzessin einen Wunsch abzuschlagen.«

Gott, Amelia, du bist so dumm, schelte ich mich innerlich selbst, denn Henry jetzt noch zu provozieren, ist so ziemlich das Dümmste, was ich machen kann. Und trotzdem tue ich es.

Er lacht und kommt auf mich zu. Instinktiv will ich zurückweichen, doch zwinge mich, stehen zu bleiben und ihn anzusehen. Hier draußen wird er mir keine Szene machen. Erst wenn wir die heiligen Hallen von Perlington House betreten.

Seine Augen bohren sich in meine, kalt und mit unterdrücktem Zorn in ihnen lächelt er mich an.

Du verdammtes, heuchlerisches Arschloch.

Ich lächle zurück.

Sanft fasst er mich am Oberarm, dirigiert mich in Richtung der Seitengasse, und erleichtert, weil er mir nicht sofort wehtut, atme ich auf.

Dumm. So dumm.

Denn kaum sind wir um die Ecke, drückt er zu, so dass ein scharfer Schmerz meinen Arm hinaufschießt und mir ein Keuchen entkommt.

»Du kleines Miststück. Das hat Konsequenzen. Wie hätte das denn ausgesehen, wenn euch einer erwischt hätte?! Lizzys Wunsch. Du meinst wohl, ich bin dumm, hmm? Ich weiß, dass du deine Beine hier öfter wie eine billige Hure breitmachst, also verarsch mich nie wieder, Amelia. Wenn dieser Deal platzt, bringe ich dich um«, zischt er und schiebt mich unsanft vor sich her, bis wir seinen Aston Martin erreichen.

Ich beiße mir auf die Lippen, verkneife mir jegliche Widerworte, die mir auf der Zunge liegen, verkneife mir jeglichen Schmerzlaut, auch wenn mein Arm höllisch brennt und Henry immer fester zupackt.

Das wird wieder einen blauen Fleck geben. Wobei, wenn er später mit mir fertig ist, wird dieser mein kleinstes Problem sein.

Er umrundet mit mir das Auto und reißt die Beifahrertür auf, wo ich sofort einsteigen will, doch er ist schneller. Seine freie Hand packt mein Kinn und bringt mein Gesicht dicht vor seins. Ich rieche den Alkohol. Rieche meinen Untergang.

Henrys Augen glitzern jetzt gefährlich und ich weiß, dass irgendetwas heute wieder furchtbar schiefgelaufen ist und ich gleich die Konsequenzen dafür tragen werde. Genauso, wie ich weiß, dass er morgen früh bitter bereut, was er getan hat, und mich winselnd um Gnade anflehen wird.

»Diese Lüge wird bestraft. Wie alle anderen davor. Ich bin der Duke of Perlington und ich werde einen Teufel tun und mein Gesicht wegen dir Flittchen verlieren. Gott sei Dank bist du ab morgen nicht mehr mein Problem.« Er gräbt mir seine Finger in die Wangen und ich gebe ein Wimmern von mir, was ihn dazu bringt, mich loszulassen, als hätte er sich verbrannt.

Aber mein Körper hat bereits in den Überlebensmodus geschaltet. Ein dicker Nebel aus Leere und Gleichgültigkeit zieht über meinen Verstand, weshalb ich nur nicke.

»Steig ein. Dein Auto lasse ich von Emerald holen«, meint mein Bruder harsch, als er einsteigt, und ich gebe keinen Mucks von mir. Starre einfach mal wieder aus dem Fenster. Mich wundert nicht einmal mehr, dass er weiß, dass ich selbst gefahren bin. Ich hinterfrage es nicht.

Ob es Lizzy gut geht? Die Sorge um sie lässt meinen sowieso schon aufgewühlten Magen noch mehr rebellieren und ich unterdrücke den Würgereiz, den ich verspüre, als Henry Gas gibt.

Morgen wird ein weiteres Stück meines Herzens und meiner Seele abgebrochen sein. Und bald ist nichts mehr davon übrig.

Bald liegt es völlig, liege ICH völlig in Schutt und Asche.

KAPITEL
5

Nicolas

Die Dunkelheit um mich herum ist befreiend, als ich von meinem Sessel aus meine kleine Schwester betrachte. Das Licht der Straßenlaterne vor meiner Stadtwohnung lässt sie noch bleicher wirken, als sie eh schon ist, aber sie schläft friedlich. Trotzdem lasse ich sie keine Sekunde aus den Augen, denn Lincoln meinte, dass sie zumindest über Nacht überwacht werden muss. Eigentlich hätte sie tatsächlich in ein Krankenhaus gemusst, aber das ging nicht, ohne dass die Öffentlichkeit darauf aufmerksam geworden wäre.

Mir gefriert immer noch das Blut in den Adern, wenn ich daran denke, wie knapp es gewesen ist. Wie knapp ich daran vorbeigeschossen bin, sie auch noch zu verlieren.

Zu Lizzys Glück ist Lincoln schnell genug da gewesen und hat ihr helfen können. Denn offensichtlich hat Goldlöckchen richtig gelegen. Es war schon ein Teil der Drogen in ihrem Kreislauf gewesen.

Fuck, verdammt, es war echt knapp.

Ich fahre mir mit der Hand über das Gesicht, als ich an Amelia denke. Wie panisch sie war. Und wie schroff ich sie abgewiesen habe. Kurz regt sich mein schlechtes Gewissen, doch ich schiebe es beiseite. Ohne sie wäre Lizzy gar nicht erst in diese Lage geraten. Punkt.

Doch auch wenn ich hier vor meiner kleinen Schwester sitze und auf jeden Atemzug, den sie tut, achte, schweifen meine Gedanken immer wieder zu Amelia zurück. Diese Frau, die ich da im *Purge* gesehen habe, sie passt nicht zu dem Bild, das ich mir von ihr gemacht habe. Scheiße, sie ist ganz und gar nicht so wie erwartet und dass ist überraschend.

Sie hat wie eine völlig Fremde ausgesehen. Eine Fremde, nach der mein Schwanz sich heftig sehnt, denn allein an sie zu denken, lässt meinen Freund wieder freudig zucken. Scheiße, ich mag sie nicht mal.

Als ob dich das sonst beim Vögeln stören würde, höhnt es spöttisch in mir. Verdammte Scheiße.

»Www… ooo bin … ich?« Die leise, krächzende Stimme meiner Schwester durchbricht die Stille und Gott sei Dank, sie ist endlich wach. Sofort bin ich an ihrer Seite, sehe, wie sie das Gesicht verzieht.

»Ohh … mein Kopf dröhnt … und wieso … habe ich … den Geschmack von toter Katze im Mund?«, krächzt sie und versucht, sich aufzusetzen.

»Langsam, Lizzy, verdammt«, schimpfe ich und ihr Kopf ruckt in meine Richtung.

»Nic? Was? Wie? Wo ist Amelia?« Verwirrt sieht sie mich an, schneidet aber erneut eine Grimasse, als sie sich zu schnell bewegt, und fasst sich an den Kopf.

»Himmel, ich fühl mich, als ob ich unter eine Dampflok geraten bin«, murmelt sie und nimmt mir das Glas Wasser ab, das ich ihr hinhalte.

»Wir mussten dich brechen lassen. Ich schätze, daher kommt das tote Tier. Und jetzt mach langsam, dein Magen ist gereizt von der ganzen Aktion«, erwidere ich trocken, da sie sich natürlich an dem Wasser verschluckt, als sie versteht, was ich zu ihr gesagt habe. Ruhig klopfe ich ihr auf den Rücken, als sie hustet und das Wasser auf meiner Bettdecke verteilt.

»Bitte was?«, fragt sie schockiert mit rauer Stimme und ich atme tief durch.

»Du warst betrunken. Und so ein Wichser hat dir Drogen ins Glas getan. Zweimal. Das zweite Mal haben wir mitbekommen und verhindert, aber du bist einfach zusammengebrochen. Du …« Meine Stimme kommt ins Stocken, denn fuck, ich hätte sie wirklich auch verlieren können. Ich räuspere mich, schlucke und sehe meine kleine Schwester wieder an, in deren Augen dieselben Gefühle stehen wie bei mir. Trauer, Angst und Liebe.

»Du lagst da wie tot. Amelia … Amelia ist auf die Idee gekommen, dass du vielleicht schon was von dem Zeug intus hattest, und so habe ich dich noch im Club brechen lassen und dich dann heimlich hergebracht. Lincoln hat dir nochmal Tropfen gegeben, damit du auch den letzten Rest aus dir raus bekommst, und dich versorgt«, ende ich und sie sieht mich mit immer noch großen Augen an.

»Ich … ich habe gar nicht so viel getrunken. Aber plötzlich ist alles so verschwommen und komisch gewesen. Ich weiß noch, dass ich dachte, vielleicht war der Drink zu stark. Ich … oh Scheiße …« Sie fährt sich mit der Hand in die Haare und lehnt sich wieder ins Kissen zurück.

»Gott, es tut mir so leid. Amelia … sie muss Todesangst gehabt haben. Du … oh Himmel!« Sie setzt sich so abrupt wieder auf, dass ich zusammenzucke und eine Braue hebe und sie fragend ansehe.

»Amelia. Wo ist sie?«

Frustriert stoße ich ein Schnauben aus, denn natürlich fragt sie als Erstes nach ihrer besten Freundin.

Was erwartest du? Du hast dich das letzte Jahr nicht wirklich um sie gekümmert, stichelt mein Unterbewusstsein munter nach, und ich zeige ihm mental den Mittelfinger. Anpissen darf es mich trotzdem.

»Ich habe die überfürsorgliche Klette nach Hause verfrachten lassen. Sie dachte ernsthaft, ich würde sie mitnehmen. Als wenn es nicht reicht, dass ich sie ab heute Abend jeden Tag ertragen muss. Ihr Bruder hat sie abgeholt«, antworte ich unwirsch, doch Lizzy stößt einen Fluch aus und schlägt mir gegen die Schulter.

»Ihr Bruder? Du hast ausgerechnet ihren Bruder angerufen? Das größte Arschloch unter der Sonne? Du bist ein Idiot, Nicolas of Harlington«, schimpft sie mich und macht sich daran, aus dem Bett zu klettern.

Aber ohne mich.

»Ah ah, Madam, das lässt du schön sein. Du bleibst liegen und hältst heute Bettruhe. Dein Körper hat einiges mitgemacht gestern, deshalb gib Ruhe«, halte ich sie auf und drücke sie sanft aber bestimmend ins Bett zurück. Sie keucht kurz auf, wirft mir einen vernichtenden Blick zu, gibt aber nach. Dem was auch immer sei Dank.

»Dann bring mir mein Handy. Ich muss sehen, ob alles in Ordnung ist«, mault sie weiter und ich gebe ihr Augenverdrehend ihr Telefon. Sofort versucht sie, Amelia anzurufen, doch es geht nur die Mailbox dran. Besorgt und frustriert wirft sie es auf die Bettdecke und ihr Todesblick trifft wieder mich.

»Und red nicht so über sie. Du kennst sie nicht und wirst selbst noch merken, was für ein toller Mensch sie ist«, motzt meine Schwester mich an und ich hebe gespielt beschwichtigend die Hände. Denn ich bezweifle, dass ich meine Meinung über Goldlöckchen je ganz ändern werde.

Wobei mich Lizzys übertriebene Sorge schon ein bisschen irritiert.

»Das glaube ich eher nicht, aber ich lass dich gerne in dem Glauben. Und jetzt schlaf noch ein bisschen. Dein Körper braucht das.« Gebe ich harsch zurück und sie streckt mir die Zunge raus, legt sich aber brav hin und ist auch bald darauf wieder eingeschlafen.

Gedankenverloren setze ich mich auf meine Couch und starre aus dem Fenster. Das, was mich in Zukunft erwartet, lässt die Schwere und die Trauer zurückkehren. Sie zerren wieder an mir. Die Wut über diese Ungerechtigkeit brodelt tief in mir, immer stärker und stärker, doch noch kann ich sie in Schach halten.

Mein Bruder sollte nicht tot sein. Und ich sollte nicht diese unmögliche Frau heiraten müssen. Und doch kann ich beides nicht ändern.

***

Game over. Meine Zeit ist abgelaufen.

Als ich das neu eingerichtete Apartment, das man mir und meiner zukünftigen Frau hergerichtet hat, betrete, dreht mein Magen sich auf links. Ich höre nur mit einem Ohr zu, was mein Vater mir für eine Predigt hält.

»… du musst unbedingt … es ist wichtig …« Kurz dringt die monotone Stimme meines Vaters zu mir durch, doch ich schalte gleich wieder ab. Es reicht offensichtlich nicht, dass wir uns gleich noch im Arbeitszimmer treffen, um die Details des weiteren Vorgehens und den Termin für die Hochzeit zu besprechen.

Ich will kotzen. Wirklich.

Im Augenwinkel nehme ich eine Bewegung wahr und drehe mich in die Richtung, sehe Amelia, wie sie langsam und steif durch unser neues Wohnzimmer geht. Ihr Bruder direkt hinter ihr. Er sagt etwas, und als sie nicht sofort reagiert, greift er nach ihrem Oberarm, was sie zusammenzucken lässt. Ich verenge meine Augen und mustere die beiden genauer.

Goldlöckchen sieht müde aus und selbst ihr sorgfältig aufgelegtes Make-up kann die tiefen Augenringe nicht verbergen. Ihre Kleidung ist wieder bieder, ein Hosenanzug in Marineblau mit einer weißen Bluse, das Haar wieder in diesen strengen Dutt gesteckt.

Scheiße, das sieht schmerzhaft aus.

Amelia mit wilden, offenen Locken taucht vor meinem inneren Auge auf, und am liebsten würde ich in ihre Haare greifen, um diese Nadeln zu entfernen, mit denen sie sie befestigt hat.

»Nicolas, hörst du mir überhaupt zu?«, dringt die harte, vorwurfsvolle Stimme meines Vaters zu mir durch.

Ups, da war ja was.

»Tut mir leid, ich war in Gedanken, Vater. Was hast du gesagt?« Mit einem süffisanten Grinsen sehe ich ihn an und er schnauft einmal tief aus.

»Nichts. Wir sehen uns in zehn Minuten in meinem Arbeitszimmer. Benimm dich.« Mit diesen Worten bittet er Henry, ihn zu begleiten, und lässt mich stehen. Allein mit meiner zukünftigen Frau.

Stumm lehne ich mich an den Türrahmen und beobachte weiter, wie sie ihre Sachen, die einer unserer Butler vorhin hereingebracht hat, in das angrenzende Schlafzimmer bringt. Sie bewegt sich dabei seltsam, immer darauf bedacht, keine zu schnellen Bewegungen zu machen, aber - was noch viel merkwürdiger ist -, sie weicht meinen Blick aus und ignoriert meine Anwesenheit komplett. Was mich leider nicht gnädiger stimmt.

Ihre abweisende Haltung macht mich aggressiv, lässt diese dunkle und kalte Wut in mir wieder zum Leben erwachen.

»So still heute, Goldlöckchen? Was ist los? Hast du nichts zu deiner Aktion gestern zu sagen?«, provoziere ich sie von meinem Platz aus, aber bis auf ein kurzes Zusammenzucken, als ich ihren Ausflug gestern erwähne, bekomme ich immer noch keine Reaktion. Und das fuckt mich wirklich ab.

Amelia dreht mir den Rücken zu und geht wieder sehr langsam in unser Schlafzimmer.

Verdammt. Wieso regt mich das denn jetzt so auf?

Ehe ich kapiere, was ich tue, folge ich ihr leise.

Sie steht an dem riesigen Fenster und sieht abwesend nach draußen. Was mich noch mehr aufregt, es macht mich rasend. Wo ist die kleine Kratzbürste hin?

Dicht hinter ihr bleibe ich stehen, spüre die Wärme ihres Köpers, weiß, wie er sich dicht an mir angefühlt hat, und mein Schwanz regt sich freudig in meiner Hose. Fuck.

Sie riecht nach Lavendel und Vanille und ich muss mich schwer zurückhalten, um nicht einfach diese Drecksnadeln aus ihren Haaren zu ziehen und meine Nase in ihren Locken zu vergraben.

Mir ist echt nicht mehr zu helfen.

»Ich mag es nicht, wenn man mich ignoriert, Amelia. Besonders nicht meine zukünftige Ehefrau«, raune ich dicht an ihrem Ohr und Scheiße, ich bin kurz davor, ihr in das Ohrläppchen zu beißen oder ihr über diesen zarten Hals zu lecken. In meiner Hose pocht es inzwischen unangenehm und ich balle meine Hände zu Fäusten. Amelia fährt zusammen, wieder, dreht sich aber nicht um, bleibt stocksteif stehen.

»Wolltest du nicht, dass ich ein braves Frauchen bin und die Klappe halte? Waren das nicht genau deine Worte?«, fragt sie leise, aber ihre Stimme klingt seltsam hohl und emotionslos. Das gefällt mir noch weniger.

Mein Körper presst sich automatisch an ihren, und jetzt bin ich es, der fast zusammenzuckt. Denn anstatt zurückzuweichen, lehnt sie sich in diese Berührung.

»Ich wollte, dass du brav bist, nicht stumm wie ein Fisch. Also, was sollte das gestern?«, versuche ich es nochmal und jetzt kann ich es mir nicht mehr verkneifen, mit meiner Nase an ihrem Hals entlang zu streifen. Ein Schauer geht durch ihren Köper, doch sie weicht immer noch nicht zurück.

Nein, sie schockt mich wieder, indem sie sich zu mir umdreht, und fuck, als diese blauen Augen auf meine treffen, bin ich verloren.

Ein Sturm, nein, ein Hurrikan tobt darin, und ich bin ihm hilflos ausgeliefert. Schmerz, Verzweiflung, Trauer. Alles da. Verwoben in einem wilden Strudel, der mich mitreißt.

Dieser Anblick lässt mich fast in die Knie gehen und es fühlt sich an, als würde ich bei lebendigem Leib gehäutet werden.

»Ich wollte wieder das Gefühl von Freiheit haben. Nur ein Mal. Es war ein Fehler. Ein riesiger Fehler und ich habe dafür bezahlt. Also lass es gut sein, Nicolas.«

Die Hoffnungslosigkeit in ihrer Stimme trifft mich bis ins Mark, denn ich mag es nicht. Ich finde es grausam, wie unterwürfig, wie verloren sie gerade aussieht, und zum ersten Mal kommen mir wirkliche Zweifel an meiner Theorie, dass sie es auf den Thron abgesehen hat.

Ihre Augen, diese verdammten blauen Seen, die mich in die Tiefe ziehen, mir das Gefühl geben, darin zu ertrinken, bohren sich in meine und ich habe das Gefühl, dass sie bis auf den Grund meiner Seele dringen.

Fuck.

Die Tränen, die darin glitzern, sind wie ein Schlag in die Magengrube und ich presse die Zähne zusammen.

Sie verwirrt mich. Ihre Nähe verwirrt mich. Diese Augen verwirren mich und ich tue etwas sehr Dummes. Bringe meine Lippen dicht an ihre.

Die Luft zwischen uns surrt und mein Körper vibriert vor Anspannung, ihr so nah zu sein, und die ganzen fucking Gefühle nehmen überhand. Überrennen mich einfach und ich kann nicht mehr klar denken. Sehe alles wie durch einen Tunnel.

»Ich denke, du meintest, Lizzy hat für deine Dummheit bezahlt, Goldlöckchen, hmm?«, hauche ich direkt an ihre Lippen und jetzt explodiert der Sturm in ihren Augen zu grenzenlosem Schmerz. Schuld zieht hindurch und sie zuckt geschlagen zurück, taumelt weg von mir. Bringt Abstand zwischen uns und ein Schluchzen bricht über ihre Lippen.

Erneut zuckt sie zusammen, als hätte sie körperliche Schmerzen, bevor sie sich strafft, und jegliche Emotionen aus ihrem wunderschönen Gesicht verschwinden.

Leer. Jetzt sind ihre Augen leer und stumpf, und mein Magen krampft sich zusammen, als mir bewusst wird, was ich gerade gesagt habe.

Fuck. Fuck. Fuck.

»Du hast recht. Lizzy hat den Preis gezahlt, natürlich. Bitte entschuldige mich, ich habe noch ein paar Dinge zu erledigen. Ich … wir sehen uns gleich bei der Besprechung.« Sie weicht meinem Blick aus und schiebt sich schnell an mir vorbei, huscht aus dem Zimmer und kurze Zeit später höre ich die Tür zuschlagen. Und ich, ich stehe wie versteinert da, unfähig, mich zu bewegen oder ihr hinterherzugehen. Mich zu entschuldigen.

Ich gottverdammtes Arschloch.

Völlig ausgelaugt fahre ich mir über das Gesicht und würde am liebsten abhauen. Aber zuerst muss ich diese ganze beschissene Farce hinter mich bringen.

Ob ich will oder nicht.

Amelia

»Du dummes Miststück!«

Meine Kopfhaut brennt, als Henry mich an den Haaren packt und aus dem Auto zerrt. Kaum haben sich die Tore von Perlington House hinter uns geschlossen, hat er seine beherrschte Maske abgelegt. Mein Herz rast und die Angst, diese furchtbare allumfassende Angst lähmt mich. Ich lasse es einfach geschehen.

Ich taumle aus dem Wagen, verkneife mir ein Wimmern, da ihn das noch wütender machen würde, und bin einfach still. Mein Körper steht vollkommen unter Adrenalin, meine Muskeln sind zum Bersten angespannt und ich kann das leichte Zittern meines Körpers nicht unterdrücken.

»Wie kannst du es wagen, dich in so einem Nuttenoutfit nach draußen zu wagen?«

Jegliche Luft entweicht meinen Lungen, als seine Faust meinen Magen trifft und sich ein dumpfes Stechen darin ausbreitet. Ich klappe vornüber, meine Hand auf meinen Bauch gepresst, und versuche, Luft zu holen, doch es ist schwer und brennt bei jedem Atemzug.

Nicht. Bitte nicht.

Ein Schluchzen entkommt meiner Kehle, als er mich fest am Oberarm packt und zudrückt, erneut ausholt und wieder zuschlägt.

Nein. Bitte. Nein.

Mein Körper, meine Seele schreien gequält auf, es brennt und sticht. Ein scharfer Schmerz schießt in meinen Brustkorb, als ein erneuter Schlag meinen Oberkörper trifft, spüre ich wie meine Rippen brechen. Und schreie.

Oh Gott, bitte lass ihn aufhören ... bitte.

Doch kein Gott hört mich.

Niemand tut es.

Mein Bauch tut fürchterlich weh, mir ist übel und mein ganzer Körper brüllt bei jeder Bewegung auf, als ich aus dieser Erinnerung auftauche.

Keuchend schnappe ich nach Luft und versuche, den Schmerz, den ich bei jedem Atemzug spüre, auszublenden. Der Schmerz in meinem Herzen und meiner Seele dagegen brennt sich immer tiefer.

Henry hat seinen Standpunkt vor zwei Tagen sehr deutlich gemacht, und auch Nicolas hat gestern, als wir in das Apartment gezogen sind, klargestellt, wie es in Zukunft zwischen uns laufen wird. Trotzdem war da dieser eine Moment, sein Körper an meinem. Ihn so nah zu spüren, ist ein Schock gewesen. Alles in mir hat vibriert und gesummt und ich wollte mich an ihn lehnen. Ich wollte, dass er mich berührt.

Ich bestehe aus einem riesigen Durcheinander an Emotionen, das eine einzige Achterbahnfahrt ist - allerdings ohne Notbremse. Und auch wenn ich mich gestern noch davon überzeugt habe, dass Lizzy okay ist, quält mich doch der Gedanke, dass ich nicht gut genug auf sie aufgepasst habe. Dass Nicolas recht hat.

Die erste Nacht in meinem neuen Zuhause ist bescheiden gewesen, vor allem, nachdem gestern auch noch entschieden wurde, dass ich schon in zwei Wochen eine verheiratete

Frau sein werde. Und dass wir heute auf diese Gala gehen und die Presse jeden verdammten Wimpernschlag unter die Lupe nehmen wird. Und wir überzeugend unsere große Liebe präsentieren müssen. Bei diesem Gedanken werde ich nervös und ich sehe geschlagen aus dem Fenster in den Abendhimmel. Es zieht in meinem Herz und die Trauer kommt wie immer schnell und ohne Ankündigung.

»Ich tue das für dich Phil, ich hoffe, das weißt du, wo immer du auch bist«, flüstere ich ins Nichts und lächle gequält, denn ich weiß, dass er mich nicht hört. Niemand hört mich.

Zwei Wochen. Das ist eine verdammt kurze Zeit. Selbst für royale Gepflogenheiten.

»Du siehst wunderschön aus, Lia«, ertönt Lizzys leise Stimme hinter mir und ich hebe überrascht den Kopf, treffe im Spiegel auf ihren Blick. In ihren Augen steht so viel Schuld, dass es mir das Herz zusammenzieht und ich rasch aufstehe und zu ihr gehe.

»Hey, was tust du denn hier? Solltest du nicht in deinem Bett liegen … wegen deiner Magenverstimmung?«, schimpfe ich sie ein bisschen und mache Gänsefüßchen in die Luft, denn ihren Eltern haben wir erzählt, dass sie sich etwas unwohl fühlt. Dabei ziehe ich sie in meine Arme, vorsichtig, damit sie nicht merkt, dass mit mir etwas nicht stimmt. Doch Lizzy umarmt mich fest und ich beiße mir auf die Lippe, um ein Wimmern zu unterdrücken, denn es tut weh. Jeder Zentimeter meines Körpers tut weh.

Zumindest verdeckt das Abendkleid, das ich für die Gala gewählt habe, meine Wunden. Es ist bodenlang, aus blauer Spitze mit einem hautfarbenen Stoff darunter, so dass niemand hindurchsehen kann, und schmiegt sich wie eine zweite Haut an mich. Funkelt und glitzert, weil feine Steinchen und Silberfäden eingearbeitet wurden. Die einzige Extravaganz ist der Beinschlitz an der Seite, aber da Henry sich auf meinen Oberkörper konzentriert hat, geht das.

»Es geht mir gut, Lia. Dank dir und Nicolas geht es mir gut. Aber genau deswegen bin ich hier. Wie war deine erste Nacht und was ist gestern bei der Besprechung rausgekommen? Nicolas kriegt den Mund nicht auf«, brummt sie ungehalten und sieht mich leicht herausfordernd an.

›Wage es ja nicht und lass mich auch im Dunkeln‹, sagen diese Augen und ich muss lächeln, denn das ist meine beste Freundin.

Tief seufzend drehe ich mich wieder zu meinem Schminktisch und dem Spiegel um und setze mich wieder.

Ja, wie beschreibt man das jetzt?

»Sagen wir so, er hat mir einen kleinen Vorgeschmack darauf gegeben, wie es in Zukunft zwischen uns laufen wird«, antworte ich ausweichend und ernte dafür den Lizzy-Röntgenblick. Sie fixiert mich wie ein Adler seine Beute und ich versuche, diesem Blick standzuhalten, nicht auszuweichen, doch ich schaffe es nicht ganz. Mein schlechtes Gewissen liegt tonnenschwer auf meinen Schultern und das sieht sie genau.

»WAS genau hat er gesagt?« Lizzy sieht mich weiterhin scharf an, zieht sich einen Stuhl heran und setzt sich demonstrativ mit verschränkten Armen neben mich. Ich schiele sie von der Seite an und ihre Braue wandert warnend nach oben.

Gott, sie sieht beiden so ähnlich.

»Spuck's aus. Ich kenne das Gesicht. Und ich kenne meinen Bruder. Was hat er gemacht?«

»Er hat deiner besten Freundin nur zu verstehen gegeben, dass nicht SIE für diesen Abend bezahlt hat, sondern DU. Dass DU die Konsequenz zu tragen hattest, nicht SIE. Dass DU fast gestorben wärst. Und das, obwohl SIE dich mitgeschleift hat«, dringt eine tiefe, raue Stimme an mein Ohr, und ich fahre erschrocken herum.

Nicolas lehnt lässig an der Tür zum Ankleidezimmer, und Himmel, ich kann nicht anders, als ihn anzustarren. Er sieht

… einfach umwerfend aus in dem schwarzen Smoking. Wie er da steht und mich ansieht, lässt mein Herz schneller schlagen.

Und ich verfluche mich dafür.

Keine Regung ist in seinem Gesicht zu sehen, als er mich von Kopf bis Fuß mustert, und ich muss einen Schauer unterdrücken, so intensiv ist dieser Blick. Doch als er meine Augen erreicht, kann ich nicht wegsehen. Sie saugen sich förmlich an meinen fest, die Luft fängt an zu wabern, und mir wird heiß.

Himmel.

»Warum nur war mir so etwas klar?«, stößt Lizzy augenrollend aus und baut sich vor ihrem Bruder auf. Sein Blick wandert zu seiner kleinen Schwester, sofort tritt ein liebevolles Funkeln in seine Augen. Und ich verspüre ein scharfes Stechen in meiner Brust.

Weshalb kann Henry mich nie so ansehen? Was ist falsch mit mir, dass ich nur abfällige oder wütende Blicke bekomme?

»Bist du eigentlich völlig bescheuert? Lia ist nur mir zuliebe mitgegangen, sie hatte gar keine Lust wegzugehen, du Vollhonk. Wage es ja nicht, sie für dieses miese Arschloch verantwortlich zu machen, sonst bist du die längste Zeit mein Bruder gewesen. Ernsthaft, Nic, lass diese kindische Kacke. Amelia hat dir nichts getan.«

Wie vom Donner gerührt, sehe ich zu Lizzy, die Nicolas von unten herauf zornig anfunkelt und ihm auf die Brust schlägt.

Was? Oh Himmel.

Noch nie hat sich jemand so für mich eingesetzt wie meine beste Freundin gerade, und dieses Gefühl ist unbeschreiblich und völlig surreal, weshalb ich die Tränen unterdrücken muss.

»Lizzy … ist schon …« Weiter komme ich nicht, weil ihr Todesblick jetzt auf mich trifft. Mitten im Wort breche ich ab und mache den Mund wieder zu. Besser, ich sage jetzt nichts, denn ich habe sehr wohl gemerkt, dass sie auf die Aussage, dass es keine Konsequenzen für MICH gehabt hat, sofort mit verengten Augen zu mir gesehen hat. Also halte ich besser die Klappe.

Allerdings mache ich den Fehler, ein Stück weiter nach oben zu sehen. Dort treffe ich auf leicht amüsierte, arrogante graue Augen, die mich fixieren.

Verdammt, dieser Kerl.

Mein Herz pocht wild und heftig, ich kann es fast schlagen hören.

»Wage es nicht und nimm diesen Idioten jetzt auch noch in Schutz. Was soll dieser Mist denn? Als ob du etwas dafür kannst, dass so ein sexgeiler Drogenjunkie mir was ins Glas mischt. Gehts noch?«

Oh oh, sie hat sich in Rage geredet.

Ich verziehe das Gesicht zu einer Grimasse, was Nicolas mit unergründlicher Miene zur Kenntnis nimmt, ehe er wieder zu seiner Schwester sieht.

»Schon gut, schon gut, beruhig dich. Ich werde mich in Zukunft benehmen und ein braver Ehemann sein, versprochen.« Dabei wirft er mir einen Blick zu, der mir eine Gänsehaut beschert, denn seine Augen glitzern unheilvoll und dunkel. *Na großartig, als wäre mein Leben nicht schon kompliziert genug.*

»Siehst du, Lizzy? Einsicht ist der beste Weg zur Besserung, und ich bin sicher, auch dein Bruder ist lernfähig«, kann ich mir die Spitze nicht verkneifen und Nicolas‘ Augen verengen sich ganz leicht, doch ich halte seiner intensiven Musterung stand. Weiche nicht aus.

»Na also, dann wäre das ja geklärt. Und du, Schwesterhe…« Wieder unterbricht ihn dieser kleine Tornado und er verschränkt die Arme vor der Brust, atmet einmal tief ein und aus.

»Nichts ›Schwesterherz, beruhig dich‹. Rede nicht mit mir, als sei ich ein kleines, verwöhntes, dummes Ding. Ich meine es ernst. Behandle Amelia noch einmal schlecht, und wir beide haben ein Problem.« Sie wedelt dicht vor seinem Gesicht mit ihrem Finger herum und sieht dabei aus, als würde sie ihren Bruder gleich lynchen. Der wird wieder ernst und nickt.

»Ich habs kapiert, Liz. Du kannst deinen Drachen wieder einfangen, ich werde mich benehmen.« Wieder dieser Blick zu mir, doch diesmal ignoriere ich ihn.

Sie dreht sich um und durchbohrt mich förmlich mit ihren Augen.

»Und du lässt dir diese Scheiße nicht mehr gefallen. Du hast genug durch. Verstanden?«, richtet sie das Wort knapp und herrisch an mich und ich nicke nur. Ich will jetzt sicher nichts Falsches sagen.

»Ich hab euch im Auge. Vergesst das nicht.« Sie wirft uns beiden noch einen warnenden Blick zu und verlässt hocherhobenen Hauptes das Zimmer. Und ich bin allein mit Mister selbstgerecht.

»Anscheinend liebt meine Schwester dich. Warum auch immer …« Er will noch etwas sagen, doch ich hebe meine Hand und bringe ihn damit tatsächlich zum Schweigen.

»Nicolas, bei allem Respekt, aber es ist mir scheißegal, was du von mir hältst oder über mich denkst. Nur lass Lizzy da raus. Du musst mich nicht mögen, ich muss dich nicht mögen. Aber mit einem hat sie recht. Ich bin nicht dein kleiner Boxsack, an dem du in Zukunft deine Launen auslassen kannst. Dafür musst du dir jemand anderen suchen. Und jetzt wäre ich dir sehr dankbar, wenn wir diese Farce einfach hinter uns bringen könnten. Ohne Stress, denn schließlich sollen wir beide gleich unglaublich verliebt wirken, nicht wahr?« Damit erhebe ich mich und sein Blick folgt jeder meiner Bewegungen genau. So intensiv, dass sich überall auf meinem Körper eine Gänsehaut bildet und ich mich seltsam nackt fühle.

»Nun gut, Euer Wunsch sei mir Befehl, Mylady.« Er verbeugt sich und streckt mir plötzlich seine Hand hin, was ich mit einem Hochziehen meiner Augenbrauen quittiere.

»Du wolltest doch gerade noch unendlich verliebt spielen. Jetzt hast du die Gelegenheit, Goldlöckchen«, meint er spöttisch und winkt mich mit dem Finger zu sich.

Oh Himmel, das kann ja heiter werden.

Ich straffe meine Schultern und gehe langsam auf ihn zu, und als meine Hand in seine gleitet, unsere Finger sich verschränken, streicht sein Daumen ganz sanft über meine Haut, und ich sehe erstaunt zu ihm hoch. Es fühlt sich seltsam sicher und vertraut an.

»Was? Wir müssen verliebt wirken, Frau. Also streng dich an.« Und da ist er wieder.

Augenverdrehend wende ich mich der Tür zu, doch Nicolas zieht mich mit einem schnellen Ruck an seinen Körper und ich muss ein Stöhnen unterdrücken, da meine Rippen schmerzhaft protestieren.

Meine freie Hand liegt auf seiner Brust, während seine an meiner Seite nach unten gleitet, und oberhalb meines Steißbeins stoppt.

Und mein Körper reagiert. Schon wieder.

Seine Hand brennt sich förmlich in meine Haut, doch ich lasse mir nichts anmerken und funkle ihn böse von unten herauf an.

»Was soll das? Wir sind nicht in der Öffentlichkeit. Lass deine Griffel solange gefälligst bei dir«, schnauze ich ihn an, doch er lacht nur.

»So leicht zu reizen, Goldlöckchen? Zieh deine Krallen wieder ein, ich beiße nicht. Noch nicht. Absolut verliebt. Schon vergessen?«

Seine Lippen sind dicht an meinen, und ich spüre seinen warmen Atem darüberstreichen, habe das Gefühl, keine Luft zu bekommen. Zu nah, zu intensiv.

Seine grauen Augen halten meine fest, und ich versinke förmlich darin. Ohne dass ich es will, beschleunigt sich mein Puls, und ich bin sicher, er spürt meinen Herzschlag an seiner Brust.

»Du bist kein bisschen das, was ich erwartet habe. Vielleicht hatte Phil doch keinen so schlechten Geschmack, wie ich immer angenommen habe«, murmelt er an meinen Lippen, mehr zu sich selbst als zu mir, und trotzdem ist der Stich, den mir seine Worte versetzen, heftig. Er holt mich wieder in die unbequeme Realität zurück und ich straffe mich, drücke mich von seiner Brust ab und trete zwei Schritte zurück.

»Dein Bruder war einer der besten Menschen, die ich gekannt habe. Wage es nicht, ihn oder seinen Geschmack in Frage zu stellen, nur weil ich dir zu unbequem bin, Hoheit. Und jetzt lass uns gehen, dein Volk wartet darauf, seinen neuen Thronfolger anzuhimmeln.« Meine Worte sind kalt und ich sehe, dass ich ihn getroffen habe, als sein Gesicht wieder die undurchsichtige, harte Maske wird, die er der ganzen Welt immer zeigt.

»Wie ihr wünscht, Mylady.« Er nickt knapp, bietet mir den Arm an.

Schweigend gehen wir der Katastrophe entgegen.

KAPITEL 6

Nicolas

Du bist selbst schuld, ermahnt mich mein Stimmchen immer und immer wieder, weil ich wütend über ihre Reaktion bin. Was völlig unlogisch ist.

Immer wieder gleitet mein Blick zu Amelia, die stumm und mit reglosem Gesicht aus dem Fenster der königlichen Limousine starrt. Sie ist wunderschön.

Meine Aussage vorhin ist nicht ganz unbegründet gewesen. Als ich sie in diesem Kleid gesehen habe, das jeden Zentimeter ihres Körpers betont, unglaublich sexy und edel zugleich ist, musste ich schwer schlucken. Ihr Anblick hat mich fast aus den Latschen gehauen.

Sie ignoriert mich, seit wir gegangen sind, und scheiße, diesmal ist sie sogar im Recht. Ich habe sie gereizt, ich habe sie provoziert und mein letzter Spruch war unter der Gürtellinie – das muss ich zugeben. Deshalb hat sie diesen einen Treffer auch landen dürfen, wobei sie tatsächlich sehr gut gezielt hat.

Ihre Worte erinnern mich daran, wie unerreichbar das Ziel ist, in Phils Fußstapfen zu treten. Wie ungeeignet und unfähig ich dafür bin.

Das Stechen in meiner Brust ist unerträglich und in diesem Moment vermisse ich meinen großen Bruder mehr als alles andere. Und der Neid auf Amelia frisst sich dunkel und böse durch meine Venen. Sie durfte so viel Zeit mit ihm verbringen, war in seinen letzten Minuten bei ihm, und ich, ich habe mal wieder egoistisch und selbstsüchtig mein eigenes Ding gemacht. Nicht ahnend, dass ich meinen Bruder für immer verlieren werde.

Es nagt an mir, zerfrisst mich und ich kann nichts dagegen machen.

»Hat er gelitten?« Diese Frage geistert die ganze Zeit durch meinen Kopf, doch ich bin zu stolz gewesen, sie zu stellen. Auch jetzt will ich es eigentlich nicht, aber sie ist schneller über meine Lippen gekommen, als ich mich aufhalten konnte. Amelias Blick gleitet zu mir, und sie dreht sich langsam auf ihrem Sitz in meine Richtung.

Fuck, diese Frau ist umwerfend, ich bin nur zu blind gewesen, das zu erkennen. Ihre blauen Augen suchen meine. Für einen Moment steht die Welt still, und ich versinke in diesen tiefen Seen, die geradewegs in meine Seele schauen. Und selbst wenn ich es wollte, könnte ich gerade nicht wegsehen.

»Ich weiß es nicht. Er … er war bewusstlos. Ich …« Sie stockt, schluckt und schließt kurz die Augen, sammelt sich und ich bin schon versucht zu sagen ›Nicht, lass es, ist schon gut.‹, doch ich halte mich zurück.

»Ich war eingeklemmt, mein Gurt ging nicht auf und ich habe seine Hand genommen. Mit ihm geredet, aber … aber er hat nicht mehr geantwortet. Da … da war so viel Blut.« Sie redet nicht weiter, muss sie auch nicht, denn ich weiß auch so, was sie mir sagen will.

Eine Träne läuft ihr über die Wange und ich muss mich zurückhalten, um diese Frau nicht auf meinen Schoss zu ziehen und fest in meine Arme zu schließen.

Meine Eingeweide krampfen bei dem Gedanken daran, dass mein Bruder hat leiden müssen zusammen. Doch mir wird auch bewusst, was Amelia durchgemacht hat. Und das fühlt sich beschissen an. Richtig beschissen. Bisher habe ich diesen Aspekt an der Geschichte nämlich erfolgreich verdrängt.

»Ich weiß also nicht, ob er gelitten hat. Nur, dass ich ihm nicht helfen konnte.« Die letzten Worte kommen so bitter und schuldbewusst über ihre Lippen, dass es heftig in meiner Brust zieht, und das Bedürfnis, sie zu schützen und zu trösten, überhand nimmt. Doch ich halte mich zurück. Balle nur meine Hand zur Faust, öffne sie wieder und sehe Amelia an.

»Du hättest nichts tun können. Er hatte schwere innere und äußere Verletzungen. Man hätte ihm, selbst wenn die Rettungskräfte schneller gewesen wären, nicht mehr helfen können«, antworte ich emotionslos und wieder schließt sie kurz die Augen, dreht dann ihren Kopf zum Fenster und wendet ihren Blick ganz von mir ab.

Nicht. Sieh mich an. Sieh mich wieder an, schreit ein Teil von mir und ich fühle mich, als wäre meine Haut zu eng geworden und die Wände des Wagens würden immer näherkommen. Sie verwirrt mich. Meine Reaktion auf sie verwirrt mich. Sie tut weh. Amelia anzusehen, reißt die Wunde in mir jedes Mal ein bisschen mehr auf, und deshalb will ich, dass sie sich von mir fernhält. Will ich sie nicht in meiner Nähe haben. Gleichzeitig wird der Drang, sie an mich zu reißen, sie zu fühlen, fast unerträglich. Und ich hasse es.

Frustriert presse ich meine Finger auf meinen Nasenrücken und atme tief durch.

»Die Presse wird sich gleich wie die Geier auf uns stürzen. Bist du sicher, dass du das schaffst?« Meine Frage klingt schärfer als beabsichtigt, aber meine Nerven sind zum Bersten gespannt und ihre abweisende Art macht mich wahnsinnig.

Aber ich bekomme, was ich will. Da sind sie, diese blauen Seen, die mich jetzt eisig und zornig anfunkeln.

»Ich bin mir dessen durchaus bewusst, Nicolas. Ja, ich bekomme das hin. Du musst dir keine Sorgen um euren oder deinen Ruf machen, Hoheit«, antwortet sie leicht angesäuert. Natürlich wird sie das meistern, daran habe ich keinen Zweifel. Denn sie wurde zur Perfektion getrimmt.

Wir erreichen Harlington Hall, die Fest- und Sitzungshalle von Harlington Stadt, in der die Spendengala für das örtliche Kinderhospiz heute stattfinden wird. Alles ist hell erleuchtet, der rote Teppich bis zum Eingang des riesigen viktorianischen Gebäudes ausgerollt. Überall stehen Menschen hinter der Absperrung und dutzende Fotografen und Reporter tummeln sich um den Eingang. Amelia neben mir strafft sich, und auch ich setze mich aufrechter hin.

Jetzt wird es ernst.

Die Limousine rollt an den Teppich und Gerald, einer unserer königlichen Fahrer, steigt aus, öffnet mir die Tür. Das Blitzlichtgewitter, das losgeht, als ich aussteige, blendet mich für einen Moment, doch ich fange mich schnell wieder und umrunde den Wagen, um zu Amelia zu gelangen.

Scheiße, wie sehr ich dieses ganze Getue hasse. Doch ich habe mir mein charmantestes Lächeln ins Gesicht gekleistert und zwinkere der Reporterin, die am nächsten steht, verschwörerisch zu. Was diese prompt rotwerden lässt.

Als ich Amelia jedoch meine Hand reiche, um ihr beim Aussteigen zu helfen, trifft mich ihr Anblick erneut wie ein Schlag, denn sie ist einfach umwerfend.

Ihre kleine Hand legt sich in meine und als sie elegant und grazil aus dem Wagen steigt, lächelt sie mich so warm, so offen an. Ihre Augen leuchten und funkeln, brennen sich förmlich in meine, so dass ich keine Luft mehr bekomme und verdammt aufpassen muss, sie nicht mit offenem Mund anzustarren.

Fuck.

Ich will diese Frau. Ich will dieses Lächeln.

Immer.

Ich bin sowas von am Arsch, als sie jetzt mit weichem Blick aus diesen verdammt blauen Augen zu mir aufsieht. Die Menge jubelt und ich höre die Rufe, die durcheinander durch die Luft schwirren, doch ich ignoriere sie.

Was ich nicht ignoriere, ist, dass sich mein Arm besitzergreifend um Amelias Taille legt und sie an mich zieht. Was ich nicht ignoriere, ist der Stromschlag, der durch mich hindurchfährt, als ich sie an meinem Körper spüre. Welch einen Schauer es über meinen Rücken jagt. Wie alles kribbelt und ich sie noch näher an mich ziehen will. Was ich nicht ignoriere, ist, wie sie sich an mich schmiegt und eine Hand auf mein Herz legt, das darunter wild hämmert und jede Minute aus meiner Brust springt. Was ich nicht ignoriere, ist, wie sie mich weiter anlächelt. Verliebt. Als wäre ich der Mittelpunkt ihrer Welt.

Doppelfuck.

Denn der will ich sein. Ich will dieser Mittelpunkt sein.

»Prinz Nicolas, ist Lady Amelia ihre neue Freundin?«

»Sind sie jetzt ein Paar?

»Werden Sie sich heute Abend offiziell als Paar vorstellen?«

Die Rufe werden immer lauter und ich werde immer besitzergreifender. Mit einem Ruck ziehe ich Amelia noch näher, weshalb sich ihre Augen kurz weiten, und beuge mich zu ihr hinunter.

»Showtime, Goldlöckchen. Zeigen wir ihnen, was sie sehen wollen«, raune ich dicht an ihrem Mund und ehe ich weiß, was ich tue, presse ich meine Lippen auf ihre. Zeige der Welt, zu wem sie gehört. Mache meinen Standpunkt deutlich, von dem ich bis gerade eben nicht einmal wusste, dass ich ihn habe. Und fuck, sie riecht und schmeckt absolut fantastisch.

Der Kuss ist keusch, nicht mehr als meine Lippen auf ihren, und doch bin ich verloren und am Arsch. Absolut am Arsch. Langsam und widerwillig löse ich mich von ihr, sehe in ihre völlig benebelten Augen, die sich erst jetzt wieder klären. Blende die Blitzlichter und das Geschrei nach wie vor völlig aus und fokussiere mich nur auf sie.

Sie sieht mich verwirrt an und eine diebische Freude breitet sich in meinem Inneren aus. Ich bin wohl nicht der Einzige, der hier ein paar Schwierigkeiten hat.

»Verliebt. Vergiss das nicht, Goldlöckchen.« Ein teuflisches Lächeln auf meinen Lippen wende ich mich der Meute zu, halte Amelia, die kein Wort sagt, aber immer noch dicht bei mir.

»Prinz Nicolas, wie geht es Ihnen?«

»Wir bitten um eine kurze Stellungnahme, Prinz Nicolas. Ist …«

Ich hebe die Hand, um die Reporter zu unterbrechen. »Aber aber, meine Herrschaften. Sie wissen doch, wie der Hase läuft. Keine Interviews. Und jetzt werde ich die Gala mit meiner reizenden Begleitung genießen. Schönen Abend noch.« Damit schiebe ich Amelia sanft, aber bestimmend in Richtung Eingang, ohne weiter auf die Meute zu achten.

»Hure.«

»Schmarotzerin.«

»Thronjägerin.«

»Amelia, wie ist es jetzt den anderen Bruder zu vögeln, wo Prinz Philipp noch nicht mal kalt ist? Schämen sie sich nicht?« Der letzte Ausruf lässt mich kurz stocken, und Amelia neben mir zieht scharf die Luft ein. Ich beiße die Zähne zusammen, um mir nicht anmerken zu lassen, dass ich am liebsten jemanden in der Luft zerreißen will.

Eine irrationale Wut bahnt sich ihren Weg nach oben, will diejenigen suchen, die das gerufen haben. Will Amelia beschützen, doch ich tue das einzig Richtige, indem ich sie einfach weiter nach drinnen schiebe und es ignoriere.

»Das wird eine Katastrophe«, murmelt sie leise, mehr zu sich selbst als zu mir, als wir in der vor der Presse geschützten Vorhalle ankommen.

»Nur, wenn du dich nicht unter Kontrolle hast. Also reiß dich zusammen, wir kriegen das schon hin«, gebe ich hart zurück und sie wirft mir einen kurzen, giftigen Blick von der Seite zu, bevor sie wieder dieses atemberaubende Lächeln aufsetzt.

Verdammt, sie ist wirklich gut.

Die königliche Security verteilt sich, da hier drinnen die höchste Sicherheitsstufe herrscht und ich sie nicht die ganze Zeit als direkten Schatten brauche. Jetzt kann auch ich mich etwas entspannen.

Trotzdem gebe ich Amelia nicht frei. Mein Arm ist fest um ihre Taille geschlungen und zu meinem Erstaunen wehrt sie sich nicht, sondern macht brav mit. Als bräuchte sie meinen Halt. Und wenn ich mir die ganzen gaffenden Gesichter um uns herum so ansehe, verstehe ich es sogar ein bisschen.

Der gesamte Adel, die High Society von Harlington hat sich hier versammelt, und alle starren uns mehr oder weniger neugierig und auffällig an.

Großartig.

»Als wären wir eine Kuriosität, die sie noch nie zuvor gesehen haben. Gott, wie ich es hasse«, murmelt Amelia neben mir angewidert und ich muss mir ein Lachen verkneifen.

»Baby, wir sind eine Kuriosität. Ich habe noch nie eine Frau auf eine öffentliche Veranstaltung mitgebracht. Du hast das Vergnügen, die erste zu sein.« Ich zwinkere ihr zu, als sie geschockt zu mir hochsieht, was mich zum Schmunzeln bringt. Doch als Bekannte ihres verstorbenen Vaters zu uns treten, strafft sie sich und setzt wieder dieses tausend Watt-Lächeln auf.

Täuscht sie alle.

Und ist dabei atemberaubend schön.

Wir spielen unsere Rolle, begrüßen alle, und als mein Vater seine Rede hält und unsere Verlobung bekannt gibt, ernten wir viele Glückwünsche, aber auch viele skeptische und misstrauische Blicke. Amelia lässt sich kein einziges Mal aus dem Konzept bringen, was auf traurige Weise imponierend ist. Denn wie sehr muss man sie gedrillt haben, damit sie so perfekt funktioniert?

Als der offizielle Teil vorbei ist, mischen wir uns unter die Gäste, und auch jetzt behält meine Zukünftige ihre Maske auf.

»Amelia, meine Liebe, du siehst bezaubernd aus. Und sogar meinen Sohn hast du dazu gebracht, sich anständig anzuziehen.« Die Stimme meines Vaters ist wie eine eiskalte Dusche und sofort spanne ich mich an, als er in Begleitung von Minister St. Claire, Damiens Vater, und dem Bürgermeister der Stadt, Robert Sterling, zu uns tritt. Mein Magen zieht sich zusammen und ich würde am liebsten sofort abhauen.

»Vater. Meine Herren.« Ich nicke den beiden mit einem aufgekleisterten, kühlen Lächeln zu und ziehe Amelia, die sich sichtlich versteift hat, näher zu mir, während auch sie alle mit einem freundlichen, aber zurückhaltenden Lächeln begrüßt.

»Haltet euch bereit, die Presse wird sich wie die Geier auf euch stürzen, da die Meldung eurer Verlobung nun raus ist. Und Nicolas …« Mein Vater sieht mich nüchtern, ohne jegliche Emotion an und ich erwidere diesen Blick, warte, was er zu sagen hat.

»Benimm dich. Der Abend ist wichtig und zu Ehren der Stiftung deines Bruders. Vergiss das nicht.«

Das kurze Stechen in meiner Brust ist heftig, denn natürlich - wie kann ich das nur vergessen -, es ist die Stiftung meines Bruders.

›Falsch‹, würde ich ihm am liebsten entgegenbrüllen. ›Es ist meine.‹ Aber ich lasse es. Doch der bittere Beigeschmack bleibt. Genauso wie der Schmerz und dieses unerträgliche schwarze Loch, das mich langsam, aber sicher von innen aufzufressen droht.

»Keine Sorge, Majestät. Ich werde Euch keine Schande bereiten. Und jetzt entschuldigt mich, meine zukünftige Frau möchte etwas zu trinken.« Ohne auf Amelias Reaktion zu achten, greife ich ihre Hand und ziehe sie in Richtung Bar, wo ich Cedric entdeckt habe.

Bloß weg hier.

»Ich wusste gar nicht, dass ich etwas trinken will, aber gut, gehen wir an die Bar«, kommt es trocken von ihr und mein Mundwinkel hebt sich ganz leicht.

»Sag bloß, du hättest lieber die Gesellschaft der drei genossen?«, frage ich mit hochgezogener Augenbraue und sie verzieht ihr hübsches Gesicht.

»Uhh, bloß nicht. Da ertrage ich lieber dich«, rutscht es ihr angeekelt über die Lippen, und jetzt muss ich wirklich lachen, während ich uns durch die Menge manövriere, um zu Cedric zu gelangen.

»Du bist amüsanter, als ich dachte, Goldlöckchen. Vielleicht wird der Abend doch nicht so langweilig.«

Ich grinse sie spöttisch an und begrüße Cedric, als wir an der Bar ankommen, der unsere ineinander verschränkten Hände skeptisch mustert.

Sofort lasse ich Amelia los, die wiederum mir jetzt einen Blick zuwirft, als hätte ich nicht alle Tassen im Schrank. Aber Scheiße, das habe ich auch nicht. Ich bin kurz vor dem Durchdrehen.

»Ich brauche einen Drink.« Mehr sage ich nicht und Ced lacht los, bevor er Amelia mit einem Handkuss begrüßt. Was ich argwöhnisch betrachte, denn es gefällt mir nicht. Und dass es mir nicht gefällt, gefällt mir noch viel weniger. Nein, es pisst mich sogar mächtig an.

Doch ich komme nicht dazu, irgendwie zu reagieren.

»Nicolas, Baby. Da bist du ja endlich«, ertönt eine so gar nicht erfreute Stimme hinter mir und Amelia versteift sich sofort.

Fuck. Nicht gut.

Sarah drängt Amelia grob zur Seite, die tatsächlich genervt die Augen verdreht und Platz macht.

»Pass doch auf, du Trampel«, zischt Sarah sie giftig an und ich will ihren Kopf gegen die nächste Wand donnern. Weshalb noch mal habe ich sie gevögelt? Das kann doch nicht ihr Ernst sein. Gerade als ich dazwischen gehen will, reagiert mein Goldlöckchen allerdings und ich muss mich zusammenreißen, um mein Gesicht neutral zu halten.

»Ich freue mich auch unheimlich, dich zu sehen, Sarah. Nur leider habe ich keine Zeit mehr, mir dein sinnloses Geschwätz anzuhören. Ich gehe Lizzy suchen. Bis später, *Schatz.*« Sie wirft mir einen reservierten Blick zu, dreht sich um und verschwindet. Geht einfach und überlässt mich dieser Frau. Ohne mit der Wimper zu zucken.

Verdattert und überfahren sehe ich ihr hinterher, dann irritiert zu Cedric, der sich das Lachen verkneifen muss, bevor ich wieder Goldlöckchen hinterherstarre, die sich hüftschwingend durch die Menge bewegt. Und mich tatsächlich stehenlässt.

Ist das ihr verdammter Ernst?

Amelia

Mein Herz klopft heftig in meiner Brust und die Wut auf diese ganze Farce, auf Nicolas, meinen Bruder, den König und diese Zicke Sarah wird immer größer. Bahnt sich unaufhaltsam ihren Weg nach oben, und wenn ich nicht sofort verschwinde, dann schreie ich.

›Hure.‹

›Thronjägerin.‹

›Benimm dich.‹

›Reiß dich zusammen.‹

›Lächle.‹

Diese Endlosschleife spult sich in meinem Kopf wieder und wieder ab und ich habe das Gefühl zu platzen. Mein innerer Aufruhr ist so gewaltig, dass ich meine Fassade nicht mehr lange aufrechterhalten kann. Ich würde am liebsten laut schreien und ihnen allen sagen, dass sie mich mal kreuzweise am Arsch lecken können.

Ich will das nicht.

So bin ich nicht.

Ich hasse alles.

Phil, wieso hast du mich nur allein gelassen?

Mit ihm ist es einfacher gewesen. Zwar galten wir nicht offiziell als Paar, doch es wurde gemunkelt, und genau deshalb hassen mich jetzt viele. Man kann einiges von der Presse fernhalten, aber eben nicht alles. Und ich wurde mit Philipp gesehen.

»Amelia, wo willst du hin? Solltest du nicht bei deinem zukünftigen Ehemann sein?«, dringt die dunkle und eindeutig schon wieder angetrunkene Stimme meines Bruders an mein Ohr, und ich fahre vor Schmerz zusammen, als er mich grob am Arm packt. Dort, wo sich schon ein dickes, fettes Hämatom befindet.

Von ihm.

»Ich muss kurz auf die Toilette, darf ich das noch? Oder verstößt auch das gegen die Etikette? Wirft das ein schlechtes Bild auf dich?«

Gott, ich werde das hier so bereuen, aber mein Fass ist übergelaufen. Was denkt er sich eigentlich? Was denken sich alle?

Ich entreiße mich aus seinem Griff und muss mir ein Keuchen verkneifen, denn verdammt nochmal, es tut weh. Mein Arm fühlt sich an, als stünde er in Flammen, doch wieder einmal reiße ich mich in diesem Punkt zusammen. Niemand wird je davon erfahren. Das ertrage ich nicht.

Henry verengt seine bereits glasigen Augen zu Schlitzen und geht einen bedrohlichen Schritt auf mich zu. Ich muss den Reflex, die Hände schützend vor mein Gesicht zu halten, mit aller Gewalt unterdrücken.

»Du …«

»Amelia, Liebes, da bist du ja. Nic wartet auf dich, er will dir jemanden vorstellen. Darf ich?« Damien schiebt sich urplötzlich zwischen Henry und mich, der Nicolas' besten Freund abfällig und wütend mustert, doch das ist dem egal. Er hakt sich bei mir unter, und ich atme erleichtert aus, als

Henry frustriert den Rückzug antritt. Aber nicht, ohne mir einen drohenden Blick zuzuwerfen.

»Natürlich. Meine Schwester und ich waren sowieso fertig. Nimm sie mit. Es ist wichtig, dass sie sich gemeinsam zeigen«, stimmt er großspurig zu, als wäre ich unwichtig und nicht anwesend.

Doch Damien ignoriert seine Aussage einfach, nickt ihm zu und läuft mit mir los. Überrumpelt lasse ich mich mitziehen. Gleichzeitig bin ich froh, von Henry weg zu sein.

Mein Handeln wird Konsequenzen haben. So viel ist sicher. Aber nicht jetzt, nicht hier.

»Bist du völlig wahnsinnig, ihn so zu reizen? Er hat getrunken«, fährt Damien mich in der inzwischen leeren Vorhalle an, als er wütend zu mir herumwirbelt. Mein Magen macht einen unangenehmen Satz und fängt an zu schlingern.

Wieso fragt er das?

»Ich … ich weiß nicht, was du meinst«, stottere ich ziemlich lahm und dämlich, und er zieht eine Augenbraue nach oben, mustert mich wissend mit seinen hellen Augen.

Damien ist schön. Auf verruchte Weise ist er ein absolut umwerfender Mann. Die dunklen Haare sind heute leicht verwuschelt und er sieht etwas derangiert aus, aber ich kann mir denken, warum. Trotzdem trippele ich unter seinem intensiven Blick unruhig von einem Fuß auf den anderen.

»Ich weiß es, Amelia. Ich bin nicht dumm. Du warst jeden Tag bei uns. Ich habe dich öfter in Unterwäsche gesehen als irgendeine andere Frau. Meinst du nicht, mir sind die ständigen Hämatome und deine seltsamen Reaktionen auf zu schnelle Bewegungen nicht aufgefallen?«

Mir ist schlecht. So unglaublich schlecht.

Jegliches Blut weicht aus meinen Wangen und ich stolpere einen Schritt zur Seite.

Er weiß es. Großer Gott, er weiß es.

»Hey, langsam, Schätzchen. Alles gut. Ich wollte dir keine Angst machen.« Er greift nach meinem Arm und stützt mich, ich blinzle ihn unter Schock an.

»Verrate es keinem. Bitte. Du musst das für dich behalten. Ich … ich kann …«

Damien zieht mich in seine Arme, da ich unkontrolliert anfange zu zittern.

»Shhh, Lia, alles gut. Dein Geheimnis war bis jetzt sicher und ich werde nichts sagen, wenn du mir versprichst, es selbst zu tun. Es geht so nicht weiter. Irgendwann verliert er komplett die Kontrolle, wenn er gesoffen hat, und dann? Phil ist nicht mehr da …« Er bricht ab und so viel Schmerz, so viel Trauer stehen in seinen Augen, dass sich mein Herz heftig zusammenzieht.

»Na sieh mal einer an, die Tunte hat sich doch auf das weibliche Geschlecht verlegt. Aber ist das nicht ein bisschen makaber, gleich die neue des Thronfolgers vögeln zu wollen?«, dringt eine gehässige, herablassende Stimme an mein Ohr und ich sehe erschrocken nach rechts. Dort stehen vier Typen, die ich noch nie gesehen habe, und betrachten uns abfällig. Betrachten Damien abfällig. Er spannt sich an und schiebt mich unauffällig ein Stück hinter sich.

»Was geht es dich an, Robins, wen ich vögele. Soweit ich weiß, teilen wir nicht dieselben Vorlieben.«

Ein kalter Schauer läuft mir über den Rücken, als ich die unheilvoll glitzernden Augen dieser Typen betrachte. Sie sind ganz eindeutig auf Ärger aus.

»Oh, ich würde mich lieber selbst im Stufford River ersäufen, als so etwas Abartiges wie deine Vorlieben zu teilen. Wie ist es, so ein widerlicher und ekelhafter Schwanzlutscher zu sein?«

Dieser Robins spuckt Damien vor die Füße, tritt auf ihn zu und schubst ihn ein Stück weg. Damien schließt kurz die Augen, atmet tief durch, doch er verteidigt sich nicht. Steht einfach stumm da und starrt Robins an, dessen Kumpels sich langsam um uns verteilen.

»Ich hab dich was gefragt, Schwuchtel. Wie ist es, ein Schwanz …« Weiter kommt er nicht, denn ich sehe rot. Die ganze aufgestaute Wut, der Frust, die Trauer brechen mit einem Mal hervor. Und ehe ich weiß, was ich tue, habe ich mich vor Damien gestellt und meine Hand klatscht hart gegen die Wange dieses Arschlochs.

»Lia, verdammt«, zischt Damien und will mich wegziehen, doch ich entreiße ihm meinen Arm.

»Nichts ›Lia, verdammt‹. Dieser Pisser ist zu weit gegangen«, fahre ich Damien an, bevor ich diesen Typen zornig anfunkle.

»Verpiss dich, du Arschloch, und lass ihn in Ruhe. Was musst du für ein mickriges Schwänzlein haben, dass du andere so behandelst«, fauche ich diesem blöden Idioten ins Gesicht und würde ihm dabei am liebsten die Augen auskratzen. Da ist so viel Zorn in mir, dass es für zwei reicht.

Warum ist das alles so ungerecht? Weshalb sind die Menschen so engstirnig und dumm?

»Du blöde Schlampe bist doch nicht besser. Erst der eine Prinz und jetzt, da der tot ist, fickst du dich einfach zum nächsten Thronfolger«, spuckt er mir entgegen, packt mich blitzschnell und presst mich an sich.

Und mein Gehirn friert ein.

Das habe ich in meiner Rage nicht bedacht.

Dumm. Dumm, dumm, dumm.

Er stinkt nach Alkohol und Schweiß, seine Hand greift in meine Haare und ein scharfer Schmerz zieht über meine Kopfhaut, als er mir den Kopf nach hinten reißt.

Nicht. Nein. Bitte.

Ich hebe schützend die Hand, und doch bin ich wie gelähmt. Mein Puls rast unnatürlich schnell, ich bekomme keine Luft. Meine Brust wird von einem tonnenschweren

Gewicht zerquetscht und ich kann nichts tun. Angst krallt sich in jede freie Stelle meines Körpers.

Ein Wimmern ertönt und ich registriere vage, dass ich es bin, die diesen Laut von sich gibt.

»Bitte. Bitte nicht. Nein. Nicht anfassen. Bitte.« Immer und immer wieder wiederhole ich die Worte, bemerke nicht, dass dieser Robins von mir weggerissen wird. Ich sacke zusammen, doch ich komme nicht auf dem Boden auf. Da sind Arme, die mich festhalten.

Nein. Nicht anfassen.

Ich wehre mich, schlage um mich, doch die Arme und der harte Körper sind unnachgiebig und schlingen sich fest um mich.

»Hab dich, Goldlöckchen.« Drei einfache Worte, die eine dunkle Stimme an meinem Ohr raunt, die durch den Nebel der Panik in meinen Kopf dringen.

»Luft. Kriege keine Luft«, krächze ich heiser und plötzlich sind Hände an meiner Wange. Halten mich sanft, aber bestimmend. Zwei graue Augen blicken mich wütend und besorgt zugleich an.

»Mach es mir nach, Lia, komm schon. Einatmen. Ausatmen. Ja, genau. Einatmen. Ausatmen.«

Es hört sich einfach an, doch das ist es nicht. Sterne tanzen vor meinen Augen und ich sehe Nicolas' sprechen.

Redet er mit mir? Luft. Ich kriege keine Luft.

Die Punkte werden stärker, und ich greife an meinen Hals. *Es ist eng, so eng. Alles ist so eng.*

Henry taucht vor meinem Auge auf, böse lächelnd sieht er auf mich herab.

Nicht anfassen.

Dann wird meine Welt dunkel.

KAPITEL 7

Nicolas

»Nicolas! Weshalb siehst du diesem dummen Miststück hinterher? Sei froh, dass sie endlich weg ist. Wir müssen reden.« Sarah tippt mir mit dem Finger auf die Brust und ich drehe den Kopf langsam wieder in ihre Richtung, weg von Amelia, die in der Menschenmenge verschwindet.

»Wir beide müssen gar nichts, Sarah. Bist du eigentlich komplett bescheuert? Was sollte das? Du weißt, dass die Luft brennt, wenn das irgendwer mitbekommt.« Mit verengten Augen sehe ich auf sie hinab, erstaunt, wie ruhig meine Stimme klingt, in Anbetracht dessen, dass mich alle Frauen in meinem Umfeld gerade wahnsinnig machen wollen.

»Doch, müssen wir. Und ich bin nicht bescheuert, ich kann nur nicht mit ansehen, wie dich diese Abmachung ruiniert. Was willst du mit dieser prüden Tussi? Sie kann dich nicht glücklich machen und sie ist auch nicht in der Lage, dich vor deinem Volk richtig zu repräsentieren«, redet sie weiter eindringlich auf mich ein, während ich hart durchatme. Cedric gluckst leise neben mir, weshalb er meinen Mittelfinger kassiert.

»Ach, sie kann das nicht, aber ich nehme an, du schon?« Ich lache spöttisch auf, woraufhin Sarah zornig ihre Augenbrauen zusammenzieht. Kyle, einer von Ceds Kumpeln, tritt zu ihm und sie beginnen eine kleine Diskussion, doch meine Aufmerksamkeit liegt nach wie vor auf der nervigen Frau vor mir.

»Natürlich kann ich das. Ich wäre in allen Belangen die bessere Wahl. Das sieht doch ein Blinder«, gibt sie hochnäsig und mit einer Selbstsicherheit zurück, dass ich laut lachen muss.

Was bildete die sich denn bitte ein?

»Sarah, wir haben gevögelt, mehr nicht. Wie kommst du darauf, dass …«Weiter komme ich nicht, weil Cedric dazwischen funkt.

»Komm mit. Sofort. Es gibt Ärger.« Er sieht mich ernst an und sofort verspanne ich mich.

»Was für Ärger?«

»Paul hat Damien in der Vorhalle gesehen, mit Amelia. Und sie waren nicht allein. Robins macht Ärger.«

Scheiße.

Sofort schiebe ich mich durch die Menge, gefolgt von Cedric, und mein Blut kocht schon wieder.

Was hat diese Frau jetzt schon wieder angestellt? Überall, wo sie auftaucht, gibt es Ärger. Und was zur Hölle hat sie mit Damien zu schaffen?

Wie ein Berserker stürme ich durch das Foyer zur Vorhalle und bleibe wie angewurzelt stehen, denn ich glaube, ich habe Halluzinationen.

Cedric rennt in mich hinein, motzt los, doch ihm bleibt jedes Wort im Halse stecken, als er sieht, was ich sehe. Als ich höre, was diese Pisser sagen. Als ich sehe, was diese kleine Verrückte tut.

Ist sie irre?

Ihre Hand klatscht schallend gegen Robins' Wange, und dann geht alles ganz schnell. Er packt sie, ich stürme vor, die Security begreift endlich, dass das hier kein Spaß ist, und ehe ich mich versehe, habe ich Amelia im Arm. Doch sie starrt mich nur mit weit aufgerissenen Augen an, wehrt sich heftig gegen mich.

»Nicht. Nein. Nicht anfassen«, fleht sie immer und immer wieder. Die Verzweiflung in ihrer Stimme und das Zittern ihres schlanken Körpers schneiden sich tief in mich.

Amelia versucht verzweifelt, Luft zu holen, schafft es aber nicht. Sie versucht zu atmen, doch mehr als ein Keuchen und Röcheln kommt nicht. Und zum ersten Mal habe ich Angst.

Scheiße, was ist hier los?

»Sie hat eine Panikattacke. Bring sie dazu, ruhig zu atmen«, kommt es von Cedric, während Damien völlig paralysiert Amelia anstarrt.

»Sie wollte mir helfen. Sie ist einfach auf ihn los, obwohl ich gesagt habe, sie soll hinter mir bleiben«, stammelt er mit den Nerven am Ende, und Cedric klopft ihm auf die Schulter.

»Komm mit, Bro, wir verschwinden und gehen was trinken. Nic kümmert sich um sie.« Er packt den völlig fertigen Damien und schiebt ihn zurück in die Halle, während ich mich auf Amelia konzentriere. Meine Hände gleiten an ihre Wangen, ich will sie zwingen, sich auf mich zu fokussieren, doch ich schaffe es nicht.

Fuck.

Gerade noch haben mich diese blauen Augen panisch angesehen, jetzt sackt sie einfach in meinen Armen zusammen.

Mein Blick, kalt und tödlich, gleitet zu den Pissern, die von der Security festgehalten werden. In mir brodelt eine noch nie da gewesene Wut. Ich will sie killen. Alle. Sie haben Goldlöckchen angefasst. Ihr Angst gemacht.

»Schafft sie mir aus den Augen und sorgt dafür, dass sie von allen Veranstaltungen gestrichen werden. Ich will sie nirgends mehr sehen«, befehle ich kalt und Robins gibt ein verächtliches Schnauben von sich.

»Als ob mich das stören würde. Mein Vater ist der Senator, ich darf überall hin«, höhnt er protzig und eindeutig auf Drogen, und ein bösartiges Grinsen schleicht sich auf meine Lippen.

»Teste es aus und wir werden sehen, was du darfst und was nicht.« Ich nicke der Security zu, damit sie sie wegschaffen, während ich mit Amelia im Arm loslaufe.

»Lia! Was ist passiert?« Lizzy schießt wie ein geölter Blitz aus dem Nichts auf uns zu, denn natürlich ist sie nicht zuhause geblieben wie besprochen, und bleibt neben mir stehen, sieht besorgt auf Amelia.

»Sie hat versucht, Damien zu beschützen und sich dabei mit Robins angelegt. Dann bekam sie plötzlich Panik und …« Ich nicke auf den schlaffen Körper in meinen Armen und Lizzy schnaubt.

»Dieses diskriminierende und arrogante Arschloch geht mir schon lange auf den Sack. Von mir aus kann er in der Hölle schmoren. Aber jetzt los, wir müssen sie hier rausschaffen, bevor die verdammten Paparazzi draußen Wind davon bekommen und mit gezückten Kameras auf uns warten. Eric lenkt sie ab. Wir sind gerade zusammen rein gekommen, da habe ich euch gesehen.« Lizzy blickt sich suchend um und mich durchströmt ein bisschen Erleichterung, denn Eric weiß, wie er die Presse in Schach halten kann. Er ist dafür zuständig und kennt die Aasgeier. Er macht das schon.

»Wir nehmen den Personaleingang auf der hinteren Seite der Halle, anders geht es nicht. Komm!« Meine Schwester sieht mich auffordernd an und ich nicke. Sie hat recht. Noch hat es niemand so richtig bemerkt, da man die Vorhalle von drinnen nicht sieht, aber das wird nicht mehr lange so bleiben.

»Dann los.« Ich bedeute Lizzy, dass sie vorgehen soll, und presse Amelia dicht an meine Brust. Ihr Kopf liegt unter meinem Kinn und irgendwie ist es beruhigend, sie wieder in meiner Nähe zu haben, auch wenn ich ihr gerade am liebsten den Hals umdrehen möchte. Auch wenn ich sie eigentlich so weit weg von mir haben will, wie es nur geht.

Tatsächlich schaffen wir es fast unbemerkt nach draußen und in die Limousine, die bereits wartet und uns ins Schloss zurückbringt. Lizzy wird unsere Eltern und die Gäste ablenken.

So schnell wie möglich bringe ich Amelia in unser Apartment und lege sie vorsichtig auf dem Bett ab, betrachte sie von oben. Sie ist so blass, aber immer noch wunderschön. Ihre Locken haben sich aus der Hochsteckfrisur gelöst und fallen wild um ihren Kopf. Ihr Anblick schneidet sich wie scharfe Glasscherben in meine Eingeweide.

Weshalb sie? Warum nicht jemand anderes?

»Danke«, kommt es leise über ihre Lippen und mein Blick gleitet zu ihren Augen, die mich unendlich traurig und beschämt ansehen. Sofort will ich sie wieder in meinen Arm nehmen, will sie schützen. Das Bedürfnis wird übermächtig und ich setze mich neben sie auf die Bettkante. Meine Finger verselbstständigen sich und streichen ihr die Locken sanft aus dem Gesicht.

So weich. So zart.

Amelia schließt kurz die Lider, ich sehe, wie sie schluckt, bevor sie mich wieder ansieht. Und fuck, gegen diese Augen bin ich nicht immun.

»Du überrascht mich immer wieder, Goldlöckchen. Ich hätte nicht gedacht, dass du so dumm bist, dich mit Robins anzulegen. Aber offensichtlich habe ich mich getäuscht.« Meine Stimme ist samten und weich, doch die Worte sind es nicht, und ich weiß es.

Amelias Augen verraten sie, denn sie starren getroffen zu mir hoch.

»Ich … Damien. Sie haben Damien beleidigt.« Hilflos sieht sie mich weiter an und bohrt ihr Blau in mein Grau. Wie magnetisch angezogen beuge ich mich zu ihr hinunter, fahre mit meiner Nase über ihre.

Berühren. Ich will sie berühren.

»Ich weiß. Trotzdem war es dumm. Dumm und gefährlich. Und das bist du doch eigentlich nicht, oder?« Wieder kann ich mich nicht beherrschen und meine Lippen streifen ihre leicht und behutsam, dabei so intensiv. Sie sind weich und scheiße, ich weiß, wie sie schmeckt. Ich will sie wieder kosten.

Meine Nase gleitet über ihre Wange und ich inhaliere diesen Lavendelduft förmlich, den sie verströmt.

»Hmmmm …« Mehr kommt nicht über ihre schönen, leicht geöffneten Lippen, denn ich spüre ihren Atem an den meinen.

Ihr Puls rast, ich kann es an ihrer Halsschlagader sehen, und mein Daumen streicht zart, fast unmerklich darüber. Bringt sie zum Erschauern.

Fuck. Sie macht mich wahnsinnig.

»Hmmm, ist keine Antwort, Goldlöckchen«, hauche ich und ziehe sachte mit meinen Zähnen an ihrer Unterlippe, was sie aufkeuchen lässt.

Fuck. Fuck. Fuck.

Meine Hand über ihrem Kopf abgestützt, die andere an ihrem Hals, bin ich kurz davor, mich auf sie zu stürzen. Sie mit Haut und Haaren zu verschlingen.

»Er … er war Phil wichtig … er … ich …«, stammelt sie in dem verzweifelten Versuch, die Kontrolle über sich zu bekommen, doch ihre Worte sind wie ein Eimer Eiswasser, der über meinem Kopf ausgeschüttet wird.

Philipp. Sie war Phils Frau. Nicht meine. Sollte es nie sein. Sie will nicht mich. Es ist nur eine arrangierte Sache.

Diese Gedanken stören mich, pissen mich an, und erneut wallt dieser Zorn in mir hoch.

Ich will sie nicht. Sie will mich nicht. Alles nur Illusion.

»Versuch einfach, das nächste Mal zu denken, bevor du irgendwelchen Mist baust.« Ich bin ein Arschloch und klinge auch wie eins. Hart und kalt kommen die Worte über meine Lippen und ich bringe Abstand zwischen uns, stehe auf und wende den Blick ab. Trotzdem sehe ich, wie sehr ich sie getroffen habe - und es fuckt mich ab. Ich fucke mich selbst so ab.

»Keine Sorge, in Zukunft werde ich einfach zusehen, wie Menschen, die dir etwas bedeuten, diskriminiert werden. Tut mir leid, dass ich das Richtige tun wollte.« Sie klingt verletzt, und das ekelhafte Gefühl, ein kompletter Arsch zu sein, verstärkt sich. Genauso wie meine Wut.

»Wenn du das nächste Mal das Richtige tun willst, dann sorg dafür, dass du es auch zu Ende bringst und nicht vor Angst vor der eigenen Courage erstarrst, und man dich retten muss«, fahre ich sie an, ehe ich mich zurückhalten kann, und sie zuckt zusammen, als hätte ich sie geschlagen. Was ich auch irgendwie getan habe.

Scheiße, was mache ich denn hier?

Angespannt fahre ich mir übers Gesicht, mein Magen rebelliert immer mehr.

Fuck, der Treffer hat gesessen.

»Amelia ich …«

»Raus.« Sie hat sich aufgesetzt und starrt mich aus lodernden Augen an. Doch es ist kein Hass, der mir entgegenstrahlt. Sie sieht aus wie ein tief verwundetes Tier, und jetzt wird mir echt schlecht.

Scheiße, das wollte ich doch gar nicht.

»Lia …«

»Ich sagte raus. Verschwinde. Verschwinde und lass mich in Ruhe. RAUS!« Ihr Brustkorb hebt und senkt sich schnell, ihre Hände sind zu Fäusten geballt, als sie das letzte Wort herausbrüllt. Und diesmal folge ich ihrem Wunsch und gehe. Bloß weg hier.

Blind haste ich durch das Schloss, bis ich an den königlichen Garagen ankomme. Doch ich gehe nicht hinein, sondern in den angrenzenden Schuppen, wo meine Maschine steht. Ohne nachzudenken, reiße ich das Jackett von meinem Körper und ziehe meine Motorradjacke an, setzte den Helm auf und schiebe mein Bike ins Freie.

Ich muss meinen Kopf frei kriegen und das kann ich nur beim Fahren.

Und tatsächlich, kaum, dass ich dieses erdrückende Schloss, diese mich verwirrende Frau und die Straßen von Harlington Stadt hinter mir lasse, wird es leichter in meiner Brust. Der Druck verfliegt und ich gebe Gas.

Freiheit. Das ist der einzige Ort auf dieser Welt, an dem ich dieses Gefühl verspüre. Denn die meiste Zeit bin ich eingesperrt. Eingesperrt zwischen Macht, Traditionen und dem erdrückenden Gefühl, nicht gut genug zu sein.

Amelia

In der Hoffnung, dass es morgen besser sein würde, habe ich mich gestern ins Bad geschleppt, mich abgeschminkt und aus diesem Kleid geschält. Mein ganzer Körper hat gebrannt und geschmerzt, mein Verstand ist am Ende gewesen und so habe ich das erste Mal seit langer Zeit eine Tavor eingeschmissen. Der süße Nebel der Gleichgültigkeit hat mich schnell in einen tiefen und traumlosen Schlaf fallen lassen. Jetzt aber blinzele ich müde und gähne, als ich Lizzys aufgeregte Stimme neben mir höre.

»Lia. Liiaaa, verdammt wach auf.«

»Geh weg und lass mich in Ruhe, ich will schlafen«, brumme ich und ziehe mir die Decke über den Kopf. Doch ich habe die Rechnung ohne Prinzessin Elisabeth gemacht - und zack, ehe ich mich versehe, ist meine Decke verschwunden und sie steht mit verschränkten Händen vor meinem Bett.

»Mal ganz abgesehen davon, dass du mir gestern einen gewaltigen Schrecken eingejagt hast und ich wegen dir mindestens zehn graue Haare mehr habe, musst du jetzt aufstehen. Denn wir haben ein Problem.«

Mein verschlafenes Gehirn versucht, ihre Worte zu verstehen, und so langsam blitzen die Bilder von gestern Abend vor meinem inneren Auge auf. Stöhnend schließe ich die Augen, als die Scham über meine Panikattacke wie eine riesige Welle über mich hinwegrollt.

Mist. Ich habe mich völlig blamiert.

»Du hast es mitbekommen?«, frage ich leise und schlage die Hände vor mein Gesicht. Den Gedanken an Nicolas und was danach geschehen ist, verdränge ich, dafür bin ich noch nicht bereit.

»Mitbekommen? Ich habe deinen hübschen Hintern da rausgeschafft«, mault sie, und jetzt setze ich mich doch auf und blinzle sie an wie eine Eule. Öffne den Mund, bevor ich aber was sagen kann, hebt sie die Hand und bringt mich zum Schweigen.

»Ok, Nic, hat dich rausgeschafft, ich habe nur den Weg freigehalten. Aber trotzdem, Lia, verdammt, was machst du denn für Blödsinn?«, schimpft sie weiter und so langsam werde ich sauer. Richtig sauer.

Was denken die sich denn alle?

»Blödsinn? Blödsinn??? Es ist kein Blödsinn, wenn so ein engstirniges Arschloch Damien als schwanzlutschende Schwuchtel bezeichnet und ihn körperlich angreift. Das nennt man Courage und für seine Freunde einstehen. Damien ist mein Freund. Er war Philipps Freund. Mehr als das, und das weißt du. Also wieso erklärt mir jeder, wie dumm ich bin, für jemanden einzustehen, der es nicht verdient hat, so behandelt zu werden?« Meine Stimme wird immer lauter und Lizzy reißt erschrocken die Augen auf bei meinem Ausbruch.

»Lia, ich …«

»Nix ›Lia‹. Es hat sich ausgeliat. Wieso ist es falsch, meinen Mund aufzumachen, wenn so ein Arschloch mich als Beine breitmachende Thronjägerin bezeichnet? Wenn er keinen

Respekt vor mir hat? Ja, dieser Pisser hat mir solche Angst gemacht, dass ich Panik bekommen habe. Na und? Ich habe wenigstens nicht tatenlos zugesehen. Nennt mich dumm, nennt es Blödsinn. Ich nenne es Freundschaft.«

Wütend, verletzt und durcheinander stehe ich auf und marschiere an einer ziemlich betretenen Lizzy vorbei. Sehe im Augenwinkel, dass Nicolas in der Tür lehnt, mich mit verschränkten Armen stumm und ohne jegliche Regung im Gesicht anstarrt. Aber ich habe keine Lust auf seine Launen und hebe nur meinen Mittelfinger, schlage die Badtür hinter mir zu.

Sollen sie mich doch alle mal gernhaben.

Tief durchatmend, um mich zu beruhigen, lehne ich mich an das Waschbecken, doch als ich einen Blick in den Spiegel werfe, verziehe ich automatisch das Gesicht.

Ich sehe aus, als wäre ich unter einen Zug geraten. Müde und mit dunklen Augenringen, meine Locken stehen wild in alle Richtungen ab.

»Großartig. Wirklich ganz großartig«, sage ich genervt zu mir selbst und beginne, ein bisschen Make-up aufzulegen und meine Haare zu einem hohen Pferdeschwanz zusammen zu binden. Den Schlabberlook behalte ich an, in dem fühle ich mich wohl. Soll dieser verdammte Prinz doch denken, was er will, das ist mir gerade herzlich egal. Ich hatte noch nicht einmal einen Kaffee und schon genug von diesem Tag.

Mit einem Seufzen werfe ich einen letzten Blick in den Spiegel und beschließe, dass mehr heute nicht aus mir zu machen ist. Als ich das Bad verlasse, höre ich Nicolas und Lizzy im Wohnzimmer diskutieren.

»Du bist ein Idiot und das weißt du auch. Sie kann doch nichts für diesen Mist hier«, blafft Lizzy ihren Bruder gerade an und er schnaubt.

»Na ja, darüber lässt sich streiten, sie ist …«

Ich betrete das Wohnzimmer und gehe, ohne die beiden anzusehen, zur Tür.

»Anwesend und hört euch. Was euch beiden aber anscheinend völlig egal ist, also diskutiert ruhig weiter. Ich gehe mir einen Kaffee besorgen«, lasse ich beide trocken wissen, und spüre deutlich, wie sich Nicolas' Blick in meinen Rücken brennt.

»Deine Latte steht bereits hier auf dem Tisch, also trink, damit wir die derzeitige Lage besprechen können«, dröhnt seine dunkle Stimme hinter mir und ich stocke.

Er hat mir einen Latte besorgt? Woher weiß er, was ich gern trinke? Und was überhaupt für Umstände?

Langsam drehe ich mich zu den beiden um und ihr Anblick versetzt mir einen scharfen Stich. Sie sehen sich so ähnlich, und doch sieht man in beiden auch Philipp.

Mein Herz krampft für meinen besten Freund, der das alles nicht mehr erleben darf.

Lizzy sieht mich entschuldigend an, doch ich bin noch nicht bereit, nachzugeben. Nicolas ignorierend gehe ich zu dem Tisch, auf dem tatsächlich mein Kaffee steht, greife nach ihm und trinke erst einmal einen großen Schluck. Denn ich habe nicht das Gefühl, dass mir gefallen wird, was gleich kommt. Aber gut, in letzter Zeit gefällt mir so ziemlich gar nichts mehr, also kommt es auf eine schlechte Nachricht mehr oder weniger auch nicht an.

»Also, was habe ich schon wieder verbrochen, dass ihr beide hier aufkreuzt? Vor allem du.« Jetzt sehe ich Nicolas direkt an und zucke fast zurück, weil er meinen Blick so intensiv erwidert. Diese grauen Augen halten mich sofort gefangen und ich kann nicht mehr wegsehen.

»Das hier.« Er greift nach hinten in seine Hosentasche und zieht eine zusammengerollte Zeitung hervor, die er mir achtlos hinwirft. Jetzt hat er meine Aufmerksamkeit, denn das kann wirklich nichts Gutes bedeuten.

Mein Blick springt zwischen der Zeitung und ihm hin und her, doch sein Gesicht gibt nach wie vor nichts preis. Also öffne ich sie langsam und muss nicht lange suchen.

Mein Gesicht springt mir gleich auf der ersten Seite entgegen, und es ist kein vorteilhaftes Bild. Es muss im *Purge* gemacht worden sein, als ich mit Lizzy dort war, denn es zeigt mich beim Feiern. Mein Herz setzt einen Schlag aus, und mir wird übel, als ich die Schlagzeile dazu lese.

Der Text geht weiter und man muss kein Genie sein, um zu wissen, dass er nicht freundlich und wohlgesonnen geschrieben ist.

Ich muss schwer schlucken, denn der Kloß in meinem Hals verdichtet sich immer mehr.

»Offensichtlich hält euer Volk mich für ziemlich inkompetent«, rutscht es mir bitter über die Lippen und ich sehe auf, nur um wieder auf seinen intensiven Blick zu treffen.

»Die Frage ist, bist du es?«

Meine Augen halten seinem Blick stand, als er wieder feuert und trifft. Und er ist sich dessen bewusst, weiß genau, was er tut.

»Nic! Verdammte Scheiße, was soll der Mist? Halt endlich deine dumme Klappe, natürlich ist sie es. Du hättest keine Bessere bekommen können als Lia«, schnauzt seine Schwester ihn an, doch ich schüttle nur den Kopf.

»Nein. Bin ich offensichtlich nicht. Aber danke, dass du dich so für mich einsetzt«, wende ich mich gleichgültig an Nicolas, meine Emotion verschwinden hinter einem dicken grauen Schleier, den ich fest zuziehe. Leer. Ich bin absolut leer und will und kann nichts fühlen. Die Schwere dessen, was hier gerade mit mir passiert, droht mich niederzudrücken. Ich bin dieses ganze Theater so leid.

»Du solltest eine Pressekonferenz anberaumen und versuchen, den Schaden so gering wie möglich zu halten. Und dann mit deinem Vater sprechen, ob ich tatsächlich die geeignete Wahl bin. So lange halte ich mich von der Öffentlichkeit fern. Ich muss heute nur zum Heim, ich habe Training mit den Kids, aber das dürfte kein Problem sein. Lasst mich wissen, wie es weitergeht.« Damit drehe ich mich um und will das Zimmer verlassen, aber Nicolas hat andere Pläne. Er stellt sich mir in den Weg, und ich stoppe dicht vor ihm, da ich nicht an ihm vorbeikomme. Lizzy beobachtet das Ganze stumm und mit hochgezogenen Brauen, mischt sich aber nicht ein wie sonst.

»Ah ah, Goldlöckchen. So einfach kommst du mir nicht aus der Nummer. Nicht ich werde die Pressekonferenz halten, sondern wir. Du und ich. Gemeinsam. Eric hat schon alles in die Wege geleitet. In einer Stunde werden wir uns den Fragen der Reporter stellen.« Seine Stimme ist ruhig, aber unnachgiebig, und ich sehe unwirsch zu ihm hoch. Er ist so groß, dass ich den Kopf in den Nacken legen muss, um ihm in die Augen sehen zu können.

»Hast du keine Angst, ich könnte dich erneut blamieren? Ich, die ungeeignete Zukünftige des Thronfolgers?«, frage ich tonlos und klinge unglaublich kalt, aber meine Nerven halten nicht mehr viel aus und ich kann nicht anders und muss mich schützen.

Nicolas' Mundwinkel heben sich zu einem teuflischen Grinsen, als er sich zu mir herunterbeugt. Und ich schwöre, die Luft um uns herum beginnt zu flirren, als seine Nase meine berührt. Als seine Lippen so dicht an meinen sind, dass ich sie fühle. Dass ich kurz davor bin, die winzige Distanz zu überbrücken und ihn zu küssen.

»Mitgehangen, mitgefangen Goldlöckchen. Und ob du ungeeignet bist oder nicht, bestimme immer noch ich, kein dahergelaufener Pressefuzzi. Also mach dich schick, und diesmal, Frau, spiel deine Rolle überzeugend.«

Sein Atem streicht über meine Lippen und ich balle die Fäuste so sehr, dass sie sich in meine Haut graben, als er sich wieder aufrichtet und seine Hände in die Hosentasche schiebt.

»In einer Stunde, Goldlöckchen.« Er wirft mir einen letzten Blick zu und schlendert in aller Seelenruhe aus dem Zimmer.

»Heilige Mutter Gottes, was war das?«, höre ich Lizzy hinter mir ausstoßen, doch ich bin wie gelähmt. Seine Nähe, sein Duft, seine Art, die Worte, mit denen er mich immer und immer wieder quält, die wie Peitschenhiebe treffen, sind für mich zu viel.

»Ich weiß nicht, von was du sprichst. Dein Bruder kann mich nicht leiden und zeigt es mir täglich aufs Neue«, antworte ich tonlos und Lizzy fängt laut an zu lachen, woraufhin ich mich verärgert und verwirrt gleichzeitig umdrehe.

»Was? Zum Lachen finde ich das Ganze nicht.« Ich sehe sie mit ausdruckslosem Blick an, worauf sie mich sofort weich ansieht und lächelt.

»Doch, es ist witzig. Witzig in dem Sinne, dass du nicht siehst, was hier tatsächlich abläuft. Mein Bruder will dich. Nein, ich glaube sogar, er ist dir total verfallen. Nur passt ihm das nicht und er wehrt sich dagegen. Glaub mir, er wird nicht zulassen, dass dir irgendwer zu nahekommt. Außer er vielleicht.« Sie muss erneut kichern, doch ich werfe ihr einen warnenden Blick zu.

»Du spinnst doch. Nicolas hasst mich. Aber lassen wir das. Ich muss mich fertigmachen. Zur Hölle mit diesen Aasgeiern … was ziehe ich denn jetzt an?« Verzweifelt wird mir meine Lage bewusst, und die Gleichgültigkeit schwimmt davon, ich kann sie nicht aufhalten.

»Oh, glaub mir, du irrst dich gewaltig. Und jetzt komm mit, damit wir der Welt da draußen zeigen können, wie passend du bist.« Sie tritt vor mich und nimmt mich bei der Hand, schleift mich ins Ankleidezimmer. »Und Lia, es tut mir leid. Ich wollte dir nicht wehtun oder dich als dumm abstempeln. Ich hab mir nur furchtbare Sorgen um dich gemacht. Es war mutig, das weiß ich. Und mein idiotischer Bruder weiß das auch.«

Sie drückt meine Hand leicht und ich sehe sie dankbar an.

»Ist schon gut, vergessen wir das. Es war nur alles etwas viel.« Sie nickt und schiebt mich zum Schminktisch, und nach nicht einmal einer halben Stunde erkenne ich mich selbst nicht wieder. Meine Haare fallen lockig über meine Schultern, sind nur an den Seiten mit silbernen Klammern nach hinten gesteckt. Mein Make-up ist dezent und betont meine Augen, ohne unnatürlich zu wirken, und das gefällt mir. Ein hochgeschlossenes apricotfarbenes Etuikleid mit langen Ärmeln und einem breiten weißen Gürtel um die Taille samt weißen hohen Pumps runden das Ganze ab.

Ich sehe schön, aber unschuldig aus und bin immer wieder erstaunt, wie talentiert sie in solchen Dingen ist.

»Wow, Lizzy, ich … wow.« Manchmal bin ich immer noch

erstaunt, was sie alles mit ein bisschen Schminke und der richtigen Kleidung zaubern kann.

»Danke.« Ich lächle sie leicht im Spiegel an.

Mein Magen ist kurz davor, seinen nicht vorhandenen Inhalt loswerden zu wollen, so nervös bin ich. Lizzy bemerkt das leichte Zittern meiner Hand und drückt meine Schultern.

»Es wird schon gut gehen. Nicolas wird nicht zulassen, dass sie dich zerfleischen. Glaub mir«, versucht sie mich zu beruhigen, doch ich bin mir da nicht so sicher.

»Bereit?«

Ich zucke zusammen, als ich Nicolas‘ Stimme hinter uns höre, und sehe ihn durch den Spiegel im Türrahmen lehnen. Er trägt eine graue Stoffhose und ein schwarzes Hemd, das er an den Ärmeln hochgekrempelt hat, und meine Wangen werden heiß und eine nervöse Unruhe erfasst mich, als ich ihn so ansehe. Meine eigenen Gefühle bringen mich gerade völlig durcheinander und ich schlucke schwer, als sich unsere Blicke im Glas begegnen und ich nicke.

»Dann los. Lizzy, du weißt Bescheid.« Er nickt seiner Schwester zu und ich erhebe mich mit zittrigen Beinen und drehe mich langsam um. Sein Blick schweift träge über meinen Körper, bevor er an meinem Gesicht hängen bleibt.

Seine Augen funkeln, doch ich kann nicht deuten, ob ihm gefällt, was er sieht. Es ist mir auch egal, denn mein Magen hüpft unangenehm und ich muss wirklich aufpassen, mich nicht zu übergeben.

Nicolas hält mir seine Hand hin und ich ergreife sie mit klopfendem Herzen. Doch statt loszugehen, zieht er mich dicht an sich. Seine Hand gleitet an meinem Rücken hinab, bleibt auf meinem Steißbein liegen.

»Du siehst aus, als würdest du mir jeden Moment vor die Füße kotzen, Darling. Kleiner Tipp …« Er stupst mich mit der freien Hand auf die Nase, bevor er weiterredet. In meinem Bauch beginnt es aufgeregt zu flattern und mir stockt ein bisschen der Atem bei dieser intimen Geste.

»Streng dich diesmal mehr an, sie zu überzeugen.«

Der erneute Tiefschlag sitzt, sticht genau in die bereits offene Wunde, vertieft sie ein kleines bisschen. Doch diesmal zeige ich ihm nicht, wie sehr er mich mit seinen Worten jedes Mal trifft. Letztlich ist es ihm auch egal, denn ohne weiter auf meine Reaktion zu achten, nimmt er wieder meine Hand und zieht mich mit.

In die Höhle der Löwen.

KAPITEL 8

Nicolas

Arschloch. Ich bin und bleibe ein Arschloch.

Keine Ahnung, weshalb ich Amelia immer verletze, weshalb ich sie treffen will. Denn jedes verdammte Mal, wenn ich es schaffe, ist es wie ein spitzer Pfeil, der sich tief in mein Fleisch bohrt. Und trotzdem tue ich es wieder und wieder.

Amelia Perlington ist wie eine wunderschöne Rose mit scharfen Dornen, die einen in ihren Bann zieht, und wenn man nicht aufpasst, reißt man sich an ihnen auf.

Sie anzusehen tut mir weh. Es sticht und sticht und sticht, weil sie mich an Phil erinnert. Und wofür er stand. Weil sie so viel besser zu sein scheint als ich. Weil sie mich fühlen lässt.

Ich merke genau, wie ihre kleine Hand in meiner zittert, als ich sie in den Konferenzsaal von Schloss Harlington ziehe, und wieder streiten sich der Teufel und der Engel in meiner Brust. Einerseits will ich sie diesen Hyänen zum Fraß vorwerfen, will, dass all die Geheimnisse, die sie zu haben scheint, ins Licht gezogen werden. Will sehen, ob sie diesem ganzen Mist standhält. Andererseits will ich jeden in Stücke reißen, der ihr zu nahe kommt. Der sie verletzt, der sie auch nur schräg ansieht.

Wir betreten den Saal über den Seiteneingang für die Bewohner des Schlosses, und ich lasse meinen Blick durch den Raum schweifen. Vorne ist ein Podium aufgebaut, auf dem die Sitzgelegenheiten und Mikros der Redner stehen. Davor befinden sich in mehreren Reihen die Sitzplätze der Besucher, in unserem Fall heute der Presse.

Mein Vater erwartet uns bereits mit ernster Miene.

»Amelia, Nicolas. Ich hoffe, ihr seid gut vorbereitet. Von eurem Auftreten hängen der Ruf und die Glaubwürdigkeit unseres Hauses gegenüber unserem Volk ab - vor allem für dich, Amelia. Wir können es uns nicht leisten, das Vertrauen von Harlington zu verlieren.« Tadelnd sieht er meine Zukünftige und dann mich an. Goldlöckchen schrumpft unter seinem strengen Blick immer mehr zusammen, weshalb ich sie leicht hinter mich schiebe.

Er soll das lassen. Sie kann nichts dafür.

Ha, das sagt der Richtige. Hast du sie nicht genau deshalb vorhin auch dumm angemacht?, verhöhnt mich meine innere Stimme und ich könnte fluchen. Fluchen über diesen ganzen Scheißdreck hier, der vor unseren Füßen ausgekippt wird.

»Das lass mal unsere Sorge sein. Amelia ist Profi. Und sie kann schließlich nichts für das, was die Presse über sie schreibt. Auch wir im Hochadel dürfen ein Privatleben haben, Vater«, gebe ich kalt zurück und ziehe die stumme Amelia einfach weiter. Ich habe jetzt keinen Nerv für so ein dummes Geschwätz.

Die eingeladenen Reporter haben sich bereits auf ihre Plätze gesetzt und ich sehe, dass Eric an der Seite des Podiums steht und das Geschehen überwacht. Er nickt mir kurz zu, was ich erwidere, bevor ich die Menge überfliege. Und erstarre. Denn Albert Richardson ist auch unter ihnen.

Mein Blick fliegt zu Eric, der nur mit den Schultern zuckt, denn er kennt meine Abneigung gegen diesen Mann.

Er hasst alles, was mit uns, der Royal Family zu tun hat, und hat sich in der Vergangenheit schon den ein oder anderen Fehltritt erlaubt. Er überschreitet gern Grenzen, wenn er damit einen Skandal gegen meine Familie erreichen kann.

Amelia keucht auf und runzelt die Stirn, und plötzlich weiten sich ihre Augen und sie wird kreidebleich.

Was zur Hölle?

Keine Sekunde später strafft sie ihre Schultern und ihr Gesicht wird wieder ausdruckslos und glatt. Mein Respekt ihr gegenüber wächst enorm, denn irgendetwas hat sie gerade zu Tode erschreckt, doch sie reißt sich zusammen, um sich das nicht anmerken zu lassen. Steht hocherhobenen Hauptes neben mir. Nur ihr Griff um meine Hand verrät sie, denn sie zerquetscht sie fast und ich verenge die Augen und sehe sie an.

Was geht hier vor sich?

Es gefällt mir ganz und gar nicht, dass sie blass wie eine Leiche dasteht und ihre kleine Hand in meine krallt, als müsse sie sich festhalten. Am liebsten würde ich sie packen und von hier wegbringen, aber das geht nicht.

Amelia bemerkt meinen Blick, schüttelt aber kaum merklich den Kopf und wendet sich wieder den Reportern zu.

Verdammt.

Eric betritt das Podium, und die Show beginnt.

»Meine Damen und Herren, herzlichen Dank, dass Sie der kurzfristigen Einladung gefolgt sind. Prinz Nicolas hielt es nach den heutigen Berichten für angemessen, ein eigenes Statement abzugeben und einige Gerüchte um seine Verlobte aus der Welt zu schaffen. Es werden heute nur relevante Fragen bezüglich dieses Themas beantwortet. Sollte die Stimmung hochkochen oder gar übergriffig werden, wird die Pressekonferenz sofort beendet. Sie alle kennen die Regeln. Wenn alle bereit sind, heißen Sie mit mir Prinz Nicolas of Harlington und seine Verlobte, Lady Amelia Perlington, herzlich willkommen.«

Er dreht sich in unsere Richtung und gibt uns ein Zeichen und ich gehe voraus, Amelias Hand fest in meiner. Sobald wir auf das Podium steigen, begrüße ich die Reporter mit einem Nicken und auch Amelia lächelt freundlich, aber distanziert.

Ich warte, bis sie Platz genommen hat, und setze mich dann neben sie, sehe jedem Einzelnen der anwesenden Presseleute ins Gesicht.

»Meine Damen und Herren, Sie sind heute hier, weil kaum, dass wir unsere Verlobung bekanntgegeben haben, ein paar wilde Gerüchte in Umlauf gekommen sind. Nicht einmal vierundzwanzig Stunden später. Lassen Sie mich deshalb eins klarstellen: Lady Amelia Perlington ist die bezauberndste, loyalste Frau, die ich jemals kennengelernt habe, und genau das, was Harlington braucht. Genau das, was ich brauche. Sollte nicht das an oberster Stelle stehen? Sie hat immer in allen Belangen für Harlington eingestanden, gehört schon so lange zu den engsten Freunden unserer Familie. Deshalb bitte ich von solchen Berichten, wie ich sie heute Morgen in der Harlington Post gelesen habe, abzusehen. Denn nichts davon entspricht der Wahrheit.« Mein Blick schweift warnend über die Männer und Frauen hinweg, doch ich sehe, dass Albert sich bereit macht.

Ich beiße die Zähne zusammen und versuche, ruhig zu bleiben.

»Albert Richardson von der Harlington Post. Lady Amelia, Sie wollen also sagen, dass sie nicht schon vorher mit Prinz Nicolas‘ Bruder liiert waren? Laut Augenzeugenberichten sind sie sehr häufig und sehr innig mit Prinz Philipp gesehen worden. Das wirft die Frage auf, wie es so plötzlich zu der Verlobung mit seinem Bruder, noch dazu so kurz nach seinem Ableben, kommen konnte.«

Mein Blick gleitet automatisch zu Amelia, die einmal tief durchatmet, Albert dann aber direkt ansieht.

All meine Muskeln sind zum Zerreißen gespannt, als ich warte, was nun kommt.

»Ja, genau das will ich sagen. Prinz Philipp und ich waren seit unserer Kindheit miteinander befreundet. Unsere Familien sind eng miteinander verbunden. Natürlich hat man mich mit ihm gesehen. Zumal wir an einigen gemeinsamen sozialen Projekten gearbeitet haben. Ich erkenne daran nichts Verwerfliches und sehe auch keinen Zusammenhang zu Nicolas. Die Verlobung zwischen Nicolas und mir hat nichts mit der Freundschaft zu Philipp zu tun. Deshalb verstehe ich Ihre Frage nicht ganz, Mr. Richardson. Sie wollen doch nicht etwa andeuten, dass ich so etwas wie Thronhopping mit den Prinzen betreibe?«

Ich muss meine ganze Kraft aufwenden, um mein Gesicht ausdruckslos zu halten und Amelia nicht anzustarren, aber verdammt, das war ein Volltreffer.

Unschuldig und freundlich lächelnd blinzelt sie ihn an, und Richardson beißt die Zähne zusammen. Seine Kollegen warten gespannt auf seine Antwort, denn man sieht ihm an, dass er nicht mit solch einer Retourkutsche gerechnet hat.

Jetzt muss er vorsichtig sein. Er darf die Krone nicht ohne grundlegende Beweise beschuldigen. Amelia hat ihn durch ihr Handeln in die Ecke gedrängt.

Eric spannt sich im Hintergrund an, betrachtet Amelia aber mit einem gewissen Respekt.

Sieh an, sieh an, Goldlöckchen hat Zähne.

»Oh nein, das will ich in keinster Weise andeuten, Mylady. Es hat mich nur gewundert, weil man Sie beide vorher nie zusammen gesehen hat«, antwortet er sichtlich gepresst, doch seine Augen funkeln gefährlich.

Oh fuck.

Ich sollte ihn aufhalten, sollte etwas tun, doch ich bin wie festgefroren. Höre die Worte, die er als Nächstes sagt, und reagiere nicht. Starre einfach nur und lasse es geschehen.

Weil Richardson genau das ausspricht, was ich selbst schon so oft gedacht habe. Meine Kehle wird eng, und es fühlt sich beschissen an, so über Amelia zu denken. Trotzdem lasse ich dieses Arschloch weitersprechen.

»Doch es lässt sich nicht leugnen, dass sich die zweifelhaften Zufälle in letzter Zeit häufen. Und jedes Mal sind Sie involviert, Lady Amelia. Erst stirbt der aktuelle Thronfolger - mit ihnen im Auto-, dann wird Prinzessin Elisabeth unter Drogen gesetzt. In einem zwielichtigen Club, den sie gemeinsam besuchten. Zuletzt wurde Senator Robins' Sohn angegriffen, aus dem Nichts – von Ihnen. Sagen wir es so, es wirft ein sehr fragwürdiges Bild auf Sie und diese Verlobung.« Richardson grinst hinterhältig und fixiert Amelia, die kreidebleich geworden ist und den Blick abwendet. Ein Raunen geht durch die Menge und alle starren gespannt zu uns. Nein, zu Amelia.

Sie wringt die Hände in ihrem Schoss und ich erwache aus meiner Starre, doch es ist zu spät. Der Schaden ist angerichtet. Ich habe versagt.

Voller Wut sehe ich mich suchend nach Eric um, doch der ist bereits auf dem Weg zu uns und gibt den Securitys irgendwelche Anweisungen. Mein Vater erscheint am Seiteneingang, durch den auch Amelia und ich gekommen sind, und hat Amelia mit düsterem Blick im Visier, die jetzt ihren Kopf hebt. Und, scheiße, ich will kotzen. Mein Magen krampft sich heftig zusammen, denn es tut weh, Amelia so gebrochen zu sehen. Es tut verdammt weh und ich bin schuld. Es versetzt mir einen heftigen Stich und ich verfluche mich selbst, dass ich das zugelassen habe.

Ihr Blick gleitet leer und ohne jegliches Leben über die Reporter, bevor er wieder bei Richardson landet, der sie hämisch grinsend mustert. Das Brodeln in mir wird stärker, doch bevor Amelia darauf reagieren kann, übernimmt Eric das Ruder und beendet das Desaster. Ein Desaster, zu dem ich sie gezwungen habe.

Stocksteif steht sie auf und ich will nach ihr greifen, doch sie weicht meiner Hand aus, tritt wie ein verwundetes Tier den Rückzug an. Schneller als ich reagieren kann, huscht sie aus dem Saal.

Scheiße verdammt.

Ich will hinterher, doch ich werde aufgehalten.

Nicht jetzt!

»Danke für die Einladung, Prinz Nicolas. Es war mir eine Freude, mit Ihrer Verlobten zu sprechen. So aufschlussreich«, grinst dieser Pisser von Richardson mich durchtrieben an und ich flippe aus. Mit einem Sprung bin ich von dem Podest, auf dem unser Tisch steht, unten bei ihm, doch Eric und mein Vater greifen ein.

»Nicolas! Auf ein Wort. Jetzt«, donnert mein Vater.

Eric ist neben Richardson getreten, durch dessen Augen kurz Panik gehuscht ist, und bedeutet mir, es besser sein zu lassen. Meine Hand pumpt immer wieder eine Faust, als ich mich zu meinem Vater umdrehe.

»Du schuldest mir eine Erklärung, Sohn. Und zwar schnell.« Mein Vater verliert natürlich keine Zeit, doch ich winke mit zusammengepressten Zähnen ab, nicht bereit, mich jetzt darauf einzulassen.

»Ich schulde dir gar nichts. Dieser Reporter erzählt Mist und das weißt du so gut wie ich. Also erspar mir diese Unterhaltung, ich muss nach meiner Verlobten sehen. Sorg du lieber dafür, dass die werten Pressevertreter nicht noch mehr Scheiße in der Öffentlichkeit verzapfen.« Ich sehe ihn kalt an und lasse ihn einfach stehen.

Auf dem Weg nach draußen hält Eric mich auf.

»Es tut mir leid, ich konnte nicht mehr rechtzeitig eingreifen. Ich weiß auch gar nicht, wie der hier reingekommen ist. Ich habe ihn nicht einbestellt, im Gegenteil. Aber das werde ich rausfinden. Ich halte euch den Rücken frei, so gut es geht.« Er klopft mir auf die Schulter und auch wenn ich stinkwütend bin, er kann nichts dafür. Das geht allein auf meine Kappe.

»Danke, Kumpel.«

Ohne auf die anderen zu achten, verlasse ich den Saal und gehe als Erstes in unser Apartment. Sehe Amelias High Heels achtlos hingeschmissen im Ankleidezimmer liegen, aber außer mir ist niemand hier.

Scheiße.

Ich fahre mir durch meine Haare und mein Hirn rattert.

Wo kann sie hin sein? Phil. Sie ist bestimmt zu seinem Grab.

»Sie ist mit Lizzy getürmt, falls du deine Verlobte suchen solltest«, erklingt Cedrics Stimme hinter mir und ich fahre herum, sehe ihn und Damien in der Tür stehen. Beide mustern mich ernst und mir ist klar, dass die Neuigkeit der beschissenen Pressekonferenz bereits zu ihnen durchgedrungen ist.

»Fuck, verdammte Scheiße«, fluche ich los und raufe mir erneut die Haare.

»Das sollte so nicht laufen. Ich ... verdammt, ich habe sie in diese Situation gebracht. Die Presse wird sie ab sofort jagen.« Meine Schuldgefühle drohen mich zu erdrücken, ich widere mich sowas von selbst an.

»Warum hast du nicht eingegriffen, Nic?« Damien stellt die Frage, die ich mir in der letzten halben Stunde selbst ein Dutzend Mal gestellt habe.

Ja, warum habe ich das nicht verhindert?

»Ich ... ich weiß es nicht. Es ging so schnell ... ich ... keine Ahnung«, gebe ich schal zurück und weiß selbst, wie ausweichend das klingt.

»Bullshit, Nic. Du weißt genau, warum du nicht eingegriffen hast. Du wolltest ihre Reaktion sehen. Du wolltest sehen, wie sie auf all die Anschuldigungen reagiert, die dir auch schon im Hirn rumgespukt sind«, knallt er mir unerbittlich ehrlich an den Kopf, und diese Ehrlichkeit schneidet rasiermesserscharf.

Ich will es abstreiten, alles in mir wehrt sich dagegen, will leugnen, dass ich das wollte, doch meine Lippen bleiben geschlossen. Stumm starre ich ihn an, während in meinem Inneren das Chaos ausbricht.

Fuck.

Genau das wollte ich. Ich wollte sehen, wie Goldlöckchen damit zurechtkommt, habe es quasi provoziert. Und jetzt, jetzt, wo ich sehe, was ich angerichtet habe, bin ich derjenige, der nicht damit zurechtkommt. Und das tut weh. Verdammt weh.

»Du bist ein Arschloch, Nic. Ein riesiges Arschloch. Bieg es wieder gerade. Phil würde das nicht für sie wollen. Er hat Amelia geliebt. Er hätte das nicht für sie gewollt und er würde dir in den Arsch treten, wenn er könnte.«

Die Messer schneiden tiefer und tiefer und ich schließe einen Moment die Augen, weil es zu viel ist.

Phil hätte mir nicht nur in den Arsch getreten, er hätte mir den Kopf heruntergerissen und auf einem Pfahl aufgespießt.

»Lass gut sein, Dam. Er hat es, glaube ich, verstanden«, geht Ced ruhig dazwischen und ich sehe meine besten Freunde an.

»Ich gehe sie suchen. Wer ist dabei?« Ich brauche beide jetzt an meiner Seite.

»Ich weiß, wo sie ist. Lass mich zuerst mit ihr reden. Dich blockt sie jetzt eh nur ab.« Damien sieht mich mit einem warnenden Ausdruck in den Augen, ihm jetzt nicht zu widersprechen, an, und auch wenn ich genau das am liebsten würde, nicke ich nur mit zusammengepressten Kiefern.

»Gebt mir fünf Minuten, ich muss aus diesen Klamotten raus.« Ohne auf die beiden zu achten, gehe ich ins Ankleidezimmer, steige über ihre High Heels, die einsam auf dem Boden liegen und mich zu verhöhnen scheinen, und ziehe mich um.

Die ganze Zeit habe ich ihren leeren, geschlagenen Blick vor Augen, der sich in meine Seele brennt.

Scheiße, ich hab es wirklich verkackt.

Amelia

Weg. Ich muss weg hier.

Dieser Reporter. Er saß in dem Auto. Er war es, der Philipp so abgelenkt hat, dass er die Kontrolle über den Wagen verloren hat. Er!

Die Bilder sind urplötzlich vor meinem inneren Auge erschienen, und ich weiß nicht, ob es sein hämisches Grinsen war oder das hinterhältige Funkeln in seinem Blick.

Plötzlich hatte ich sein Gesicht mit genau dem Lachen vor Augen. Wie er seine Kamera gehoben hat und das Blitzen darauf. Alles wieder da.

Mein Magen schlingert gefährlich, als ich durch die Gänge des Schlosses husche und kurz darauf in unser Apartment renne.

Albert Richardson ist dafür verantwortlich, dass Philipp tot ist. Doch ich kann es nicht beweisen.

Jetzt noch viel weniger als vorher, denn er hat mich in den Augen der Öffentlichkeit als Schlampe und Intrigantin hingestellt.

Und Nicolas hat stumm daneben gesessen.

Mein Handy vibriert auf dem Nachttisch und ich werfe einen kurzen Blick darauf, doch der dreht mir den Magen erst recht um. Die Meldungen, die von meinen Social Media Accounts aufploppen, lassen mich innerlich völlig erfrieren.

Hure.
So eine Schlampe, sie hat Prinz Nicolas nicht verdient.
Ich wusste, dass sie eine Thronjägerin ist.
Man sollte sie verjagen.
Sie hat bestimmt etwas mit Philipps Tod zu tun.

Das Kleid, das mir Lizzy ausgesucht hat, ist auf einmal viel zu eng, schnürt mir die Luft ab. Ich reiße es mir förmlich vom Leib, lasse es achtlos fallen und greife nach einem Shirtkleid und einem weiten, dunklen Hoodie, den ich schnell überziehe.

Raus hier, bloß raus hier.

Alle meine Sinne sind auf Flucht gestellt, alles ist zu eng, zu erdrückend, zu schwer.

»Scheiße, Lia, es tut mir so leid.«

Erschrocken wirble ich herum und mein Herz rast noch schneller als vorher, ich greife mir an die Brust.

»Lizzy, verdammt, erschreck mich nicht so«, keife ich sie scharf an, was ich augenblicklich wieder bereue. Sie kann nichts dafür.

»Bitte entschuldige. Sorry, das war nicht so gemeint, ich … ich bin nur … ich muss hier raus. Sofort.«

Lizzy baut sich vor mir auf und sieht mich weich an.

»Wohin willst du? Mein Wagen steht vor dem Hinterausgang am Park.« Sie stellt nur diese eine Frage, ist bereits vorbereitet und dafür liebe ich sie.

»Danke.« Ich falle ihr um den Hals und umarme sie ganze fest, denn sie ist der einzige wirkliche Halt, den ich gerade noch habe.

»Dafür bin ich da, Schätzchen. Also, wohin?« Sie sieht mich abwartend an und ich schlüpfe schnell in meine Boots.

»Erst zu Phil und dann irgendwohin weit weg, wo es Kaffee und keine Menschen gibt. Hauptsache nicht hier.«

Sie nickt und greift nach meiner Hand, und keine fünf Minuten später befinden wir uns im Park auf dem Weg zur Familiengruft.

Lizzy hat mir Raum gegeben und keine Fragen gestellt, gewartet, bis ich selbst auf sie zukomme, und das rechne ich ihr hoch an. In meinem Kopf herrscht ein solches Durcheinander, von meinem Inneren fange ich gar nicht erst an.

Wir kommen bei der Gruft an und ich gehe zu dem Marmorgebäude, lehne mich an die kühle Mauer.

»Ich weiß, wer den Unfall verursacht hat«, lasse ich die Bombe nach einigen Minuten des Schweigens platzen.

»Was?« Ihr Kopf ruckt in meine Richtung und sie sieht mich mit großen Augen an.

»Ich weiß, wer für den Unfall verantwortlich ist. Albert Richardson. Er saß in dem Wagen, der uns überholt und Phil mit dem Blitzlicht geblendet hat.« Eine Welle der Trauer rollt über mich hinweg und der Druck auf meiner Brust wird wieder stärker.

Er könnte noch leben, wenn dieses Arschloch nicht gewesen wäre. Das Arschloch, das jetzt mich ruinieren will. Das mir den ganzen Dreck in die Schuhe schieben will.

Mein Gefühlsleben wankt gewaltig und droht mich komplett auseinanderzureißen. Mein Atem geht immer schneller und ich will aus meiner Haut springen.

Hure.

Schlampe.

Sie verdient ihn nicht.

Schläge. Hunderte, tausende Schläge, die auf meinen Körper einprasseln. Henry.

Einfach nie gut genug für ihn.

Bilder und Schmerz stürmen ungefiltert auf mich ein. Lassen mich ersticken. Lassen mich innerlich erfrieren. *Nein. Nein.*

Ich kriege keine Luft, meine Kehle wird immer enger. Aufhören.

Es soll aufhören.

»Lia, hey beruhig dich. Wir kriegen das schon alles hin.« Lizzy streicht mir beruhigend über den Rücken, doch ich kann nicht mehr.

»Ahhhhhhhhhrrrrrhhhhgggg.« Der Schrei bricht unkontrolliert aus mir heraus, es wird einfach zu viel. Ich kann mich nicht mehr kontrollieren.

»Es ist so unfair, so verdammt unfair.« Meine Fäuste donnern immer und immer wieder auf die Mauer, ich spüre, wie die Haut an meinen Knöcheln aufplatzt, wie es brennt und der Schmerz meine Hände hinaufzieht, aber es ist mir egal.

»Lia! Scheiße, hör auf. Verdammt.« Lizzy brüllt mich an, will mich festhalten, aber ich wehre mich, will, nein, muss diese Gefühle loswerden, und stoße sie weg.

»LASS. MICH.« Meine Stimme hört sich selbst in meinen Ohren fremd an. Absolut fremd. Doch egal, wie sehr ich auf die Mauer einschlage, der Schmerz geht nicht weg. Nein, er schneidet sich tiefer, immer tiefer und quält mich, schlitzt mich immer weiter auf.

»Fuck, Nic, halt sie auf. Mach was.« Wieder Lizzy. Ich höre sie, dumpf und weit weg. Doch ich sehe nichts mehr, außer Phil, wie er bleich und tot neben mir sitzt.

Hure.

Schlampe.

Ich bring dich um.

Benimm dich.

Reiß dich zusammen.

Worte, die in meinem Kopf dröhnen, die mich langsam, aber sicher in die Knie zwingen.

Ein großer Körper schiebt sich vor meinen, pinnt mich an dieser Mauer fest, greift nach meinen Armen und fixiert sie über meinem Kopf.

»Verschwindet. Alle. Sofort!«, donnert Nicolas' dunkle Stimme durch die Stille und durch meinen Tunnel, und ich erschauere.

Nicht er.

Nein.

»Geh weg. Lass mich in Ruhe. Lasst mich alle einfach in Ruhe.« Ich will ihn nicht hier haben. Ich will ihn nicht an mir fühlen. Ich will gar nichts von ihm. Es tut weh. Es schmerzt. Er tut mir weh.

»Du kannst dich wehren, wie du willst, aber ich gehe hier sicher nicht weg. Keine Chance, Goldlöckchen«, raunt er gefährlich ruhig, was mich noch rasender macht.

Sein Duft, seine Präsenz nehmen mich vollständig ein und ich stehe komplett unter Strom.

Ich will ihn. Nicht.

»Ich hasse dich. Ich hasse dich so sehr«, zische ich und mein Blut kocht über. Ich will ihm wehtun. Will, dass er leidet, so wie ich leide.

Mein Atem kommt keuchend und ich spüre seinen auf meinem Gesicht. Seine Augen bohren sich in meine, halten sie fest, und ich versinke darin. Gehe unter, aber ihn nehme ich mit. Verlangen. Roh und ungefiltert lodert darin auf. Genauso wie Schmerz.

Leiden. Er soll leiden.

Eine Träne rinnt über meine Wange, als er antwortet.

»Ich weiß. Verdammt, ich weiß das.« Und seine Lippen prallen auf meine. Nicht sanft. Nicht vorsichtig. Nein. Wir sind ein Sturm, ein Tornado, der alles gewaltvoll niederreißt.

Ich beiße in seine Unterlippe, schmecke das Blut und er stöhnt. Gott, dieser Ton. Es vibriert bis tief in meinen Unterleib und ich presse mich enger an ihn.

Er schmeckt nach Freiheit, nach Leben und ich hasse es. Mein Herz schlägt viel zu schnell und ich will ihn näher, obwohl ich ihn nicht will. Ich kralle mich in seine Haare, als er meine Hände freigibt und mich hochhebt. Meine Beine schlingen sich um seine Hüften und ich knalle mit dem Rücken erneut gegen die Mauer.

Egal. Näher. Mehr.

Seine Zunge tanzt mit meiner, er verschlingt mich, ich verschlinge ihn. Es tut weh. Und es lässt mich leben.

Meine Hüften drücken sich gegen seinen Unterleib und ich spüre ihn, will diesen Druck, dieses Verlangen zwischen meinen Beinen loswerden. Er spürt es, seine Hand presst mich enger an sich, so dass ich mich an ihm reiben kann. Und bei Gott, mein Körper entzündet sich wie ein schwelender Brand. Es prickelt und ich stöhne in seinen Mund. Tausende Schmetterlinge beginnen in meinem Magen zu fliegen. Gleichzeitig stechen tausend kleiner Nadelspitzen auf meine Haut ein, ritzen sie auf, graben sich darunter und ich will mehr, immer mehr.

Nic gibt mir, was ich will, als seine raue Hand an meinem Oberschenkel nach oben streicht. Begierig über meine Haut gleitet, so dass ich am ganzen Körper erzittere. Er streicht mit seiner Zunge an meiner Unterlippe entlang, und als seine Hand ihr Ziel erreicht, schiebt er mein Höschen zur Seite. Seine Finger streichen über mein erhitztes und feuchtes Fleisch.

Mir entkommt ein Wimmern und ich drücke mich seiner Hand entgegen. Will dieses berauschende Gefühl, diesen Hochflug weiter ausdehnen.

Mehr. Ich will mehr.

»Hmm, so feucht für mich, Goldlöckchen. So gierig«, summt er an meinen Lippen, und fängt mein Stöhnen mit seinen auf, als er zwei Finger in mich schiebt. Als er anfängt, sie langsam, aber gezielt in mich zu stoßen.

Gott. Es ist so gut.

Er weiß genau, was er tut.

Meine Beine schlingen sich fester um ihn und ich bin wie im Rausch.

»Fester. Bitte. Ich … Bitte«, flehe ich unkoordiniert und er lacht leise, bevor er mich wieder küsst. Bevor sein Daumen meine Perle umkreist, sie reizt. Bevor er härter in mich stößt.

Ich fliege, ich falle, ich bin frei.

Nic stöhnt, als ich mich fest um seine Finger zusammenziehe und mit einem Keuchen so heftig komme, dass mir schwindelig wird.

»Verdammt«, flucht er heiser und lehnt seine Stirn an meine. Unser Atem geht schwer, als er seine Finger langsam aus mir zurückzieht. Als der Rausch und der Nebel langsam mein Gehirn verlassen. Als ich die kühle Mauer der Gruft in meinem Rücken wieder spüre. Und als die grausame Realität wieder wie eine Bombe einschlägt.

Ich habe mich von Nicolas, Prinz of Harlington, am Grab seines Bruders, meines toten Freundes, fingern lassen.

Mein Magen dreht sich augenblicklich um, Reue schwappt wie ein Tsunami über mich hinweg und mir wird schlecht. So unglaublich schlecht.

Nicolas bemerkt die Veränderung sofort und lehnt sich leicht zurück, sieht mich aus diesen grauen Seen durchdringend an, doch ich kann nicht. Ich kann ihn nicht ansehen, deshalb weiche ich seinem Blick aus und mache mich sanft, aber bestimmend von ihm los.

Sein Gesicht wird augenblicklich ausdruckslos und jetzt glitzern seine Augen hart und kalt. Und ich bin schuld.

»Wird das jetzt so eine Nummer, wo du mir gleich an den Kopf werfen wirst, dass ich dich nie wieder so anfassen soll?« Seine Frage ist berechtigt, und trotzdem trifft sie mich mit der Geschwindigkeit eines Güterzuges.

Falsch. Das alles hier läuft falsch.

Aber Nicolas kann nichts dafür. Er hat nichts falsch gemacht diesmal. Ich bin es, die den Fehler begangen hat.

Meine Hände ballen sich zu Fäusten und ich muss ein Zischen unterdrücken.

Mein Blick fällt auf meine Knöchel und erschrocken realisiere ich, wie sehr ich gerade eskaliert bin. Und der Druck auf meine Brust wird unerträglich.

»Ich … das … nein … es … es tut mir leid«, stottere ich überfordert und gebe meinem Fluchtinstinkt nach. Weiche zur Seite aus, stolpere dabei fast über meine eigenen Füße und fliehe. Drehe mich nicht mehr um und renne, während die Tränen unaufhörlich über meine Wangen laufen.

KAPITEL
9

Nicolas

»Alter, was ist heute los mit dir? So aggressiv bist du ewig nicht mehr gefahren.« Ced hat seine Maschine neben mir zum Halten gebracht und sein Visier hochgeklappt, seine blauen Augen taxieren mich.

Ich atme schwer, denn das Adrenalin des Rennens rauscht noch immer heiß durch meine Venen und ich weiß genau, was er meint. Ich bin förmlich geflogen, mein Knie nur Zentimeter über dem Boden, wenn ich in Schräglage gegangen bin. Heute hat es für mich kein Limit gegeben. Die Geräusche des Motors und des Winds sind lauter und intensiver gewesen, während die Landschaft in einem verschwommenen Wirbel an mir vorbeigezogen ist.

Diese Euphorie und den Nervenkitzel habe ich gebraucht. Diese Spannung, nicht zu wissen, ob es einen aus der Kurve hebelt, die Schwerkraft, der man entgegenwirken muss. Dieser absolute Fokus und die geschärften Sinne lassen mich leben. Frei sein.

Scheiße, das habe ich gebraucht.

Da ich meinen Helm bereits abgenommen habe, sieht

Ced genau, was Sache ist, denn er kennt mich viel zu gut. Trotzdem blocke ich ab.

»Nichts. Ich hatte nur zu viel Energie.«

Bullshit.

Und genau das sagt mir auch der Ausdruck in seinem Blick, doch ich habe keine Lust darüber zu reden, dass ich seit vier Tagen mit einem Dauerständer durch die Gegend renne. Dass das Objekt meiner Begierde mir die ganze Zeit aus dem Weg geht, sich förmlich in Luft aufgelöst hat. Dass ich besessen bin von dem Gedanken, Amelia wieder anzufassen. Dass ich besessen davon bin, sie zu fühlen.

Dass sie mir unter die Haut geht, verdammte Scheiße.

Als ich sie an Phils Grab gesehen habe, so verzweifelt, so voller Schmerz, ihre Knöchel aufgeschlagen, ist mein Beschützerinstinkt zu vollem Leben erwacht.

Amelia Perlington ist wie ein eingesperrtes Tier. Sie leidet, sie leidet auf so viele verschiedene Arten, dass es einem körperlich wehtut, das zu sehen. Sie anzufassen, sie zu spüren tat weh. Und gleichzeitig habe ich nie etwas Besseres gefühlt. Habe ich mich nie freier und verstandener gefühlt als dort an diesem Grab.

»Wenn du fertig bist, mir gequirlte Scheiße zu servieren, erzählst du mir dann, was wirklich los ist? Weißt du, es reicht, wenn einer meiner besten Freunde offensichtlich einen Freifahrtschein in die Hölle gebucht hat und sich immer mehr abschottet. Und wir keine verdammte Ahnung haben weshalb. Noch einer von der Sorte ist selbst für meine kalte Seele ein bisschen viel«, kommt es sarkastisch über seine Lippen und ich fahre mir genervt mit der Hand übers Gesicht.

»Du wirst keine Ruhe geben, oder?« Vorsichtshalber frage ich noch mal nach, obwohl ich die Antwort bereits kenne.

»Nope.« Er nimmt den Helm ab und schüttelt den Kopf, und ich seufze.

»Amelia ist los. Ich … also … fuck. Könnte sein, dass ich sie am Grab meines Bruders gefingert habe. Könnte sein, dass ich jetzt ein bisschen besessen von ihr bin und sie nicht mehr aus meinem Kopf kriege. Könnte sein, dass sie mich danach einfach hat stehen lassen. Und könnte auch sein, dass mein Ego das nicht so gut verträgt.«

Ich bin noch nie ein Feigling gewesen und kann mir durchaus eingestehen, dass sie mich mit ihrer Reaktion getroffen hat. Dass es mich angepisst hat. Dass ich mir wie der letzte Dreck vorgekommen bin, in vielerlei Punkten.

Cedrics Brauen wandern bei jedem Wort ein Stück höher und seine Mundwinkel zucken verdächtig.

»So, so, mein kleiner Prinz hat also eine kleine Obsession für Miss ICH BIN SO PRÜDE – im Übrigen deine Aussage, nicht meine - entwickelt. Wer hätte das gedacht«, feixt er trocken und kassiert dafür meinen Mittelfinger.

»Was? Du bist nicht ernsthaft angepisst, weil genau das passiert ist, was ich dir prophezeit habe? Nimmst du ihr das echt übel? Du hast sie gesehen. Du hast mitbekommen, wie sehr sie unter allem leidet. Du kannst nicht wirklich sauer auf sie sein, weil sie genau das macht, was du sonst auch tust. Nämlich sich der Situation entziehen.« Cedric fährt sich durch die Haare und mustert mich ernst aber neugierig und ich schnaube kurz.

»Nein. Nein, ich bin ihr nicht böse, auch wenn es mich im ersten Moment echt hart getroffen hat. Ich kam mir vor wie der letzte Penner und sie sah so verletzt, so verwirrt aus. Aber ich versteh es. Nur kann ich ihr das leider nicht sagen, da sie einen auf unsichtbar macht. Ich schwöre dir, selbst ich bin nicht so gut im Verschwinden wie diese Frau«, stoße ich frustriert aus und Ced lacht.

»Dass ich diesen Moment noch erlebend darf. Prinz Nicolas of Harlington verzweifelt wegen einer Frau. Du bist sowas von am Arsch, Mann.« Er klopft mir auf die Schulter und ich muss aufpassen, dass ich ihm nicht eine reinhaue.

Arschloch.

»Aber zurück zu deinem Problem. Du solltest vielleicht mal darüber nachdenken, mit ihr zu reden. Sie kennenzulernen. Denn offensichtlich steckt mehr in ihr, als du auch nur geahnt hast. Abgesehen davon, dass sie wunderschön ist und dich aus den Latschen haut.«

»Sehr schlau, du Superhirn, und was denkst du, versuche ich seit vier Tagen? Ich renne nicht zum Spaß durch die Gegend und suche sie«, brumme ich ihn resigniert an, doch wir werden von den anderen, die jetzt heranstürmen, unterbrochen.

»Jo, Prinz, das war mal ein krasses Rennen, was ging denn heute bei dir ab?«

»Du bist schon echt ein bisschen krank, weißt du das?«

»Alter das war ein Ritt. So eine krasse Fahrt hast du schon lange nicht mehr hingelegt.«

Und so geht es weiter.

Ja, ich bin heute gefahren wie ein Irrer und wahrscheinlich auch über mein eigenes Limit hinaus, aber dafür geht es mir jetzt besser.

Ich lasse mich beglückwünschen, höre aber nur mit halbem Ohr zu. Sehe im Augenwinkel, wie Sarah sich nähert, und greife automatisch nach meinem Helm, als Cedrics und mein Handy gleichzeitig vibrieren.

Damien ist in Schwierigkeiten. Sind auf dem Weg in den *Royals Club*. Beeilt euch.

Ced wirft mir einen finsteren Blick zu und wir ziehen beide gleichzeitig die Helme auf.

Lizzy schreibt uns nur im äußersten Notfall, allerdings habe ich nicht gewusst, dass sie so viel Kontakt mit Damien hat, dass er sie anruft anstatt uns. Das ergibt überhaupt keinen Sinn.

»Nic, Babe, wo willst du hin? Ich bin doch gerade erst gekommen«, säuselt Sarah und stellt sich an meine Maschine, doch ich ignoriere ihre Flirtversuche.

»Ja und ich bin gerade am Gehen. Schönen Abend noch, Sarah«, antworte ich genervt und starte den Motor.

»Wir treffen uns dort«, rufe ich Cedric zu und gebe Gas. Von den Serpentinen, die aus den Python Hills herausführen bis nach Harlington, sind es gute zwanzig Meilen. Die alte Bergstraße ist abgelegen, aber perfekt für unsere Rennen, da hier so gut wie niemand durchfährt.

Auch jetzt ist die kurvige Strecke komplett frei und ich jage meine Maschine durch die Nacht. Meine Knie wieder nur Zentimeter über dem Asphalt, hole ich mir noch einmal diesen überwältigenden Rausch der Geschwindigkeit.

Eine halbe Stunde später fahre ich auf das *Royals* zu und sehe den Tumult bereits von weitem. Ich halte direkt vor dem Club, wo sich eine Menschansammlung gebildet hat. Cedric stoppt neben mir und als ich die Szene vor uns so richtig begreife, steigt mein Puls und heiße Wut kocht nach oben.

Oh verfickter Scheißdreck, das kann nicht ihr Ernst sein.

»Oh fuck«, entkommt es Cedric - und das trifft es auf den Punkt. Auf den Stufen, die nach oben zum Eingang führen, versuchen zwei mir nur allzubekannte Personen, der Situation zu entfliehen. Doch das allein ist es nicht, was meine Wut fast überkochen lässt.

Damien lehnt blutüberströmt an Amelia, seine Nase eindeutig gebrochen, einen bestimmt fünf Zentimeter langen Cut über dem linken Auge, das er nicht mal mehr aufbekommt. Lia versucht verzweifelt, sich mit ihm nach unten zu bewegen, doch er taumelt zu stark und ein paar der Typen lassen sie nicht durch. Ich versuche, mich durch die Menge zu quetschen, und remple dabei zwei Idioten unsanft aus dem Weg.

»Hey, du Arschloch, was …«

Meine Faust landet schneller in seiner Visage, als er gucken kann.

Soll mich nicht anpissen jetzt.

Er taumelt, will anfangen, zu maulen, weil er an der Lippe blutet, erkennt aber wohl, mit wem er sich anlegen wollte, und hält die Fresse.

Besser so.

Ich bin richtig pissed, denn diese nutzlosen Säcke von Security, die in dem Club arbeiten, schaffen es nicht, die Meute zurückzudrängen. Stattdessen steht meine kleine Schwester wie ein Schachtelteufel an der untersten Stufe und brüllt die Leute vor sich an.

Verdammte Scheiße.

»Lizzy, beweg deinen Arsch da weg. Sofort«, donnere ich, aber die Menge fängt an, wild durcheinander zu schreien, weshalb sie mich fast nicht hört.

»Ced, hol sie da weg«, befehle ich hart, während ich mir weiter meinen Weg durch diesen verfickten Mob bahne.

»Hey, Schlampe, hast du dir schon wieder ein neues Fickopfer gesucht?

»Jetzt vögelt sie auch noch die Schwuchtel.«

»Hey Schwanzlutscher, wie ist es endlich eine Muschi zu ficken?«

»Dieser schwule Pisser hat verdient, was er bekommen hat.«

»Du hast Nicolas nicht verdient. Verpiss dich, du Nutte.«

Die Schreie und Rufe sind schlichtweg zum Kotzen und feuern meinen Zorn weiter an. Das geht weit unter die Gürtellinie und auch wenn ich Amelia selbst oft genug Dinge unterstelle, das hier geht zu weit. Sie sind abgefuckt übel und ich will jedem Einzelnen die Zunge rausreißen.

Robins baut sich vor Amelia und Damien auf und verhöhnt die beiden.

Nicht mehr lange, du Sackgesicht.

»Na, du dreckiges Miststück, jetzt spuckst du keine so großen Töne mehr, was? Dein neuer Schatten hat es sich wohl anders überlegt.«

Nein hat er nicht du Drecksack, er ist gleich hinter dir. Doch er ist so in Rage, dass er mein Näherkommen nicht bemerkt.

»Diesmal kommt ihr nicht so einfach davon«, zischt er ihr hämisch entgegen und Amelia zuckt zurück, versucht dabei aber, Damien weiter zu stützen.

Aggressiv stoße ich die zwei Typen, die mir noch den Weg versperren zur Seite, und sehe im Augenwinkel, dass Cedric meine Schwester schon zum Eingang gebracht hat.

Gut, wenigstens eine in Sicherheit.

»Du bist ein gehirnloses, diskriminierendes Arschloch, Robins, nicht mehr und nicht weniger. Ich brauche keinen Schatten, um mit dir fertig zu werden«, spuckt Amelia ihm angestrengt und mit rotem Kopf entgegen, weil Damien sie mit seinem Gewicht zum schwanken bringt.

Oh fuck, ist sie irre?

Der Zorn in mir entlädt sich explosionsartig und ich springe auf die Treppe. Gerade, als Robins Damien einen Schubs gibt. Der kommt noch mehr ins Straucheln und kippt, was Amelia nicht ausgleichen kann.

»Lia«, schreit Lizzy von oben und will sich losreißen, doch Ced hält sie eisern fest. Damien kann sich nicht wieder fangen und versucht Halt zu finden, indem er sich an Amelia festhält und sie mit sich reißt.

Mein Herz macht einen schmerzhaften Ruck und ich sehe wie erstarrt dabei zu, wie beide hart auf den Stufen aufschlagen.

Fuck.

Goldlöckchen.

Angst ist ein widerliches Gefühl, doch es breitet sich mit rasender Geschwindigkeit in mir aus, und ich explodiere.

Zwei Stufen auf einmal nehmend, hechte ich zu diesem Drecksack, packe Robins und schlage zu.

Amelia stöhnt gequält auf und ich sehe ihr schmerzverzerrtes Gesicht, als sie sich auf den Rücken dreht. Es sticht heftig, und ungefilterter Hass lässt mich rot sehen. Meine Sicht verengt sich auf ein Minimum und ich knirsche mit den Zähnen.

Ich bringe ihn um. Ich kille ihne einfach.

»Ich habe dich gewarnt, Arschloch«, knurre ich und meine Faust kracht erneut in seine Fresse. Immer und immer wieder dresche ich auf Robins ein, will ihm wehtun. Will ihn zerstören.

Er hat sie angefasst, schon wieder. Er hat Damien verprügelt. Ihn verspottet.

Ein Wimmern dringt an meine Ohren und ich lasse diesen Wichser sofort los, drehe mich um und hocke keine zwei Sekunden später neben Amelia und Damien auf dem Boden.

Mein bester Freund rollt sich stöhnend auf die Seite und sieht mich aus dem einen nicht zugeschwollenen Auge leer an.

»Ich wollte das nicht. Ich wollte das nicht«, wiederholt er immer wieder und ich klopfe ihm kurz auf die Schulter, denn er sieht dabei so verzweifelt aus, dass es in meinem Bauch heftig zu krampfen beginnt.

»Der Krankenwagen ist unterwegs. Ich und Lizzy fahre mit Damien mit. Kümmere du dich um …« Weiter kommt Cedric, der mit meiner Schwester neben mir auftaucht, nicht, denn Amelia richtet sich stöhnend auf.

»Lia, gehts dir gut? Sollen wir …«, stürmt Lizzy sofort auf sie ein, doch sie winkt ab.

»Nein. Mir … mir geht es gut. Ich … ich brauche keine Hilfe.« Sie kneift die Augen zusammen, als ein Blitzlicht sie blendet, und ich fahre herum, nur um in das spöttisch grinsende Gesicht von Albert Richardson zu sehen.

Fuck, wie ich diesen Typen verabscheue.

Mein ganzer Körper spannt sich an und ich presse meine Kiefer fest zusammen. Dieser Pisser lässt den gerade etwas abgeflauten Zorn wiederaufflammen, und ich verspüre nichts als Ekel und Hass, als ich in seine hässliche Visage sehe.

»Sollte auch nur ein einziges Bild oder ein Bericht erscheinen, ganz egal, wo, jage ich dich und mache dich dem Erdboden gleich, Richardson. Und es wird mir eine Freude sein.« Ohne darüber nachzudenken, springe die Treppe nach unten und reiße ihm die Kamera aus der Hand, schleudere sie auf den Boden.

»Das hat Konsequenzen, Harlington«, zischt er mir ins Gesicht, doch ich sehe das Flackern in seinen Augen. Er pisst sich fast in die Hose.

»Ja. Für dich. Das hier ist Privatgelände und gehört … oh, lass mich überlegen … mir! Also verpiss dich und vergiss den heutigen Abend besser«, drohe ich leise und stoße ihn verächtlich weg, so dass er rückwärts stolpert und auf dem Hintern landet. Die restliche Meute lacht, doch ich sehe an dem hasserfüllten Glitzern seiner Augen, dass ich mir gerade einen neuen Feind geschaffen habe. Aber es ist mir egal.

Gefährlich ruhig drehe ich mich zu dem Mob um, funkle jeden Einzelnen an.

»Das Gleiche gilt für euch. Ein Foto, ein Filmchen irgendwo im Netz und ich spüre euch auf. Werde jedes einzelne eurer kleinen, dreckigen Geheimnisse offenlegen und dafür sorgen, dass ihr euer schickes, faules Leben vergessen könnt. Verstanden?«

Ich kenne diese verwöhnten Gören und weiß, wie sie ticken. Ihr Status ist alles und den wollen sie nicht verlieren. Keiner von ihnen.

Ich bin der Thronfolger dieses Landes und das sollten sie nicht vergessen.

»Kannst du bitte mal einen Tag lang zumindest versuchen, dass ich deinen Arsch nicht aus der Presse raushalten muss? Nur einen einzigen?«, fragt Eric trocken, der wie aus dem Nichts neben mich tritt, und sieht mich frustriert an.

»Ich kann nichts dafür. Diesmal. Frag Damien, was hier los war«, gebe ich schal zurück, denn ich kann mir denken, was passiert ist. Aber das wird mir mein bester Freund selbst erklären. Keine Ausreden mehr.

»Oh, ich schätze wir müssen ihn einiges fragen, und deine Verlobte ebenfalls.« Er nickt hinter sich und mein Blick folgt seiner Bewegung.

Fuck, ich habe Amelia ganz vergessen.

»Du musst es ihm endlich sagen, Damien. Das geht so nicht weiter. Das wird ...«, redet sie leise aber eindringlich auf Damien ein, der schon auf der Trage liegt, bereit für den Transport.

»Nein. Verdammte Scheiße, misch dich nicht ein, Lia. Es geht dich nichts an. Nur weil du Phils Freundin warst, hast du nicht das Recht, deine Nase in jede Angelegenheit zu stecken. Komm erst mal mit deinem Scheiß klar und hör auf, dich wie eine Glucke aufzuführen«, fährt er sie aggressiv an. Erschrocken von seiner heftigen Reaktion zuckt sie zurück.

Was zur Hölle geht hier vor sich?

»Es reicht, Dam«, gehe ich dazwischen und schiebe mich vor Amelia, die sofort einen Schritt zurückweicht, was mich mächtig anpisst.

»Ced wird mit dir fahren und danach reden wir. Ich will wissen, was hier abläuft.«

Damiens Blick zuckt schuldbewusst zu Lia, die verloren hinter mir steht und ihn traurig ansieht, bevor seine Augen wieder zu mir gleiten und die Leere darin zurückkehrt.

Mein Magen zieht sich erneut zusammen, als ich ihn so verzweifelt und gebrochen da liegen sehe.

»Nein, das willst du nicht«, murmelt er vor sich hin, als die Sanitäter ihn zum Auto schieben. Ich sehe ihm hinterher und kann mir keinen Reim darauf machen, was ihn so dermaßen aus der Bahn geworfen hat. Aber Amelia kann es.

Langsam drehe ich mich zu meiner Verlobten um, die ihre Arme um sich geschlungen hat und mich mit großen Augen ansieht.

»Wir beide, Goldlöckchen, du und ich, werden uns jetzt unterhalten.«

Amelia

Nein. Nein. Nein.

Wieso ist mein Leben gerade eine einzige Katastrophe? Wieso hasst mich Gott oder das Universum so sehr, dass es mich immer und immer wieder in so eine Lage bringt?

Mein Herz schlägt mir bis zur Brust, mein Kopf dröhnt und mir tut jeder Zentimeter meines Körpers durch den Aufprall weh. Doch ich halte Nicolas‘ durchdringendem Blick stand. Schlucke schwer, als er düster und bedrohlich in seiner vollen Ledermontur auf mich zukommt, und ignoriere das Flattern meines Herzens, als er unendlich sanft meine Hand nimmt und mich mit sich zieht. Nicht grob. Nicht brutal. Sanft, aber bestimmend.

Ich kann den Blick nicht von ihm abwenden, denn auch Phil hatte immer eine unglaubliche Anziehung, wenn er seine Motorradkleidung trug. Aber es ist kein Vergleich zu Nicolas.

Seine Haare sind zerzaust, ein schwarzes Halstuch schaut aus seiner offenen schwarzen Lederjacke. Himmel, er sieht aus wie ein dunkler Assassine. Und ich weiß, wie er sich anfühlt, wie sein Körper sich anfühlt. Wie seine Lippen sich anfühlen.

Ein heißer Schauer durchläuft meinen Körper und es prickelt auf meiner Haut, was ich jetzt wirklich gar nicht gebrauchen kann. Zuviel geht gerade in meinem Kopf vor, ich bin viel zu verwirrt.

Ich spüre die Blicke in meinem Rücken, wie diese dummen Geier uns beobachten, als wir zu den beiden Motorrädern gehen und davor stehenbleiben. Die eine, das weiß ich, ist die von Nicolas, schwarz und glänzend, die andere, glaube ich, gehört Cedric. Sie ist giftgrün und ein scharfer Kontrast zu der dunklen. Fasziniert gehe ich auf die schwarze zu, streiche mit meinen Fingerspitzen vorsichtig über den glänzenden Lack. *Wie fühlt es sich wohl an, darauf mitzufahren?*

Eine seltsame Aufregung macht sich bei dem Gedanken daran in mir breit, als ein Räuspern mich wieder ins Hier und Jetzt holt. Ich schaue blinzelnd auf und treffe auf Nicolas' funkelnde Augen. Sie sehen mich fast ein bisschen amüsiert an, wahrscheinlich, weil ich so fasziniert auf seine Maschine reagiert habe.

»Gefällt sie dir?«, fragt er auch prompt und der Ton seiner rauen, tiefen Stimme jagt mir erneut einen Schauer über den Rücken.

»Ja … ja, das tut sie. Aber deswegen bin ich nicht hier, nehme ich an?« Augen zu und durch ist wohl meine Devise, denn das hab ich eigentlich nicht sagen wollen.

»Nein, bist du nicht. Was ist da gerade passiert? Und ich meine nicht nur das mit Robins. Du weißt, was mit Damien los ist, oder?« Er macht einen Schritt auf mich zu, ich einen zurück, so dass ich an den Sitz seiner Maschine stoße.

Zu nah. Er ist zu nah.

Sein Blick bohrt sich in meinen und ich habe wortwörtlich keine Chance mehr, auszuweichen.

»Ich … ich ahne es. Aber ich kann es dir nicht sagen. Es … das muss Damien selbst tun«, antworte ich leise und sehe auf meine Finger, die nervös ineinander verschlungen sind.

Mein Magen zieht sich zusammen, als ich daran denke, was Damien ihm verschweigt. Was er und sein Bruder Nicolas seit über eineinhalb Jahren verschwiegen haben. Und was für ein Rattenschwanz daran hängt.

Nicolas verengt die Augen und kommt noch näher. Genauer gesagt bleibt er so dicht vor mir stehen, dass kein Blatt mehr zwischen uns passt, und da ich mit dem Hintern bereits an seinem Motorrad lehne, habe ich keine Chance.

Er beugt sich zu mir herunter und keilt mich mit seinen Armen, die er links und rechts von mir auf seiner Sitzfläche positioniert, ein.

Bumm bumm, bumm bumm.

Mein Herz schlägt mir bis zum Hals, als seine Nasenspitze meine berührt, aber ich bewege mich keinen Zentimeter weg. Sehe ihn nur aus großen Augen an und warte.

»Mein bester Freund wurde gerade brutal zusammengeschlagen und du willst mir nicht sagen, weshalb. Ist das dein Ernst? Jedes Mal, wenn meinen Freunden und meiner Familie etwas passiert, bist du dabei, Goldlöckchen. Jedes verdammte Mal.«

Er streicht mit der Nase über meine, an meiner Wange entlang, doch ich bin wie erstarrt.

Seine Worte schneiden tiefer und tiefer in die offene Wunde und der Schmerz, wie sehr er mich mit seiner Andeutung trifft, ist fast nicht zu ertragen. Doch kein Ton kommt über meine Lippen. Mit aller Gewalt versuche ich, die Tränen zurückzuhalten, die sich ihren Weg nach draußen bahnen, doch ich schaffe es nicht.

Er muss nicht körperlich grob zu mir werden, nein, das hat er gar nicht nötig. Nicolas schafft es allein mit seinen Worten, mich zu zerschmettern. So wie jetzt.

Philipp.

Lizzy.

Damien.

Die Tränen beginnen zu laufen und mein Körper hat scheinbar auch genug davon, die ganze Zeit malträtiert zu werden, und ich fange an zu zittern. Nicolas bemerkt die Veränderung sofort und weicht ein Stück zurück. Mustert wortlos die Tränen, die mir über die Wangen rinnen.

»Du hast recht, ich bin überall dabei gewesen. Was das über mich aussagt, musst du selbst entscheiden, aber ich werde sicher nicht meine Freunde verraten, nur weil du dir in den Kopf gesetzt hast, dass ich die Böse in diesem Spiel bin. Frag dich lieber, weshalb Damien es dir nicht sagt. Und jetzt entschuldige mich. Es war ein langer Tag. Wir sehen uns bei der Hochzeit«, gebe ich so gefasst und kühl zurück, wie es mir möglich ist, und schiebe mich an ihm vorbei.

Doch Nicolas lässt sich nicht so einfach abweisen und packt mich am Arm, und ich muss ein Wimmern unterdrücken, denn es tut weh. Und das ist zu viel. Viel zu viel. Erinnerungen ploppen auf und mit ihnen die Qual, die sie mitbringen. Fäuste, die auf mich einschlagen. Hände, die meinen Arm fast zerquetschen. Schmerz.

Ich wirble herum, reiße meinen Arm aus seinem Griff und stolpere zurück. Nicolas reißt erschrocken die Augen auf und hebt beschwichtigend eine Hand, doch das ist mir egal.

»Fass mich nicht an. Fass mich nie wieder so an«, zische ich und muss mir ein Wimmern unterdrücken, denn die Hämatome von Henry sind noch nicht ganz weg und mein Sturz gerade hat es nicht besser gemacht.

»Hey, ich … fuck, es tut mir leid. Ich …« Er fährt sich frustriert mit der Hand über das Gesicht, macht einen Schritt auf mich zu, doch ich kann nicht. Ich kann nicht damit umgehen. Ich kann nichts mehr puffern und einfach über mich ergehen lassen. Mein Fass ist übergelaufen und ich habe keine Filter mehr, um mich zu schützen.

»Nein. Lass es. Du hast deine Meinung mehrfach mitgeteilt. Glaub mir, jetzt ist die Botschaft angekommen. Ich bin es so leid, der Boxsack für alle zu sein. Wenn du verdammt nochmal wissen willst, was mit deinem besten Freund los ist, dann frag ihn. Und wenn du wissen willst, wie ich ticke, was ich denke, was ich fühle, Nicolas. Dann frag mich. Rede mit mir. Denn ich werde mich von dir nicht länger abstempeln und in eine Rolle drücken lassen, in die ich nicht gehöre«, schmeiße ich ihm getroffen vor die Füße und schlinge die Arme wieder schützend um mich.

Am liebsten würde ich weglaufen, flüchten, doch zum einen kann ich nirgends hin und zum anderen mache ich das schon die ganze Zeit. Ich renne weg. Sobald es schwierig wird, renne ich weg. Und das muss sich ändern.

Nicolas Blick wird weicher und Reue huscht durch seine schönen Augen, als er sieht, wie verloren und hilflos ich dastehe. Ich bin so müde, so unendlich müde und mein Körper schreit vor Schmerzen. Doch ich stehe weiter tapfer da und starre zurück.

»Es tut mir leid, Lia. Wirklich. Ich wollte das so nicht sagen. Es ist nur … Damien verschließt sich immer mehr und ich komme nicht an ihn heran. Er hat dicht gemacht und ich weiß nicht, wieso.« Wieder fährt er sich durch die Haare und beginnt, unruhig hin und her zu gehen. Mein Herz krampft noch mehr, denn ja, ich könnte es ihm sagen, aber es würde ihn treffen. Und es ist nicht an mir, dieses Geheimnis zu offenbaren.

»Wenn er so weit ist, wird es er damit rausrücken. Ich kann dir in diesem Punkt nicht helfen. Ich habe es versprochen und es steht mir nicht zu, dir das zu sagen. Das muss Damien selbst machen. Bitte … es ist alles schon schwer genug. Mach es mir nicht noch schwerer«, gebe ich nachsichtiger zurück und wieder geht ein Zittern durch meinen Körper. Kurz wird mir schwindelig und ich muss wohl ein bisschen geschwankt sein, denn plötzlich ist Nicolas da und hält mich fest in seinen Armen.

»Ok, Goldlöckchen, ich glaube, wir schaffen dich erst mal nach Hause und lassen dich durchchecken.« Er legt seine schwere, warme und nach ihm riechende Lederjacke um meine Schultern und auch wenn ich es nicht will, kuschele ich mich fest hinein, denn sein Geruch und die Wärme beruhigen mich.

»Hmmm«, mache ich nur und erneut wird mir schwindelig. Halt suchend kralle ich mich an ihm fest. Doch sein Arm liegt eng um meine Taille geschlungen und er hält mich, so dass ich dem Drang, meinen Kopf an seine Brust zu betten, nachgebe und mich an ihn lehne.

»Lizzy, wo seid ihr? Ich brauche die Limousine, Amelia muss dringend ins Warme und ich hab nur das Motorrad dabei. Ja, ok. Ich komme an das hintere Tor. Danke.«

Vage registriere ich, dass er telefoniert, und vage registriere ich, dass er mich plötzlich hochhebt.

»Na los, Goldlöckchen. Schaffen wir deinen Hintern hier weg und dann reden wir.«

»Hmmm«, nuschle ich undeutlich in sein Shirt und kuschele mich enger an ihn. Seine Brust vibriert leicht, als er leise lacht, doch das ist mir egal, denn meine Augen werden immer schwerer und schwerer und ich schlafe ein.

In Nicolas of Harlingtons Armen.

***

»Sarah, was willst du hier?« Nicolas angepisste Stimme dringt an mein Ohr und ich öffne verschlafen die Augen. Mein ganzer Körper ächzt und als mein Blick sich klärt, stelle ich erstaunt fest, dass ich in meinem Bett im Schloss liege. Ich sehe die vertrauten Umrisse im Dunkeln und entspanne mich etwas.

Angestrengt versuche ich, zu rekonstruieren, wie genau ich hier gelandet bin. Und als ich mich erneut bewege, um mich aufzusetzen, und meine Glieder und Muskeln empört aufschreien, blitzen die dazugehörigen Bilder auch schon in meinem Kopf auf.

»Oh verdammt«, entfährt es mir stöhnend und neben mir senkt sich die Matratze.

»Hey, du bist ja wach.« Lizzys Stimme ertönt an meiner Seite und ich stoße einen leisen Schrei aus, weil ich so erschrecke.

»Verdammt, Lizzy, bist du irre?«, schimpfe ich leise und greife an mein pochendes Herz, was meine beste Freundin zum Lachen bringt. Es raschelt und kurz drauf wird das Schlafzimmer in ein warmes Licht getaucht.

Gerade als sie etwas sagen will, hören wir wieder die Stimmen von draußen.

»Scheiße, Nic, ich wollte dich sehen, nachdem was vor dem *Royal* passiert ist. Ich kann nicht glauben, dass dieses dumme Weib dich schon wieder in so eine Lage gebracht hat. Und dann auch noch die Presse dazu zu holen. Babe, du musst dich furchtbar fühlen.«

Ich sehe Lizzy mit offenem Mund an, die ihre Augenbrauen bis zum Haaransatz hochgezogen hat. Sie will etwas sagen, doch ich bedeute ihr, leise zu sein. Denn ich will wissen, wie Nicolas reagiert. Was er dazu zu sagen hat.

Mein Puls beschleunigt sich und ich halte den Atem an.

»Was redest du da für einen Bullshit, Sarah? Amelia hat nichts dergleichen getan, im Gegenteil. Sie hat Damien den Arsch gerettet. Also, wie kommst du auf diesen Scheiß?« Lizzy und ich zucken beide zusammen beim Klang seiner harten und bedrohlichen Stimme, und ich stoße erleichtert die Luft aus.

»Glück gehabt, Bruderherz, Kurve gerade nochmal gekriegt«, murmelt Lizzy neben mir und ein Kichern steigt blubbernd meine Kehle hinauf. Meine beste Freundin sieht mich fragend an und ich muss noch mehr kichern - keine Ahnung wieso.

»Jetzt würde ich gerne wissen, was passiert wäre, wenn er sie nicht gekriegt hätte. Gott, Lizzy, das Ganze ist so bescheuert.« Ich kann nicht aufhören, zu lachen, denn sonst würde ich wahrscheinlich wahnsinnig werden. Diese ganze Situation, wie mich die Presse gerade dem Land, dem Volk zum Fraß vorwirft, wie diese dumme Trine da draußen versucht, sich an Nicolas ranzumachen … Und ich, ich sitze mittendrin und bin alldem hilflos ausgeliefert.

Und dann bringt mich eine lapidare Aussage zum Lachen, obwohl ich eigentlich schreien und heulen sollte. Ich glaube, ich verliere den Verstand.

»Aber, Babe, ich weiß aus sichererer Quelle, dass Amelia die Presse gerufen und auch Robins dorthin geschickt hat.« Sarahs Worte durchdringen in Zeitlupe mein Gedanken und mein Lachen erstirbt.

»Bitte was?«, entkommt es Lizzy, doch ich bin schon auf den Beinen. Das Blut rauscht in meinen Ohren, und ich stürme wie ein Berserker zur Tür, reiße sie auf.

»Jetzt hör mir mal gut zu, Miss Oberschlau, ich habe weder dieses diskriminierende Arschloch von Robins dorthin bestellt, und schon gar nicht diesen wahnsinnigen Psycho von Richardson. Er ist schuld, dass Phil tot ist. Also wage es ja nicht, weiterhin so einen Dreck über mich zu erzählen. Hast du mich verstanden?« Die Wut schlängelt sich schwer und heiß in meinen Venen und ehe auch nur irgendwer reagieren kann, habe ich Sarah gepackt und an die Wand gedrückt. Meinen Blick, tödlich und kalt, in ihre weit aufgerissen Augen gebohrt.

»Scheiße, Nic, hilf mir. Sie ist wahnsinnig. Siehst du das nicht? Der kann …« Ich sehe rot. Meine Sicht verengt sich zu einem kleinen Tunnel und ich kann nicht mehr klar denken. *Wie kann sie es wagen? Wie?*

Das Brodeln in meinem Magen ist inzwischen eine ausgewachsene Eruption und entlädt sich genau in diesem

Augenblick. Meine Hand knallt gegen ihre Wange und ich packe diese giftspritzende Schlange an ihren Haaren, zerre sie zur Tür.

»Raus. Raus aus meinen vier Wänden. Oder ich vergesse mich ganz, du bösartige Hexe«, knurre ich völlig in Rage und reiße weiter an ihren Haaren.

»Ahh, Hilfe! Sie ist irre, holt sie weg von mir. Hilfe«, zetert und schreit sie, schlägt um sich, aber es ist mir egal.

»Wohhooo, Goldlöckchen, es ist genug«, raunt eine dunkle Stimme an meinem Ohr, als ich einfach an der Taille gepackt und hochgehoben werde.

Die Tür wird aufgerissen und die Security stürmen herein. Doch ich bin zu sehr in Rage.

»Lass mich runter, lass mich sofort los …«, schreie ich zornig und schlage um mich, doch Nicolas wirft mich einfach über seine Schultern und marschiert los.

»Nehmt diese Giftspritze da vorne mit und sorgt dafür, dass sie das Schloss nicht mehr betreten darf. Lizzy, du bewachst das Ganze und kontrollierst, dass dieses Miststück keine Scheiße baut. Goldlöckchen und ich müssen uns unterhalten«, befiehlt er im Laufen seiner Schwester und der Security, und das macht mich noch rasender.

»Einen Scheiß werden wir, lass mich sofort runter. Wie kann sie es wagen …« Doch mein Schreien und Drohen prallt komplett an Nicolas ab. Ich höre noch, wie Sarah Gift und Galle spuckt, ich wäre irre und ich gehöre in den Knast und dass es ein Nachspiel haben wird, dann schlägt Nicolas die Schlafzimmertür mit seinem Fuß hinter uns zu und ich bin mit ihm allein. Vor dem Bett bleibt er stehen und wirft mich unsanft darauf.

»Versuch es erst gar nicht, du kommst hier nicht raus.« Er mustert mich von oben und seine Augen sind fast schwarz, ein bedrohliches Funkeln liegt darin. Ich keuche schwer und rapple mich auf, verschränke die Arme vor der Brust und funkele zurück.

»Das …« Weiter komme ich nicht, denn er beugt sich zu mir, bringt sein Gesicht dicht vor meins und ich stocke. Schlucke.

»Was meinst du damit, dass Richardson für Phils Tod verantwortlich ist?«

Scheiße.

Ich habe ein Problem.

KAPITEL 10

Nicolas

Wäre ich nicht längst völlig fasziniert von dieser kleinen Sirene, dann spätestens ab dem Moment, als sie in unser Wohnzimmer stürmt und wie eine Furie auf Sarah, dieses intrigante Biest, losgeht. Nur in ihrem langen Schlafshirt, die Locken wild und offen.

Völlig überrumpelt starre ich sie an, unfähig, einzuschreiten. Aber das muss ich auch gar nicht, sie regelt das schon.

Meine Schwester erscheint im Türrahmen, eine tiefe Genugtuung auf dem Gesicht, als sie sieht, wie Amelia sich gegen Sarah verteidigt.

Ich muss zugeben, dass ich Goldlöckchens Auftritt mehr als heiß finde, dass ich fast so etwas wie Stolz empfinde. Und das irritiert mich genauso, wie dieses komische Gefühl, das ich vor zwei Stunden empfunden habe, als sie vor lauter Erschöpfung und Adrenalinabfall in meinen Armen eingeschlafen ist. In meinen Armen. Obwohl ich eigentlich der Feind bin.

Sie hat so zart und zerbrechlich ausgesehen, am liebsten hätte ich sie gar nicht mehr losgelassen.

In dem Moment ist mir klar geworden, dass ich jeden, der ihr zu nahe kommt, umbringen werde. So einfach ist das.

Nur widerwillig habe ich sie in Lizzys und Lincolns Hände gegeben, als wir hier angekommen sind, aber ich musste mich um Robins, die Presse und Damien kümmern. Lizzy ist deshalb bei Amelia geblieben, während ich alle anderen Dinge abgeklärt und versucht habe, den Schaden so gering wie möglich zu halten. Zum Glück hatte Eric bereits ganze Arbeit geleistet und so, wie es aussieht, wird nichts an die Öffentlichkeit gelangen.

Cedric hat Damien zu mir in die Stadtwohnung gebracht, ihm geht es den Umständen entsprechend.

Bei dem Gedanken daran, wie verloren und gebrochen Amelia und auch Damien ausgesehen haben, war mir schlecht geworden und in meiner Brust hatte es ekelhaft gezogen.

Doch das ist in Vergessenheit geraten, sobald Goldlöckchen wie ein kleiner Schachtelteufel hier ins Wohnzimmer gestürmt ist.

Es wundert mich nicht, dass sie alles gehört hat, denn ich hatte die Tür nur angelehnt, damit ich mitbekomme, wenn sie aufwacht, und Sarah ist nicht leise gewesen.

Was das Miststück da von sich gegeben hat, ist totaler Bullshit und sie kann nicht ernsthaft denken, dass ich auch nur ein Wort davon glaube. Amelia allerdings möchte das wohl sehr direkt klarstellen und tatsächlich zucken meine Mundwinkel ein bisschen, als sie Sarah packt und an die Wand donnert.

Scheiße, das ist verdammt heiß und ich hätte ihr das nicht zugetraut, aber ich sehe ihr an, dass sie völlig in Rage ist. Ich verstehe ihre Reaktion, es ist zu viel für sie. Sie muss die aufgestaute Wut loswerden – und Sarah hat es nicht anders verdient, also lasse ich es geschehen.

Gerade, als ich meine Arme verschränke und mich an das Regal lehne, dringt allerdings ein Satz an meine Ohren, der mich erstarren lässt.

»Jetzt hör mir mal gut zu, Miss Oberschlau, ich habe weder dieses diskriminierende Arschloch von Robins dorthin bestellt, und schon gar nicht diesen wahnsinnigen Psycho von Richardson. Er ist schuld, dass Phil tot ist. Also wage es ja nicht, weiterhin so einen Dreck über mich zu erzählen. Hast du mich verstanden?«

Was?

WAS?

Mein erster Gedanke ist, dass ich mich verhört habe, aber das habe ich nicht.

Richardson?

Meine Gedanken wirbeln wild durcheinander und mein Blick gleitet zu Amelia, die gerade dabei ist, Sarah in Stücke zu reißen.

Was meint sie damit?

Adrenalin schießt wie ein Sturzbach durch mich hindurch und es fühlt sich an, als hätte mich ein Blitz getroffen.

Richardson ist schuld?! Was zur Hölle?

Ich warte keine Sekunde mehr und gehe dazwischen, schnappe sie mir und bringe sie zurück ins Schlafzimmer. Nicht ohne vorher sicherzustellen, dass Lizzy und die Security sich um das intrigante Biest kümmern.

Hier sind wir nun und Amelia schluckt sichtlich.

»Was meinst du damit, dass Richardson für Phils Tod verantwortlich ist?«, frage ich gefährlich leise und fixiere den kleinen Wildfang vor mir mit meinem Blick. Ihre blauen Augen bohren sich in meine und sofort versinke ich wieder darin. Das Brodeln beruhigt sich und ich habe keine verdammte Ahnung, was hier gerade passiert. Außer dass Sie wunderschön ist, wenn sie so aufgewühlt und völlig außer sich ist.

Ich muss mich konzentrieren, um nicht in eine ganz andere Richtung abzuschweifen.

Amelia erwidert den Blick trotzig, doch meine Frage lässt sie erbleichen.

»Ich … verdammt. Ich wollte nicht, dass du jetzt schon etwas davon mitbekommst«, schimpft sie leise, mehr zu sich selbst, weicht meinem Blick aber nicht aus.

»Warum?«

Das ist die einzige Frage, die ich stelle, denn ich muss die aufkommende Enttäuschung auf sie in Schach halten. Es ist so unglaublich frustrierend, dass sie nicht offen mit mir kommuniziert - obwohl ich es durchaus verstehen kann.

»Weil ich es nicht beweisen kann«, antwortet sie schlicht.

»Als wir diese Pressekonferenz hatten und ich Richardsons Lachen gesehen habe, war alles wieder da. Er ist uns mit einem Kollegen … also ich nehme an, es war ein Kollege, da er auf dem Beifahrersitz saß … an dem Tag des Unfalls eine ganze Zeit gefolgt. Phil war aufgewühlt und sauer und verletzt weil …«, bricht sie plötzlich ab und ihre Hände fangen nervös an, an der Decke an herumzunesteln. Sie weicht mir aus, so viel ist klar. Und auch, wenn ich sie gerne schütteln würde, damit sie mir sagt, warum Phil so gestresst war, ist das jetzt nicht der Punkt.

Ich nicke ihr aufmunternd zu und sie spricht stockend weiter.

»Na ja, jedenfalls … Richardson ist uns vom Schloss aus gefolgt. Wir sollten uns im *Diners Club* treffen, um die offizielle Verlobung bekannt zu geben. Er hing uns von Anfang an den Fersen, doch plötzlich scherte er aus und fuhr neben uns her. Ich habe geschrien, dass Phil aufpassen soll, weil das Auto viel zu dicht an uns dran war, aber dieses Arschloch hat uns nur boshaft zugelächelt und Fotos gemacht. Mit Blitz. Das hat Phil geblendet und er hat zu scharf eingelenkt, so dass wir ins Schleudern geraten sind. Richardson ist einfach weitergefahren. Dieser Wichser hat gesehen, wie wir von der Straße abgekommen sind, und ist einfach davongefahren. Ich … ich muss kurz ohnmächtig gewesen sein, denn als ich die Augen aufgemacht habe, klebten wir bereits an dem Baum. Er hat uns da einfach zum Sterben zurückgelassen, Nicolas. Und ich kann nicht beweisen, dass er überhaupt dort war.« Ihre Stimme zittert jetzt so sehr und ich sehe Tränen auf ihre Hände tropfen.

Fuck. Fuck. Fuck.

Hass jagt wie Feuer, wie glühend heiße Lava, durch jede Pore meines Körpers. Ich zweifle nicht eine Sekunde an ihren Worten, und am liebsten würde ich diesen Wichser sofort dem Erdboden gleichmachen. Aber sie hat recht. Solange wir nichts beweisen können, sind mir die Hände gebunden.

Mir vorzustellen, wie mein Bruder und sie um ihr Leben kämpften, während dieser selbstsüchtige Pisser sich einfach aus dem Staub gemacht hat, dreht mir den Magen um.

»Hey, Goldlöckchen, sieh mich an.« Ich tippe ihr sanft unters Kinn und sie hebt widerwillig den Kopf.

Bei Gott, ich schwöre, wenn ich diesen Bastard in die Finger kriege, bringe ich ihn eigenhändig um.

Ihre Augen schimmern feucht von den Tränen, aber der Ausdruck darin ist es, der mir den Rest gibt, mich fast in die Knie zwingt.

Amelia leidet. Sie leidet, und die Hoffnungslosigkeit in ihrem Blick macht mich fertig.

Ich denke nicht nach, sondern handle nur, setze mich ganz zu ihr aufs Bett und ziehe sie auf meinen Schoß. Schlinge meine Arme um ihren zierlichen Körper und halte sie fest. Im ersten Moment wird sie stocksteif und ich rechne damit, dass sie sich jede Sekunde von mir befreien wird, doch dann krallt sie ihre Hände in mein Shirt und ihr Körper fängt unkontrolliert an zu beben. Ihr Schluchzen gräbt sich tief in mein Herz und ich fühle ihren Schmerz förmlich.

Phil war mein Bruder. Ist mein Bruder. Aber er hatte ihr Ehemann werden sollen.

Den Freund verlieren, zu einer Ehe gezwungen und von der Presse zum Sündenbock gemacht werden, dazu einen zukünftigen Ehemann, der ständig Scheiße verzapft … Der Druck, der auf ihren zarten Schultern liegt, ist so mächtig, dass sie ihn gar nicht tragen kann. Das ist unmöglich.

Ein unangenehmes Gefühl der Enge legt sich um meine Brust, denn ich bin nicht unschuldig an ihrer Situation. Im Gegenteil, ich habe sie eher verschlimmert.

»Shhh, es wird alles gut, Lia, das verspreche ich dir. Niemand wird dir mehr wehtun, ok? Du bist hier sicher«, murmle ich an ihr Haar und ihr Körper vibriert leicht.

»Auch vor dir?«, nuschelt sie halb schluchzend und ich lache bitter auf, denn sie hat nicht unrecht.

»Auch vor mir, wenn du das willst. Außerdem hast du doch einen perfekten Wachhund. Meine Schwester würde mich den Wölfen zum Fraß vorwerfen, wenn ich dir blöd komme«, merke ich trocken an und jetzt ist sie es, die leise lacht.

Der Ton geht mir durch und durch, beschert mir eine Gänsehaut. Und als sie sich etwas von mir löst und mit diesen blauen Augen, die sich bis in den hintersten Winkel meiner Seele graben, zu mir hochsieht, weiß ich, dass ich am Arsch bin. Dass ich ihr völlig verfallen bin.

Dieses kleine hoffnungsvolle Funkeln darin, das zaghafte Lächeln auf ihren Lippen … fuck, ich habe ein gewaltiges Problem. Denn ich weiß, dass ich alles tun werde, um diese Frau auf meinem Schoß zu beschützen. Und wenn es vor mir selbst ist.

»Das würde sie wirklich. Und dafür liebe ich sie. Aber …« Sie wird wieder nervös und ich streiche aufmunternd über ihre Taille, damit sie weiter spricht.

»Du glaubst mir?« So vorsichtig, so zerbrechlich. Wenn ich jetzt das Falsche sage, zersplittert sie vor meinen Augen.

»Ja, das tue ich. Und wir werden die Beweise bekommen. Ich lasse ein paar Männer darauf ansetzen. Die sollen graben und alles ans Tageslicht zerren, was sie über dieses

Arschloch finden können. Samt den Beweisen, dass er den Unfall verursacht hat und euch dort einfach sterben lassen wollte.«

Ich sehe sie ernst an und sie kaut nervös an ihrer Lippe. Verdammt, das ist so unschuldig sexy, dass ich aufpassen muss, nichts Falsches zu tun.

»Ok. Das ist … das ist gut, nehme ich an. Ich … es tut mir leid, dass ich dich vollgeheult habe.« Die Unsicherheit und Scham kehren zurück und sie krabbelt unbeholfen von meinem Schoß. Sofort fehlt mir ihre Wärme, doch ich will sie nicht einschüchtern, deshalb lasse ich sie.

»Es muss dir nicht leidtun. In zwei Tagen bist du meine Frau. Du kannst mich jederzeit als übergroßes Taschentuch benutzen, Goldlöckchen«, necke ich sie und ernte dafür ein Lachen. Ein echtes, von Herzen kommendes Lachen.

Wie gebannt starre ich sie an, denn ich habe ihr Gesicht erst ein einziges Mal so strahlen sehen, und das war im *Purge*. Doch dieses Mal gilt es mir.

Es trifft mich auch jetzt wieder unvorbereitet und mein Herz macht einen Satz.

Fuck.

Wie sehr ihre Augen leuchten, wenn sie einem ein echtes Lächeln schenkt.

»Danke, Nicolas of Harlington. Du hast mir heute wohl mehr als einmal den Hintern gerettet. Vielleicht wird es mit dir ja doch nicht ganz so schlimm.« Sie sieht mich an, immer noch dieses Lächeln auf den Lippen, und ich schwöre, die Welt könnte jetzt untergehen und ich wäre ein glücklicher Mann. Einzig und allein wegen diesem Lächeln.

Fuck.

Ich habe sogar sehr offensichtlich ein Problem.

***

Amelia schläft noch, als ich das Schloss am nächsten Morgen verlasse und einen Umweg über den Friedhof mache. Und das ist auch besser so, denn ich weiß nicht, wie ich mit der neusten Entwicklung zwischen uns umgehen soll. Ich bin kurz davor, über sie herzufallen und sie mit Haut und Haaren zu verschlingen, aber ich fürchte, sie wäre davon nicht sehr begeistert. Deshalb musste ich raus. Und weil ich ein paar Dinge zu erledigen habe.

Vor unserer Gruft bleibe ich stehen und starre lange stumm nur vor mich hin. Mein Herz will immer noch nicht akzeptieren, dass er nie wieder lachen wird. Nie wieder Motorradfahren, nie wieder wütend auf mich sein wird. Die Enge in meiner Brust wird immer größer und es tut weh. So unendlich weh.

»Du fehlst mir, großer Bruder. Ich könnte dich gerade wirklich gut gebrauchen, denn ich baue eine Scheiße nach der anderen. Vor allem mit Amelia«, spreche ich ins Nichts, und ich weiß, es klingt lächerlich, aber es fühlt sich an, als wäre er noch hier. Doch das ist er nicht. Wird er nie wieder sein. Und die Erkenntnis lässt jedes Mal aufs Neue die Trauer und die Verzweiflung darüber hochschwappen, wie unfair das Ganze ist.

»Weißt du, eine Bedienungsanleitung für sie wäre wirklich nicht schlecht gewesen. Obwohl ich zugeben muss, dass ich mich in ihr geirrt habe. In vielen Punkten. Aber was soll ich denn jetzt machen? Du hast so viele Geheimnisse mitgenommen. So viele, dass ich nicht weiß, wie ich alles entwirren soll, und sie mir gerade dermaßen um die Ohren fliegen, dass ich nicht mehr weiß, wo oben und unten ist.« Ich atme tief ein und aus, fahre mir kurz mit der Hand über mein Gesicht.

»Ich bin der denkbar schlechteste Nachfolger, den du haben könntest, und ich habe keine Ahnung, wie ich das ohne dich machen soll.«

»Indem du es einfach tust. Phil hat es auch nicht anders gemacht. Er hatte auch keinen Leitfaden, wie es richtig funktioniert«, erklingt Damiens raue Stimme hinter mir und ich drehe mich langsam zu ihm um.

»Du siehst scheiße aus«, lasse ich ihn wissen und überfliege ihn kurz. Sein Gesicht ist völlig zerschlagen, das eine Auge zugeschwollen, der Cut aber sauber abgeklebt. Er stellt sich neben mich und bewegt sich dabei ziemlich steif, ich sehe ihm an, dass er Schmerzen hat.

»Was machst du hier? Solltest du nicht eher im Bett liegen?« Tatsächlich überrascht es mich, ihn hier zu sehen, nachdem er mir wochenlang aus dem Weg gegangen ist.

Damien sieht mich von der Seite an und sein Blick ist so zerrissen und voller Schmerz, dass ich automatisch eine Hand zur Faust balle, um meine eigene Trauer und Wut in Schach zu halten.

»Phil war nicht einfach nur mein Freund, Nic. Dein Bruder war die Liebe meines Lebens. Und ich habe ihn hintergangen.«

Ich stehe da und höre die Worte. Höre genau, was Damien sagt, aber mein Gehirn braucht einen Moment länger, um zu begreifen. Dann erwischt es mich eiskalt, und ich werde von einer Sekunde auf die andere von einem Tsunami mitgerissen. Denn darauf war ich null vorbereitet.

»Was? Was sagst du da?« Meine Stimme klingt seltsam hohl und Damien verzieht gequält das Gesicht, als mein stählerner Blick auf ihm landet.

»Dein Bruder war schwul, Nic. Genauso wie ich. Wir waren seit über einem Jahr ein Paar. Nur Amelia wusste es, sonst niemand.«

Das Blut in meinen Adern beginnt zu kochen, der bittere Geschmack von Verrat und Enttäuschung breitet sich in meinem Körper aus. Nicht, weil mein Bruder und er ein Paar waren, nein. Weil sie es mir nicht anvertraut haben. Weil sie es mir verschwiegen haben und weil Amelia es mir verschweigt.

»Warum habt ihr es mir nicht gesagt?« Jetzt klinge ich definitiv kalt und ich weiß, dass ich meinen besten Freund damit treffe, doch scheiße, es tut weh. Dass ich es offensichtlich nicht Wert war, dieses Glück mit ihnen zu teilen, tut verdammt weh und ich kann nicht mehr rational und logisch denken. Es trifft mich, und meine Schutzschilder fahren hoch, auch wenn es Damien gegenüber unfair ist.

»Wir wollten. Glaub mir. Es hat deinen Bruder fast umgebracht, es dir nicht zu sagen. Aber die Lage gegenüber uns Homosexuellen hat sich immer mehr zugespitzt. Dein Vater ... die politische Lage, du ... es ... es tut mir leid«, antwortet er lahm und sieht mich flehend an.

Ich will ihm sagen, dass es für mich völlig in Ordnung gewesen wäre, dass ich mich sogar riesig für die beiden gefreut hätte. Aber ich kann nicht. Das Gefühl, hintergangen worden zu sein, hat sich bereits wie Gift in meinen Adern verbreitet.

»Amelia wollte ...«

Ja, Amelia.

Dass sie es mir verschwiegen hat, mich in dem Glauben gelassen hat, mein Bruder war die Liebe ihres Lebens, fühlt sich ekelhaft bitter und fast noch schlimmer an.

»Lass sie verdammt nochmal da raus. Um sie kümmere ich mich später. Du bist mein bester Freund, Damien. Du weißt alles, wirklich alles von mir. Fuck. Das ist echt hart. Ich ... sorry, aber das muss ich erst mal verdauen«, unterbreche ich ihn scharf, nicht länger gewillt zuzuhören. Die Gründe sind fadenscheinig und ich will sie nicht hören.

Nicht jetzt.

Und was meine Verlobte betrifft: Nun, Goldlöckchen, wir beide sollten uns wohl dringend noch einmal unterhalten.

Amelia

Als ich aufwache, ist Nicolas verschwunden.

Seltsamerweise fühlt es sich falsch an und Enttäuschung macht sich in mir breit, obwohl er mir gegenüber ja zu nichts verpflichtet ist.

Und so verbringe ich den Tag mit Lizzy und meiner zukünftigen Schwiegermutter, was zur Abwechslung mal richtig guttut. Vor allem, da ich morgen standesamtlich heirate und übermorgen die große kirchliche Zeremonie mit riesigem Empfang stattfindet. Allein der Gedanke daran lässt meinen Magen schlingern und ich bekomme schweißnasse Hände. Ich habe unendliche Angst vor diesen beiden Tagen, weil ich nicht weiß, was mit Nicolas auf mich zukommen wird.

Deshalb genieße ich die Ablenkung, mich einfach mal wie eine normale junge Frau verhalten zu dürfen, zu shoppen, zu quatschen und Kaffee zu trinken. Nicolas' Mutter macht es mir hierbei sehr leicht und ich kann mich tatsächlich ein bisschen entspannen.

Doch sobald ich wieder im Schloss ankomme, und unser Apartment betrete, weiß ich, dass etwas nicht stimmt.

Nicolas ist dabei eine Tasche zu packen und würdigt mich keines Blickes. Kein Hallo, kein gar nichts.

Mein Magen sackt in die Kniekehlen und ich ringe nervös mit den Händen, beschließe aber, ihn vorerst in Ruhe zu lassen. Ich kenne ihn zu wenig, um ihn richtig einschätzen zu können.

Als er jedoch ohne ein Wort mit der Tasche in der Hand die Wohnung verlassen will, kann ich mich nicht mehr zurückhalten.

»Was ist los? Wo willst du hin?«, rutscht es mir einfach heraus, denn irgendetwas stimmt hier nicht.

Er erstarrt in der Bewegung und sein Kopf dreht sich langsam in meine Richtung. Und, bei Gott, mir wird eiskalt, als seine Augen auf meine treffen. Kalt, hart und wütend.

»Ich wüsste nicht, was dich das angeht. Noch sind wir nicht verheiratet, Goldlöckchen. Also warte nicht auf mich.« Seine Stimme, so abweisend und reserviert, versetzt mir einen scharfen Stich, denn eigentlich dachte ich, wir wären über diesen Punkt hinaus. Aber ich habe mich wohl geirrt.

Mein Gesicht wird ausdruckslos und ich nicke nur, und er geht. Lässt mich hier sitzen, mit tausend Fragen im Kopf und einem richtig miesen Gefühl.

***

Stunden später scrolle ich durch meinen Instagram-Account und mein Herz stockt einen Moment, als mir ein Foto entgegenspringt. Von meinem zukünftigen Mann - und nicht mir auf seinem Schoß. Sondern Sarah, diesem Miststück.

Man kann nicht genau erkennen, ob sie sich küssen, aber ich sehe, dass er diesmal nicht im *Purge* ist, sondern im *Royals Club*. Doch es ist nicht das Bild, was mein Herz krampfen lässt, obwohl der Anblick sticht. Ziemlich heftig sogar.

Es sind die Kommentare darunter, die meinen Magen ins Schlingern bringt.

>Hat er die Perlington-Schlampe schon abgesägt?‹
›Also ist wohl doch was an den Gerüchten dran, und er hat es geschnallt‹
›Weg mit der Hure. Go Sarah. Go‹
›Man sollte dieses andere Miststück hängen, dafür, dass sie sich zwischen die beiden gedrängt hat!‹

Der Knoten in meinem Bauch wird immer größer.

Masochistisch veranlagt, wie ich nun mal bin, gehe ich direkt auf ihren Account und schlucke schwer, als ich das erste Video öffne.

Nicolas grinst in die Kamera, hält sie in seinen Armen und sie küsst ihn. Irgendwer grölt im Hintergrund und Nicolas dreht sich um, schwankt, zieht Sarah mit sich und sie kippen beide auf die Couch, die hinter ihnen steht.

Mein Herz schlägt schnell und hart in meiner Brust und, Himmel, es sticht, das zu sehen. Vor allem, weil ich nicht verstehe, weshalb er sich so verhält, wo er mich doch schützen wollte.

Damit hat er mich zu Freiwild erklärt und sie werden sich erst recht auf mich stürzen. Und Henry wird mich umbringen, wenn er das mitbekommt.

Mein Magen hebt sich bedenklich und die Angst, die ich bis jetzt mehr oder weniger erfolgreich verdrängt habe, schlägt mit voller Wucht zu.

Ich lege mein Handy zur Seite und stehe auf, setze mich an das riesige Fenster mit Blick auf den Park.

Morgen muss ich Nicolas heiraten. Und so, wie es aussieht, hat er seine Meinung geändert und ich werde allein dafür sorgen müssen, dass mir nichts passiert.

Mein Herz ist schwer, der Druck auf meiner Brust unerträglich und doch sitze ich ruhig hier und sehe in den Himmel.

Ich kann das schaffen.

Ich muss das schaffen.

Eine andere Wahl habe ich nicht.

Irgendwann werden meine Lider schwer und ich schlurfe zurück zum Bett, falle in einen unruhigen Schlaf.

Henrys Hand ist in meine Haare gekrallt und er zerrt mich grob vom Bett.

»Ich habe dir gesagt, du sollst es nicht versauen. Und was tust du, du dummes Miststück?« Der Schmerz, der auf meiner Kopfhaut explodiert, ist gewaltig, doch nichts im Vergleich zu dem, als er jetzt ausholt und seine Faust meinen Unterleib trifft. Jegliche Luft wird aus meinen Lungen gepresst und ich wimmere auf. Und klappe nach vorn zusammen.

Gott, es tut weh. So weh.

»Bitte … Henry, nicht … bitte.« Doch mein Betteln bleibt unerhört. Im Gegenteil, es stachelt ihn nur noch weiter an. Er öffnet seinen Gürtel und zerrt mich zu seinem Stuhl, und ich wehre mich. Meine Zehen graben sich in den Teppich, doch es nützt nichts. Gar nichts.

Tränen laufen über mein Gesicht, als er mich über den Stuhl beugt, die Hand in meinen Nacken gepresst, und sich über mich lehnt.

»Wenn du dich auch nur einen Zentimeter bewegst, bringe ich dich um. Verstanden?«

Ich nicke. Ich nicke einfach nur.

Er hat wieder getrunken. Viel. Sein Termin lief nicht wie geplant, und dann habe ich den Kaffee verschüttet. Vor seinen Geschäftspartnern – auf das Hemd eines der Männer. In dem Moment hat er lachend abgewunken, doch jetzt, Stunden später, muss ich dafür bezahlen.

Ich höre, wie er den Gürtel aus den Schlaufen seiner Hose zieht, und kneife meine Augen fest zusammen.

»Du weißt, dass du das verdient hast, nicht wahr, Amelia?«, fragt er in die Stille, aber es ist rein rhetorisch gemeint. Er will keine Antwort von mir.

Stumm warte ich auf das, was kommt, und presse die Lippen fest aufeinander, als mein Rücken in Flammen aufgeht. Als er Schlag für Schlag auf mich niedergehen lässt.

»MACH.« Schlag.

»DAS.« Schlag.

»NIE.« Schlag.

»WIEDER!« Schlag.

Mein Rücken brennt, es zerreißt mich regelrecht, meine Finger, meine Nägel graben sich tief in das Holz des Stuhls, und mir wird schwarz vor Augen.

»Du.« Schlag.

»Hast. Schlag.

Das.« Schlag.

»Verdient.« Schlag.

Mein Bruder keucht angestrengt und Säure breitet sich in meinem Mund aus. Ich muss würgen, und mein Magen hebt sich bedenklich. Mir ist übel und ich habe das Gefühl auseinandergerissen zu werden. Doch Henry ist noch lange nicht fertig.

Immer mehr Schläge prallen auf mich ein. Immer und immer wieder. Brechen mich. Brechen meine Seele.

Und zum Schluss schreie ich doch, bevor ich in tiefer Dunkelheit versinke.

***

Keuchend und komplett nassgeschwitzt fahre ich hoch und blinzle. Mein Atem kommt abgehackt und ich spüre, dass meine Wangen feucht sind. Mein Herz rast und mir ist schlecht. So unglaublich schlecht.

Einatmen. Ausatmen.

Einatmen. Ausatmen.

Die Hand auf mein Herz gedrückt hole ich immer wieder tief und gleichmäßig Luft, doch das ekelhafte, erdrückende Gefühl bleibt.

Traum. Es ist ein Traum gewesen, versucht mein Unterbewusstsein mir einzureden, doch ich weiß es besser. Es ist kein Traum. Es ist Realität. Meine Realität.

Einatmen. Ausatmen.

Langsam beruhigt sich mein Puls, doch die Grausamkeit, zu der Henry fähig ist, lässt sich nicht abschütteln.

Ein Klopfen an meiner Tür reißt mich aus meinen Gedanken und ich greife nach meinem Morgenmantel.

»Moment«, rufe ich und Lizzy stöhnt draußen genervt, bevor sie auch schon die Tür aufreißt.

»Ich bin´s und ich hab dich schon in deutlich weniger gesehen als deinem Schlafshirt«, teilt sie mir harsch mit und mustert mich mit hochgezogenen Augenbrauen.

»Ähm, wieso liegst du noch im Bett???«

Ich sehe sie irritiert an und sie verdreht doch tatsächlich die Augen, eilt zu mir und zieht die Decke weg.

»Na los, husch, husch, wir haben nicht mehr viel Zeit. Ich dachte, du hast dich schon längst geduscht und fertiggemacht«, schimpft sie weiter und ich sehe sie noch irritierter an. Bemerke, dass sie ein elegantes fliederfarbenes Kleid trägt und komplett hergerichtet vor mir steht. Und mich anfunkelt.

Und ich begreife.

»Oh scheiße, ich heirate heute«, entfährt es mir erschrocken und jetzt wird mir richtig schlecht.

Nicolas und das, was gestern vorgefallen ist, drängt sich wieder mit voller Wucht in mein Gedächtnis und ich schlucke schwer. Lizzy verengt die Augen und mustert mich scharf.

»Was? Ich kenne diesen Blick. Was ist los?«

Wortlos reiche ich ihr mein Handy und öffne Instagram, zeige ihr das Foto und das Video und erkläre ihr kurz, was passiert ist. Vermeide es aber, sie anzusehen.

»Ach verdammt, ich bring ihn um«, stößt sie wütend zwischen zusammengebissenen Zähnen hervor, bevor ihr Blick auf mir landet und sofort weich wird.

»Wir kriegen das hin. Vergiss diesen Idioten. Ich werde dich jetzt zurechtmachen, du gehst zum Unterschreiben und zeigst ihm den mentalen Mittelfinger. Danach werden wir zwei feiern gehen. Mit Security, wir sind ja brav. Soll er doch bleiben, wo der Pfeffer wächst. Vorknöpfen tue ich ihn mir dann später.« Sie nickt, sich selbst bestätigend, scheucht mich mit einer hektischen Handbewegung ins Bad, damit ich duschen kann. Nimmt mich hinterher bei der Hand und zieht mich in das Ankleidezimmer.

Mir bleibt gar keine Zeit darüber nachzudenken, was gleich passieren wird, denn sie quasselt ohne Punkt und Komma auf mich ein, während sie meine Haare macht und mich schminkt.

Meine Locken bindet sie in einen lockeren Dutt, aus dem einzelne Strähnen herausfallen, steckt mir hinten ein paar weiße Blüten ins Haar, bevor sie mir einen Kleidersack reicht. Darin befindet sich ein wunderschönes, weißes schulterfreies Etuikleid, das an der Taille mit schimmernder blauer Spitze verziert ist. Dazu passend gibt sie mir blaue Highheels, die ebenfalls mit der Spitze geschmückt sind.

Als ich fertig angezogen bin, klatscht sie begeistert in die Hände.

»Du siehst traumhaft schön aus, Lia. Er wird sich in den Hintern beißen, wenn er dich gleich sieht«. Begeistert nimmt sie mich an den Händen und mustert mich noch einmal von oben bis unten.

Ich wünschte, ich würde die gleiche Euphorie empfinden. Doch mein Magen schlingert verdächtig und meine Nerven flattern nervös. Am liebsten würde ich fliehen.

»Es wird ihm ziemlich egal sein. Ich will es einfach nur hinter mich bringen. Und dann brauche ich ganz viel Alkohol«, antworte ich wenig begeistert und Lizzy wird ernst.

»Er wird schon noch merken, dass er ein Idiot ist. Und die Trauung, wenn man es denn so nennen will, ist innerhalb von fünfzehn Minuten erledigt. Dann macht ihr noch ein Foto für die Presse und fertig. Danach hauen wir beide ab und der Rest der Welt kann uns mal. Auch mein Bruder. Ok?« Sie schließt mich fest in die Arme und ich atme tief durch.

»Ok. Dann los. Je schneller ich hier wegkomme, desto besser.«

Wieder nimmt Lizzy meine Hand und wir gemeinsam gehen zum offiziellen Konferenzzimmer, wo der Notar, der König und die Königin und Nicolas schon auf uns warten.

Mein Herz schlägt mir bis zum Hals, als ich den Raum betrete und alle Blicke sich auf mich richten. Der König ist seltsam reserviert, was meine Nerven noch mehr in Aufruhr bringt, doch die Königin begrüßt mich mit einem warmen Lächeln und umarmt mich.

»Lass dich nicht unterkriegen, Liebes. Ich freue mich, dass du Teil meiner Familie wirst. Andere Personen hier in diesem Raum werden das auch noch zu schätzen lernen«, flüstert sie und drückt mich eng an sich.

Der Kloß in meinem Hals wird bei ihren Worten ein bisschen kleiner und als sie sich von mir löst, sehe ich sie dankbar an.

Nicolas steht bereits am Schreibtisch, von wo sein Blick mich förmlich aufspießt, doch ich ignoriere ihn.

Der Notar erklärt kurz den Ablauf, fragt uns beide, ob wir damit einverstanden sind, und ich setze mit zitternder Hand meine Unterschrift. Danach folgt Nicolas und auch der König und der Notar unterschreiben die Dokumente.

Wir werden offiziell als Mann und Frau beglückwünscht, wobei hier in Harlington tatsächlich erst die kirchliche Trauung als vollendete Heirat eines royalen Paares gilt. Deshalb ist das hier reine Formsache.

Der König und die Königin gratulieren als Erste, wobei mir der Blick des Königs wirklich Angst macht und ich kaum merklich zurückzucke.

Gott, ich will hier weg. So schnell wie möglich.

Der Fotograf erscheint kurze Zeit später und ich stehe mit rasendem Puls da, in meinem Magen flattert es unruhig, als Nicolas auf mich zukommt. Sein durchdringender Blick liegt auf mir und diesmal erwidere ich ihn. Sehe ihn stumm und so kalt wie möglich an.

Doch als er sich hinter mich stellt und seine Hand von dort über meine Taille schiebt, kann ich einen Schauer nicht unterdrücken. Er zieht mich an seinen harten Körper und alle meine Sinne sind in Aufruhr.

Verdammt, ich will das nicht fühlen.

Ich tackere mir für das Foto ein gepresstes Lächeln auf das Gesicht und bete, dass es schnell geht.

Kaum nickt der Fotograf, drehe ich mich von Nicolas weg und sehe mich suchend nach Lizzy um, doch plötzlich steht ihr Bruder wieder vor mir.

»Wir müssen reden …«

Abwehrend hebe ich meine Hand und unterbreche ihn.

»Wir müssen gar nichts. Ich habe meinen Teil für heute erfüllt und wie du gestern noch einmal sehr deutlich gemacht hast, geht mich der Rest nichts an. Also bitte entschuldige mich, ich bin verabredet.« Ich bin stolz darauf, dass meine Stimme so ruhig und abweisend klingt, und schiebe mich ohne ihn anzusehen an ihm vorbei, husche zu Tür, wo Lizzy bereits auf mich wartet.

Scheiß auf diesen Prinzen.

KAPITEL 11

Nicolas

Sie lässt mich einfach stehen. Schon wieder. Meine Frau haut einfach ab, ohne mich auch nur eines Blickes zu würdigen oder sich anzuhören, was ich zu sagen habe.

Überrumpelt sehe ich ihr hinterher, wie sie zusammen mit meiner Schwester, die mir einen tödlichen Blick zuwirft, verschwindet. Fuck, mein Hirn dröhnt und ich habe den Kater des Jahrtausends, nachdem ich gestern völlig abgefuckt bin. Ich will mich einfach nur wieder ins Bett verpissen, doch daraus wird wohl nichts.

»Nicolas, auf ein Wort«, dringt die unterkühlte Stimme meines Vaters an mein Ohr und ich drehe den Kopf in seine Richtung, um ihn gelangweilt zu mustern.

»Was gibt es denn so Dringendes?«, frage ich desinteressiert, da knallt er mir auch schon eine Zeitung an die Brust und hält mir sein Handy unter die Nase.

Fuck. Das bedeutet Ärger.

Ich habe mich gestern total abgeschossen und nicht mehr wirklich was mitbekommen, aber eine Zeitung und ein Handy bedeuten nie was Gutes.

Ok, dann zuerst das Handy.

Schon, als ich nur einen flüchtigen Blick darauf werfe, schießt mein Puls in die Höhe. Und als ich das Foto sehe, die Kommentare darunter, und das Video abspiele, ist mir schlecht.

Fuck. Fuck. Fuck.

Sarah und ich, ich und Sarah. Und wir werden als das neue Traumpaar gehandelt.

Schwer schluckend öffne ich die Zeitung und schließe geschlagen die Augen. Der Druck in meinem Schädel erhöht sich auf die Intensität eines Presslufthammers.

Fuuuck!

Lady Amelia abgesägt. Prinz Nicolas mit neuer/alter Flamme gesichtet

steht als Aufhänger groß darüber. Natürlich ist es die Harlington Post und ich muss gar nicht weiterlesen, um zu wissen, was sie aus den Bildern von Sarah und mir für eine Geschichte gemacht haben.

»Scheiße«, entfährt es mir geschockt und innerlich will ich mir selbst eine reinhauen.

»Ja, Scheiße, trifft es ganz gut, Sohn. Ich möchte, dass du diese Sache klärst, und zwar schnell. Scheinbar habe ich mich bei der Auswahl eurer Frau geirrt, wenn man den Gerüchten und Informationen glauben darf. Wir können uns keine negative Presse mehr erlauben. Und schon gar nicht, wenn es um diese Heirat geht. Amelia scheint nicht die zu sein, die wir erwartet haben. Also regele das, sonst tue ich es«, lässt mich mein Vater kalt wissen, reißt mir das Handy samt Zeitung aus der Hand und geht.

Fuck.

»Du weißt, dass ich kein einziges Wort glaube, das über Amelia gesagt wurde, Nici. Aber dein Vater teilt diese Meinung nicht. Du hast ihm mit diesen Bildern die Munition geliefert. Sieh zu, dass du es schnell geradebiegst, denn du hast diese Frau – deine Frau – mit dieser Aktion zum Abschuss freigegeben. Sie werden sie zerfleischen. Du hast ein großes, sensibles Herz, das hattest du schon immer. Aber es lässt dich auch impulsive und dumme Dinge tun.« Meine Mutter ist vor mich getreten und legt ihre Hand sanft an meine Wange, während sie mich liebevoll, aber tadelnd mustert, und ich muss schlucken. Mein Herz zieht sich zusammen und gleichzeitig wird die Wut auf mich immer größer.

Dumm. Das war so dumm.

»Ich war dumm. Das sollte nie so ablaufen und es ist nicht so, wie es aussieht«, murmele ich schal und meine Mutter lächelt mitfühlend.

»Das, mein Sohn, solltest du nicht mir erzählen. Das musst du deiner kleinen, bezaubernden Frau sagen, die im Moment sowieso schon mehr ertragen muss, als ihr Herz aushält. Stell es richtig. Denn sonst wird Amelia, fürchte ich, noch viel mehr verletzt, als wir es auch nur erahnen.«

Sie gibt mir einen Kuss auf die Wange und lässt mich ebenfalls stehen.

Scheiße.

Ich bin mit beiden Beinen voll in die Scheiße gesprungen.

Als Damien gestern die Bombe hat platzen lassen, ist bei mir eine Sicherung durchgebrannt. Ich bin zornig und verletzt gewesen, vor allem aber mein Stolz, und ich habe impulsiv gehandelt. Impulsiv und absolut falsch.

Ich habe Amelia bluten lassen - für mein eigenes Versagen. Und habe ihr dadurch eine Zielscheibe auf die Stirn gemalt.

Die Kommentare unter dem Bild und dem Video sind übel. Richtig, richtig übel. Und nach Amelias Reaktion gehe ich davon aus, dass sie sowohl die Kommentare als auch das Video gesehen hat. Und das, nachdem ich ihr eine Nacht zuvor versprochen habe, dass niemand sie mehr verletzt.

»Scheiße, ich bin so ein verfluchtes Arschloch«, fluche ich über mich selbst und raufe mir die Haare. Wenn ich nur daran denke, was ihr jetzt alles passieren kann. Wenn ich nur daran denke, wie verletzt sie eh schon ist, was sie schon alles hat ertragen müssen, legt sich ein tonnenschweres Gewicht auf meine Brust.

Fuck, ich muss ihr nach.

Doch bis ich endlich dieses verdammte Zimmer verlassen kann, vergehen weitere zehn Minuten, denn der Notar hat heute offenbar einen Laberflash.

Kaum bin ich draußen, klingelt mein Handy und ich ziehe es aus der Hosentasche.

»Nic, beweg deinen Arsch zum Ausgang am Park, schnell. Lizzy und Amelia stecken in Schwierigkeiten und die Security verliert die Kontrolle.« Cedric brüllt mir ins Ohr und mein Herz setzt einen Schlag aus, nur um gleich darauf hart und schnell weiterzuschlagen.

Als ich auflege, geht der Alarm im Schloss los. Mein Magen krampft sich zusammen und eiskalte Angst kriecht durch meine Venen.

So schnell es nur geht, laufe ich durch das Schloss, mit dem Handy an meinem Ohr und ordere noch mehr Männer. *Scheiße, ich drehe gleich durch.*

Eric rennt mir fluchend entgegen, und spätestens jetzt weiß ich, dass die Lage ernst ist.

»Wir brauchen mehr Männer. Die überrennen sie gerade und die Security, die bei ihnen ist, ist nicht mehr Herr der Lage. Die Polizei ist verständigt, aber Nic, es sieht übel aus«, lässt er mich im Vorbeirennen wissen und ich hetze weiter.

Wenn auch nur einer Amelia oder meiner Schwester zu nahe gekommen ist, weiß ich nicht, was ich tue.

Als endlich das hintere Tor in Sicht kommt, zeigt sich mir das ganze Ausmaß der Situation.

Fuck.

Am Ausgang hat sich eine Menschentraube gebildet, ein Mix aus Paparazzi und sensationsgeilen Irren, die wütend und tobend nur ein Ziel haben - meine Frau.

Der Sicherheitsdienst versucht mit aller Kraft, die Meute in Schach zu halten, kommt aber sichtbar an seine Grenzen. Amelia hat Lizzy hinter sich geschoben, während Cedric wiederum alles tut, um Amelia zu schützen. Doch die irre Masse hat sie eingekeilt.

»Hure.«

»Schlampe.«

»Du hast ihn nicht verdient.«

»Lady Amelia, was sagen Sie zu den Vorwürfen, die gegen Sie erhoben wurden.«

»Verpiss dich aus dem Schloss und mach Sarah den Weg frei.«

»Geldgeiles Miststück.«

Die Schreie der Menge schlagen wie Peitschenhiebe auf mich ein, und das Brodeln in meinen Adern wird zu einem reißenden Strom glühend heißer Wut.

Die Kette der Wachen fällt, als ein paar dieser radikalen Arschlöcher mit Gewalt durch die Absperrung brechen. Es entsteht eine richtige Schlägerei und ich sehe rot.

Cedric schiebt sich vor Amelia, doch als einer der Typen ihm eine verpassen will und Ced ausweicht, bringt das Amelia zu Fall.

Fuck.

Meine Sicht verengt und ich raste aus.

»WENN NUR EINER VON EUCH PISSERN MEINE FRAU AUCH NUR BERÜHRT, WIRD ER DAS BEREUEN!«

Meine Stimme donnert durch die Menge und ich sehe Blaulicht am Ende der Allee, die zu diesem Ausgang führt, doch das ist mir egal.

Lizzy haben sie so weit weggedrängt, dass sie nicht mehr zu sehen ist, doch Cedric ist unterwegs zu ihr, als er mich gehört hat.

Fuck, wenn auch nur einer ihr oder meinem Goldlöckchen wehgetan hat, bringe ich alle um.

Ich boxe mich förmlich zu Amelia durch, die zusammengekauert, die Hände über ihrem Kopf, versucht, sich irgendwie zu schützen. Sie bewegt sich nicht, ist wie erstarrt, was meinen Zorn noch weiter entfacht.

Ich schiebe zwei Frauen, die mich noch von ihr trennen und sie wütend beschimpfen, grob zur Seite und gehe in die Knie, um meine Frau hochzuheben.

Als ich meine Arme unter ihre Kniekehlen schiebe, zuckt sie verängstigt zusammen und hebt den Kopf, und Scheiße, der Blick, mit dem sie mich ansieht, lässt mich fast kotzen.

Leer. Er ist so leer und das erschreckt mich mehr, als wenn sie mich panisch und völlig verängstigt angesehen hätte.

»Nicolas?«, krächzt sie leise und ich drücke sie fest an mich.

»Hab dich, Goldlöckchen«, murmele ich an ihrem Haar und drücke ihr einen Kuss auf den Scheitel, während ich mich langsam erhebe.

Die Polizei ist inzwischen eingetroffen und die restliche Menge hat mittlerweile kapiert, dass auch ich das bin.

Suchend sehe ich mich um und Erleichterung macht sich breit, als ich Cedric entdecke, der meine Schwester fest im Arm hat.

Ohne weiter auf die Rufe und die Menschen zu achten, gehe ich, so schnell es geht, mit Amelia sicher an meiner Brust, wieder ins Schloss und in unser Apartment. Inzwischen zittert ihr Körper heftig und ich weiß, dass sie einen Schock hat.

»Wir sind gleich da. Dir passiert nichts mehr, versprochen«, rede ich einfach weiter, weil ich sie beruhigen will, doch sie gibt nur ein bitteres Lachen von sich.

»Das hast du schon einmal versprochen und es nicht gehalten«, antwortet sie leise und ihre Stimme klingt seltsam emotionslos, weshalb meine Eingeweide sich verknoten.

Schuld. Ich bin schuld und ich kann es nicht mal beschönigen, denn sie hat Recht.

Ich stoße die Tür zu unserem Apartment auf und winke Eric ab, der gerade auf dem Weg zu uns war. Schenke meinem Vater, der bei ihm ist, einen warnenden Blick.

Nicht jetzt.

Als wir drinnen sind, verriegele ich die Tür, denn hier wird heute niemand mehr rein oder raus kommen.

Vorsichtig setze ich Amelia in unserem Schlafzimmer ab, in dem ich noch nie eine Nacht geschlafen habe. Sie dreht mir sofort den Rücken zu und rollt sich zusammen, und meine Brust wird eng. Doch als ich sehe, wie ihr Körper zu beben beginnt, denke ich nicht lange nach, lege mich hinter sie und ziehe sie in meine Arme. Mein Herz macht einen Satz, als sie sich statt von mir abzurücken zu mir umdreht, ihren Kopf an meiner Brust vergräbt und anfängt zu weinen.

Mein Herz bricht in diesem Moment für meine wunderschöne kleine Frau, die ich so abgrundtief im Stich gelassen habe, weil mein Ego in dem Moment größer war als mein Verstand.

Ich schlinge einen Arm um sie und ziehe sie noch näher, streiche mit der anderen Hand beruhigend über ihre Locken. Bin einfach da und lasse sie weinen, obwohl jeder ihrer Schluchzer tief in mein Herz schneidet.

Weil ich daran schuld bin.

Weil ich das für sie nicht will.

»Warum?«, fragt sie so leise und die Traurigkeit in ihrer Stimme erhöht den Druck auf meiner Brust gewaltig.

»Ich … Damien hat es mir gesagt. Das mit ihm und meinem Bruder. Und … und dass du es wusstest. Ich … Scheiße. Mein Ego war verletzt, ich hab mich hintergangen gefühlt und na jaaa …«

Ich schiebe sie ein Stück von mir, um sie anzusehen. Ihr Anblick lässt es erneut heftig in meiner Brust ziehen. Ihre Augen sind geschwollen und gerötet vom Weinen und sie sieht mich so verletzt und hoffnungslos an, dass ich schwer schlucken muss und sie am liebsten wieder eng an mich pressen würde.

»Ich hatte nichts mit Sarah. Ich war viel zu besoffen und hatte auch gar kein Interesse daran«, fahre ich leise fort und versinke dabei in ihren blauen Augen.

Scheiße, sie wird mein Tod sein.

»Ich … du kannst tun und lassen, was du willst, Nicolas … wir … wir sind nicht zusammen.«

Die Luft um uns herum beginnt zu flirren, als sie mich ansieht, als ihr Blick kurz zu meinen Lippen huscht und wieder zurück.

Fuck.

Angezogen wie von einem Magneten beuge ich mich immer weiter zu ihr. Näher und Näher.

»Ist das so, Goldlöckchen? Soweit ich weiß, sind wir seit einer Stunde sogar verheiratet«, summe ich direkt an ihren Lippen, fahre mit der Hand über ihren Nacken zu ihrem schlagenden Puls an ihrem Hals. Streiche zart mit dem Daumen darüber.

»Ich denke daher nicht, dass ich tun kann, was ich will und mit wem ich es will, hmmm?!« Meine Lippen streifen ihre, kurz, leicht, doch es jagt tausend kleine elektrische Stöße durch meinen Körper.

Amelia schließt kurz die Augen und holt zittrig Luft, bevor sie sie wieder öffnet. Und, heilige Scheiße, das ungefilterte Verlangen, das in ihren Augen lodert, presst mir die Luft aus den Lungen.

»Wir werden das beide bereuen«, flüstert sie - dann steht die Zeit still. Denn Amelia überbrückt die Millimeter, die unsere Lippen voneinander getrennt sind, und küsst mich.

Und mein Gehirn schaltet ab.

Amelia

Ich will ihn. Ich brauche ihn.

Jetzt.

Ich denke nicht nach, als ich meine Lippen auf seine presse. Als ich seine Zunge einlasse und er mich küsst, als wolle er mich verschlingen.

Mein ganzer Körper kribbelt und als er seine Hand in meinen Nacken schiebt und mich noch näher zieht, prickelt meine Haut an der Stelle, an der er mich berührt.

Ich weiß nicht wie, aber plötzlich sitze ich auf seinem Schoss und seine freie Hand streicht über meinen Rücken zum Reißverschluss meines Kleides. Als er ihn langsam öffnet, seine Finger meine nackte Haut streifen, erschauere ich.

»Weg damit«, murmelt er an meinen Lippen und ich hebe meine Arme, damit er mir den Stoff über den Kopf ziehen kann.

Sein Blick brennt sich in meinen, als er mich mustert, jeden Zentimeter meines Körpers mit seinen Augen streichelt, und ich kann es fast fühlen. Seine Augen blitzen auf, als er sieht, dass ich keinen BH trage, und eine Gänsehaut überzieht meinen Körper, als er federleicht mit seinen Fingerspitzen meine Wirbelsäule nach oben fährt.

»Wunderschön«, haucht er und setzt zarte Küsse auf meinen Hals, mein Schlüsselbein, während die Hand an meinem Rücken mich wieder enger an ihn presst, so dass ich spüre, was das hier, nein, was ICH mit ihm mache.

Mein Unterleib zieht sich verlangend zusammen, als ich seine Härte spüre und als er die Reise mit seinen Lippen fortsetzt und seine Hand unterhalb meiner Brust entlanggleitet, habe ich das Gefühl zu schmelzen. Ein Wimmern kommt über meine Lippen, als sein Daumen über meinen Nippel streicht, und ich rutsche unruhig auf seinem Schoß herum, was ihn leise lachen lässt

»So ungeduldig? Ts ts ts«, neckt er mich und beugt sich vor, so dass sein Mund meine Brustwarze umschließt. Er saugt und knabbert daran und ich zerspringe. Tausend Schmetterlinge flirren in meinem Bauch, meine Mitte pulsiert und pocht fast schmerzhaft, so sehr sehnt sie sich nach Berührung, nach mehr, und ich kann ein Stöhnen nicht zurückhalten.

»Nicolas … bitte … ich … Oh Gott«, entkommt es mir, als er anfängt, auch die andere Seite zu reizen.

Mehr. Verdammt ich will mehr.

»Hmmm, so gut. So wunderschön«, raunt er an meinem Nippel und zwickt wieder sachte hinein. Quält mich absichtlich, indem seine Hände an meiner Taille nach unten gleiten, zart über meinen Hintern wieder vor zu meinen Oberschenkeln streichen und seine Daumen kurz vor dem Ziel innehalten.

Ein Knurren entkommt mir und wieder lacht er leise, so dass seine Brust vibriert.

»Was? Was möchtest du, Amelia of Harlington? Sag es mir.« Seine Stimme ist rau vor Verlangen und seine Augen lodern, als er den Kopf hebt und mich ansieht.

Gott. Allein wie er meinen Namen ausspricht - seinen Namen -, lässt meinen Körper erbeben.

Und ich will in diesem Moment nichts mehr zurückhalten. Ich will leben, ich will fühlen.

Meine Hände gleiten in seine Haare und ich ziehe ihn zu mir, beiße ihm leicht in die Unterlippe, streiche mit meiner Zunge darüber und er knurrt. Er knurrt wahrhaftig und jagt das Feuer in mir immer höher und höher.

»Dich. Ich will dich«, hauche ich und küsse ihn, fühle, wie seine Selbstbeherrschung zerreißt.

Ehe ich blinzeln kann, liege ich auf dem Rücken und er hat sich die Kleider vom Leib gerissen.

Großer Gott er ist schön. Er ist anbetungswürdig und ich muss mich zusammenreißen, um meine Beine nicht vor lauter Verlangen zusammenzupressen. Doch er ist schneller und innerhalb von Sekunden ist mein Höschen verschwunden.

Völlig hingerissen streicht er über meine Mitte, lässt seinen Finger durch meine Feuchtigkeit gleiten und ich stöhne auf. Recke mich seiner Berührung entgegen und endlich, endlich gibt er meinem Betteln nach.

Er zieht mich an den Rand des Bettes, kniet sich vor mich und sieht mit funkelnden Augen zu mir hoch. Meine Brust hebt und senkt sich hektisch, ich verglühe gleich, wenn er nicht endlich etwas tut, um diesen Hunger zu stillen.

Nicolas streicht noch einmal durch meine Nässe und dann ist sein Mund auf mir. Er leckt, knabbert, beißt - und ich, ich zerfließe. Zerspringe, fliege und falle gleichzeitig. Als er zusätzlich zwei Finger in mich schiebt, mich langsam aber gezielt mit ihnen vögelt, bäumt sich mein Rücken auf und ich stöhne seinen Namen. Meine Hände krallen sich in das Laken unter mir.

»Komm für mich, Goldlöckchen, na los«, spornt er mich an und ich folge seinem Befehl. Mein Körper folgt diesem Befehl und der Orgasmus rollt so heftig über mich hinweg, dass ich kurz die Orientierung verliere.

Himmel.

Doch Nicolas lässt mir keine Zeit, mich zu erholen. Nein. Sein Körper schiebt sich an meinem nach oben und, bei Gott, als ich seine warme, heiße Haut auf meiner spüre, als meine Hände über die angespannten Muskeln seines Rückens streichen, flammt die Begierde erneut auf.

Ich schlinge meine Beine um seine Hüften, als er tief in mich stößt. Sein Stöhnen geht mir durch und durch, er füllt mich komplett aus und als er anfängt, sich langsam aber fest wieder und wieder in mich zu schieben, fliege ich erneut. Ich kralle mich in seinen Rücken, hebe meine Hüfte und er schiebt eine Hand darunter um noch besser in mich zu stoßen.

»Fuck, du bringst mich wirklich noch um«, keucht er heiser an meinem Ohr, beißt zart hinein, bevor seine Lippen sich erneut auf meine pressen. Ich schmecke mich selbst, und es törnt mich an. Ich will mehr. Immer noch mehr.

Nicolas lässt mich leben, es ist wie ein Rausch. Ihn in mir zu fühlen lässt meine Endorphine tanzen, und meine Hand gleitet zu seinem straffen Hintern, drückt ihn fester an meinen Unterleib und er gibt mir alles, was ich will. Seine Bewegungen werden schneller, härter und ich komme ihm bei jedem Stoß entgegen. Sein heißes Keuchen an meinem Ohr spornt mich nur noch mehr an.

»Mir. Du gehörst mir«, knurrt er dunkel, als er mich erneut über die Klippe schickt und mir kurz darauf folgt. Schwer sackt er auf mich und ich spüre seinen schnellen, harten Herzschlag, doch mir geht es nicht anders.

Ich schließe die Augen, denn wir brauchen beide ein paar Minuten, um wieder klar zu denken.

Er stemmt sich ein Stück hoch auf seine Ellbogen, und ich beobachte fasziniert das Spiel seiner Muskeln, was nicht unbemerkt bleibt.

»Gefällt dir, was du siehst?« Seine Mundwinkel zucken, als mein Blick ertappt zu seinem Gesicht fliegt, und ich merke, wie meine Wangen zu glühen beginnen. Doch Nicolas überrascht mich, indem er mit seiner Nase über meine streicht und mir einen zarten Kuss auf die Mundwinkel tupft.

Hilfe. Mit einem arroganten Arsch kann ich umgehen, mit dieser Version hier, heilige Mutter Gottes, bekomme ich Probleme.

Bei seiner Geste flattert es wie wild in meinem Bauch und ich weiß, dass ich in Schwierigkeiten stecke. Aber ich genieße seine Nähe und ihn viel zu sehr, um etwas daran zu ändern.

»Hmm, ist ganz ok«, gebe ich gelangweilt zurück und stöhne auf, kralle meine Finger ins Laken, als er seine Hüfte leicht nach vorn schiebt.

»›Hmm, ist ganz ok‹? Dann muss ich mich wohl mehr anstrengen, um dich von meinen durchaus fantastischen Qualitäten zu überzeugen, Goldlöckchen.«

Oh fuck, er wird schon wieder hart und ist noch in mir und … ich hebe mein Becken und beginne, es leicht zu kreisen. Bin wie ein kleiner Nimmersatt. Ausgehungert. Und es pocht schon wieder so verlangend zwischen meinen Beinen, dass ich auf dieses Spiel eingehe.

Nicolas beugt sich zu mir herunter und nimmt meine Unterlippe zwischen seine Zähne, zupft kurz daran, bevor seine Zunge erneut einen erotischen Tanz mit meiner eingeht. Währenddessen bewegen wir uns wieder rhythmisch in einem Takt, langsam und gemächlich schiebt er sich immer wieder in mich, während mein Becken sich an ihm reibt. Und die Glut fängt erneut Feuer, als ich meine Beine weiter öffne, mich enger an ihn presse. Der Kuss wird wilder und ich stoße ein Wimmern aus, weil es nicht genug ist.

Nicolas geht es wohl ähnlich, denn er löst sich von mir und als er aus mir gleitet, fluche ich leise. Doch er reagiert schnell und zieht mich an seine Brust. Seine Hand an meinem Nippel, reizt er mich so sehr, dass ich mich winde und er mir in den Hals beißt.

»Dreh dich um«, befiehlt er rau und ich tue, was er verlangt. Ein leiser Schrei kommt über meine Lippen, als er meine Hüfte packt und ruckartig von hinten in mich dringt.

»Oh Gott, ja«, stöhne ich und er lacht, als er schnell und hart in mich stößt. Meine Mitte zieht sich sofort um ihn zusammen und diesmal geht es schnell.

Der Orgasmus rauscht durch meinen Körper, Nicolas stöhnt, weil ich so eng werde und alles um ihn herum pulsiert, weshalb er mir sofort folgt, und dann klappe ich einfach auf dem Bett zusammen. Mit Nicolas auf mir, der genauso wie ich völlig außer Atem versucht, Luft zu holen.

»Ok … das war … definitiv nötig«, keuche ich und es vibriert an meinem Rücken, weil er lacht.

»Definitiv sowas von nötig, Goldlöckchen«, gibt er mir recht und rollt sich von mir herunter, bleibt neben mir liegen. Wir sagen kein Wort, doch seine Hand streicht über meinen Rücken und meinen Hintern, und meine Lider werden immer schwerer. Er gibt mir ein seltsam zufriedenes Gefühl und ich fühle mich geborgen.

Ich weiß, dass ich aufstehen sollte, mich säubern und dringend duschen, doch meine Muskeln und Glieder sind nicht mehr vorhanden und bleischwer, weshalb ich einfach liegenbleibe.

»Ich muss duschen«, murmle ich völlig sinnfrei in die Stille und er lacht wieder.

»Warum tust du es dann nicht? Soll ich dir behilflich sein?« Er zwickt mich sachte in den Po und ich gebe einen empörten Laut von mir, was ihn glucksen lässt.

»Na los, Goldlöckchen. Lass uns duschen und dann reden wir. Ok?« Kurz sticht es bei dem Wort ›reden‹ und meine Angst möchte sich wieder breitmachen, doch ich lasse sie nicht. Denn Nicolas ist so entspannt, so anders gerade, dass ich den Moment nicht durch meine Unsicherheit zerstören will.

Und er hat recht. Wir müssen reden.

Vor allem nach gerade eben.

***

Eine halbe Stunde später liegen wir beide wieder auf dem Bett, ich habe ein frisches Shirt und ein Höschen an und Nicolas eine Jogginghose. Er lehnt am Kopfteil und hat mich, ohne zu zögern, in seine Arme gezogen.

Nun liegt mein Kopf auf seiner nackten Brust, die Schmetterlinge in meinem Bauch sind wieder da und ich habe keine Lust, meine Angst, meine Unsicherheit und meine Zweifel zuzulassen. Er gibt mir gerade das Gefühl, dass ich seit so langer Zeit vermisse: Geborgenheit. Und diesen Zustand genieße ich jetzt ganz selbstsüchtig. Einmal darf auch ich egoistisch sein, denn mir ist durchaus klar, dass durch den Sex nicht alles Friede, Freude, Eierkuchen ist und wir zu einem Paar geworden sind. Doch offensichtlich will er momentan genauso hier sein wie ich.

»Woher kommen die Narben auf deinem Rücken?«

Mein Herz bleibt stehen, schlägt gleich darauf in schnellem Rhythmus weiter und jetzt kriecht die Panik doch aus ihrer Ecke.

Mist, Mist, Mist.

Ich habe mich so fallenlassen, dass ich meine Narben vergessen habe. Sie sind fast nicht mehr zu sehen. Feine, silberne Linien auf meinem Rücken, doch sie sind da.

Verdammt.

Innerlich fluche ich und versuche, das Zittern meiner Hände zu unterdrücken.

»Ich bin vor zwei Jahren vom Pferd gefallen, genau in einen Rosenstrauch. Die Dornen haben mir beim Sturz den Rücken aufgerissen.«

Lüge.

Mein Herz krampft sich zusammen, denn ich will ihn nicht anlügen, aber ich kann ihm auch nicht die Wahrheit sagen. Es geht nicht. Doch er scheint die Geschichte zu schlucken, denn er geht nicht weiter darauf ein. Vor Erleichterung hätte ich fast viel zu laut ausgeatmet, stoppe mich aber im letzten Moment.

Eine Weile liegen wir wieder einfach schweigend da und ich genieße diese Ruhe. Sie ist nicht unangenehm, sondern fühlt sich völlig normal an.

»Hast du die ganze Zeit gewusst, dass Phil schwul ist?«, durchbricht er die Stille und ich stocke kurz.

Ok, um den heißen Brei Herumreden ist nicht sein Ding, so viel steht fest.

Ich schlucke kurz.

Jetzt kommen wir zum kritischen Teil, denn ich kann ihm immer noch nicht alles sagen. Nicht, bevor ich mit Damien gesprochen habe.

»Ich wusste es schon eine Weile, ja, denn Philipp war von Anfang an ehrlich zu mir. Uns war klar, dass wir heiraten sollten, und er wollte mir keine falschen Hoffnungen machen. Mir die Möglichkeit geben, na ja, du weißt schon …« Ich stocke kurz, sehe zu Nicolas hoch und meine Wangen werden warm, als ich sein unverschämtes Grinsen sehe.

»Na ja, ich weiß WAS? Dass du Sex haben konntest?«, neckt er mich und lacht. Und ich werde noch röter, obwohl das ziemlich bescheuert ist, in Anbetracht dessen, was wir kurz vorher getan haben.

»Ja, verdammt. Er wollte, dass ich eben auch die Chance habe, mein Glück zu finden. Jemanden, der mich als Frau liebt und mir alles geben kann, was ich verdient habe, denn er könne es nicht. Mir war klar, dass ich, wenn ich mich verliebe, es niemals in der Öffentlichkeit werde zeigen können, aber ich wollte ihm helfen, und er bot mir die Chance, aus Perlington House wegzukommen. Aber es fiel ihm unglaublich schwer, es mir zu sagen. Du kennst die Politik hier. Die Gesetze sind veraltet und was die Diskriminierung von Homosexuellen angeht, muss ich dir nicht erklären, dass Harlington in diesen Punkten im Mittelalter stehen geblieben ist.« Ich schnaube kurz, denn wenn ich bloß darüber nachdenke, beginnt es in mir zu brodeln. Es ist so unfair und dumm.

Nicolas nickt stumm und bedeutet mir, weiterzureden, fängt dabei an mit meinen Locken zu spielen. Und mein dummes Herz macht einen Hüpfer, weil die Geste so intim ist.

»Warum willst du aus Perlington House weg?« Die Frage lässt mich erstarren und ich halte die Luft an.

Oh verdammt.

Nicolas gibt mir ein so sicheres Gefühl, dass ich all meine Vorsicht vergesse und einfach los plaudere. Innerlich schelte ich mich selbst dafür, dass ich so dumm bin.

Phil wusste, dass ich und Henry Schwierigkeiten hatten, aber nicht das Ausmaß meiner Qual.

»Du kanntest meine Eltern. Sie waren streng und pflichtgetreu, alles andere zählte nicht. Ich wurde von klein auf zur perfekten Frau getrimmt und erzogen, zumindest haben sie es versucht. Aber Liebe, Zuneigung? Fehlanzeige. Und mein Bruder … sagen wir so, er ist in die Fußstapfen meines Vaters getreten und herrscht mit harter Hand über Perlington House. Und somit auch über mich. Ich bin nur eine Frau.« Ich sehe wieder zu ihm hoch, in der Hoffnung, dass er auch diese Antwort schluckt, und zucke zusammen, weil er mich ernst und intensiv mustert. Dabei streicht er eine Locke hinter mein Ohr, so sanft, dass meine Haut, dort, wo er mich berührt, prickelt.

»Was?«, frage ich verunsichert, weil er nichts sagt, und ein leichtes Lächeln erscheint auf seinen Lippen.

»Nun, so ganz haben sie das mit der perfekten Tochter nicht hinbekommen, würde ich sagen. Die ist ziemlich vorlaut, frech und aufmüpfig.«

Ich muss aus vollem Hals lachen, denn seine These ist nicht von der Hand zu weisen, doch als ich wieder zu ihm sehe, ist er wie erstarrt und sieht mich wie vom Schlag getroffen an. Irritiert setze ich mich auf und tippe ihn an.

»Alles ok? Habe ich was im Gesicht?«, erkundige ich mich vorsichtig und sehe an mir herunter. Nicolas starrt mich immer noch an, als wäre ich eine Erscheinung, bevor er kurz blinzelt und sich räuspert.

»Dein Lachen. Sorry, dieses Lachen … es ist … es gefällt mir«, meint er dann und ich reiße erstaunt die Augen auf.

Hat er mich noch nie lachen sehen? Lache ich wirklich so selten?

Aber wenn ich so darüber nachdenke, weiß ich es nicht. Vielleicht habe ich in seiner Gegenwart wirklich noch nie gelacht. Seien wir ehrlich, bisher hat er mir auch keinen Grund dazu gegeben.

Bitterkeit will in mir aufsteigen, doch dann überrascht er mich aufs Neue, indem er mich blitzschnell packt. Plötzlich liege ich unter ihm und blinzle verwirrt zu ihm hoch.

»Was …«, beginne ich, doch er schließt mit seinem Zeigefinger meine Lippen. Und die Intensität seines Blickes lässt mich alles vergessen.

»Amelia, Princess of Harlington, würdest du nach unserer Hochzeit mit mir ausgehen?«

Ein kleines Feuerwerk wird in meinem Bauch entfacht, und auch, wenn ich beim Gedanken an morgen leicht nervös werde, schenke ich ihm ein zaghaftes Lächeln.

»Ja, Nicolas, Prince of Harlington, das würde ich sehr, sehr gerne.«

KAPITEL 12

Nicolas

Am nächsten Morgen neben Amelia aufzuwachen ist seltsam beruhigend und nicht halb so furchteinflößend, wie ich immer gedacht habe. Im Gegenteil. Und nach gestern ist für mich sowieso klar, dass diese Frau mein ist. Mit Haut und Haaren.

Der Sex ist absoluter Wahnsinn gewesen. Wenn ich nur an ihren Körper unter meinem denke, muss ich mich zusammenreißen, um nicht sofort zurück in unseren Teil des Schlosses zu rennen und mich wieder tief in ihr zu vergraben. Aber dafür ist keine Zeit.

Wir heiraten in drei Stunden in der Bellington Chapel und ich will wissen, ob man wegen des Vorfalls gestern die Sicherheitsvorkehrungen erhöht hat. Denn wenn nicht, wird meine Frau keinen Fuß vor die Tür dieses Schlosses setzen. Dafür werde ich sorgen.

Ja, zwischen uns ist noch einiges ungeklärt und offen, aber ich will sie kennenlernen. Ich will eine Chance für sie, für mich, für uns.

Eric wartet bereits im Kaminzimmer auf mich, ebenso Cedric. Von Damien fehlt jede Spur.

»Du siehst verdammt selbstzufrieden aus«, begrüßt Ced mich und Eric lacht, als sich ein breites Grinsen auf mein Gesicht schleicht.

»Ein Gentleman genießt und schweigt.«

Jetzt ist es Cedric, der auflacht und Erics Braue schießt in die Höhe.

»Gentleman? Das wäre mir neu. Aber Spaß beiseite, wie geht es Amelia?«

Sofort wird die Stimmung wieder ernst und ich lasse mich in einen der Sessel, die am Fenster stehen, fallen.

»Sie ist unglaublich tapfer. Wenn ich an ihrer Stelle wäre, wüsste ich nicht, ob ich so gefasst und cool damit umgehen könnte, wie sie es tut. Wie sehen die Sicherheitsvorkehrungen nach gestern aus? Die Hochzeit wurde sowieso innerhalb kurzer Zeit aus dem Boden gestampft, aber nach gestern will ich kein Risiko eingehen.«

Ced setzt sich in den anderen Sessel, während Eric wild auf seinem Laptop herumtippt.

»Wenn Phil nicht gestorben wäre, würde Amelia ihn heute heiraten, Nic.« Bei dem Gedanken daran sträubt sich alles in mir. Eifersucht regt sich dunkel und bedrohlich, krallt sich in mein Herz. Was absoluter Bullshit ist, denn mein Bruder ist tot. Wäre er noch am Leben, wäre ich Amelia nie so nahegekommen wie jetzt. Jedenfalls versuche ich, mir das erfolgreich einzureden.

»Es ist alles seit Monaten geplant, deshalb hat dein Vater ja so Druck gemacht. Dementsprechend sind die Sicherheitsvorkehrungen auf absolutem Höchststand. Die Straßen, wo ihr nachher entlangfahrt, wurden gesperrt, an jeder Ecke sind Polizisten und Gardisten positioniert. Keiner kommt unbemerkt in die Stadt, die Kirche ist komplett umstellt von der Polizei und Scharfschützen, die Menschen werden durch Barrikaden vom Eingang ferngehalten. Und auch zur Präsentation auf dem Balkon seid ihr safe. Vertrau mir, niemand kommt an euch dran. Nicht einmal die Presse.« Seine Ausführungen beruhigen meine angespannten Nerven ein wenig, doch ganz lässt sich die Unruhe in mir nicht eindämmen. Aber vorerst muss mir das genügen.

»Gut. Dann gehe ich jetzt wohl und mache mich für meine Hochzeit fertig, oder?«, frage ich etwas planlos in die Runde und Cedric beginnt zu lachen.

»Bekommst du jetzt doch kalte Füße, Kumpel?«, stichelt er grinsend und ich zeige ihm den Mittelfinger. Er schenkt mir einen Schluck Whiskey aus der Karaffe ein, die hier immer bereitsteht, reicht mir das Glas und ich kippe das Zeug runter.

Besser.

»Dich möchte ich mal sehen, wenn du einfach ins kalte Wasser geschmissen wirst. Du wärst schon lange weg, mein Freund«, lasse ich ihn spöttisch wissen und er hebt ergeben seine Arme.

»Boah, Scheiße, bloß nicht. Heiraten ist das Letzte. Also nichts für ungut, für eine Frau wie Amelia würde ich mir das vielleicht auch überlegen, aber nein danke.«

Eric lacht los und während ich an den Worten ›für eine Frau wie Amelia‹ hängen geblieben bin.

Gefällt mir nicht. Absolut nicht.

»Guck mich nicht so an, als würdest du mir gleich den Schädel abreißen. Ich komm deinem Frauchen schon nicht zu nahe«, beschwichtigt er mich feixend und ich grummle vor mich hin, weil er natürlich gleich gecheckt hat, was in meinem Hirn vor sich geht.

»Wo ist Damien?«, erkundige ich mich, denn ich habe ihn, seit er die Bombe hat platzen lassen, nicht mehr zu Gesicht bekommen und er hat sich auch nicht mehr gemeldet.

Auch wenn ich enttäuscht bin und die Wahrheit nicht gut vertragen habe, mache ich mir nach wie vor Sorgen um meinen besten Freund.

»Ich weiß es nicht. Er ist seit vorgestern wie vom Erdboden verschluckt.«

»Scheiße, das ist meine Schuld«, frustriert fahre ich mir mit der Hand übers Gesicht und sehe erst zu Cedric, dann zu Eric.

»Lasst uns hier verschwinden, ich muss mit euch reden.« Ich nicke zu den Wänden und beide verstehen sofort, was ich meine. Hier ist es nicht sicher. Und das, was ich zu sagen habe, braucht keine Mithörer.

Gemeinsam verlassen wir das Zimmer und werden beinahe von meiner Mutter umgerannt, die, schon vollständig in königlicher Robe gekleidet, mit einem Dienstmädchen, das einen großen Kleidersack trägt, durch den Gang huscht.

»Schätzchen, was tust du noch hier? Solltest du dich nicht längst umziehen?«, ruft sie tadelnd und mustert mich, ohne stehenzubleiben, missbilligend. Und die beiden Kandidaten neben mir ebenfalls.

»Und ihr auch. Na los. Husch, husch. Gleich wird geheiratet. Sei froh, dass dein Vater schon in der Chapel ist«, schimpft sie weiter, ohne uns noch einmal anzusehen. Und trotzdem ziehen wir alle drei die Köpfe ein und stehen da wie drei kleine Schuljungen, während wir meiner Mutter hinterher sehen, die um Ecke eilt und verschwindet.

»Sie ist furchteinflößend. Auch wenn das gerade schräg war«, murmelt Ced und ich nicke, muss aber lächeln.

Ich weiß, wohin sie unterwegs ist und tatsächlich macht sich eine nervöse Vorfreude in mir breit.

Sie geht zu meiner Frau und hilft ihr. Sie liebt Amelia und weiß, wie schwer das alles für sie ist, vor allem ohne Eltern.

»Na los, lasst uns abhauen, ich erzähle euch unterwegs, was los ist«, dränge ich die beiden und wir machen uns auf den Weg zu meinem alten Zimmer, wo meine Uniform hängt. Ich berichte den beiden, was Damien mir verschwiegen hat und Cedric fallen fast die Augen aus dem Kopf.

»Das ist … wow … Alter, das ist krass. Ich meine nicht, dass er schwul ist, das wussten wir ja. Aber dass er und dein Bruder … wow«, stößt er geschockt aus, doch Eric ist seltsam still und wirkt auch nicht so, als wäre er überrascht.

»Du wusstest es, richtig?«, frage ich tonlos und er sieht mich ernst an.

»Ich wusste es nicht sicher, ich habe es geahnt. Aber ich dachte, es ist nicht mein Problem und solange ich mir nicht sicher war, wollte ich auch kein Fass aufmachen.« Erleichtert atme ich aus, denn es hätte mich angepisst und getroffen, wenn mir noch einer meiner besten Freunde etwas verschwiegen hätte.

»Deshalb ist er so fertig und schießt sich ständig ab«, murmelt Cedric und ja, das ergibt jetzt einen Sinn.

Damien hat seine große Liebe verloren - meinen Bruder. Dass es ihn komplett aus der Bahn schmeißt, ist also kein Wunder. Aber ich kann mich jetzt nicht darauf konzentrieren.

Heute heirate ich. Verdammt, und ich werde doch nervös.

»Wir werden ihn im Auge behalten und dann sehen wir weiter. Er wird heute auftauchen müssen, allein schon wegen seiner Eltern. Vielleicht kann ich ihn nachher bei den privaten Feierlichkeiten abfangen.«

Beide nicken und kurz darauf bin ich allein, da Cedric seinen Anzug noch holen muss und Eric wieder zurück auf seinen Posten geht.

Und ich mache mich bereit das Erbe meines Bruders offiziell anzutreten.

***

Zwei Stunden später stehe ich angepisst und genervt in der Bellington Chapel und würde am liebsten abhauen.

Mein Vater ist sein widerlichstes Selbst und hat mir schon viermal gedroht, dass ich die Sache mit meiner Frau regeln soll, sonst macht es er. Was sicherlich nur über meine

Leiche geschieht. Dann habe ich eine Predigt erhalten, wie groß mein Erbe ist und wie wichtig, dass ich das alles ernst nehme. Sprich, er hat mir mehr oder weniger subtil mitgeteilt, dass er mich für komplett unfähig und ungeeignet hält. Und als er dann noch angefangen hat, mir zu erklären, wie ich in Zukunft mit meiner Frau umzugehen habe, bin ich geflüchtet. Jetzt stehe ich auf der Balustrade und trinke aus einem Flachmann einen ordentlichen Schluck Whiskey.

Cedric und auch Damien stehen neben mir und starren auf die ganzen High Society-Trottel und den Hochadel, die nach und nach die Kirche betreten.

»Was für ein Schaulaufen an Arroganz und Überheblichkeit«, murmelt Damien und ich muss ihm recht geben. Nichts anderes ist das hier. Gesehen und gesehen werden. Jeder will ein Stück vom Kuchen abhaben.

»Tja, es ist das Ereignis des Jahres. Der begehrteste Junggeselle ist vom Markt - was einigen Damen das Herz brechen wird. Allen voran Miss Wilshire. Schau sie dir an, sie ist in Trauer«, witzelt Cedric spöttisch und nickt nach unten, wo Sarah tatsächlich gerade in einer schwarzen Robe einmarschiert. Arrogant blickt sie durch die Menge und nimmt schließlich in einer der vorderen Bankreihen Platz.

Und ich frage mich, was ich je an ihr gefunden habe. Denn nach letzter Nacht weiß ich, was wirklich guter Sex ist.

Das Läuten der Glocken reißt mich aus meinen Gedanken. Meine Jungs straffen die Schultern und klopfen mir beide auf den Rücken.

»Wird schon schiefgehen«, meint Damien und ich nicke, dankbar dafür, dass er hier ist. Ced umarmt mich kurz und dann gehen beide nach unten, nehmen ihre Plätze ein. Ich bleibe noch einen Moment stehen, hole tief Luft und beruhige mein rasendes Herz, bevor auch ich mich auf den Weg nach unten mache.

Showtime.

Amelia

Als ich die Augen aufschlage, weiß ich, dass ich allein bin. Dazu muss ich mich nicht einmal zur Seite drehen und kurz zieht es in meiner Brust. Doch nur ganz kurz, denn ich bin erwachsen genug, um zu wissen, dass Nicolas und ich noch einen weiten Weg vor uns haben und Sex uns nicht gleich zu einem Paar macht.

Seltsamerweise bin ich trotzdem ruhiger und etwas entspannter, auch wenn wir noch lange nicht über alles geredet haben.

Er will mich kennenlernen. Er will ein Date, was echt witzig ist, weil wir in nicht einmal ganz drei Stunden kirchlich heiraten.

Ein Kichern steigt meine Kehle nach oben, obwohl ich nach gestern eigentlich Todesängste haben müsste. Doch die Nacht mit Nicolas hat mir ein bisschen Selbstvertrauen gegeben, auch wenn das wahrscheinlich total naiv von mir ist.

Ich sollte keine Schmetterlinge in meinem Bauch fühlen, wenn er mich ansieht. Mein Herz sollte keinen Hüpfer machen, wenn er mich berührt. Ich sollte nicht erleichtert darüber sein, dass er nichts mit Sarah hatte.

Und trotzdem bin und tue ich all das, in vollem Bewusstsein, dass ich dumm bin. Dass es mich völlig zerstören kann.

Die Presse hat mich auf dem Kiecker, oder sollte ich besser sagen Richardson? Denn wenn man es genau nimmt, ist es nur er, der Jagd auf mich macht - weil er weiß, dass ich ihm gefährlich werden kann. Dessen bin ich mir voll und ganz bewusst. Und trotzdem heirate ich in wenigen Stunden offiziell den neuen Thronfolger.

Angst, Panik, Wut, all das zwänge ich in eine Schublade, schiebe diese zu und verschließe sie fest. Denn ich schaffe das. Ich bin stark. Ich bin nicht schwach.

Nicolas drängt sich wieder in meine Gedanken, wie er sich auf mir, in mir angefühlt hat, und ich muss lächeln.

Gott, ich bin echt sowas von bescheuert.

»Dieses verträumte Lächeln kenne ich. Sag bloß ...«

Ertappt sehe ich zu Lizzy, die an meiner Schlafzimmertür lehnt und mich genau mustert, und meine Wangen fangen an zu glühen.

»Nein, oder? Oh mein Gott, Lia!«, stößt sie halb schockiert, halb begeistert aus und hüpft zu mir auf das Bett und ich muss grinsen.

»Du Luder. Während ich vor Sorge um dich graue Haare bekommen habe, hast du dich also mit meinem Bruder vergnügt ... bäh, ich will das eigentlich gar nicht wissen.« Sie verzieht angeekelt das Gesicht und ich muss lachen, auch wenn ich bei ihren Worten ein schlechtes Gewissen bekomme.

»Es tut mir leid, Lizzy, ich bin eine miese Freundin. Wie geht es dir? Das gestern ging so schnell und ich war so gefangen in meinem eigenen Tunnel, dass ich nicht mehr nachgedacht habe«, beschämt sehe ich auf meine Hände, doch Lizzy schnalzt nur mit der Zunge.

»Ach papperlapapp. Cedric und einer der Security haben mich doch rechtzeitig in Sicherheit gebracht. Mir ist nichts passiert. Aber du warst mittendrin. Aber wenn ich dich jetzt so ansehe, schätze ich, mein Bruder hat gute Arbeit geleistet.«

»Lizzy«, rufe ich peinlich berührt, denn ihrem dreckigen Grinsen nach zu urteilen, ist ihre Aussage durchaus zweideutig gemeint.

»Was denn? Ist doch wahr. Aber jetzt mal im Ernst. Alles ok?« Sie stupst mich mit ihrer Schulter an und ich lächle.

»Ja. Ja, das ist es tatsächlich. Dein Bruder … er hat mir gestern den Hintern gerettet und danach … sagen wir so … wir haben beschlossen, dass es ganz sinnvoll wäre, uns vielleicht erst mal kennenzulernen.«

Ein breites Grinsen überzieht ihr Gesicht und sie klatscht in die Hände.

»Na, wer sagts denn. Ihr beide könnt ja doch noch sinnvolle Entscheidungen treffen. Dann hopp, hopp. Wir haben noch eine Menge Arbeit vor uns. Ich will, dass meinem Bruder die Kinnlade nach unten fällt, wenn er dich nachher sieht.«

In meinem Magen fängt es an, nervös zu flattern, als ich an das denke, was mich in wenigen Stunden erwartet. Allerdings wird mir in diesem Moment auch bewusst, dass diese Hochzeit mir die Freiheit verschafft, die ich brauche. Weg von meinem Bruder.

Lizzy steht auf und streckt mir die Hand hin.

»Na los. Heute schaffe ich es nicht allein dich herzurichten. Also, ab unter die Dusche und dann komm ins Wohnzimmer. Nicolas hat Wohnungsverbot, deshalb können wir uns ausbreiten.« Sie grinst noch einmal und scheucht mich dann ins Bad.

Großer Gott, was wird das heute nur werden?

***

Keine zwei Stunden später tritt die Visagistin zur Seite und ich starre mich im Spiegel an, kann kaum glauben, was ich da sehe.

Meine Haare sind im Nacken zu einem kunstvollen Dutt gebunden, zwei Strähnen meiner Locken fallen weich heraus und geben dem Ganzen einen klassischen Vintage-Look. Meine Augen wirken riesig und wunderschön, meine Wangen schimmern leicht und meine Lippen glänzen in einem zarten Roséton. Die Ohrringe aus Diamanten baumeln funkelnd herab und auch mein Schlüsselbein und mein Dekolleté überzieht ein leichter Glanz.

»Oh mein Gott.« Mehr kann ich nicht sagen, als ich mich mit feuchten Augen zu Lizzy umdrehe, die in diesem Moment in ihrer leuchtend blauen Robe wieder den Raum betritt. Sie hat sich schnell umgezogen und strahlt mich jetzt breit an.

»Der Hammer, oder? Aber warte nur ab, wir sind noch nicht fertig.« Die zwei Visagistinnen, die sie heute dabei hat, schauen sich verschwörerisch an, und ich sehe verwirrt zu Lizzy.

»Klopf, klopf. Darf ich eintreten?«, höre ich die Stimme der Königin und straffe mich sofort. Sofort wuselt es in meinem Bauch nervös, aber als sie, gefolgt von einer Bediensteten, die den riesigen Kleidersack, in dem sich mein Brautkleid befindet, hält, eintritt. Sie schenkt mir ein warmes Lächeln und ich entspanne mich ein wenig.

»Was machst du denn hier? Musst du nicht schon in der Kirche sein?«, entkommt es mir überrascht, denn normalerweise gibt das Protokoll am Hof den Ablauf vor und sie müsste längst in Bellington Chapel sein.

»Papperlapapp. Ich bin genau da, wo ich sein soll und will. Und jetzt lass dich ansehen, Schätzchen.« Sie lächelt und kommt zu mir, nimmt mein Gesicht in ihre Hände. Sieht mich so unendlich liebevoll an, dass mein Hals eng wird und Tränen in meine Augen treten.

»Wunderschön. Ich wusste, dass du die Richtige bist. Für beide meiner Söhne. Philipp hast du auf deine Weise gerettet und er dich, und dafür habe ich dich schon geliebt. Aber Nicolas, Nicolas ist derjenige, der für dich bestimmt war und ist. Der dich rettet, so wie du immer alle anderen.«

Ich kann die Tränen nicht zurückhalten. Es geht nicht, auch wenn ich es möchte. Aber ihre Worte lassen einen wahren Sturm in meinem Inneren losbrechen, denn sie spricht sie mit so viel Wärme, so viel Liebe, so viel Zuneigung, dass es mir fast zu viel ist. Ich kenne es schlichtweg nicht. Und genau deshalb bedeutet es mir die Welt.

»Danke«, flüstere ich heiser und sie lacht und zieht mich in die Höhe.

»Oh, Schätzchen, nicht weinen. Und bedanke dich nicht für die Wahrheit.« Sie nimmt mich fest in die Arme und ich sauge ihre Zuneigung auf wie ein Schwamm. Lizzy steht schniefend hinter ihrer Mutter und, verdammt, wenn die beiden nicht sofort aufhören, ist mein Make-up ruiniert.

»So und jetzt zieh das Kleid an. Ich bin sicher, du wirst eine der schönsten Bräute sein, die Harlington je gesehen hat.« Sie schiebt mich von sich in Richtung Schlafzimmer, wo das Dienstmädchen, das mit der Königin gekommen ist, wartet, um mir behilflich zu sein.

Es fühlt sich alles völlig surreal an und war für mich bisher eine rein geschäftliche Verbindung gewesen. Doch Lizzy und Mary geben mir gerade das Gefühl, eine echte Braut und eine echte Schwiegertochter und Schwägerin zu sein.

Und spätestens jetzt, als ich mich komplett fertig in dem Kleid sehe, den Schleier mit der Tiara, die funkelt und glitzert, auf dem Kopf, realisiere ich, dass es echt ist.

Es lässt mich hoffen und einen Moment glücklich sein.

Ich bin die Braut. Ich heirate gleich.

»Wow. Umwerfend. Lia, du siehst …« Lizzy fehlen die Worte und ihre Mutter springt für sie ein.

»Du siehst einfach bezaubernd aus. Wenn Nicolas sich nicht schon in dich verliebt hätte, wäre es spätestens, wenn er dich so sieht, um ihn geschehen.« Bei ihren Worten setzt mein Herz kurz aus, bevor es schnell weiter schlägt, denn sie hat da sicher etwas falsch verstanden. Nicolas liebt mich nicht. Aber ich sage nichts dazu, sondern blicke wieder zu meinem Spiegelbild, an dem ich mich nicht sattsehen kann.

Das Kleid ist A-förmig und schlicht geschnitten, fällt leicht und fluffig um meine Füße, da kein steifer Reifrock darunter ist, sondern mehrere Schichten Tüll, die es schwingen lassen. Die langen Ärmel sind aus aufwendiger Spitze gearbeitet, auch der Überrock besteht daraus. Meine Füße stecken in passenden Highheels und ich trage sogar ein blaues Strumpfband.

»Ich bin eine Braut.« Ungläubig und unendlich aufgeregt drehe ich mich zu den beiden um, und Lizzy kichert los.

»Ja, natürlich bist du eine Braut. Aber schön, dass du es auch endlich begriffen hast. By the way, Nicolas wird umfallen, wenn er dich sieht.«

Die Schmetterlinge beginnen wie wild zu tanzen, Endorphine rauschen gnadenlos durch meinen Körper und in diesem Moment bin ich ehrlich genug zu mir selbst, um zu sagen, dass ich das hier genieße. Dass ich es auskosten werde, bis zur letzten Sekunde. Und dass mir weder die Presse, noch mein Bruder, noch sonst irgendwer heute die Laune verderben wird.

»Die Limousine ist da. Bist du bereit?« Mary sieht mich weich an und ich nicke. Ich bin bereit.

Die Fahrt durch die Stadt lässt meine Aufregung ins Unermessliche steigen, als ich diese riesige Masse an Menschen sehe, die uns zujubelt. Meine Nerven sind zum Bersten gespannt, vor allem weil eben doch einige dabei sind, die anti Amelia-Banner und Schilder hochheben. Doch es sind auch überraschend viele, die mir Mut machen, die dem Wagen, in dem wir durch die Straßen fahren, zujubeln.

Es sind so viele. So wahnsinnig viele.

Ich bin im Hochadel groß geworden, doch das toppt selbst meine Erfahrung um ein Vielfaches. Unruhig spielen meine Finger miteinander, bis Mary ihre Hand beruhigend auf meine legt.

»Es wird alles gut. Du wirst schon sehen. Sie werden dich lieben. Hör nicht auf die Schmonzetten-Presse. Das ist es nicht wert.« Ihre Worte sind Balsam auf meiner geschundenen Seele und ich entspanne mich ein klein wenig. Bis wir vor die Kirche fahren und Henry bereits davor wartet.

Schlagartig verkrampfe ich mich. Alle guten Vorsätze von vorhin sind wie weggeblasen. Denn ich habe die Tatsache vergessen, dass es sein Arm sein wird, an dem ich zum Altar schreite.

Schweiß bricht in meinem Nacken aus und mir wird übel. *Verdammt, so soll das nicht laufen.*

»Atme, Lia. Es wird alles gutgehen«, versucht Lizzy, die meinen Umschwung bemerkt hat, mich zu beruhigen, doch sie begreift nicht, warum. Ich nicke und lächle schwach, aber meine Eingeweide verkrampfen sich immer weiter.

Der Wagen hält vor der imposanten Treppe der Kirche und ich höre die Glocken, die zu läuten beginnen. Doch alles, was ich sehe, ist das angespannte Lächeln meines Bruders, als er die Wagentür öffnet und mir die Hand hinhält.

»Mylady, Eure Majestät«, grüßt er höflich und ganz gentlemanlike die beiden anderen Frauen und wirft mir dabei einen kurzen, warnenden Blick zu. Die Übelkeit wird schlimmer, als ich nach seiner Hand greife und er fest, sehr fest zudrückt.

Nichts anmerken lassen.

Nichts anmerken lassen.

Ich beiße die Zähne zusammen und steige aus dem Wagen. Lizzy hilft mir mit dem Schleier und die Menschenmenge, die hinter einer dicken Absperrung steht, beginnt zu jubeln. Und mich zu beschimpfen.

»Wie kannst du es wagen, du Schlampe?«

»Brennen sollst du.«

»Du wirst niemals an seiner Seite bleiben.«

»Wir hassen dich.«

Die Rufe sind vereinzelt, aber sie sind alles, was ich in diesem Moment höre. Trotzdem lächle ich weiter, winke, als Mary mir den Brautstrauß, der aus wunderschönen Rosen besteht, reicht. Lächle weiter, als Henry meinen Arm gröber als nötig in seine Armbeuge legt und mit mir losgeht, die Stufen hinauf.

»Du blamierst mich bis auf die Knochen. Glaub nicht, ich habe nicht mitbekommen, für was für Schlagzeilen du gesorgt hast«, zischt er noch immer lächelnd zwischen seinen Zähnen hindurch, und mir wird eiskalt. Die Rufe in meinem Rücken und Henry an meiner Seite gehe ich steif die Treppe hinauf, obwohl ich mich am liebsten verkriechen würde.

So viel also zu ›diesen Tag genießen‹.

Die Flügeltüren der Kirche stehen offen und die Orgel setzt ein. Sämtliche Reihen sind besetzt und ich sehe, wie die Gäste sich erheben, wie alle mich anstarren.

In meinen Ohren rauscht es und die Rufe hallen in meinem Kopf wider, so dass ich kurz stocke. Doch Henry kneift mir grob in den Arm und ich gehe weiter. Schritt für Schritt. Richte meinen Blick geradeaus und meine Augen treffen auf Graue, die mich in ihren Bann ziehen. Die mich stützen, die mich zu sich locken. Die mich ehrfurchtsvoll fixieren.

Nicolas.

Ich vergesse Henry, vergesse die Menschen. Halte mich einfach an ihm und seinem Blick fest. Er ist da. Ich schaffe das. Ich schaffe das.

Und als er mir seine Hand entgegenstreckt, als sie sich fest, sicher und unendlich sanft um meine legt, als sein Daumen beruhigend über meinen rasenden Puls am Handgelenk streicht, habe ich ein bisschen Hoffnung, dass doch noch alles gut wird.

KAPITEL 13

Nicolas

Als Amelias Bruder sich mit überheblicher Miene auf den Weg nach draußen macht, spanne ich mich automatisch an. Ich kann diesen Typen nicht leiden, aber was ich noch weniger mag, ist, wie er sich Amelia gegenüber verhält. Das ist mir vom ersten Moment an schon gegen den Strich gegangen und ich beschließe, ihm ein bisschen genauer auf den Zahn zu fühlen.

Doch jetzt muss ich erst einmal meine eigene Hochzeit überstehen.

Sarah sitzt in der dritten Reihe, ihr Blick spießt mich förmlich auf. Genervt drehe ich mich weg, sehe zu meinem Vater in der ersten Reihe, wo auch Mum und Lizzy gerade Platz nehmen. Mein Herz hämmert hart in meiner Brust, denn ich bin nervös, doch als ich die Rufe höre, die von draußen in die Kirche hallen, regt sich eine gnadenlose Wut in mir.

»Schlampe«

»Ich hasse dich.«

»Du verdienst Nicolas doch gar nicht.«

Es sind einzelne Ausrufe und doch stechen sie aus der Menge hervor. Und ich weiß, dass mein Goldlöckchen sie alle hört. Und sie alle ihr Ziel treffen.

Ungeduldig starre ich zum Eingang, halte mich selbst zurück, um nicht nach vorn zu stürmen und sie zu holen, sie vor diesen Arschlöchern zu schützen, bis sie endlich am Arm ihres Bruders erscheint.

Mir bleibt die Luft weg und ich höre auf zu denken. Die Welt außenrum hört auf zu existieren, es gibt nur noch Amelia. Und ich kann sie nur anstarren, anstarren und anstarren. Meine Kehle ist trocken und das Schlucken fällt mir schwer, mein Puls schnellt in ungeahnte Höhen. Ich kann es nicht glauben, aber diese Frau gehört tatsächlich mir.

»Heilige Scheiße«, formt Cedric tonlos mit den Lippen und fuck, er hat recht. Ich stoße die Luft aus, die mir eben noch weggeblieben ist, denn verdammt, sie ist atemberaubend schön. Dieses Kleid, ihre zarten Schultern, sie … einfach wow.

Meins.

Amelia gehört mir. Doch als ich sehe, wie bleich sie ist, wie steif sie neben ihrem Bruder hergeht, diesen hektischen Ausdruck in ihren Augen, spanne ich mich an.

Sieh mich an Goldlöckchen, na los, sieh mich an, beschwöre ich sie in Gedanken und als hätte sie es gehört, strandet ihr Blau auf mir.

Der Lärm um mich herum verklingt, denn ich konzentriere mich einzig und allein auf meine Frau - ja meine Frau -, die sich an meinem Blick festzuhalten scheint. Mein ganzer Körper prickelt und Ehrfurcht erfasst mich.

Meins.

Amelia strafft sich und ich sehe die Erleichterung in ihrem schönen Gesicht, als sie endlich bei mir ankommt. Die letzten Schritte gehe ich ihr entgegen, und ihr Bruder bleibt demonstrativ vor mir stehen, wirft mir einen arroganten

Blick zu, den ich nur zu gern erwidere. Eine Augenbraue nach oben gezogen, sehe ich ihn an und er erkennt die deutliche Warnung, die in meinen Augen steht.

›Fuck mich nicht ab, du Arschloch, sonst haben wir ein Problem‹, steht deutlich darin zu lesen und er schluckt schwer und lässt Amelia los. Ich strecke ihr meine Hand hin, stoße fast einen erleichterten Seufzer aus, als sie ihre zart, unsicher und verdammt nochmal eiskalt in meine legt. Mich mit riesigen Augen ansieht.

Meins.

Sie ist so schön. Und sowas von mein.

Ich beachte diesen arroganten Sack von Bruder gar nicht, sondern ziehe sie einfach mit einem Ruck zu mir, was sie erschrocken aufkeuchen lässt. Und dann lächelt sie. Scheu und zurückhaltend, aber sie lächelt. Und es gilt einzig und allein mir.

»Hey«, raune ich und stupse ihre Nase zart mit meiner an. Scheiß auf das Protokoll, scheiß auf meinen Vater, scheiß auf die Gäste. Amelia ist die Einzige, die zählt. Sollen es ruhig alle wissen.

Ihre Wangen nehmen wieder diese hübsche rosa Farbe an und ihr Lächeln wird breiter bei meiner Geste.

»Hey«, murmelt sie zurück und ich kann nicht widerstehen und küsse ganz kurz ihren Mundwinkel. Ein Räuspern reißt uns aus unserer Blase und ich drehe meinen Kopf in Richtung Altar, wo Priester Benedikt uns schmunzelnd beobachtet.

Na wenigstens einer, der die Sache entspannt sieht. Würde ich jetzt zu meinem Vater sehen, würde er mich wahrscheinlich mit seinem Todesblick fixieren, weil ich mich nicht benehme.

»Können wir?«, fragt Benedikt belustigt und ich sehe zu Amelia, die peinlich berührt zu ihm hochsieht.

»Bereit, Goldlöckchen?«, frage ich sie und erhalte ein stummes Nicken.

Gut.

Wir drehen uns zum Altar und der Priester beginnt. Millionen Menschen auf der ganzen Welt verfolgen live die Jahrhunderte alte Zeremonie, doch ehrlich gesagt ist mir das sowas von scheißegal. Dieses ganze Brimborium nervt mich, ich beobachte lieber meine Frau und genieße ihren wunderschönen Anblick.

Geht das nicht schneller?

Das Bedürfnis, allen und jedem zu zeigen, zu wem sie ab sofort gehört, ist fast übermächtig.

Als ich endlich höre, wie er sagt: »Hiermit erkläre ich euch vor Gott und dieser Kirche zu Mann und Frau«, reiße ich mich so weit zusammen, dass ich, statt meine Lippen auf ihre zu pressen, ihr Gesicht in meine Hände nehme und tief in ihre funkelnden Augen blicke.

Verheiratet.

Wir sind offiziell Mann und Frau.

Unendlich sanft gebe ich ihr einen Kuss auf die Stirn.

Eine seltsame Mischung aus Stolz und Glück vermischt sich in meiner Brust und ich zwinkere ihr zu, was sie zum Lächeln bringt. Für das ich immer noch töten würde. Erst dann drehe ich mich langsam um.

Unter dem Klang des Orgelspiels erheben sich alle und wir gehen langsam, so beschissen langsam, da die Blumenkinder mit ihren kurzen Beinen nicht so schnell sind, den Mittelgang entlang, aus der Kirche.

Wo dieser fucking Mob wartet.

Als wir nach draußen treten, bricht die Hölle los, doch ich warte erst gar nicht, bis die ersten Beleidigungen kommen.

Eigentlich ist es in und vor der Kirche verpönt, sich zu küssen, aber scheiß drauf. Ich ziehe meine überrumpelte Frau an mich und ehe sie protestieren kann, liegen meine Lippen auf ihren.

Fuck.

Sie nach letzter Nacht zu schmecken, ist Himmel und Hölle zugleich, denn ich will nichts lieber tun, als ihr das Kleid ausziehen und mich hart in sie schieben. Sie vögeln, bis sie nicht mehr laufen kann und auch im hintersten Winkel ihres Köpfchens verstanden hat, dass sie nun zu mir gehört.

Der Kuss ist keusch, aber er zeigt Wirkung. Sowohl bei der Menge als auch bei meiner Frau.

Völlig benebelt und verwirrt sieht sie mich an und ich kann nicht anders, als breit zu grinsen. Dann wende ich mich der Menge, den Blitzlichtern und der Meute zu, hebe unsere verschlungenen Hände nach oben, bevor ich Amelias Finger küsse und sie mit mir zur Limousine ziehe, die uns durch Harlington fahren wird.

Ich achte nicht auf meine Eltern, ich achte nicht auf irgendjemand anderen, ich achte nur auf Amelia, die sichtlich erleichtert wirkt, als sich die Autotür hinter ihr schließt und wir allein sind.

Wir fahren los und geben Harlingtons Bevölkerung ihre Show, auch wenn ich die Plakate zwischen den Menschenmassen genau sehe, die Amelia beschimpfen. Doch meine kleine Frau lächelt tapfer und winkt, aber die andere Hand in ihrem Schoss zittert leicht.

Verdammt.

Ich will sie alle umbringen, dafür das sie so dumm und leichtgläubig sind. Ich will meine Frau am liebsten packen und ganz weit wegbringen, sie vor diesem ganzen Mist beschützen.

»Goldlöckchen, du weißt, dass sie nur Bullshit reden. Dass nichts davon der Wahrheit entspricht.« Sie schreckt kurz zusammen, als sie meine Stimme hört, und ihr Blick gleitet zu mir. Sie lächelt leicht, doch es erreicht ihre Augen nicht.

»Ja. Ja, das weiß ich. Das macht es aber nicht weniger schmerzhaft. Richardson will mich zum Schweigen bringen. Will, dass ich als Lügnerin und Intrigantin dastehe. So kann ich ihm nicht gefährlich werden.« Sie ballt ihre Hand zur Faust und ich nehme sie einfach, presse sie an meine Lippen.

»Wir werden beweisen, dass er mit dem Unfall zu tun hat und dich mit Absicht in Verruf bringt. Du bist jetzt meine Frau, nicht nur hinter versteckten Türen oder zum Schein, Lia. Wir haben gerade vor den Augen der ganzen Welt geheiratet. Das bedeutet, dass du die zukünftige Königin dieses Landes bist - und ich beschütze, was zu mir gehört. Auch wenn wir uns nicht leiden können.« Ich zwinkere ihr kurz zu und jetzt lacht sie wirklich, und genau das will ich sehen. Dieses Lachen, das süchtig macht.

»Das wird die Menschen hier leider nur nicht überzeugen. Sie haben es nicht respektiert, als die Verlobung öffentlich wurde, dann werden sie es auch jetzt nicht tun. Aber es spielt letztlich auch keine Rolle, oder? Wir beide sind Schachfiguren in einem Spiel, das sich unsere Eltern ausgedacht haben. Und jetzt müssen wir sehen, wie wir damit klar kommen.« Sie zuckt hilflos mit den Schultern und es gefällt mir nicht, dass sie so pragmatisch von der ganzen Sache spricht.

»Nur weil wir das alles nicht gewollt haben, heißt es noch lange nicht, dass wir es für uns nicht angenehm gestalten können.« Ich lege einen Arm um ihre Schultern und ziehe sie enger an mich, denn es nervt mich hart, dass sie so distanziert ist. Wir sind verheiratet!

»Nein, nein das heißt es nicht. Aber es wird nicht einfach. Da ist so viel, was geklärt werden muss und bisher stand unsere Beziehung, egal in welcher Art, nicht unbedingt unter einem guten Stern. Wenn man es überhaupt Beziehung nennen kann«, fügt sie noch an und ich verenge die Augen.

Was soll das heißen, ›wenn man es überhaupt so nennen kann‹, huhhh?

Es passt mir nicht, dass sie das sagt, nein, es macht mich stinksauer, es pisst mich an, denn, was denkt sie denn bitte, was das hier wird?

»Nach was hat es sich für dich denn heute Nacht angefühlt, als ich tief in dir war, hmmm?«, raune ich dunkel an ihrem Ohr und sie erschauert leicht, dreht den Kopf aber zu mir und sieht mich an.

»Es hat sich so gut angefühlt, dass ich es wieder will, Nicolas«, haucht sie und schließt kurz die Augen, als ich über ihre Wange streiche.

»Aber genau das ist das Problem. Es war Sex. Und wir beide mögen uns nicht mal«, erklärt sie weiter und ich lache leise.

»Oh, heute Nacht habe ich dich sehr gemocht, Goldlöckchen, das kannst du mir glauben.« Ich küsse sie kurz sanft, ziehe mich aber sofort wieder zurück.

»Lass uns einen Schritt nach dem anderen Machen, ok? Uns kennenlernen und dann sehen wir weiter. Deal?« Gespannt mustere ich sie, doch sie nickt bereits und schenkt mir dann wieder dieses Lächeln, für das ich jederzeit zum Mörder werden würde.

»Deal.«

***

Inzwischen ist es spät in der Nacht und ich sitze hier in unserem Ballsaal, in den wir nach dem Festessen gewechselt sind. Die Wände sind von dutzenden Kerzenständern und Spiegeln gesäumt, was ihn noch größer erscheinen lässt, als er sowieso schon ist.

Nur noch ein kleiner Kreis der Gäste ist anwesend, die meisten der älteren Gesellschaft, haben sich bereits zurückgezogen. So auch meine Eltern.

Die Kronleuchter wurden gedimmt und eine Lightshow zum Tanzen und Spaßhaben installiert, und der DJ legt jetzt auch andere Musik auf. Amelia kichert gerade mit Lizzy und beide sind eindeutig nicht mehr nüchtern.

»Sie sieht entspannt aus.« Damien setzt sich neben mich und ich werfe ihm einen schnellen Blick von der Seite zu.

»Ja, das tut sie. Weil sie es gerade wahrscheinlich das erste Mal ist«, antworte ich und beobachte meine Frau weiter. Ich könnte sie stundenlang ansehen und ich muss zugeben, sie ist ziemlich witzig und unterhaltsam, wenn sie betrunken ist. So völlig unbefangen.

»Es tut mir leid, Nic. Ich … wir wollten dir nicht wehtun. Niemals. Aber ich hatte zu viel Angst, dass es unserer Freundschaft schadet, und war feige. Ich meine, zu wissen, dass jemand schwul ist, es dann aber bei seinem besten Freund und dem eigenen Bruder zu sehen, ist nun mal ein Unterschied.«

Es sticht kurz in meiner Brust. Wie viel Panik muss Damien denn gehabt haben, wenn er meint, ich würde ihn deshalb verurteilen oder in einem anderen Licht sehen?

»Ich hätte es dir und Phil von Herzen gegönnt. Verdammt, Dam, ich bin dein bester Freund. Meinst du, mich interessiert es, ob du lieber Pussys oder Ärsche vögelst?« Er zuckt bei meiner brutalen Aussprache zusammen und sieht mich voll Reue und Trauer an, dass das Ziehen in meiner Brust immer stärker wird.

»Nein, ich meine … ich war mir nicht sicher«, gibt er leise zu und autsch, das tut weh.

»Es macht keinen Unterschied. Gar keinen. Deshalb tut es auch so scheiß weh, dass ihr beide, ihr drei …« Mein Blick gleitet wieder zu meiner Frau und ich erstarre. Damien folgt meinem Blick und neben mir ertönt ein »Oh shit!«

Innerhalb Sekunden bin ich aufgesprungen, doch Damien hält mich zurück.

»Lass sie. Sie muss sich selbst behaupten. Gerade vor einer Schlange wie Sarah, die immer noch meint, sie hätte wegen ein paar Ficks mit dir einen Anspruch auf dich.«

»Ich verstehe sowieso nicht, weshalb du sie überhaupt gevögelt hast. Sie ist nervig und dumm«, wirft Cedric neunmalklug mit ein und kassiert meinen Mittelfinger.

»Wenn dieses Miststück so dämlich ist, sich auf deiner Hochzeit mit deiner FRAU anzulegen, noch dazu, wenn deine Schwester dabei ist … sorry, Bro, dann hat sie es nicht anders verdient.« Ein dreckiges Grinsen erscheint auf seinem Gesicht und ich frage mich, wie gut er Amelia eigentlich kennt, denn offenbar ahnt er, was gleich passieren wird.

Während ich komplett ahnungslos bin.

Ced klopft mir beruhigend auf die Schulter, weil er merkt, wie angespannt ich bin und meine Frau genau im Blick habe. Sarah ist mit Absicht in Amelia gelaufen und hat sich dabei den Champagner übers Kleid gekippt, will sie jetzt dafür büßen lassen.

Bisher habe ich nicht hören können, was sie gesprochen haben, doch jetzt hallt Sarahs Stimme durch den Raum.

»Du dreckiges Miststück.«

Ehe ich irgendwie reagieren kann, ruckt Amelias Kopf zur Seite, weil diese dumme Bitch ihr mit voller Wucht eine Ohrfeige gibt. *Fuck.*

Meine Nasenflügel blähen sich und ich presse die Kiefer fest zusammen. *Dafür wird sie bezahlen.*

»Ok, jetzt solltest du vielleicht doch eingreifen«, kommentiert Ced trocken, doch ich habe mich bereits in Bewegung gesetzt. Die Security will einschreiten, doch ich winke ab. Das ist meine Aufgabe. Mit meiner Frau und diesem Miststück werde ich auch allein fertig.

»Du dumme Schlampe, wie kannst du es wagen, so mit mir zu reden? Ich war für Nicolas bestimmt und nur weil er dich heiraten hat müssen, weil du seinen Bruder gekillt hast, heißt das noch lange nicht, dass du dir alles erlauben kannst. Du intrigantes blödes Miststück!«

Lizzy will sich mit einem Mörderblick zwischen die beiden schieben, doch Amelia ist schneller. Ohne jede Vorwarnung stürzt sie sich auf Sarah, packt sie an ihren Haaren und reißt sie zu Boden.

Heilige Scheiße.

»Ahh! Hilfe! Du verrückte … du Schlampe …« Mit einem Rumms landet die Faust meines gerade etwas durchgedrehten Weibs auf ihrer Nase, und Blut spritzt heraus. Um die beiden hat sich eine Menschtraube gebildet, so dass ich sie kurz aus den Augen verliere, doch die meisten machen sofort Platz, als sie bemerken, wer da durch will. Meine Schwester streitet sich lautstark mit einer der Tussis, mit denen Sarah hier ist, und sie sieht so aus, als ob sie ebenfalls gleich in den Ring steigt. Doch sie überlasse ich Cedric, denn ich muss zu Amelia. Muss diese Wahnsinnige von ihr wegschaffen.

Mit mörderischem Blick und einem Brodeln im Bauch komme ich bei ihnen an, als meine Frau gerade von Sarah runtersteigt. Und heilige Scheiße, diesen Blick möchte ich nie von ihr bekommen. Ungefilterter Hass steht darin.

»Fass mich noch einmal so an und ich bringe dich um. Du bist doch wahnsinnig«, keucht sie und dreht sich zu mir, richtet ihr Kleid und die schiefe Tiara, aber Sarah hat anscheinend noch nicht genug. Sie kreischt mit ihrer schrillen Stimme auf und springt Amelia von hinten an.

Fuck.

Lizzy brüllt und ich versuche, Amelia abzufangen, doch ich bin zu langsam. Es geht viel zu schnell und ich kann nur zusehen, wie beide erneut zu Boden krachen. Die Security stürmt jetzt doch los und diesmal halte ich sie nicht auf. Doch sie schaffen es nicht rechtzeitig und Sarah landet einen harten Treffer, ehe ich sie von meiner Frau herunter reiße.

Amelia stöhnt auf und hält sich das Auge, bleibt kurz benommen liegen.

»Scheiße, die sind wie zwei wütende Bullen. Was zur Hölle war das denn??«, fragt mich Ced, der inzwischen bei mir ist, etwas verzweifelt, und ich sehe ihn kurz von der Seite an.

»Mein Goldlöckchen hat die Krallen ausgefahren und sich gewehrt. Das war es.«

Doch Sarah ist wie von Sinnen und will sich erneut auf meine Frau stürzen - aber nur über meine Leiche.

»Ah ah. Das würde ich an deiner Stelle lassen«, warne ich sie gefährlich leise und packe ihren Arm. Nicke Ced zu, der sie packt, während ich mir meine kleine Frau schnappe, der die Security gerade aufgeholfen hat und die nun schnaufend und keuchend vor mir steht.

Sie sieht aus, wie einem Horrorfilm entsprungen, das Kleid zerrissen und voller Blut, ein Auge am Verfärben, das Make-up verschmiert. Trotzdem feuern ihre Augen Blitze in Richtung Sarah ab, die von Cedric gerade dem Sicherheitsdienst übergeben wird. Die versuchen mühsam, sie in Schach zu halten.

»Nic, lass diese Irre abführen. Sie ist wahnsinnig. Sie wollte mich umbringen. Genauso, wie sie es mit deinem Bruder gemacht hat.«

What the fuck?

Amelia schießt nach vorn und ich bekomme sie gerade noch an der Taille zu fassen, ziehe sie zurück, umschlinge sie mit meinem Arm und hebe sie hoch, denn sie schreit und wehrt sich heftig.

»Na na, Goldlöckchen, ich denke, du hast genug«, raune ich an ihrem Ohr, was sie noch wütender macht, doch ich habe sie sicher in meinem Griff.

»Lass mich los. Lass mich verdammt nochmal los.« Sie zittert am ganzen Körper und ich werde einen Teufel tun.

»Sicher nicht. Du hast genug gekämpft, Rambo«, lasse ich sie wissen und schmeiße sie über meine Schulter und nehme beim Loslaufen Sarah ins Visier, die sich heftig gegen die Wachmänner wehrt.

»Komm ihr noch einmal zu nahe, fass sie noch einmal an und ICH bringe dich um. Verstanden?« Meine Stimme hallt laut genug durch den Saal, so dass Sarah die Drohung darin sehr deutlich versteht. Und alle anderen, die noch anwesend sind, auch. Ihre Augen weiten sich geschockt und Tränen sammeln sich darin, aber es ist mir scheißegal. Ich beachte sie nicht weiter, sehe nur kurz zu Ced.

»Sorg dafür, dass alle die Schnauze halten.« Er nickt und ich bringe meine Frau hier raus.

Amelia

»Lass uns noch einmal anstoßen, Schwägerin.« Lizzy stupst mich mit dem Ellbogen an und ich schwanke leicht, als ich mich zu ihr drehe.

»Schon wieder? Na gut.« Ich zucke mit den Schultern und sie ordert noch eine Runde Tequila.

Mein Kopf ist leicht benebelt, aber ich fühle mich gut und Lizzy und ich haben Spaß, jetzt, wo die ganzen Spießer inklusive mein Bruder sich verabschiedet haben.

Es ist inzwischen ein Uhr in der Nacht und es sind nur noch enge Freunde und Bekannte von Lizzy und Nicolas da. Ich kenne die meisten, doch ich habe bemerkt, das einige die aktuellen Pressemitteilungen über mich zu glauben scheinen.

Zum Glück mussten alle ihre Handys, Kameras … alles, was aufnehmen, filmen oder fotografieren kann, abgegeben. Somit kann ich tatsächlich ungestört und ohne Angst vor meinem Bruder, der Presse oder irgendwelchen Lügenmärchen feiern. Was ich auch tue.

Nicolas hat mich genau im Blick, lässt mich kaum aus den Augen, was die Schmetterlinge in meinem Bauch zum

Anlass nehmen, wild herumzuflattern. Es gefällt mir, dass er mich immer beobachtet. Es fühlt sich gut an. Sicher.

Der Barkeeper stellt die Shots vor uns ab und wir prosten uns zu, lecken das Salz ab und zack, weg damit. Die Zitrone hinterher ist widerlich, aber egal.

»Huuuhh, der haut rein. Ohhhh, das Lied gefällt mir, lass uns tanzen gehen«, trällert meine beste Freundin los und zieht mich mit sich.

Meine Tiara, die sie vorhin irgendwann von dem Schleier befreit hat, hängt inzwischen schief auf meinem Kopf und mein eleganter Dutt löst sich langsam aber sicher in seine Einzelteile auf. Doch das ist mir noch nie egaler gewesen.

Schwankend taumle ich hinter Lizzy her und bemerke zu spät, dass sich jemand in meiner Umlaufbahn befindet. Ich weiche noch aus und streife die Person nur leicht, doch ein empörter Ausruf sagt mir, dass irgendetwas passiert ist.

Als ich Lizzy jedoch stoppe und mich umdrehe, sehe ich, dass es Sarah ist, deren Glas auf dem Boden liegt. Und ihr schwarzes Kleid ist nass.

Ups.

Ich schlage die Hand vor den Mund und muss kichern, was Sarah und ihre Freundinnen offensichtlich nicht so toll finden.

»Pass doch auf, wo du hinläufst! Guck, was du Trampel angerichtet hast«, motzt sie los und ich verdrehe zeitgleich mit Lizzy die Augen.

»Jetzt stell dich nicht so an, Sarah. Du hättest ja ausweichen können. Lia hat es ja nicht mit Absicht getan«, geht Lizzy dazwischen, doch ich sehe an dem gefährlichen Funkeln in Sarahs Augen, dass sie es nicht auf sich beruhen lassen wird. Sie ist auf Ärger aus.

Den ganzen Abend schon hat sie versucht, an Nicolas ran zu kommen und mir gehässige Blicke zugeworfen, jetzt ist meine Schonfrist wohl abgelaufen. Blöd nur, dass ich getrunken habe und meine Hemmungen deutlich geschrumpft sind. Was auch der Grund ist, weswegen ich mich ganz umdrehe und sie mit verengten Augen mustere.

»Es tut mir leid, Sarah, aber ich habe dich zu spät gesehen. Es war keine Absicht«, entschuldige ich mich sogar noch brav, doch sie schnaubt nur verächtlich.

»Wer´s glaubt, wird selig. Reicht es nicht, dass du dir Nic unter den Nagel gerissen hast, obwohl er dich überhaupt nicht will? Dass du jetzt seinen Ring am Finger hast, bedeutet gar nichts«, faucht sie weiter und Lizzy stöhnt auf.

»Oh Mann, Sarah, lass gut sein. Nur weil mein Bruder dich ein paar Mal gefickt hat, ist er nicht unsterblich in dich verliebt«, knallt Liz ihr hart an den Kopf und das kurze eifersüchtige Stechen in meinem Inneren facht meinen Leichtsinn an.

»Na ja, jetzt fickt er mich. Finde dich damit ab.« Ich zucke mit den Schultern und will gehen, denn dieses Gespräch ist sinnlos und geht mir auf die Nerven.

Das ist meine Hochzeitsfeier, verdammt, ich will heute Spaß haben.

»Du widerliche Schlampe. Erst bringst du Phil um, und jetzt willst du dir den nächsten Thronerben unter den Nagel reißen? Hure. So nennt man das, glaube ich.« Ihre Augen funkeln provozierend und ein bisschen irre, aber der Alkohol vernebelt mir das Hirn und ich reagiere.

»Die Hure bin ja wohl nicht ich. Soweit ich weiß, machst du für jeden und nicht nur für Nicolas die Beine breit. Ich vögele wenigsten immer nur einen.« Ich mustere sie abfällig und die dunkele, gehässige Seite in mir will raus. Ich will ihr wehtun, will sie verletzen. Ich bin es so leid immer runtergemacht zu werden.

Wut, Hass und der Alkohol machen meine Worte zu einer scharfen Waffe und offenbar erreicht sie ihr Ziel, denn meine Wange explodiert kurz darauf und mein Kopf ruckt hart zur Seite, als Sarahs Hand mich trifft. Der Schmerz ist kurz und heftig. Und bekannt.

Mein Unterbewusstsein reagiert und will sich schützen, doch der Schlag, die Erniedrigung, all diese aufgestauten Gefühle über meine Situation, gemischt mit dem Alkohol, sind zu viel. Ich stürze mich auf sie, packe sie an ihren Haaren und wir gehen zu Boden.

Genug. Ich habe genug.

Meine Faust trifft ihre Nase, es knackt widerlich und ein scharfer Schmerz schießt mein Handgelenk nach oben, aber es ist mir egal. So egal.

Rot. Ich sehe einfach rot.

Was genau alles passiert, kriege ich gar nicht mehr mit, ich bin wie im Rausch.

Ich will das nicht mehr. Genug.

Ich hasse sie.

Alles verschwimmt zu einer roten Kugel und ich wehre mich. Schlage, beiße, kratze. Erst als sich ein starker Arm um meine Taille legt und mich wegzieht, tauche ich langsam wieder auf. Doch ich bin sauer, so sauer.

»Lass mich los. Lass mich los.« Ich versuche, mich zu befreien, doch Nicolas hält mich unnachgiebig fest und schafft mich aus dem Saal.

Nein.

Meine Haut ist viel zu eng, ich habe das Gefühl zu explodieren. Da ist so viel Wut und Hass. So viel Schmerz und Trauer. Und alles ist dabei, mich aufzufressen, wenn ich es nicht endlich rauslassen kann.

Nicolas hat mich über seine Schulter geworfen und geht eilig mit mir in unser Apartment, schlägt die Tür hinter uns zu und schließt ab. Er schließt verdammt nochmal ab.

»Jetzt lass mich endlich runter, du Idiot, und mach die Tür wieder auf. Ich muss …« Hui, meine Welt dreht sich, als er mich plötzlich runterlässt und sacht auf den Boden stellt. Meine Beine zittern und das Adrenalin rauscht wie eine Droge durch meine Adern.

Ich will sie killen.

Ich will, dass sie ruhig sind.

Ich will Ruhe.

»Ganz ruhig, Goldlöckchen, du hast, glaub ich, genug Schläge ausgeteilt. Und wenn ich dich so ansehe, sollten wir uns zuerst einmal um dich kümmern«, meint er ruhig und grinst schief - und das macht mich rasend.

»Sag mir nicht, was ich zu machen habe. Sie hat … sie hat mich Hure genannt. Sie hat … ich soll Philipp getötet haben. Sie … aargghhhhh!« Ich stoße einen verzweifelten Schrei aus und muss gequält das Gesicht verziehen.

»Aua, das tut weh«, jammere ich los, greife an meine Wange und mein Auge und zucke zusammen. Nochmal aua.

Nicolas sieht mich mit hochgezogener Braue an, doch als ich zu wimmern anfange, wird sein Blick weich. Er legt seine Hände auf meine Schultern, dreht mich sanft um und schiebt mich in Richtung Bad.

»Na los, Tiger, machen wir dich sauber und kümmern uns um dein Auge. Danach sehen wir weiter.« Diesmal tue ich, ohne zu murren, was er sagt, tappe brav vor ihm in das Badezimmer - und erstarre, als ich mich im Spiegel sehe.

»Oh Scheiße, ich sehe aus wie eine Mischung aus Chucky die Mörderpuppe und Harley Quinn«, stoße ich entsetzt aus und verziehe erneut das Gesicht, denn ich habe ein fettes Veilchen und eine dicke Wange. Meine Locken stehen wild ab und sind nur noch zur Hälfte in dem Dutt, aber am schlimmsten sieht mein Kleid aus. Es ist zerrissen und voller Blut.

Durch den Spiegel sehe ich geschockt zu Nicolas, der sich ein breites Grinsen verkneift.

»Japp. Du wärst die perfekte Besetzung in einem Horrorfilm, Goldlöckchen. Geh duschen, ich besorge ein Kühlpad für dein Auge. Na los.« Er drückt mir einen Kuss auf den Scheitel, einfach so, und diese Geste lässt mein Herz schmelzen. So simpel und doch voller Aussagekraft.

Ich schlucke schwer, nicke und versuche zu verstecken, wie gerührt ich davon bin. Es ist ungewohnt. Es tut so gut und ich sauge dieses Gefühl auf wie ein Schwamm.

»Kannst du mir das Kleid bitte noch aufmachen? Ich … na ja, ich will es nicht völlig zerstören.« Resigniert sehe ich an dem ehemals traumhaften Brautkleid herunter, von dem nicht mehr viel übrig ist.

»Deine Mutter wird mich töten«, murmle ich reumütig und er lacht leise, als er sanft meine Locken beiseiteschiebt. Dieser raue Ton vibriert durch meinen Körper, lässt meine Haut kribbeln und Gänsehaut überzieht mich von Kopf bis Fuß.

Oh Gott.

Seine Finger streichen federleicht über meine Haut und ich erschauere, als er den Reißverschluss öffnet. Das Kleid fällt zu Boden und ich stehe in Unterwäsche vor ihm.

»Hmmm, das Strumpfband gefällt mir. Das muss ich mir später näher ansehen«, raunt er an meiner Schulter und küsst auch diese kurz, bevor er verschwindet. *Himmel.*

Meine Knie werden weich und mein alkoholisiertes Ich bekommt Schnappatmung.

Duschen. Ich sollte Duschen gehen, ermahne ich mich selbst und ziehe mich ganz aus. Auch das Strumpfband, aber das werde ich danach definitiv wieder anziehen. Meine Neugierde darauf, ob er tatsächlich wahr macht, was er sagt, ist größer als meine Bockigkeit, genau das Gegenteil von dem zu tun, was er verlangt. Denn ich will es.

Nicolas gibt mir ein Gefühl, das ich nicht Beschreiben kann, es ist berauschend und beängstigend zugleich. Er lässt mich fühlen, er tut weh, er schneidet mich auf. Aber er lässt mich auch fliegen, fordert mich heraus, schubst mich aus meiner Komfortzone.

Nachdenklich steige ich unter die Dusche, wasche das Blut und den Dreck ab. Als das heiße Wasser meine malträtierten Muskeln trifft, stöhne ich auf.

Gott, tut das gut.

Wenn ich morgen aufwache, werde ich diesen Abend bereuen, doch noch habe ich genügend Alkohol im Blut, dass es mir egal ist.

Als ich fertig bin, schlüpfe ich in meinen Bademantel und muss schmunzeln, als ich das Strumpfband überstreife. Gleichzeitig flirrt es in meinem Bauch und allein der Gedanke, dass Nicolas mich vielleicht wieder berührt, hinterlässt ein pochendes Verlangen in meiner Mitte.

Himmel, ich bin definitiv besoffen.

Etwas wacklig verlasse ich das Bad und bleibe abrupt stehen, denn mein Mann – oh mein Gott, ich bin wirklich verheiratet - steht oben ohne, nur mit einer tiefsitzenden Jogginghose in unserem Ankleidezimmer und sucht ein Shirt. Mein Mund wird trocken und ich muss schwer schlucken, das Ziehen wird stärker und ich balle meine Hände zu Fäusten. Er ist …

Oh verdammt, ich will ihn. Jetzt.

Doch mein Auge und meine Wange pochen heftig und so langsam artet es in richtige Kopfschmerzen aus.

»Auf dem Nachttisch liegen zwei Schmerztabletten und das Kühlpad. Ich bin gleich bei dir«, meint er geschäftig und merkt gar nicht, dass ich ihn anstarre. *Gut.*

Hastig gehe ich zu unserem Bett und verziehe augenblicklich das Gesicht, weil schnelle Bewegungen gerade nicht so der Hit sind, denn ich schwanke ein wenig.

Ich muss lächeln, als ich das Glas Wasser, die Tabletten und das Kühlpad sehe. Es ist schon sehr süß von ihm, wie er mich versorgt.

»Du sollst die Tabletten schlucken und nicht anlächeln, Goldlöckchen«, raunt seine Stimme plötzlich an meinem Ohr und er zieht mich an sich, so dass ich an seinem Oberkörper lehne.

Ich zucke kurz zusammen, denn ich habe nicht bemerkt, dass er hinter mich getreten ist, lehne mich dann aber mit einem Seufzen an ihn.

»Es tut mir leid«, murmle ich leise und schließe kurz die Augen, weil mein Kopf jetzt wirklich anfängt wehzutun und ich nicht aussprechen will, was ich auf meiner eigenen Hochzeit getan habe.

»Was tut dir leid?«, fragt er verständnislos und schiebt mich zum Nachttisch, greift an mir vorbei und nimmt die Tabletten in die Hand. Doch bevor ich dazu komme, ihm zu erklären, für was ich mich entschuldige, lenkt er mich mit seinen Befehlen ab und ich vergesse, was ich sagen will.

»Mund auf«, befiehlt er und schiebt mir die Pillen zwischen die Lippen.

»Trinken.« Ich verdrehe die Augen bei seinem herrischen Tonfall, folge aber brav.

»So und jetzt hinlegen und Kühlpad aufs Auge.«

Kopfschüttelnd krabble ich auf das Bett, wobei mein Bademantel verrutscht und als ich mich zu Nicolas drehe, sehe ich, wie sich seine Augen verdunkeln. Ein Hunger ist darin zu erkennen, der mich schwer schlucken lässt.

»Ich glaube, ich muss mir doch sofort dieses Strumpfband ansehen, Goldlöckchen. Was meinst du?« Seine Stimme ist rau vor Verlangen und schickt ein elektrisierendes Prickeln durch meinen Körper, verdrängt allen Schmerz und die Müdigkeit in den Hintergrund.

Leben. Ich will leben.

Und so öffne ich meine Beine, schiebe den weichen Stoff des Bademantels zur Seite und gebe ihm einen freien Blick auf mich – und das Strumpfband.

KAPITEL 14

Nicolas

Sie muss sich ausruhen. Sie muss das Auge kühlen.

Aber alles, was ich wahrnehme, ist ihre weiche, glatte Haut, ihre straffen Beine, dieses verfickte Strumpfband – und fuck, dass sie kein Höschen trägt.

SIE TRÄGT KEIN FUCKING NICHTS UNTER IHREM BADEMANTEL!

Ich bin so hart, dass es wehtut, und ich kann nicht warten. Ich kann nicht anders, als zu ihr auf das Bett zu steigen und meine Hände an ihren aufgestellten Beinen nach oben gleiten zu lassen, während ich auf ihre feuchte Mitte starre.

»Du musst dein Auge kühlen«, teile ich ihr wie hypnotisiert mit, doch sie sieht mich nur an und die pure Begierde in ihrem Blick lässt mich schlucken.

»Später. Du wolltest dir das Strumpfband genauer ansehen.« Ihre Stimme ist nicht mehr als ein leises Hauchen und doch geht sie mir durch und durch, jagt mir eine Gänsehaut über den Körper.

»Hmmm, wollte ich«, murmele ich fasziniert und streiche langsam an ihrem Unterschenkel entlang. Sehe zu, wie sich ihre feinen Härchen aufstellen, als ich eine hauchzarte Spur nach oben ziehe. Bis ich schließlich an ihrem Strumpfband ankomme.

»Ganz nett, aber ich nehme lieber das, woran es befestigt ist.«

Fuck, ich will sie.

Jetzt.

Ohne Vorwarnung packe ich ihre Knöchel und ziehe sie zu mir. Sie keucht auf, doch es glitzert begierig in ihren Augen. Der Knoten ihres Bademantels hat sich gelöst und der feine Stoff ist komplett auseinandergerutscht, gibt mir freie Sicht auf ihren wunderschönen, nackten Körper.

»Das wird jetzt vermutlich schnell gehen. Ich mache es später wiedergut«, entschuldige mich schon einmal im Voraus und schiebe meine Jogginghose nach unten. Beuge mich über sie und lasse es mir nicht nehmen, einmal mit den Fingern über ihren Bauch nach oben zu ihren Brüsten zu fahren, ihre Nippel zu umkreisen und leicht hinein zu zwicken. Amelia lehnt sich mir entgegen und stöhnt leise und scheiße, ich sterbe gleich, wenn ich nicht sofort in ihr bin.

»Nicolas … bitte«, jammert sie und schlingt ihre Beine um meine Hüfte, um mich näher an sich zu ziehen.

»Oh, dein Wunsch sei mir Befehl, Goldlöckchen.« Ich stütze mich links und rechts von ihrem Kopf ab und schiebe mich mit einem harten Ruck in sie. Wir stöhnen beide auf, denn sie fühlt sich fantastisch um meinen Schwanz an.

Fuck.

Ich werde nie wieder eine andere auch nur ansehen wollen. Und schon gar nicht vögeln. Prinzessin Amelia of Harlington gehört mir. Und ich ihr.

Ich beginne mich sanft zu bewegen, doch sie schüttelt den Kopf, hebt ihr Becken noch weiter an.

»Nicht sanft … mehr … ich will mehr«, wispert sie heiser und ich gebe ihr, was sie will. Meine Hand gleitet unter ihren Po, hebt ihn an, um sie noch enger an mich zu pressen.

»Halt dich fest, Goldlöckchen«, keuche ich und sie tut, was ich sage. Greift mit ihren Händen an das Holz des Bettrandes, und ich stöhne erneut, weil ich jetzt noch tiefer in ihr bin. Sie hält jedem harten Stoß, mit dem ich mich in sie schiebe, stand, feuert mich an, indem sie die Beine noch fester um mich schlingt.

Fuck, ich bin im Himmel.

Ich ziehe meine Hand unter ihr zurück und balle sie neben ihrem Kopf zu einer Faust, schiebe mich ganz auf sie. Meine Lippen krachen auf ihre und ich fühle mich wie in einem Rausch. Ihre Zunge, ihr Geschmack, ihre Enge, ihre absolute Hingabe, killen mich.

Ich gehöre ihr.

Unser Rhythmus wird immer schneller, immer unkontrollierter. Sie wimmert und keucht in meinen Mund, bis sie sich fast explosionsartig um mich herum zusammenzieht.

»OHHH GOOTTT«, stöhnt sie, und dieser Laut lässt mich ebenfalls heftig kommen. Schwer atmend breche ich auf ihr zusammen, unfähig, mich zu bewegen. Automatisch streicht ihre Hand über meinen Rücken und ich muss bei dieser kleinen, aber doch so aussagekräftige Geste lächeln.

»Gehts dir gut?«, frage ich rau und hebe den Kopf, und breche in lautes Lachen aus. Denn Amelia liegt mit einem so selbstzufriedenen Ausdruck auf dem Gesicht da, und das, obwohl ihr Auge und die Wange etwas geschwollen sind.

»Jaaaa, mir geht es gut«, schnurrt sie zufrieden und lächelt, und bei allem, was mir heilig ist, dieses Lächeln bringt mich irgendwann noch um.

Ich streiche sanft über ihre Wunde, küsse sie kurz und zärtlich darauf.

»Tut es noch weh?«

Sie schüttelt den Kopf und fährt mir durch die Haare, und ich erschauere wieder, weil es sich so gut anfühlt.

»Nein. Aber ich sollte es wohl wirklich kühlen und …« Sie

gähnt herzhaft und ich muss wieder lachen, weil sie gerade einfach sie selbst ist, absolut entspannt. Und das gefällt mir.

»Da ist wohl jemand ein bisschen erschöpft … weshalb nur?«, necke ich sie und ernte einen Klaps auf meinem Hintern.

»Hey, ich musste heute eine nicht begeisterte Meute aushalten, heiraten, mich lauter Menschen stellen, die mich nicht leiden können, meine und Lizzys Ehre verteidigen und Sex haben. Dazu kommen die eine Million Liter Alkohol, die ich intus habe. Also jaaaa, ich bin müde. Aber was ich eigentlich sagen wollte, ist, dass ich jetzt nochmal duschen muss und daaaannn mein Auge kühle und schlafe«, tadelt sie mich gespielt empört, und ich werde sofort ernst, denn sie hat recht. Es war verdammt viel heute.

Ich ziehe mich aus ihr zurück, wobei sie das Gesicht verzieht, stemme mich nach oben, um sie nicht zu zerquetschen.

»Du hast das heute großartig gemacht, Goldlöckchen. Und was diesen Mob und die Presse angeht, um die kümmern wir uns, wenn wir wieder hier sind.«

»Wenn wir wieder hier sind?« Sie wirft mir einen fragenden Blick zu und erhebt sich ebenfalls, und erneut bewundere ich ihren Wahnsinnskörper. Doch als meine Augen an ihrem Rücken hängen bleiben und ich wieder diese feinen silbernen Linien sehe, überkommt mich ein komisches Gefühl.

»Erde an Nicolas, hallooo? Ich habe dich etwas gefragt.« Amelia steht in der Badezimmertür und sieht mich ungeduldig an.

Hoppla. Vor lauter Starren und Gedanken habe ich vergessen zu antworten.

»Oh äh, von unseren Flittertagen. Morgen früh gehts los«, teile ich lapidar mit, als würden wir über das Wetter reden, und noch nie habe ich ein Gesicht so erstrahlen sehen.

»Flittertage? Wir fahren weg?« Ich nicke und ihre Augen fangen an, wild zu funkeln, weshalb ich lächeln muss.

»Ich war noch nie woanders ... also, ich meine, ich kenne nur Harlington. Ich ... meine Eltern und mein Bruder haben es mir nie erlaubt. Ich ...« Sie stockt und kommt wieder zurück, schlingt ihre Arme um meine Taille und legt ihren Kopf auf meine Brust.

Scheiße, was müssen ihre Eltern und ihr Bruder alles angerichtet haben, dass sie sich über so etwas Simples so sehr freut?

»Danke«, murmelt sie gerührt an meiner Brust und ein warmes Gefühl breitet sich darin aus.

»Wir starten ziemlich früh. In Anbetracht deines Veilchens ist es sowieso besser, wenn uns erst einmal keiner zu Gesicht bekommt. Und um die Presse kümmert sich Eric in der Zwischenzeit.« Sie hebt den Kopf leicht und sieht zu mir hoch und ich ziehe sanft das Violett unter ihrem Auge nach.

»Geh duschen. Und dann wird geschlafen, ok?«

»Aye aye, Kapitän«, bejaht sie, stellt sich auf die Zehenspitzen und küsst mich sanft.

Und ich bin der glücklichste Scheißer auf der Welt.

***

Neben Amelia aufzuwachen, oder besser gesagt mit ihr an meinem Körper, ist ungewohnt, aber gut. Verdammt gut sogar. Sie schläft noch tief und fest, und mir fällt es unglaublich schwer, mich von ihrem warmen, weichen Körper, der sich an mich presst, zu lösen. Doch ich kann nicht länger warten. Wir müssen verschwunden sein, bevor die Presse davon Wind bekommt, so habe ich es mit meiner Mutter abgesprochen.

Niemand weiß, wohin wir fahren, außer Cedric und Lizzy. Aber die werden den Mund halten.

Vorsichtig winde ich mich aus der Umklammerung meiner Frau und sie murmelt leise etwas im Schlaf, rollt sich dann aber zu einer Kugel zusammen und wacht nicht auf.

Sie sieht so zierlich und klein aus, ich muss sie die ganze Zeit anstarren wie ein Psycho. Es ist tatsächlich erst die zweite Nacht, die wir gemeinsam in unserem Schlafzimmer verbracht haben, aber ich möchte es nie mehr anders haben.

Leise gehe ich ins Bad, um zu duschen, und dann ins Ankleidezimmer, um ein paar Sachen zu packen. Den Rest habe ich bereits dorthin bringen lassen. So ist sichergestellt, dass uns so schnell keiner findet.

Ich will Amelia kennenlernen. Allein, ohne dieses ganze Theater hier. Wir haben zwar nur ein paar Tage, aber besser als nichts.

Der Rucksack ist schnell gepackt, und als ich wieder ins Schlafzimmer komme, sitzt Amelia im Schneidersitz auf dem Bett und blinzelt mich verschlafen an. Ihr Auge schimmert jetzt in mehreren Violetttönen, aber es ist immerhin nicht komplett zugeschwollen.

»Hey, wie gehts dir?« Ich setze mich zu ihr auf die Bettkante und beuge mich vor, um ihr einen zarten Kuss zu geben. Ein verträumtes Lächeln erscheint auf ihrem Gesicht und mein Herz macht einen verdammten Satz, weil sie mich damit immer wieder flasht.

»Erstaunlich gut, wenn man davon absieht, dass mein Gesicht wahrscheinlich aussieht, als wäre es unter die Räder gekommen.« Sie verzieht eben dieses kurz, bevor sie sich mit der Hand durch die Locken fährt.

»Gott, ich habe mich wirklich geprügelt oder?« Sie sieht mich an, als würde sie hoffen, ich würde es verneinen, und meine Mundwinkel zucken bei ihrem Anblick.

»Japp. Das hast du. Aber hey, die andere sieht schlimmer aus«, lasse ich sie wissen und muss laut lachen, weil sie mich jetzt mit einem Todesblick mustert.

»Das ist nicht witzig. Sie wird mir daraus einen Strick drehen oder zur Presse gehen oder …«

»Hey hey hey, mal langsam, Goldlöckchen. Sarah wird gar nichts dergleichen tun. Dafür sorge ich schon. Außerdem gibt es dutzende Zeugen, die bestätigen können, dass sie angefangen hat. Inklusive mir, Cedric und Damien. Also tief durchatmen. Sie hat es verdient«, beruhige ich sie und ziehe sie kurzerhand in meine Arme. Da ist sie sowieso viel besser aufgehoben.

»Es hätte trotzdem nicht passieren dürfen. Wie lasse ich dich denn aussehen?«, nuschelt sie in mein Shirt und ich streiche ihr durch die Haare, drücke einen Kuss auf ihren Scheitel.

»Du weißt schon, mit wem du verheiratet bist, oder? Prinz selbstsüchtiges Arschloch. Es wird nichts passieren. Und jetzt, Goldlöckchen, anziehen. Wir müssen los. Jeans und Hoodie reichen.« Ich schiebe sie von mir und scheuche sie vom Bett. Sie brummt etwas, aber bewegt sich dann und innerhalb der nächsten zwanzig Minuten verlassen wir gemeinsam das stille Schloss. Doch als sie begreift, mit welchem Gefährt wir gleich unserer Reise antreten, stoppt sie abrupt.

»Sag mir nicht, dass wir damit fahren?« Ungläubig dreht sie sich zu mir um, und ich muss lachen, weil ihr Blick eine Mischung aus Panik und Faszination ist.

»Doch. Genau damit. So sind wir schnell weg und fallen nicht so auf. Oder hast du vor, Leibwächter und den ganzen Schnickschnack mitzunehmen?« Mit hochgezogener Braue und verschränkten Armen mustere ich meine kleine Frau und muss mir echt ein Grinsen verkneifen. Man sieht genau, wie Engelchen und Teufelchen in ihr miteinander ringen, doch schließlich schnaubt sie kurz ergeben und nickt.

»Ok, aber wehe dir, ich komme nicht in einem Stück und lebendig wieder an. Und wenn ich kotzen muss, ist es deine

Schuld.« Trotzig sieht sie zu mir hoch und verdammt, ich verfalle dieser Frau immer mehr. Wie sie da steht, in ihrem schwarzen Hoodie und der schwarzen, engen Jeans, die Locken nachlässig zusammengebunden. Das blaue Auge hat sie versucht, mit Make-up zu überdecken, was nicht ganz gelungen ist, aber seinen Zweck erfüllt.

»Ich verspreche hoch und heilig, dass du lebendig und an einem Stück überall ankommen wirst. Das mit dem Kotzen allerdings, da garantiere ich lieber nichts. Aber warne mich bitte rechtzeitig vor«, grinse ich sie an und gebe ihr im Vorbeilaufen einen Stups auf die Nase, die sie prompt kraus zieht.

»HA HA, sehr witzig, Mister. Du hast leicht reden, du fährst dieses Monster hier jeden Tag. Ich bin von deiner Maschine abgesehen bisher nicht einmal in die Nähe von einer gekommen«, gibt sie mit einer Schnute zurück, hat aber schon wieder dieses faszinierte Glitzern im Blick, als sie zu mir tritt.

Ich habe extra einen Helm für sie gekauft, in dunklem Lila und mit getöntem Visier, und eine Motorradjacke in ihrer Größe.

»Anziehen.« Ihre Augenbrauen schnellen nach oben bei meinem Befehl, doch sie nimmt die Jacke und zieht sie wortlos über. Mein Mund wird trocken, als sie auch den Helm in die Hand nimmt, denn fuck, sie sieht heiß aus.

Amelia beäugt ihn kurz, zuckt mit den Schultern und setzt ihn auf. Doch sie schafft es nicht, ihn zuzumachen, also stelle ich mich dicht vor sie und helfe ihr.

»Du wolltest Freiheit, Goldlöckchen … jetzt kriegst du sie«, raune ich verheißungsvoll und klappe ihr Visier nach unten.

»Du musst nicht viel tun, außer dich gut an mir festhalten. Wenn wir in eine Kurve fahren, machst du es wie ich und lehnst dich einfach mit. Es wird sich die ersten paar Mal beängstigend anfühlen, aber keine Angst, wir kippen nicht um«, gebe ich ihr noch die Anweisung, streife ihr unseren Rucksack über und steige auf.

Amelia

Mehr als skeptisch und auch etwas panisch klettere ich unbeholfen hinter Nicolas auf diese Höllenmaschine. Obwohl er einen Helm aufhat, kann ich sein spöttisches Grinsen genau sehen, erspare mir aber, nachzulegen. Dazu bin ich zu stark damit beschäftigt, mein rasendes Herz unter Kontrolle zu kriegen, als er das Motorrad anlässt. Es vibriert durch meinen ganzen Körper und als er etwas Gas gibt, umklammere ich ihn ängstlich wie ein kleines Äffchen. Ich spüre, dass er lacht, da sein Rücken vibriert, nehme todesmutig eine Hand von seiner Taille und schlage ihn - was ihn noch mehr lachen lässt, bevor er plötzlich Gas gibt.

Arsch.

Ich werde mit einem Ruck an ihn gepresst und kralle mich erst recht an ihm fest.

Heilige Scheiße.

Zuerst fährt er langsam und vorsichtig, bringt uns sicher aus der Stadt, die im Morgengrauen noch ruhig und verschlafen wirkt. Doch sobald wir die Stadtgrenze passieren, gibt er Gas. Richtig Gas. Der Wind zerrt an mir und in meinem Bauch wirbelt es wild, das Adrenalin rauscht wie irre durch meine Adern. Die erste Kurve kommt, Nicolas legt sich auf die Seite, und ich schreie. Ob vor Angst oder aufgrund des Kicks ... ich weiß es nicht. Aber als wir immer weiter ins Hinterland fahren, bekomme ich ein Gefühl für seine Fahrweise und das Motorrad, und begreife, was Nicolas vorhin gemeint hat – was er mir geschenkt hat.

Freiheit.

Er hat mir tatsächlich Freiheit geschenkt. Kein Druck, keine Medien, kein Hass, keine Schläge, kein gar nichts. Nur ich. Ich, Nicolas und diese Geschwindigkeit.

Ich beginne zu verstehen, warum er es liebt. Warum er es braucht.

Wir fahren mindestens zwei Stunden und ich entspanne mich immer mehr, je weiter wir uns von Harlington entfernen, fange an die Landschaft um mich herum wahrzunehmen. Die hohen und felsigen Berge, die sich scharf am Horizont abzeichnen, die grünen Hügel, die sich davor sanft erheben, und auch das Meer, das auf der anderen Seite in der Ferne zu sehen ist.

Eine bittersüße Mischung aus Verlust und Freude macht sich dabei in meiner Brust breit, denn ich fühle mich frei und glücklich, dass ich es jetzt erleben darf. Dass ich es sehen darf. Gleichzeitig aber wird mir das Ausmaß dessen bewusst, was meine Eltern und mein Bruder mir vorenthalten haben. Worum sie mich alles gebracht haben.

Nicolas biegt auf einen Waldweg ab, den ich fast übersehen hätte, und kurze Zeit später halten wir vor einem urigen Cottage. Es ist nicht riesig, aber wunderschön. Irgendwie romantisch. Echt und unwirklich zugleich.

Etwas steif steige ich von der Maschine und muss feststellen, dass ich ein wenig Muskelkater habe und mein Hintern wehtut. Stöhnend ziehe ich mir den Helm vom Kopf, während Nicolas sein Motorrad seitlich neben dem Cottage abstellt. So, dass man sie nicht sehen kann, wenn man von vorne kommt. Traurig, aber notwendig.

»Wie ich sehe, hast du die Fahrt an einem Stück überlebt, aber weshalb siehst du aus, als hättest du in eine Zitrone gebissen?« Nicolas bleibt dicht vor mir stehen und betrachtet mich aufmerksam.

»Mein Hintern tut weh«, gebe ich knapp zur Antwort und er lacht los.

»Das ist alles, was dir dazu einfällt? Aber falls es dich beruhigt, ich werde mich nachher um deine wunderschöne Kehrseite kümmern.« Er beugt sich wieder zu mir und mein Herz beginnt sofort schneller zu klopfen, als er mir einen Kuss auf den Scheitel drückt. Einfach so.

Diese weiche und sanfte Seite an ihm ist ungewohnt und doch sehne ich mich genau danach. Er kümmert sich um mich. Das ist so neu, so fremd und doch sauge ich es wie ein Schwamm auf.

»Jetzt komm, ich zeig dir alles. Denn die nächsten paar Tage gehörst du ganz allein mir.« Er sieht mich eindringlich an und streckt mir seine Hand entgegen, und ich nehme sie völlig überwältigt von dem Gefühlsaufruhr, der in meinem Inneren herrscht. Schmetterlinge im Bauch, Nervosität und Angst im Blut lassen mich wie high hinter ihm her tappen.

Ich staune nicht schlecht, als ich in das Innere des kleinen Steinhauses komme. Es ist so heimelig und einladend eingerichtet, dabei trotzdem modern und nicht altbacken. Der untere Bereich besteht aus einem einzigen Raum, wo Küche und Essbereich sich nahtlos in das gemütliche Wohnzimmer einfügen. Das Highlight ist aber der offene Kamin direkt vor einer breiten und sehr bequem aussehenden Couch. Alles hier strahlt so viel Wärme aus, dass ich mich sofort wohlfühle.

»Traumhaft. Ich will hier nie wieder weg«, stoße ich hingerissen aus und Nicolas schmunzelt, als er mich auf die große Granitplatte in der Küche hebt.

»Die nächsten Tage musst du das auch nicht. Hast du Hunger? Oder ist dein Magen zu empfindlich nach der Fahrt?« Er grinst mich frech an und ich hebe eine Braue.

»Sag bloß du kannst kochen? Und nein, meinem Magen geht es prächtig. Es war … es war toll«, gebe ich ehrlich begeistert zu, was ihm ein Lächeln entlockt, das mich fast ohnmächtig werden lässt.

Großer Gott, dieser Mann wird mein absoluter Untergang werden.

»Ich kann kochen, Goldlöckchen. Ich war bei der Armee, da lernt man sowas, zumindest die Basics. Den Rest hat mein Bruder mir in meinem Stadtapartment beigebracht, ich wollte es lernen. Ob du es glaubst oder nicht, ich habe keine Lust, jeden Tag geliefertes Essen vorgesetzt zu bekommen. Da koche ich lieber selbst.« Bei seinen Worten wird mir schwer ums Herz, gleichzeitig ist es ein gutes Gefühl, denn allmählich wird mir klar, dass sich Phil und Nicolas nicht so sehr unterscheiden.

»Das Gleiche hat Phil auch immer gesagt.« Ich lächle wehmütig. Nicolas wird sofort ernst und ich sehe die Trauer in seinem Blick.

»Ja, er hat immer gesagt, dass man als Mann auch in der Lage sein muss …«

»… sich selbst zu versorgen«, falle ich mit ein und wir müssen beide lachen.

»Ja, so war er. Er fehlt mir, Goldlöckchen. Er hätte genau gewusst, was ich hätte tun müssen … und vermutlich hätte er mir auch schon das ein oder andere Mal den Arsch aufgerissen.«

Man hört in jedem seiner Worte, wie sehr ihm sein Bruder fehlt, und ich muss meine ursprüngliche Meinung über ihn revidieren. Philipp war ihm nicht egal. Im Gegenteil.

Impulsiv schlinge ich meine Arme um seine Taille und lege meinen Kopf an seine Brust. Sein Herz macht einen Satz und ich muss kurz lächeln, weil er anscheinend auch auf mich reagiert. Nicht nur ich auf ihn.

»Warum bist du so … so …« Ich suche nach den richtigen Worten, als seine Brust vibriert und er leise lacht, während er mich ebenfalls umarmt und sein Kinn auf meinem Kopf abstützt.

»So arrogant? Rebellisch? Selbstsüchtig? Meinst du das?« Ein bisschen ertappt verstecke ich mein Gesicht in seinem Shirt, obwohl er es sowieso nicht sehen kann, und er lacht noch mehr.

»Keine Sorge, Goldlöckchen, du bist nicht die erste, die genau das von mir annimmt. Und es stimmt ja auch zum Teil. Wenn du einen Vater hast, dem du nichts, aber auch gar nichts recht machen kannst, der dich immer und immer wieder spüren lässt, dass du nicht gut genug bist, dass du nicht das bist, was man von dir erwartet … na ja, dann wird man irgendwann auch so.« Er seufzt tief, bevor er weiterspricht, aber ich beginne zu verstehen. Sogar gut zu verstehen.

»Erst habe ich alles versucht, um ihm immer alles Recht zu machen. Doch es hat nie gereicht. Dann bin ich in die Armee eingetreten und danach habe ich einen Scheißdreck darauf gegeben, was er von mir hält. Und habe mein eigenes Ding gemacht«, endet er, und dabei ist seine Stimme hart geworden. Es belastet ihn. Es macht ihm etwas aus.

Tja, so viel zu arrogant und selbstgerecht, was?

»Manchen Menschen wird man nie gerecht werden, egal wie sehr man sich anstrengt. Das habe ich inzwischen gelernt«, murmele ich mehr zu mir als zu ihm, doch natürlich hört er es.

»Bei dir läuft es nicht anders ab, richtig? Denn sorry, Goldlöckchen, wenn ich das jetzt sage, aber dein Bruder ist ein arrogantes Arschloch.« Mein Herz setzt einen Schlag aus, bevor es etwas schneller pumpt, als er Henry erwähnt, und die Angst, dass er etwas weiß, zuckt einen Moment auf. Trotzdem kann ich mir ein Schnauben nicht verkneifen.

»Ist er. Vor allem, seit meine Eltern tot sind. Aber ich kenne es nicht anders. Sie waren auch nicht besser, im Gegenteil.« Jetzt muss ich aufpassen, was ich sage, denn gerade macht es Nicolas mir unheimlich leicht, ihm mein Herz auszuschütten. Doch ich kann nicht. Ich kann einfach nicht. Allein der Gedanke, es nur auszusprechen, lässt mir den Schweiß ausbrechen und erzeugt Übelkeit.

»Deshalb bist du so, wenn du in der Öffentlichkeit bist, richtig? So beherrscht und korrekt und brav.«

Ich lehne mich ein Stück zurück und sehe, wie seine Augen dunkler werden und mich anfunkeln.

»Dabei bist du gar nicht so prüde. Im Gegenteil …«

Er lässt es unausgesprochen, beugt sich zu mir herunter und küsst mich. Langsam und sinnlich. Seine Zunge bittet um Einlass und ich gewähre sie ihm nur zu gern.

Das aufgeregte Stolpern in meiner Brust und das Flattern in meinem Inneren nehmen schlagartig zu, als er mir die Motorradjacke abstreift, seine Lippen dabei kein einziges Mal von meinen nimmt. Er unterbricht nur, um seine eigene Jacke loszuwerden, kurz darauf das Shirt, und sofort strömt wieder diese pure Begierde durch meinen Körper. Meine Hände gleiten über seinen straffen Bauch und er brummt zustimmend an meinem Mund.

»Ich glaube, wir essen später … ich muss … fuck.«

Meine Hand wandert über die Wölbung in seiner Hose, was ihn vollkommen aus dem Konzept bringt, und er flucht leise, drückt sich fester gegen meine Berührung.

»Ja … definitiv später essen«, murmelt er und knabbert an meiner Lippe, bevor er zarte Küsse auf meinem Hals verteilt, und seinen Mund dicht an mein Ohr bringt.

»Arme hoch«, befiehlt er rau und ich hebe sie, damit er den Hoodie über meinen Kopf ziehen kann.

»So schön.« Wie hypnotisiert starrt er mich an und mein Mund wird ganz trocken bei diesem intensiven Blick.

»Der muss auch weg. Und zwar schnell.« Er schnippt gegen meinen BH, greift hinter mich und zack, lässt er auch diesen in Sekundenschnelle auf den Boden fallen. Sein Mund saugt an meinem Nippel, während seine freie Hand den anderen reizt. »Ohhhh«, entkommt mir ein langgezogenes Stöhnen, und diese Berührung schickt direkte Stromstöße zwischen meine Beine.

Verdammt.

Er foltert mich immer weiter und weiter, bis er plötzlich von mir ablässt, aber nur, um an meinen Hosenbund zu fassen, mich dabei tief zu küssen und meine Jeans zu öffnen. Er lässt sich Zeit, viel Zeit, doch als wir beide endlich nackt sind und ich kurz davor, ihn anzubetteln, weil ich ihn so sehr will, schüttelt er einfach den Kopf.

»Nicht hier. Schling deine Beine um mich«, bittet er und ich tue ihm den Gefallen, wimmere, als ich dabei seine Härte an meinen Schamlippen spüre.

»Hmmmm, da ist aber jemand ungeduldig«, summt er und zieht meine Unterlippe zwischen seine Zähne, während er mich zur Couch trägt. Doch statt mich darauf abzulegen, setzt er sich mit mir und noch bevor meine Knie rechts und links auf der Couch landen, drückt er mich nach unten und versenkt sich vollständig in mir.

Himmel.

Himmel!

Ich weiß nicht, wo oben und unten ist, das hier fühlt sich noch einmal ganz anders an, als die anderen Male.

»Beweg dich, Lia«, keucht er atemlos, denn seine Beherrschung hängt an einem seidenen Faden, nur wegen mir. Und das gibt mir ein so unglaubliches Selbstvertrauen, dass ich mich lasziv anfange zu bewegen. Langsam. Ohne Eile.

Nicolas stöhnt tief und seine Hände legen sich fest auf meinen Hintern, pressen mich enger an ihn und auch ich gebe ein gequältes Geräusch von mir, denn es ist noch lange nicht genug. Seine Lippen reizen und necken meine Brüste, während ich ihn reite, während er mir die Oberhand lässt. Es fühlt sich anders an, intensiver. Und als ich merke, wie die Spannung in mir immer höher steigt, als meine Mitte anfängt, zu pulsieren und sich um ihn zusammenzuziehen, lasse ich los und ein Feuerwerk explodiert in mir. Mein Orgasmus ist unglaublich lang, weshalb Nicolas mir kurz darauf folgt.

Lächelnd lehne ich meinen Kopf an seine Schulter, um ein bisschen zu Atem zu kommen, während seine Finger zart meine Wirbelsäule hoch und runter fahren.

»Wir wollten uns kennenlernen und nicht die ganze Zeit Sex haben.«

Nicolas bricht in schallendes Gelächter aus.

»Also ich finde, wir lernen uns gerade außerordentlich gut kennen«, gluckst er und sein ganzer Oberkörper vibriert.

»DAS ist nicht so ganz, was ich damit gemeint habe, aber schön, dass es dich erheitert«, gebe ich trocken zurück und er lacht noch mehr.

»Oh, ich habe nichts gegen diese Art uns kennenzulernen, im Gegenteil.« Er hebt die Hüfte ein bisschen und auch wenn es unwiderstehlich prickelt und ich deutlich spüre, wie er wieder härter wird, erhebe ich mich mit einer Grimasse und mein Bauch knurrt laut.

»Ganz ruhig, Cowboy, aber ich muss duschen und habe Hunger. Echten Hunger. Also wie wäre es, wenn du deine hochgelobten Kochkünste unter Beweis stellst, damit dein armes Frauchen nicht verhungert? Um zu duschen sollte ich allerdings auch wissen, wo das Bad ist. Himmel, habe ich überhaupt frische Klamotten dabei?«

Nicolas muss an meiner Miene ablesen, was in mir vorgeht, denn er erhebt sich grinsend und sieht auf mich herab.

»Na los, ich geh mit duschen, und danach bin ich dein Küchensklave. Und bevor du fragst, ja, wir haben Kleider hier. Oben im Schlafzimmer. Deal?« Ich strahle ihn an.

Deal.

KAPITEL 15

Nicolas

Amelia ist vollkommen anders, als ich gedacht habe. Sie blüht hier richtig auf, entspannt immer mehr und ich stelle fest, dass sie einen ziemlich sarkastischen Humor hat. Was mir echt gut gefällt.

Sie hat mich von Anfang an gereizt, wenn auch auf negative Weise, aber jetzt fasziniert sie mich immer mehr. Ganz zu schweigen von dem Sex, den wir haben. Der ist nämlich absolut phänomenal. Wenn ich ehrlich bin, hatte ich vorher noch nie so hammer Sex. Guten, ja. Einen, um sich abzureagieren, hunderte. Aber das hier ist anders und es gefällt mir. Auch mit ihr verheiratet zu sein ist nicht mehr ganz so schlimm, im Gegenteil. Jedes Mal, wenn ich sie ansehe, in ihr bin, sie lacht oder mir die Meinung geigt, sich gegen mich auflehnt, wird mir klarer, dass ich sie nicht mehr gehen lassen werde.

»Ich will nicht zurück.« Ihre Stimme ist leise, fast ein Flüstern und ich ziehe sie enger an mich.

Wir liegen auf dem Bett und sehen uns irgendeine Schnulze an, die auch gar nicht soooo schlecht ist.

Was tut man nicht alles für seine Frau.

Es ist unser letzter Abend, denn morgen früh müssen wir wieder zurück. Länger wäre bei der derzeitigen Situation nicht gut und vor allem will ich wissen, was meine Männer inzwischen rausgefunden haben. Doch dazu brauche ich meinen sicheren Laptop, damit auch wirklich nur ich die Infos bekomme.

»Ich weiß. Aber wir müssen diese ganze Scheiße aus der Welt schaffen, sonst haben wir nie Ruhe. Ok gut, die werden wir eh nie haben, aber zumindest kontrolliert und weniger gefährlich«, gebe ich leise zurück und drücke ihr einen Kuss auf den Scheitel, spüre, wie sie an meiner Brust das Gesicht verzieht.

»Bin ich ein schlechter Mensch, wenn ich sage, dass mich alle mal kreuzweise können? Ich habe nichts Falsches gemacht, ich kann doch nichts dafür, wenn sie mir aus allem einen Strick drehen.«

Es zieht in meiner Brust, weil ich weiß, dass sie tapfer sein will, doch sie hört sich niedergeschlagen und traurig an. Das lässt den Zorn und den Hass auf die Presse und alle, die ihr das antun, wieder langsam zu brodeln anfangen.

Ich will sie beschützen und das werde ich auch. Koste es, was es wolle. Sie ist jetzt meine Frau und die zukünftige Königin des Landes. Nur haben das anscheinend noch nicht alle verstanden.

»Wir bekommen das hin. Ich lasse nicht zu, dass sie dich noch einmal so angreifen. Wenn wir zuhause sind, regeln wir das. Ich verspreche es dir.«

Amelia hebt den Kopf und sieht mich an, ihre Augen funkeln frustriert.

»Das wird nicht einfach. Richardson ist clever. Wie soll ich jemals beweisen, dass er es war, der uns von der Straße gedrängt hat? Vor allem jetzt, wo er die Hetzjagd gegen mich eröffnet hat.« Sie legt ihr Kinn auf meinen Brustkorb und mustert mich genau, als ich ein Schnauben von mir gebe.

»Er ist clever, aber er überschätzt sich selbst und verrennt sich in seinem Wahn, gegen die königliche Familie zu hetzen. Die Securityfirma, die für mich arbeitet, ist an der Sache dran. Sie durchleuchten Richardson von oben bis unten und graben alles aus, was es gibt, glaub mir. Da finden wir mit Sicherheit etwas.«

Mein Gesichtsausdruck wird hart, als ich das sage und ich werde nicht aufgeben, ehe ich alle Leichen ausgegraben habe, dieser Wichser im Keller hat.

»Er muss dafür bestraft werden, was er getan hat.« Amelias Stimme hat einen scharfen Unterton und ich verstehe es. Denn auch ich könnte nicht ertragen, wenn er nicht für Phils Tod büßen würde.

Kurz spüre ich den Druck auf meiner Brust, weil ich hier mit Amelia liege, entspannt und irgendwie auch glücklich, aber er hätte es uns von Herzen gegönnt.

Scheiße, er fehlt mir so sehr.

»Er hätte das mit uns beiden gemocht, da bin ich mir sicher. Er wollte immer, dass ich glücklich werde. So glücklich, wie er es mit Damien war.« Ich höre die Wehmut in ihrer Stimme und Scheiße, mir geht es genauso. Aber das hier fühlt sich gut an.

Ich streiche ihr über die Haare und ein trauriges Lächeln erscheint auf ihren Lippen, weil sie ihn genauso vermisst wie ich. Trotzdem tut es weh zu wissen, dass er mir nicht genug vertraut hat.

»Er hätte es mir sagen können, weißt du. Ich hätte mich für beide gefreut. Das jetzt erst zu erfahren, war scheiße und ich habe es nicht so gut aufgenommen.« Mein Gesicht verzieht sich zu einer Grimasse und in mir zieht es unangenehm, als ich daran denke, wie ich an jenem Tag drauf war.

»Jaaaa, das kann ich bestätigen«, antwortet sie gedehnt und sieht mich böse an, was meine Mundwinkel ein bisschen zucken lässt.

»Phil wollte immer, dass du es weißt, Damien hatte Schwierigkeiten damit. Aber Nicolas, das mit Robins ist nur die Spitze des Eisbergs gewesen. Er wird ständig angefeindet und du kennst seine Eltern. Du kennst Harlington. Was Homosexualität betrifft, ist dieses Land unterirdisch.« Ihre Augen glitzern wütend, als sie das sagt und verdammt, ich weiß es ja selbst. Nur habe ich nicht gewusst, welche Ausmaße die Angriffe auf meinen besten Freund angenommen haben.

In mir sticht es heftig bei dem Gedanken, was er und mein Bruder durchmachen mussten, wie sie sich und ihre Liebe füreinander verstecken mussten.

Der Zorn auf meinen Vater steigt wieder, denn er ist in vielen Punkten ein Hinterwäldler, und Phil hatte vor, das zu ändern, wenn er König geworden wäre. Jetzt verstehe ich auch, weshalb er immer so stark und heftig reagiert hat. Und mein werter Herr Vater hat nicht einmal geahnt, dass er seinen eigenen Sohn diskriminiert.

»Mein Vater ist ein verbohrter Idiot, das ist das Problem. Aber ich werde das ändern. Wir werden das ändern.« Ich sehe Amelia durchdringend an und ihre Augen werden groß.

»Irgendwie verdränge ich immer wieder, dass du eines Tages König werden wirst«, kommt es trocken über ihre Lippen und ich muss schon wieder lachen.

»Na ja, noch hat der alte Mann nicht vor, so schnell abzudanken. Aber dann wirst du Königin, Goldlöckchen«, grinse ich sie breit an und sie zieht beide Augenbrauen nach oben, sieht mich skeptisch an.

»Also ich weiß nicht, ob mich das jetzt beruhigt«, antwortet sie noch skeptischer, und ich ziehe sie glucksend ganz auf mich.

»Du meinst, weil wir uns die meiste Zeit die Köpfe einschlagen werden? Das macht das Ganze nur interessanter.« Ich küsse sie kurz und drücke ihren Kopf dann in meine Halsbeuge.

»Und jetzt schlaf. Über die ungelegten Eier machen wir uns Sorgen, wenn es so weit ist.«

Amelia kichert und ich, fuck, ich liebe dieses Geräusch wirklich. Ich liebe seit ein paar Tagen überhaupt sehr viel, was ich vorher verabscheut habe. Der lebende Beweis liegt auf mir und atmet immer ruhiger.

Ihre Nähe beruhigt mich und so werden auch meine Augen immer schwerer, bis ich schließlich einschlafe.

***

Der nächste Morgen kommt viel zu schnell und auch wenn ich die Fahrt mit ihr als mein Backpack genieße, hätte ich gern ein paar Tage mehr allein mit Amelia gehabt. Doch wir müssen uns um diese ganze Scheiße mit Richardson kümmern und ich muss mit Damien reden.

Da Amelia Lizzy sehen und ich meinen Laptop aus dem Safe holen will, sind wir zuerst ins Schloss gefahren, bevor wir dann in meine Stadtwohnung wechseln werden.

Wir sind auf dem Weg zu unserem Apartment, als wir am königlichen Arbeitszimmer vorbeikommen.

»Henry ist hier.«

Ich folge Amelias Blick, und tatsächlich betritt ihr Arschlochbruder gerade das Arbeitszimmer meines Vaters.

Ich kann diesen Typ nicht ausstehen. Allein schon, weil er Goldlöckchen immer so herablassend behandelt. Aber das wird sich in Zukunft ändern.

»Mich würde echt interessieren, was er so oft hier zu suchen hat«, sinniere ich vor mich hin und Amelia nickt.

»Mich auch, aber wenn er jetzt hier ist, kann ich schnell nach Perlington House und noch ein paar Sachen, die mir wichtig sind, holen, und die Papiere meines Fonds.«

Wir hatten im Cottage besprochen, dass sie all ihr Zeug holt und mir ihre Finanzen und den ganzem Kram überlässt, damit sie so wenig Berührungspunkte mit Henry hat, wie möglich. Und das will sie wohl sofort umsetzen.

»Ok, dann treffen wir uns einfach später bei mir im Apartment. Ruf mich an, wenn du so weit bist, ich schicke dir dann die Adresse.«

Wir sind inzwischen bei uns angekommen, wo sie den Rucksack achtlos auf unser Bett schmeißt, und ich muss grinsen. Sie ist so entspannt und vergisst ihre ganze Etikette, denn normalerweise hätte sie erstmal ausgepackt und aufgeräumt. Stattdessen schnappt sie sich ihren Autoschlüssel und stellt sich dicht vor mich. Lächelnd sehe ich auf sie herab und streiche ihr zärtlich eine Locke hinters Ohr.

»Mach nicht zu lange, ok? Und ruf an, wenn du fertig bist.« Ich beuge mich zu ihr und küsse sie, und bei Gott, am liebsten würde ich sie über meine Schulter werfen, in die nächste Höhle schleppen und ein Jahr lang nicht mehr rauskommen.

»Gib´s zu, du vermisst mich schon jetzt ein bisschen«, wispert sie lächelnd an meinen Lippen und ich beiße sie kurz aber sanft.

»Nur nicht übermütig werden, Goldlöckchen. Und jetzt verschwinde, bevor ich es mir anders überlege und wir beide heute nirgendwo mehr hingehen«, raune ich zurück und gebe ihr nochmal einen schnellen harten Kuss, bevor ich sie von mir schiebe und sie sich breit grinsend auf den Weg macht.

»Beeil dich«, rufe ich ihr noch hinterher und ernte ein Lachen, was meine Hormone wieder völlig in Aufruhr bringt.

Kopfschüttelnd aber zufrieden gehe ich meinen Laptop holen und mache mich ebenfalls auf den Weg.

Gerade als ich an meiner Maschine ankomme, klingelt mein Handy. Als ich es aus der Hosentasche ziehe, sehe ich, dass es mein Mann bei der Security ist und mein Puls beschleunigt sich.

»Nic? Wo bist du?«, fragt Colt ohne Umschweife und ich weiß, dass er was für mich hat.

»Gerade auf dem Weg zu mir. Warum?«

»Weil du dir das ansehen musst. Das ist … puhh … Mann,

das ist harter Stoff und wird dir gar nicht gefallen. Beeil dich, ich sende es dir über unsere verschlüsselte Datei.« Er klingt verdammt ernst und ich will sofort wissen, was er ausgegraben hat.

»Alles klar, bin unterwegs. Danke, Mann.«

»Bedank dich lieber nicht. Das ist übel. Bis dann.« Er legt auf und mein Magen dreht sich auf links.

Hat es was mit Amelia zu tun?

Meine Gedanken wirbeln wie irre in meinem Hirn, während ich zu mir fahre und als ich dort in die Lobby komme, steht ein grimmig dreinguckender Cedric mit einem stockbesoffenen Damien da und wartet auf mich.

»Nic, Alter, hast du Nachrichten geguckt?«, fragt er ohne Umschweife und ich schüttele den Kopf. Cedric presst die Kiefer fest zusammen und sieht suchend hinter mich.

»Wo ist Amelia?« Alarmiert sieht er mich an und mein Magen sackt eine Etage tiefer.

»Warum? Was ist denn los? Sie wollte nach Perlington House, ein paar Sachen holen, bevor sie hierher komm… «

Sofort unterbricht er mich wieder.

»Ruf sie an, sie muss sofort hierher kommen! Und sag dem Sicherheitsdienst Bescheid, dass sie Männer nach Perlington House schicken sollen. Lizzy ist auf dem Weg zu uns«, befiehlt er und ich starre ihn irritiert an.

»Fuck, Ced, was ist hier los?«, fahre ich ihn angepisst an, doch er nickt bloß mit dem Kopf nach oben und bedeutet mir, dass wir das nicht hier besprechen sollten.

Wir steigen in den Fahrstuhl und ich tippe den Code ein, der uns direkt in mein Apartment bringt, und meine Unruhe nimmt zu. Damien ist so hinüber und brabbelt unverständliches Zeug vor sich hin, aber das ist mir gerade scheißegal. Ced zerrt ihn mit sich und als wir in meiner Wohnung sind, schmeiße ich den Laptop an, während Damien den Fernseher anstellt.

DAILY

• Business • Finances • Politics •

Eilmeldung! Schockierende Enthüllungen

Lady Amelia im Zentrum eines

In einer explosiven Wende, die das Königreich erschüttert, wird Lady Amelia beschuldigt, eine entscheidende Rolle im mysteriösen Tod von Prinz Philipp gespielt zu haben. Aber das ist nur die Spitze des Eisbergs in diesem skandalträchtigen Drama, das jetzt die Schlagzeilen beherrscht.

Quellen zufolge soll Lady Amelia nicht nur mit Prinz Philipp angebandelt, sondern ihn während ihrer Beziehung auch skrupellos betrogen haben.

Skandalöse Bilder, die Lady Amelia in inniger Umarmung und bei leidenschaftlichen Küssen mit anderen Männern zeigen, überschwemmen das Netz und entfachen einen Sturm der Entrüstung.

Doch der Skandal weitet sich noch weiter aus. Lady Amelia wird vorgeworfen, durch Manipulation und hinterhältige Intrigen Zugang zur königlichen Familie erlangt zu haben. Ihr Ziel: Eine Heirat, um die Spielschulden ihres Bruders zu begleichen.

NEWS

nomics • Sports • Weather •

und königliches Drama: tödlichen Skandals!

Beweise deuten darauf hin, dass sie sich rücksichtslos zwischen Lady Sarah Brighton und Prinz Nicolas gedrängt hat, um ihre eigenen finsteren Pläne zu verwirklichen.

Das Königreich steht unter Schock, während Zorn und Hass die Luft erfüllen. Die Vorwürfe gegen Lady Amelia werfen dunkle Schatten auf das königliche Haus und lassen die Frage aufkommen:

Wie tief reichen die Wurzeln dieses Skandals? Bleiben Sie dran, denn dieser königliche Thriller ist weit davon entfernt, gelöst zu werden.

Mein Herz bleibt stehen und ich erstarre mitten in der Bewegung, als ich höre, was der Reporter da von sich gibt. Mein Blick geleitet zum Bildschirm, auf dem Amelia in allen möglichen Situationen, teilweise völlig aus dem Zusammenhang gerissen, gezeigt wird. Sarah, die schluchzend und heulend ein Interview gibt.

WHAT THE FUCK?

In meinen Ohren rauscht es und Hass schiebt sich wie eine Druckwelle nach oben.

»Dieser Wichser. Ich bring ihn um«, stoße ich zwischen zusammengebissenen Zähnen hervor, als Cedric den Fernseher abschaltet.

»Hol sie her, Nic. Sie ist allein nicht sicher.« Ced klingt mehr als besorgt, doch ich bin schon am Handy.

Geh dran, geh dran, geh dran.

Doch nur die Mailbox nimmt ab.

Fuck.

Mein Magen krampft sich vor Sorge und Angst zusammen, als ich die Dateien, die Cole mir geschickt hat, hochlade und ihn dabei nochmal anrufe.

»Cole, schick sofort ein paar Männer nach Perlington House. Amelia ist dort. Allein! Ja, genau. Melde dich, wenn ihr sie habt.«

Ich lege auf und sehe auf den Bildschirm, brauche einen Moment, um zu begreifen, was ich da sehe. Um zu begreifen, dass die Nachrichten über meine Frau ein Witz gegen das hier sind.

Mein Kopf dreht sich ganz langsam in Damiens Richtung, der mich aus trüben, verzweifelten Augen ansieht. Doch das ist mir egal. Meine Hand ballt sich zur Faust, denn das, was sich jetzt durch meine Adern, durch meinen Körper pflügt, ist dunkel, böse und so voller Zorn und Verachtung, dass ich nicht mehr klar sehen kann.

»Du Hurensohn«, stoße ich gepresst aus, bevor ich absolut rot sehe.

Amelia

Mit einem breiten Grinsen verlasse ich unsere Wohnung. Ich kann gar nicht anders, denn die Schmetterlinge tanzen, seit wir geheiratet haben unaufhörlich in meinem Bauch und ich fange an, ihm zu vertrauen und ihn zu mögen.

Lügnerin, du tust längst mehr, als ihn zu mögen, hallt es verräterisch in meinem Kopf und ja, wahrscheinlich ist das so. Aber ich möchte es gerade genießen. Möchte genießen, dass ich mich fallenlassen kann, dass ich mich irgendwie sicher fühle.

Mein Blick gleitet bei dem Gedanken automatisch in Richtung des Arbeitszimmers des Königs, als ich daran vorbei komme, doch die Türen sind fest verschlossen, kein Ton dringt heraus.

»Hey, du bist wieder da«, ertönt Lizzys Stimme hinter mir und ich drehe mich zu ihr um. Sie kommt grinsend auf mich zu und schließt mich fest in ihre Arme.

»Ja, wir sind gerade gekommen. Ich habe gesehen, dass Henry hier ist und dachte, in nutze die Chance und hole schnell ein paar Sachen aus Perlington House. Sollen wir uns danach bei Nicolas in Stadtapartment treffen?«

Lizzy grinst noch breiter bei der Erwähnung ihres Bruders und ich merke, dass meine Wangen warm werden.

»UHHHH, die Lady darf in seine heiligen Gefilde. Dann hasst ihr euch jetzt nicht mehr so sehr?«, neckt sie mich lachend und ich werde noch röter.

»Na jaaa, also sagen wir so, wir springen uns nicht mehr so oft an die Gurgel und er kann ganz nett sein. So sehr nett und so«, gebe ich ausweichend zur Antwort, kann mir aber ein Lächeln nicht verkneifen, worauf Lizzy begeistert in die Hände klatscht.

»Oh, ich wusste es, dass er dir nicht widerstehen kann. Ich will alles wissen, außer den Teil in dem ihr Bettakrobatik betreibt. Den spar dir bitte.« Sie verzieht angeekelt das Gesicht und jetzt muss ich lachen.

»Keine Sorge, DIESE Details bleiben privat. Dann so in zwei Stunden bei Nicolas?« Sie nickt und wir umarmen uns noch kurz, ehe sie zurück in ihr Zimmer geht, während ich mich auf den Weg zu meinem Wagen mache.

Außer den Wachen laufen mir nur ein paar Bedienstete über den Weg und irgendwie habe ich das Gefühl, dass sie mich seltsam ansehen. Doch als ich bei meinem Auto bin und losfahre, verschwende ich keinen Gedanken mehr daran, da ich mich beeilen muss, bevor Henry wieder nach Perlington House fährt. Denn ihm will ich auf keinen Fall begegnen.

Eigentlich will ich gar keinen sehen. Ich will viel lieber zurück in die Nicolas und Amelia-Bubble, da ist es nämlich schön. Aber ich weiß, dass ich mich diesem ganzen Scheiß hier stellen muss.

Allein daran zu denken, lässt meinen Magen bedenklich schlingern und je näher ich Perlington House komme, umso schlimmer wird dieses Gefühl. Ich hasse es hier. Ich hasse alles an diesem Anwesen. Obwohl es so wunderschön aussieht, mit weißem Marmor, tausenden Blumen und einem

Springbrunnen vor der großen Eingangstür, ist es nichts als eine dreckige, trügerische Fassade. Liebe gibt es in diesem Haus nicht. Gab es noch nie.

Vielleicht bin ich deshalb so anfällig für Nicolas' Schmeicheleien, weil er mir das Gefühl gibt, etwas Besonderes zu sein. Zumindest in den Momenten, in denen wir nicht streiten.

Ich parke meinen Wagen nicht direkt vor dem Haus, sondern fahre auf die Lieferanten- und Personalparkplätze, falls mein Bruder doch früher zurückkommen sollte. Denn das Personal wird mich nicht verraten. Zumindest die meisten von ihnen nicht.

Schnell husche ich hinein und gehe postwendend in mein Zimmer, hole die restlichen Sachen, die ich noch wollte, und gehe dann mit klopfendem Herzen zum Arbeitszimmer meines Bruders. Dort gibt es einen Safe nur für mich, denn dort sind die Dokumente meines Treuhandfonds sicher verwahrt.

Mit jedem Schritt pocht mein Herz lauter und schneller. Dieser Raum birgt so viel Albträume für mich. Erst durch meinen Dad und jetzt durch Henry.

Ich schlucke den dicken Kloß in meinem Hals runter und betrete das Zimmer. Meine Hände sind eiskalt und schweißnass, denn ich will nicht hier sein. Nicht in diesem Raum.

Bilder blitzen vor meinem inneren Auge auf, Bilder die ich lieber vergessen würde. Schreie, meine Schreie dröhnen in meinen Ohren und ich sehe seinen Gürtel, höre das Zischen, spüre die Wucht jedes Schlags.

Nein.

Verdammt, Amelia. Reiß dich zusammen.

Ich schüttle meinen Kopf, um diese Gedanken zu vertreiben, und gehe zu meinem Safe. Als ich am Schreibtisch meines Bruders vorbeikomme, schweift mein Blick über ein achtlos hingelegtes Blatt Papier, und zuerst gehe ich weiter, doch das gerichtliche Wappen darauf lässt mich stoppen und es genauer betrachten.

Zwangsvollstreckung?!

Mein Herz setzt einen Moment aus und ich greife automatisch nach dem Dokument. Das hier ist die gerichtliche Bekanntgabe über die Zwangsvollstreckung von Perlington House.

Was zur Hölle geht hier vor sich?

Mein Herz rast, und meine Gefühle sind ein Chaos. Einerseits will ich jubeln, dass dieses schreckliche Haus endlich wegkommt, doch andererseits ist es trotz allem mein Zuhause gewesen und ich will verdammt nochmal wissen, was Henry getan hat, dass es so weit kommen konnte.

»Da ist ja das dumme Miststück … das mir meine Zukunft versaut«, lallt eine bedrohliche und nur allzubekannte Stimme und ich wirble herum. Panik sticht sich wie eine Dornenranke in meine Eingeweide und ich halte das Stück Papier krampfhaft in meinen Händen.

Mein Bruder steht mit geballten Fäusten im Türrahmen und ist nicht erfreut mich zu sehen.

Nein. Nein. Nein.

Wieso ist er hier? Er sollte doch im Schloss sein.

Mein Herz rast unnatürlich schnell und ich sehe mich hastig um, doch Henry versperrt mir den Weg nach draußen.

Ich sitze in der Falle.

Sein Gesicht ist eine einzige grausige Fratze aus Wut und ich sehe, dass er getrunken hat. Viel getrunken. Seine Augen sind rot umrändert und er sieht mich daraus hasserfüllt an.

Was? Was habe ich getan?

»Henry … ich … was tust du hier?«, rutscht es mir zitternd über die Lippen und ich weiche ein paar Schritte zurück, als er bedrohlich ganz ins Zimmer kommt und …

Nein.

Er schließt die Tür hinter sich und dreht den Schlüssel im Schloss um.

Oh Himmel, bitte nicht.

Mein Körper reagiert sofort und beginnt unkontrolliert zu zittern, während ich immer weiter nach hinten ausweiche, wohlwissend, dass die Wand kommt und ich nicht wegkann.

»Weißt du, ich habe wirklich versucht, ein guter Sohn zu sein. In Vaters Fußstapfen zu treten. Doch welch Ironie, ich habe versagt. Ich wollte nur einmal ein Risiko eingehen, einmal tun und lassen, was ich will. Scheiße, ich hatte Spaß, so viel Spaß. Die Nutten, die Wetten ...« Er hört sich an, als ob er jeden Moment den Verstand verliert, während er mich mit einem Blick durchbohrt, bei dem sich mir die Nackenhaare aufstellen. Dabei kommt er langsam immer näher und näher.

»Henry ... ich ...«

»HALT'S MAUL. HALT DEIN DUMMES MAUL«, schreit er mich so plötzlich an, dass ich zusammenzucke und mich automatisch kleinmache.

»Du ... du solltest mein Ticket in die Freiheit sein. Aber du hast alles versaut. Weißt du, wenn man zu viel Glück hat, rächt sich das irgendwann. Tja, ich hatte einfach Pech. Und du solltest das wieder ausgleichen. Du. Aber nein ... Amelia ist selbst dafür zu dumm.«

Wahnsinnig. Er ist einfach wahnsinnig, redet wirres Zeug.

Trotzdem schneiden seine Worte tief in mein Herz, denn ich habe wieder nicht genügt. Dabei weiß ich noch nicht einmal, was ich diesmal falsch gemacht habe.

»Meine kleine süße naive Schwester, die natürlich wieder mal nichts ahnt, nicht wahr?«, verhöhnt er mich weiter und ich sehe ihn nur aus riesigen Augen an. Unterdrücke die aufsteigende Übelkeit, denn ich brauche meinen Kopf bei klarem Verstand.

Ich muss hier weg.

Doch Angst und Panik sind eine beschissene Kombination und ich fühle mich wie gelähmt. Ich bin gelähmt.

»Er hat mich verbannt. Dabei war alles so bombensicher. Du hättest nur deine verdammte Arbeit machen müssen und nicht auffallen. Aber nein, meine Schwester muss ihre Beine für andere breitmachen und lässt sich dabei auch noch ablichten. Jetzt wurde ich verbannt. Alles weg. Wegen dir.« Seine Augen bohren sich in meine und ich sehe ihn wie gebannt an, das wahnsinnige, hasserfüllte Lodern darin - und das ist mein Fehler.

Ein Schrei dringt aus meiner Kehle, als er sich wie ein Irrer auf mich stürzt. Ich versuche, auszuweichen, doch ich knicke um und stolpere, so dass er mich zu fassen bekommt.

NEIN.

Er reißt mich zu sich, packt meine Haare und donnert meinen Kopf mit voller Wucht auf den Schreibtisch.

Schmerz, da ist nur noch Schmerz, es dröhnt und ich sehe nur noch verschwommen. Und meine Beine geben nach.

»Du dumme, dumme Schlampe. Das hast du jetzt davon«, zischt er, während er mich an den Haaren über den Boden schleift.

Schmerz.

Es tut weh.

Nicht.

Aufhören!

Doch er hört nicht auf.

»Nnn... iiichhtt ...«, wimmere ich, doch er lacht nur höhnisch.

»Bitte, was? Willst du, dass ich aufhöre? Dass ich einfach so darüber hinwegsehe, wie viel Schande du über mich gebracht hast? Vergiss es. Dafür bezahlst du.« Sein Speichel tropft mir ins Gesicht, da er mich dicht zu sich gezogen hat, und ich muss schwer schlucken, versuche, die Übelkeit zurückzudrängen. Doch ich schaffe es nicht und muss würgen. Erbreche mich auf seine Schuhe.

»Oh Scheiße, du blöde Schlampe.« Seine Faust trifft meine Wange, und er lässt mich fallen. Ich krümme mich, rieche mein eigenes Erbrochenes und muss noch mehr würgen.

Es tut so weh.

Nicht.

Sein Fuß trifft mich am Unterleib, am Bauch. Immer und immer wieder. Es knackt laut, und es dröhnt in meinen Ohren.

»DU.« Tritt.

»BIST.« Tritt.

»SCHULD.« Tritt.

Sterben. Ich will sterben.

Es tut weh, es zerreißt mich. Mein Körper brennt, steht in Flammen, wird aufgeschlitzt. Schreie Hallen in meinem Kopf, laute Schreie.

»Halt´s Maul.« Schlag.

»HALT ENDLICH DEIN DUMMES MAUL.« Tritt.

Mein Körper bäumt sich auf unter der Qual, ich spüre noch, wie etwas Warmes über meine Lippe läuft, dann versinke ich endlich in der erlösenden Dunkelheit.

Es tut mir leid, Nicolas …

KAPITEL 16

Nicolas

Cedric kann nicht so schnell reagieren, wie ich Damien am Kragen packe und meine Faust in sein Gesicht donnere.

»Du verdammtes Arschloch. Warum? WARUM?« Meine Stimme ist heiser und rau und ich will ihn umbringen. Ich will ihn dafür bezahlen lassen, was er getan hat.

Er ist mein bester Freund, verflucht.

Säure steigt meine Kehle hinauf, als die Bilder, die ich gerade gesehen habe, wieder aufploppen und ich schlage blind zu.

Wieso?

Verrat raucht wie eine giftige Schlange durch meine Venen und ich sehe nur noch diese Bilder.

»NIC! Verdammte Scheiße, du bringst ihn um«, brüllt Ced und reißt mich von Damien weg, der völlig weggetreten und blutüberströmt auf meine Couch sackt.

»Nein. Lass mich. Er … GOTTVERDAMMTE SCHEISSE, ER HAT MEINEN VATER GEFICKT!«

Totenstille.

Cedric lässt mich auf der Stelle los und starrt mich mit aschfahlem Gesicht an.

»Was? Was hast du gesagt?« Ungläubig sieht er mich an und ich fahre mir mit der Hand übers Gesicht. Versuche, die Wut und den Verrat, den Schmerz zu unterdrücken, doch sie schneiden mir wie ein scharfes Messer in die Eingeweide und in mein Herz.

Er hat … meine Mutter … Phil … verdammte Scheiße.

»Sieh selbst.« Ich nicke zu meinem Laptop und gehe zu meiner Bar, schenke mir erst gar kein Glas ein, setze die Flasche an und nehme einen kräftigen Schluck.

Fuck.

»Fuck, verdammte Scheiße, Dam! Warum? Wer hat dir so dermaßen ins Hirn geschissen, dass du so eine Scheiße machst?« Cedric sieht Damien an, der sein rechtes Auge nicht mehr aufbekommt, doch das andere - und das jagt das Messer noch tiefer in die Wunde - explodiert vor Schmerz und es rinnen Tränen daran herab.

Fuck. GOTTVERDAMMTER FUCK!

»Er … ich … wollte das nicht. Ich … er hat mich überrumpelt, als ich völlig dicht war, ich erinnere mich an die Hälfte nicht einmal richtig. Es ist alles verschwommen, und Scheiße, ich hab mich hinterher vor mir selbst geekelt.« Seine Stimme bricht und in mir bricht es auch.

Dass mein Vater ein Arschloch ist, wusste ich. Aber ich hatte keine Ahnung, wie krank und machtversessen er wirklich ist. Doch ich glaube Damien. Ich glaube ihm. Und das macht es nicht besser.

»Henry hat das Filmmaterial bekommen, von Richardson. Er hat deinen Vater erpresst. Und dein Vater hat mir gedroht, dass, wenn ich die Wahrheit sage, dann … er hat Robins auch auf mich angesetzt. Ich … fuck.« Er bricht ab, doch in mir bricht ein Tornado aus.

»Richardson? Du meinst den Richardson, von dessen Computer wir die Dateien haben? Der, der mit meinem Vater gemeinsame Sache gemacht hat und sich fürstlich dafür bezahlen ließ, dass er darüber den Mund hält, dass unser König Männer fickt? Viele Männer, und die mundtot macht? Genau der König, der Homosexualität als krank und abartig bezeichnet hat?!«

Dieser Drecksack ist tot.

Er hat ein doppeltes Spiel gespielt und deshalb einen Menschen auf dem Gewissen. Und meine Frau in diesen Wahnsinn getrieben.

»Er … was? Oh fuck, dieser Wichser.« Damien keucht schockiert auf, denn dass er nicht der Einzige ist, den mein Vater gevögelt hat, wusste er offensichtlich nicht.

Ced lässt sich fassungslos auf den anderen Sessel fallen.

»Heilige Scheiße, was ist das für ein krankes Spiel?«, fragt er in die Runde, ohne wirklich eine Antwort zu erwarten. Dafür habe ich auch keine Zeit.

Ich ziehe erneut mein Handy aus der Tasche, um Amelia zu erreichen. Doch wieder geht nur die Mailbox ran.

»Verdammt, sie geht nicht dran«, fluche ich vor mich hin und Damien horcht auf.

»Wer? Amelia? Wo ist sie?« Er klingt alarmiert, als realisiert er erst jetzt, dass sie nicht hier ist.

»Sie wollte nach Perlington House, ein paar Sachen holen und dann hierher kommen. Sie weiß noch nichts von der ganzen Scheiße«, gebe ich unendlich müde zurück, doch Damien wird kreidebleich.

»Du musst sofort hin. Wenn ihr Bruder sie erwischt bekommt … oh fuck, verdammt.« Er flucht und setzt sich ächzend wieder auf, doch ich bin hellwach und jetzt zum Bersten angespannt.

»Wenn wer sie in die Finger bekommt? Was meinst du, zur Hölle?« Meine Augen verengen sich zu Schlitzen und ich gehe drohend auf ihn zu, in mir kocht es förmlich und ich ertrage nicht mehr viel.

»Ich … sie hat mich angefleht nichts zu sagen und ich dachte einmal, ein Mal bin ich ein guter Freund. Henry misshandelt sie. Er schlägt sie. Sollte er sie dort antreffen …« Er braucht nicht weiterreden.

Die Narben. All ihre Narben kommen mir in den Sinn und mir wird eiskalt. Mein Herz krampt sich heftig zusammen, denn jetzt habe ich Angst. Rohe, ungefilterte Angst.

Ich bin schon am Fahrstuhl, Ced neben mir, als ich mich nochmal zu Damien umdrehe.

»Warte hier auf Lizzy. Wenn sie ankommt, fahrt nach Perlington House. Danach will ich dich nicht mehr sehen.« Er zuckt bei meinen Worten zusammen, aber das ist mir egal.

Ich habe jetzt nur eine Priorität: Goldlöckchen.

Noch nie bin ich so schnell an meiner Maschine gewesen. Ced folgt mir stumm, zu geschockt zum Sprechen und voller Sorge. Wir brauchen auch nicht reden.

Wenn er sie angefasst hat, ist er tot.

Wie schnell ich nach Perlington House gefahren bin, weiß ich im Nachhinein nicht mehr, doch kurze Zeit später renne ich die Stufen nach oben und hämmere gegen die Tür. Einer der Diener öffnet, und ich dränge mich ohne Worte an ihm vorbei ins Innere.

»Amelia«, brülle ich durch die gesamte Halle, doch natürlich erhalte ich keine Antwort.

Fuck. Wo? Wo ist sie?

Die Angst um meine Frau schnürt mir die Kehle zu, ich will durchdrehen, als eine der Bediensteten auf mich zueilt, schockiert und bleich.

»Ich habe sie gefunden, Eure Hoheit, und den Rettungsdienst gerufen. Sie … ich weiß nicht …«

»Wo?«, fahre ich sie an, denn ich habe keine Zeit.

Rettungswagen.

Fuck.

Das Adrenalin schießt wie wild durch meine Adern, als sie »Arbeitszimmer« sagt, und ich renne. Renne um das Leben meiner Frau.

»Amelia«, rufe ich noch einmal, als ich schlitternd vor dem Raum zum Stehen, komme, doch wieder keine Antwort.

Mein Herz hämmert mir bis zum Hals, als ich das Zimmer betrete, und fuck, nein, es bleibt stehen. Ich kann nicht mehr atmen, denn sämtliche Luft wird mir bei ihrem Anblick aus den Lungen gepresst.

»Goldlöckchen, Babe, nein.«

Innerhalb einer Sekunde knie ich neben ihr, aber verdammt ich weiß nicht, wo ich sie anfassen soll. Sie ist blutüberströmt, ihr Gesicht völlig zerschlagen, doch das ist nichts im Vergleich zu dem Stück Haut, das ich an der Stelle sehe, wo ihr Hoodie nach oben gerutscht ist. Dort verfärbt es sich bereits dunkellila.

»Oh, verdammter Scheißdreck.« Ced Stimme ertönt geschockt hinter mir, doch ich reagiere nicht darauf. Ich will ihr helfen. Aber wie? Wo?

Goldlöckchen, verdammt, warum hast du nichts gesagt?

»Ich … ich weiß nicht, wo ich sie anfassen kann, Ced. Scheiße verdammt, ich weiß nicht, wie ich ihr helfen soll.« Jedes Wort kommt brüchig über meine Lippen, und fuck, ich fange gleich an zu heulen. Ich sehe, dass sich ihr Brustkorb hebt und senkt, aber sehr unregelmäßig, und die Krallen der Angst schlagen sich tiefer. Und tiefer. Der Druck auf meiner Brust wird unerträglich und ich habe das Gefühl zu ersticken.

»Du stirbst mir hier nicht weg, hast du mich verstanden?«, flüstere ich heiser und greife vorsichtig nach ihrer Hand, um den Puls zu fühlen. Schwach aber da.

Fuck.

Sanft streiche ich ihr über die Stirn, ihre kleine Hand fest in meiner.

Er hat sie fast totgeprügelt. Er hat sie die ganze Zeit gequält. Ihr Körper ist völlig zerschlagen.

Jemand tippt mir auf die Schulter, doch ich schlage die Hand einfach weg.

»Verpiss dich. Ich muss …« Meine Stimme bricht und fuck, die Verzweiflung überrollt mich wie ein riesiger Tsunami.

»Komm schon, Babe, mach die Augen auf. Bitte.« Ich bettle nie. Niemals. Doch hier und jetzt würde ich den Teufel anbeten, wenn es sein müsste, um sie zu retten.

»Der Rettungsdienst ist da, Nic. Du musst sie durchlassen, komm schon.« Ceds Stimme dringt an mein Ohr und ich drehe mich langsam zu ihm um, sehe, dass die Sanitäter mit einer Trage neben ihm stehen.

Scheiße, verdammt.

»Bitte … ich weiß nicht, wo ich sie anfassen kann. Sie … er … sie hat überall Hämatome. Bitte …« Ich flehe wie ein kleines Kind, aber das ist mir scheißegal. Sie sollen meiner Frau helfen.

Ced klopft mir sanft auf die Schulter und ich erhebe mich schwerfällig, will sie nicht allein lassen, doch ich weiß, dass die Sanitäter ihre Arbeit machen müssen. Benommen stehe ich da und sehe zu, wie sie Amelia vorsichtig untersuchen, wie sie wieder wimmert, und ich balle die Hände zu Fäusten, um sie nicht sofort von ihr wegzuschlagen.

Sie sollen ihr helfen, ihr nicht zusätzlich Schmerzen bereiten.

»Nnii… ccooo… llasss.«

Fuck.

Ich schiebe einen der Männer unsanft zur Seite und bin sofort bei ihr.

»Ich bin hier, Goldlöckchen. Ich bin hier.« Sacht streiche ich ihr über die Locken, drücke meine Lippen vorsichtig auf ihre Stirn und atme ihren Duft ein. Sie hat ein Auge offen und ich sehe, wie sie versucht, zu fokussieren und ins Hier und Jetzt zu gelangen, doch es gelingt ihr nicht richtig.

»Majestät, Ihr müsst bitte etwas zur Seite, damit wir sie ins Krankenhaus bringen können.«

»Sir, bitte, Sie sind im Weg.«

»Nn… ein. Nn… icht ge… hen«, keucht Amelia und greift mit ihrer Hand nach mir, und mein Kopf wandert ganz langsam zu dem netten, aber gleich sehr toten Herrn, wenn er nicht sofort die Fresse hält. Ich weiß, mein Blick ist tödlich, denn er zuckt förmlich zurück vor mir. Seinen freundlichen, mitfühlenden Hinweis, dass ich im Weg bin, kann er sich sonst wo hinstecken. Einen Scheiß bin ich. Das ist meine Frau. Und sie braucht mich.

»Ich gehe nirgendwo hin, Goldlöckchen. Ich bin hier«, lasse ich den Typen wissen und er nickt mit zusammengepressten Lippen.

»Dann los. Wir müssen sie dringend ins CT bringen, da ich nicht abschätzen kann, wie schwer die inneren Verletzungen sind.«

Bei den Worten krampft sich mein Magen heftig zusammen und ich beiße hart die Zähne aufeinander.

Sie wird nicht sterben. Nicht hier und nicht heute.

»Ich komme mit.«

Keine Widerrede. Wagt es und widersprecht mir und ich lasse hier und jetzt, in diesem Raum meine ganze aufgestaute Wut raus. NIEMAND trennt mich jetzt von meiner Frau.

»Geh und sag Lizzy und Damien Bescheid. Und ruf Eric an. Er soll die Presse im Auge behalten, falls doch etwas durchsickert. Niemand darf erfahren, wo sie hingebracht wird. Verstanden?«

Ced nickt nur, seine Lippen zu einer schmalen Linie zusammengepresst und ich setze mich gemeinsam mit den Sanitätern in Bewegung. Amelias Hand immer noch fest in meiner, obwohl sie wieder weggenickt ist. Mein Handy klingelt, und ich höre am Ton, wer es ist, und ignoriere es. Mein Vater wird noch früh genug das Vergnügen mit mir haben.

***

Die Fahrt ins Krankenhaus kommt mir ewig vor, doch zumindest haben sie Amelia etwas gegen die Schmerzen gegeben und sie schläft tief und fest. Sie wurde an den Überwachungsmonitor angeschlossen, alles Weitere wird das CT gleich ergeben.

Ich lasse sie nicht einen Moment los, geschweige denn aus den Augen, doch in meinem Kopf herrscht ein einziges Chaos. Meine Gedanken wirbeln nur so durch die Gegend, mein Gehirn hat Schwierigkeiten, die ganzen Enthüllungen, die auf mich eingeprasselt sind, zu verarbeiten. Dabei weiß ich noch längst nicht alles.

Als wir vor dem Krankenhaus halten, ertönt wieder die Stimme des Sanitäters.

»Wir bringen sie jetzt ins CT und dann in den privaten Flügel, Hoheit. Ihr könnt dort in ihrem Zimmer auf sie warten.«

Langsam hebe ich den Blick, ein gefährliches Versprechen darin, doch diesmal lässt er sich nicht einschüchtern.

»Zur Untersuchung können sie nicht mit, egal wie sehr sie mir drohen«, teilt er mir knapp mit und ich schlucke.

Ich muss wissen, dass es ihr gut geht. Ich will sie nicht allein lassen. Alles in mir sträubt sich, Amelia auch nur noch eine Sekunde aus den Augen zu lassen.

»Ich will sofort Bescheid bekommen, wenn die Ergebnisse da sind. Sofort. Und sorgen Sie dafür, dass meine Schwester und mein bester Freund zu mir kommen«, gebe ich harsch zurück und vermeide jeden Gedanken an Damien.

Mein Blick gleitet über Amelia und erneut krampft sich alles zusammen und der Druck auf meine Brust nimmt wieder zu. Noch nimmt meine Angst um sie zu viel Raum ein, zwingt mich fast in die Knie, doch ich spüre das Brodeln und Köcheln tief in meinem Inneren. Hass, da ist so viel Hass.

»Nicolas?«, wispert Amelia plötzlich und ich beuge mich zu ihr, drücke sanft ihre Hand.

»Ich bin hier, Goldlöckchen«, murmele ich und küsse sie sanft auf die aufgeplatzte Lippe.

»Er … « Sie stockt, schluckt schwer und eine Träne rinnt über ihre Wange, als sie voller Scham die Augen schließt. Und dieser Anblick zerreißt mich.

Fuck, verdammte Scheiße.

»Shhh, Babe. Nicht jetzt. Ruh dich aus, ok? Ich bin da und ich gehe nicht weg. Du wirst gleich untersucht und dann sehen wir weiter, ok?« Unaufhörlich beginne ich, ihr über die Haare zu streichen, und sie nickt, während die Tränen stumm weiter über ihre Wangen laufen.

Oh, ich kille sie alle. Ich werde jeden Einzelnen umbringen, der ihr in Zukunft auch nur zu nahe kommt.

Und ihr Wichser von Bruder, den töte ich als Erstes.

Amelia

Der Schmerz, der meinen Körper zerrissen und zerfetzt hat, der sich in mein Herz, meine Seele, in mich gebrannt hat, ist nur noch ein weit entferntes Pochen. Mein Körper schwebt, meine Gedanken kommen und gehen, sind nur bruchstückhaft da und mein Kopf, mein Verstand sind hinter einer dicken weißen Nebelwand verborgen. Immer wieder blitzt etwas auf, will nach mir greifen und sich an mir festkrallen, doch immer wieder drifte ich weg und entwische diesem Etwas, das selbst durch meine herrlich ruhige und stille Blase bedrohlich und dunkel wirkt.

Stimmen dringen immer wieder an mein Ohr, manchmal ganz nah, manchmal unendlich weit weg und ich rieche ihn, spüre, dass er da ist. Fühle die Sicherheit, die er ausstrahlt.

»Komm schon, Goldlöckchen, mach deine wunderhübschen Augen für mich auf. Bitte.« Da ist sie wieder, meine liebste Stimme, doch anders als sonst will ich antworten, will ich die Augen aufmachen und ihn ansehen.

Ich bin doch hier. Ich höre dich. Merkst du das nicht?

Er klingt so verzweifelt, so ängstlich, aber das muss er nicht sein. Mir geht es gut. Glaube ich.

Wo bin ich überhaupt?

Der Nebel lichtet sich ein bisschen und Bilder blitzen auf, Bilder die ich nicht sehen will.

Nein. Nein. Nein.

Schmerz, da ist so viel Schmerz und Angst.

Wo ist mein Nebel? Wo ist die Blase?

Piep. Piep. Piep. Piep. Piep.

Das Geräusch dröhnt in meinen Ohren, hat denselben Takt wie mein Herz.

Piep. Piep. Piep. Piep. Piep.

»Amelia. Hey. DOKTOR! SCHNELL! IRGENDETWAS STIMMT NICHT.«

Nicolas. Die Stimme gehört Nicolas und er hört sich panisch an. Aber er hat recht. Irgendwas stimmt hier nicht, denn mein schützender Nebel ist weg, mein Körper pocht dumpf, genauso wie mein Kopf, und diese Bilder jagen mich. Sie jagen mich, doch ich kann nicht davonlaufen. Aber sind sie real? Denn wenn ja, würde das bedeuten …

NEIN!

Panisch schlage ich meine Augen auf, versuche, zu atmen, doch es geht nicht richtig. Ich versuche, Luft zu holen, immer schneller und schneller, denn in meine Lungen ist nicht genug davon. Die Angst hat sich um mein Herz gelegt, ist dabei, es zur zerquetschen und ich, ich kann nichts tun.

Henry. Henry hat mich erwischt. Hat mich verprügelt.

Graue, besorgte und von Angst durchzogene Augen tauchen über mir auf und ich sehe, dass er etwas zu mir sagt. Seine Lippen bewegen sich, doch ich kann ihn nicht hören, denn es rauscht nur so in meinen Ohren. Hände legen sich an meine Wangen, seine Hände. Ich rieche ihn, fühle sie, und ich starre ihn an, halte mich an seinem Blick fest, wie eine Ertrinkende und langsam, ganz langsam dringt seine Stimme zu mir durch.

Nicht loslassen. Nicht alleinlassen.

»Einatmen. Ausatmen. Komm schon, Goldlöckchen. Du kannst das. Ja, genau. Einatmen. Ausatmen. Und nochmal.« Seine Stimme ist Balsam, seine Berührung ist Balsam und ich tue, was er sagt, atme gemeinsam mit ihm, während er mich Stück für Stück aus dieser Panikattacke herauszieht.

»Braves Mädchen. Und weiter. Ich bin hier und keiner kommt hier herein. Nur ich und Lizzy. Niemand sonst. Du bist sicher«, beruhigt er mich weiter und so langsam entspannt sich mein Inneres. Mein Herzschlag wird langsamer, meine Atmung wird ruhiger und ich werde unendlich müde.

»Nicht … weggehen«, wispere ich leise und drifte wieder in die Dunkelheit.

***

Mein Mund ist staubtrocken, meine Kehle fühlt sich wie ein Reibeisen an, mein Körper ist bleischwer und er ist seltsam schwerfällig. Und dieses verdammte Piepen ist wieder da.

Langsam öffne ich meine Augen, blinzle, kneife sie wieder zusammen, weil die Helligkeit, die mich erwartet, mich blendet, und ich auf eine beige Decke mit eleganter Lampe starre.

Wo zum Teufel bin ich hier?

Langsam drehe ich meinen Kopf und muss ein Stöhnen unterdrücken, weil er so schwer ist und dumpf pocht.

Das Erste, was ich erkenne, ist, dass ich im Krankenhaus bin. Mein Magen schlingert, als diese Erinnerungsfetzen wieder aufploppen und schnell schiebe ich sie beiseite. Das Zweite, was mir ins Auge sticht, sind der dunkle Haarschopf und das schlafende Gesicht von Nicolas, das neben mir auf dem Kissen liegt. Er sieht selbst im Schlaf unendlich müde aus.

Meine Hand gleitet an seine Wange und ich streiche zart darüber, und seine Mundwinkel heben sich ganz leicht.

Ohhh.

Mein Herz beginnt, bei dieser süßen Reaktion schneller zu schlagen. Leider beschleunigt es auch wieder das Gepiepse, weshalb Nicolas erschrocken die Augen aufreißt und sich nach oben stemmt, um mich voller Panik anzusehen.

»Amelia. Was … oh fuck, du bist wach!« Seine Stimme ist ganz rau vom Schlaf und er fährt sich schnell durch die Haare, starrt mich mit seinen grauen Augen ungläubig an.

»Hi«, sage ich krächzend und hebe meine Hand, was mir unglaublich schwerfällt, denn sie wiegt, glaube ich, hundert Tonnen.

»Fuck, Babe … ich … Scheiße …« Seine Stimme versagt tatsächlich und er streckt seine Hand, die extrem zittert, langsam nach mir aus und legt sie an meine Wange. So vorsichtig, als sei ich aus Glas.

Trotz des Schmerzes, den ich verspüre, schmiege ich mich in seine Berührung. Tränen steigen mir in die Augen, denn diese Geste, die Art, wie sehr er mit der Beherrschung kämpft, wegen mir, öffnet alle Schleusen und mein mühsam aufrecht erhaltener Damm bricht vollends ein.

Er hat Angst um mich.

Er hat sich Sorgen gemacht.

Er ist hier.

»Shhh, Babe, nicht weinen. Ich bin hier. Es wird alles gut versprochen«, bittet er mich fast verzweifelt und beugt sich zu mir herunter, legt seine Stirn an meine, atmet einmal tief ein und wieder aus.

Er ist hier.

Er weiß es.

Er ist trotzdem hier.

Meine Gedanken und Gefühle - Angst, Scham, Erleichterung und Liebe - wirbeln wild durcheinander und ich halte diesem Sturm nicht länger stand. Die Tränen, die ich so verzweifelt versucht habe, zurückzuhalten, beginnen stumm über meine Wangen zu laufen.

Er ist hier. Hier bei mir.

Sein Daumen streicht so unendlich sanft über meine verletzte Wange, und dann presst er seine Lippen auf meine Stirn, sieht mich danach weich und liebevoll an.

»Du hast mir einen ganz schönen Schrecken eingejagt, Goldlöckchen, weißt du das?« Noch immer hält er mein Gesicht in seinen Händen, sein Blick lässt meinen nicht los, und ich sehe die Angst, die er um mich hatte, darin.

Prompt durchspült Scham jede Pore meines Körpers und ich schließe geschlagen die Augen.

»Es … es tut mir leid. Er … ich …« Doch Nicolas lässt mich nicht ausreden, unterbricht mich harsch.

»Wage es nicht. Wage es nicht und entschuldige dich für diesen dreckigen Bastard. Nichts, aber auch gar nichts hiervon ist deine Schuld. Gar nichts! Dieser Wichser wird dafür zahlen, was er dir angetan hat.« Er ist so wütend, ich höre den ungefilterten Zorn in seiner Stimme, die so hart und scharf ist, dass sie die Luft zerschneiden könnte.

Doch so einfach ist das nicht. Nicht für mich, deshalb weiche ich seinem Blick weiter aus, das brennende Gefühl in meinem Inneren, doch dafür verantwortlich zu sein, wie eine klebrige Masse an mir klebend.

»Guck mich an, Goldlöckchen. Bitte.« Seine Finger umschließen zart mein Kinn und drücken es vorsichtig in seine Richtung, so dass ich keine andere Wahl habe, als ihn anzusehen, ohne mich weiter zu blamieren.

Oh Gott.

In seinen Augen tobt ein Sturm, ein Sturm, der nicht mir gilt, der mich aber trotzdem erschreckt. Sie funkeln kalt, eiskalt mit einem tödlichen Versprechen darin. Er merkt, dass ich zusammenzucke, und sofort wird sein Blick weicher.

»Dein Bruder ist ein Monster. Ein kranker Mann, der seine Aggressionen nicht im Griff hat. Du hast nichts falsch gemacht. Nichts. Wenn ich ihn in die Finger kriege …«

Er beendet den Satz nicht, doch ich sehe ihm an, was er meint. Und mein Herz macht einen Hüpfer. Einen Hüpfer vor Freude, denn noch nie hat sich jemand so vor mich gestellt. Noch nie ist in diesem Punkt jemand auf meiner Seite gewesen.

Meine Mutter meinte immer, ich sei selbst schuld, wenn ich meinen Vater ständig so provoziere. Für meinen Bruder gab es auch immer nur mich und mein Verhalten als Auslöser, und irgendwann glaubt man es.

»Er hat es nicht anders gelernt …«, gebe ich murmelnd preis und versuche, die erneute Welle der Scham zu ignorieren.

Nicolas‘ Augen weiten sich, als er begreift, was ich damit sagen will, und er richtet sich ganz auf, fährt sich überfahren mit der Hand über sein Gesicht.

»Puhhh … fuck … das kann doch nicht wahr sein«, stößt er fassungslos aus, bevor er mich wieder ansieht.

»Es tut mir leid. Es tut mir so leid, dass deine kranke, dumme Familie dir das angetan hat. Aber es rechtfertigt sein Verhalten nicht. Er wird dafür bezahlen, Lia. Das verspreche ich dir. Jetzt ruh dich aus, ich gehe den Arzt holen und halte Lizzy auf. Sie wird dich sonst sofort bestürmen, aber du brauchst …«

»Nein. Lass sie bitte zu mir. Bitte.« Ich brauche meine beste Freundin. Ich muss es ihr erklären. Ich muss selbst mit ihr sprechen und auch wenn sich mir vor Angst der Magen umdreht, weil ich verstehen würde, wenn sie sauer ist, dass ich sie so lange angelogen habe, brauche ich sie jetzt.

Ein Lächeln umspielt seine Lippen bei meinem Ausruf und er beugt sich wieder zu mir herunter, sein Gesicht dicht vor meinem, und mein Herz springt gleich aus der Brust.

Die Schmetterlinge sind wieder da, als er mit seiner Nase über meine streicht und mich so unendlich zärtlich küsst, dass ich schlucken muss, um die Tränen zurückzuhalten.

»Dein Wunsch sei mir Befehl … Prinzessin«, raunt er und erhebt sich und sofort fehlt mir seine Wärme.

»Wie lange … ich meine, seit wann …« Ich sehe mich in dem Raum um und merke erst jetzt, dass ich in einem extrem luxuriösen Zimmer untergebracht bin. Wahrscheinlich extra für die königliche Familie gemacht.

Nicolas Blick wird dunkler und härter, als er antwortet.

»Fast vier Tage.«

Ich schlucke schwer, denn oh Himmel, vier Tage sind … lang. Er merkt, dass ich mehr fragen will, doch er schüttelt den Kopf.

»Nicht jetzt. Ruh dich aus und wenn es dir bessergeht, reden wir.« Seine ganze Haltung ist unnachgiebig und ich weiß, dass ich für den Moment nicht weiterkomme. Und wenn ich ehrlich bin, will ich mich auch noch gar nicht damit beschäftigen. Deshalb nicke ich nur und er verlässt leise das Zimmer.

***

Ich muss kurz weggedöst sein, denn als ich die Augen wieder öffne, sitzt meine beste Freundin neben meinem Bett und mustert mich voll Sorge. Die Erleichterung steht ihr ins Gesicht geschrieben, als sie auf meinen Blick trifft, und sie versucht sich an einem schiefen Grinsen. Was ihr völlig misslingt.

»Da bist du ja wieder. Du hast mir echt Angst gemacht mit deinem Dornröschenschlaf, weißt du«, will sie das Ganze auflockern, doch ich höre das Zittern in ihrer Stimme.

»Komm her«, bitte ich sie leise und klopfe neben mich. Das lässt sie sich nicht zweimal sagen und schlüpft zu mir aufs Bett, vorsichtig, um mir nicht wehzutun.

»Ich hatte so schreckliche Angst um dich, Lia. Du … du hast furchtbar ausgesehen. Er hat … Großer Gott, weshalb hast du nie etwas gesagt?« Da ist sie, diese alles entscheidende

Frage. Mein Magen krampft sich heftig zusammen und der Kloß in meinem Hals wird größer.

Lizzy liegt seitlich neben mir, sieht mich an und ich schließe geschlagen die Augen.

»Ich … ich habe mich so fruchtbar geschämt. Zuerst war ich neidisch, als mein Vater noch am Leben war, denn bei euch war alles so anders. Deine Mutter … sie ist ein Engel. Dein Vater … er … er ist zumindest anders, als meiner es gewesen ist, und ich habe nicht verstanden, weshalb ich nie gut genug war. Weshalb ich bestraft wurde, aber sonst in meinem Umfeld offensichtlich niemand. Dann, als Dad tot war, als Henry … na ja, ich dachte, ich habe es nicht anders verdient. Und ich habe mich geschämt. So furchtbar geschämt, dass ausgerechnet mir so etwas passiert«, antworte ich leise, ohne sie anzusehen.

»Du weißt, dass das unglaublich dumm ist und war, oder? Niemand, absolut niemand verdient Gewalt, Misshandlung und Schläge. Deine Familie hat einen ziemlichen Dachschaden, das ist dir jetzt hoffentlich klar.« Lizzy ist sauer, ich höre, dass sie sich in Rage geredet hat, und drehe meinen Kopf doch zu ihr.

»Ich glaube, das ist mir inzwischen bewusst, japp«, gebe ich trocken zurück und sehe an mir herab. Noch habe ich das Ausmaß meiner Verletzungen nicht begriffen und auch nicht danach gefragt, aber wenn ich vier Tage komplett weg war, muss es schlimm sein.

»Aber falls es dich beruhigt, meine Familie ist auch nicht viel besser. Zumindest muss ich deine Meinung über meinen Vater revidieren.« Sie verzieht angeekelt das Gesicht und jetzt hat sie meine Aufmerksamkeit.

»Was …« Doch ich werde unterbrochen. Schon wieder.

»Nicht jetzt. Lizzy, verdammt, du sollst doch warten«, schimpft Nicolas, der im Türrahmen lehnt und uns wohl schon eine Weile beobachtet hat.

»Was? Sie hat ein Recht darauf, es zu erfahren und das Pflaster lieber sofort abzuziehen, als es langsam und qualvoll zu machen.« Sie setzt sich auf und funkelt ihren Bruder wütend an.

»Kann mich bitte einer aufklären, von was ihr redet?«, gehe ich etwas genervt dazwischen, denn in diesem Punkt gebe ich Lizzy recht. Lieber direkt, als mir wieder irgendwas zu verheimlichen.

»Mein Vater hat Damien gevögelt, etliche andere auch. An dem Tag des Unfalls hat er von Richardson, der Damien und Phil beschattet hat, erfahren, dass Damien Phil gestanden hat, ihn betrogen zu haben. Daraufhin hat er Richardson gebeten, euch beide zu verfolgen, euch ein bisschen zu bedrängen, damit Phil abgelenkt wird. Damit er nicht weiter nachbohrt. Er hat Richardson bestochen, euch ein bisschen Angst zu machen - und ist somit mitverantwortlich für Phils Tod. Dein Bruder hat das gewusst, weil Richardson ein doppeltes Spiel gespielt hat, um dem Königshaus zu schaden und tadaaa, jetzt sind wir hier.« Sie breitet die Arme aus, doch ich sehe den Schmerz und die Wut in ihren Augen.

»Das … ok … warte … was??? Vielleicht doch ein bisschen viel auf einmal«, murmele ich vor mich hin und versuche, meine Gedanken zu sortieren. Ich merke, dass beide mich anstarren, doch in meinem Kopf setzt sich das Puzzle gerade noch zusammen.

»Jetzt … jetzt ergibt sein Verhalten einen Sinn. Beider Verhalten. Herr im Himmel, das … ach du heilige Scheiße!« Mit großen Augen sehe ich hoch, erst zu Lizzy dann zu Nicolas, denn bei Gott, jetzt ergibt alles einen Sinn.

Einen grausamen, aber durchaus logischen Sinn.

KAPITEL 17

Nicolas

»Was zur Hölle meinst du, Weib?« Verwirrt und alarmiert sehe ich meine Frau an, deren Gesicht in den unterschiedlichsten Violetttönen schimmert.

Amelia überhaupt so lebendig zu sehen, ist ein Geschenk, denn ich dachte eine Zeitlang wirklich, ich verliere sie.

Vier Tage. Vier verschissene Tage, die mich Jahre meines Lebens gekostet haben. In denen mir bewusst geworden ist, dass ich mein Herz an diese Frau verloren habe. Die ich nicht lieben wollte. Aber das tue ich.

Ich liebe Amelia, mit allem, was ich habe und besitze.

Die Angst, die ich den letzten Tagen hatte, will ich nie, wirklich nie wieder erleben, doch noch ist nicht alles vorbei.

Ich werde meinen Vater in den nächsten Tagen mit den belastenden Beweisen konfrontieren. Sobald Richardson verhaftet wurde. Meine Securityfirma hat genug Material, um ihn für Jahre wegsperren zu lassen, und genau das wird heute geschehen.

Damien habe ich seither nicht gesehen, aber Ced hat ein Auge auf ihn. Ich weiß nicht, ob ich ihm das alles verzeihen kann, wirklich nicht. Trotzdem will ich nicht, dass diesem Mistkerl etwas passiert. Einzig Henry, dieser verfickte Bastard, ist noch nicht wieder aufgetaucht, aber das wird er, und sobald er das tut, gehört er mir.

Lizzy und Amelia blicken beide zu mir und ich kann sehen, wie es im Kopf meiner Frau rattert. Sie schluckt schwer, blickt kurz zu Lizzy, dann wieder zu mir.

»Philipp hatte rausgefunden, dass Damien ihn betrogen hat. An dem Abend, an dem das mit uns öffentlich gemacht werden sollte. Er war völlig aufgelöst und wütend, so unglaublich wütend und ich denke, dass er wusste, mit wem. Allein schon die Tatsache, dass er ihn überhaupt hintergangen hat, war für ihn unerträglich. Aber jetzt verstehe ich auch die Abneigung, die er hatte, zu seinem Vater zu fahren. Und Damien … Gott, es ist so unglaublich dumm, was er gemacht hat, aber er tut mir so leid. So unglaublich leid. Er leidet. Er leidet so sehr, und vielleicht sollten wir uns erst einmal seine Geschichte anhören, bevor wir ihn verurteilen. Ich weiß, wovon ich spreche.«

Ihre Augen bohren sich mahnend und bittend zugleich in meine und es sticht kurz in meiner Brust, weil ich genau verstehe, was sie meint.

Wir haben alle zu schnell gehandelt und zu schnell über den anderen geurteilt. Aber sie bekommt es durch die Presse und die Öffentlichkeit am meisten zu spüren.

Doch noch bin ich nicht bereit dazu.

»Das mag sein, aber im Moment will ich ihn nicht sehen. Im Moment möchte ich ihn nicht mal in meiner Nähe, weil ich nicht weiß, ob ich ihm dann nicht die Scheiße aus dem Gesicht prügele.« Amelia zuckt bei meiner Wortwahl zusammen und sofort zieht es in meinem Magen und das schlechte Gewissen macht sich breit.

»Tut mir leid, Goldlöckchen, ich ….« Ich zucke mit den Schultern, denn eigentlich meine ich es genauso, wie ich es gesagt habe. Sie nickt kurz und nestelt dann an ihrer Bettdecke herum, aber ich sage nichts, lasse ihr Zeit, bis sie so weit ist.

»Was ist … was ist mit Henry?«, rückt sie dann mit der Sprache raus und mir entkommt ein aggressives Schnauben.

»Ist noch nicht gefasst. Keiner weiß, wo er ist. Aber er wird per Haftbefehl gesucht. Er hat den König mit eurer Heirat erpresst und wollte zusätzlich jede Menge Geld. Er hat hohe Spielschulden und wohl auch bei einigen Freudenhäusern noch offene Rechnungen«, erklärt Lizzy es ihr, denn in mir brodelt es schon wieder zu sehr und mein ganzer Körper spannt sich bei diesem Thema an.

»Deshalb soll Perlington House zwangsversteigert werden. Aber es passt zu ihm. Er hat ein Alkoholproblem und wenn er getrunken hat, hat er sich nicht mehr unter Kontrolle. Das … ich bin ihm oft in die Quere gekommen.« Ihre Stimme wird leiser und ich balle die Hand zur Faust. Mir fallen die Narben auf ihrem Rücken ein, das *Purge* und wie ich selbst auch noch dieses Arschloch angerufen habe, um sie abholen zu lassen.

Fuck, mir wird schlecht bei dem Gedanken, was danach passiert sein muss.

»Die Narben auf deinem Rücken …« Ich muss die Frage nicht beenden, Amelia weicht meinem Blick sofort aus, aber ich sehe, wie ihre Hand zittert.

Fuck. Fuck. Fuck.

»Sein Gürtel … sie sind von seinem Gürtel.«

Ich bringe ihn um. Ich kille diesen gottverdammten Hurensohn.

Lizzy zieht scharf die Luft ein und ich sitze keine zwei Sekunden später auf der anderen Seite vom Bett, ziehe meine Frau vorsichtig in meine Arme.

»Nie wieder! Ich verspreche es. Nie wieder!«, stoße ich gepresst an ihrem Haar aus und sie drückt sich enger an mich. Lizzy wirft mir einen vielsagenden Blick zu und lächelt leicht und ich bin geneigt, ihr wie ein kleines Kind die Zunge auszustrecken, belasse es aber bei einer hochgezogenen Augenbraue. Sie hatte mir gesagt, dass ich Amelia verfallen werde, ob ich will oder nicht. Und ich habe sie ausgelacht.

Tja. Sieht so aus als, wäre ich im Unrecht gewesen. Worüber ich aber kein bisschen unglücklich bin.

***

Die letzten Tage waren anstrengend und hektisch, doch heute wird Amelia entlassen.

Ich bin gerade zusammen mit Ced auf dem Weg zu meinem Vater, denn wenn sie nach Hause kommt, will ich keinen Stress mehr.

»Wie sehr wird dein Vater wohl bei den Neuigkeiten, die du für ihn hast, ausflippen?« Mein bester Freund sieht mich mit einem diebischen Funkeln in den Augen an, denn er freut sich auf die Konfrontation.

»Hmm, ehrlich gesagt, ist es mir scheißegal. Er wird die Forderungen, die ich ihm stelle, annehmen oder er wandert sofort in den Knast. Fertig.« Ich zucke gelangweilt mit den Schultern, denn es ist mir wirklich fuckegal. Fakt ist, er ist die längste Zeit König gewesen. Meine Mutter, mit der ich noch während Amelia im Krankenhaus gelegen hat, gesprochen habe, wird die Geschäfte und die Regierung übernehmen, bis Goldlöckchen und ich so weit sind, das Amt zu übernehmen. Wir haben uns beim Rat und den Ministern abgesichert und die Zustimmungen eingeholt, so dass mein Vater rein gar nichts mehr dagegen machen kann.

Meine Mutter hat etwas geahnt, doch zu erfahren, wie weit der Betrug und der Verrat meines Vaters ging, hat sie fast zerstört.

»Er hat sich verändert. Über die Jahre wurde er immer kälter, immer abweisender, immer machtversessener. Ich wusste, dass etwas nicht stimmt. Aber ich war zu feige, nachzubohren. Die Sache weiter zu verfolgen«, hatte sie zittrig hervorgebracht, geschluckt und die Tränen sind ihr über das Gesicht gelaufen. Meine Mutter so zu sehen, hat die Wunde noch tiefer gemacht, als sie sowieso schon gewesen ist.

»Es ist einfach, so zu tun, als wisse man es nichts. Als sei man ahnungslos. Ich … ich war so unglaublich feige. Und sieh … sieh was es mich gekostet hat«, hallen ihre Worte in mir nach. Ihr Schluchzen hat dieses verdammte Messer, das in meiner Brust steckt, tiefer und tiefer gerammt, und alles in mir hat sich verkrampft, als ich sie in meine Arme genommen habe.

»Es ist nicht deine Schuld, dass er sich für diesen Weg entschieden hat, Mom. Ja, du hättest die Augen aufmachen können, und dann? Er hätte dich mundtot gemacht, das wissen wir beide. Vielleicht ist er mal ein guter Mann und guter Vater gewesen. Aber die Zeiten sind vorbei und ich werde einen Scheißdreck tun und ihn damit durchkommen lassen. Er hat meinen Bruder – seinen Sohn - auf dem Gewissen.« Meine Worte sind hart und unnachgiebig gewesen, doch auch die Wahrheit, und so hat sie genickt und wir gemeinsam diesen Plan in die Wege geleitet. Den wir jetzt umsetzen werden.

»Hach ja…, es wird mir Spaß machen, dem alten Sack bei seinem Untergang zuzuschauen. Danke übrigens, dass ich so live und in Farbe daran teilhaben darf«, grinst Cedric mich verschlagen an und ich muss laut lachen.

»Alter, es ist fast schon krank, was für eine perverse Freude du hierbei empfindest.«

Breit grinsend nickt er.

»Gerechtigkeit muss siegen und ich habe mich jahrelang von deinem Vater unterbuttern lassen, weil in mir nicht so edles Blut fließt, wie bei dir oder Dam. Und ich musste zusehen, wie er dich und Phil mit seinen Ansprüchen immer mehr in den Wahnsinn getrieben hat. Also, japp, ich verspüre tatsächliche eine perfide Genugtuung, heute dabei sein zu dürfen«, meint er locker und ich verstehe es. Mir geht es im Grunde nicht anders, außer dass mir meine Mutter dabei wirklich leidtut.

Sie wartet bereits im Salon auf mich und hier und jetzt steht die Königin vor mir. Ihr Gesicht ist eine harte Maske und sie strahlt Würde und Stolz aus.

»Deine Mutter kann echt furchteinflößend sein, weißt du das?«, flüstert Ced mir ängstlich und sichtlich beeindruckt zu, und ich muss mir ein Grinsen verkneifen.

»Das habe ich gehört, Cedric Lancaster«, meint sie trocken und jetzt lache ich kurz wirklich, werde aber gleich darauf wieder ernst, als ich sie ansehe.

»Bereit?«

Sie nickt und hakt sich bei mir unter.

»So bereit, wie man bei sowas sein kann.«

Gemeinsam gehen wir zum Arbeitszimmer meines Vaters, wo bereits zwei der Minister auf uns warten, ebenso wie unser Anwalt, der die Beweise und erforderlichen Dokumente unter dem Arm hat. Sie nicken meiner Mutter und mir zu und ich öffne, ohne zu klopfen, die Tür.

»Was zur Hölle? Verdammt, Nicolas, du sollst …« Er verstummt, als er meine Mutter, Ced und die anderen drei in meiner Begleitung sieht und blickt uns alle verwirrt, aber auch wütend an.

»Darf ich fragen, weshalb die Herrschaften und du, Mary, hier seid? Was erfordert denn meine sofortige Aufmerksamkeit?«, fragt er harsch und setzt sich aufrechter in seinem Stuhl hin.

»Deine Abdankung, eure Scheidung und dein sofortiges Verlassen des Königreichs erfordert deine werte Aufmerksamkeit, wenn du es einrichten könntest«, antworte ich zuckersüß und lasse meine Mutter ihm gegenüber Platz nehmen, während ich mich hinter ihr und Ced sich neben ihr positioniert. Unser Anwalt geht postwendend zu meinem Vater und legt ihm die Mappe auf den Tisch, während die Minister auf den freien Sesseln Platz nehmen.

Das Gesicht meines Vaters spiegelt reine Wut wider und er will schon loslegen, als der Anwalt das Wort ergreift.

»Bevor Sie etwas Falsches sagen, werfen Sie lieber einen Blick in die Dokumente. Jetzt.« Er nickt auf die Mappe und mein Vater klappt unwirsch den Deckel auf - und noch nie, noch nie habe ich ihn so schnell erbleichen sehen wie jetzt. Sein Gesicht wird kreidebleich, er sieht erschrocken und völlig fassungslos zu meiner Mutter, deren Finger sich bei seinem Blick fester um die Stuhllehne krallen. Ich lege ihr beruhigend eine Hand auf die Schulter, denn für sie ist das hier am schwersten.

»Mary, was … ich … Das … ich kann das erklären«, stammelt er los und eigentlich sollte es mich befriedigen, ihn so zu sehen. Tut es aber nicht. Im Gegenteil. Es tut weh. Es tut scheiße weh, und mein Griff auf der Schulter meiner Mutter wird fester.

»Nein. Nein, Edward, das kannst du nicht. Du bist zu weit gegangen. Nicht nur, dass du unsere Ehe beschmutzt hast, nein, du hast deinen Sohn hintergangen, du … du hast mit seiner großen Liebe geschlafen … diesen Reporter auf ihn gehetzt … wie … wie konntest du nur? WIE KONNTEST DU NUR?« Die letzten Worte schreit sie und will aus dem Sessel aufspringen, doch ich drücke sie sanft zurück. Sie dreht sich zu mir um, sieht mit feucht schimmernden Augen zu mir hoch und ich schüttle leicht den Kopf. Meine Mutter schluckt schwer und bei Gott, ich will meinen Drecksack von Vater killen.

Das Messer schneidet immer weiter, immer tiefer und ich will brüllen. Doch ich tue es nicht, stattdessen hebe ich meinen Kopf und blicke kalt und erbarmungslos in sein Gesicht.

»Du wirst mit sofortiger Wirkung abdanken. Mutter wird das Königreich im Namen der Familie Harlington weiterführen, bis ich und Amelia so weit sind, unser Amt zu übernehmen.« Meine Stimme ist hart wie Stahl und mein Vater wird noch bleicher, weicht meinem Blick aus und schluckt.

»Des Weiteren wirst du die Scheidungspapiere unterschreiben und dich selbst anzeigen. Dir wird der Prozess gemacht, Vater. Denn du hast deine Familie, dein Amt und vor allem auch dein Land betrogen. Du hast Phil auf dem Gewissen und fast auch meine Frau. Du hast diese Familie beschmutzt, dein Land beschmutzt. Ich… es ist das letzte Mal gewesen, dass du uns in den Dreck ziehst. Fuck, ich will dir einen reinhauen.«

Ich fahre mir mit der Hand durch meine Haare und versuche, mich zu beruhigen, meine Wut, die heiß durch meine Adern rauscht, in den Griff zu kriegen. Ced klopft mir kurz auf die Schulter und meine Mutter legt ihre Hand über meine.

Sie sind hier. Sie sind meine Familie.

Mutter erhebt sich und sieht ohne jegliche Emotion auf meinen Vater hinunter, der plötzlich unheimlich alt und müde aussieht, und geschlagen den Kopf in seine Hände legt.

»Unterschreib, Edward. Danach will ich dich nicht mehr sehen.«

Ohne einen weiteren Blick an ihn zu verschwenden, dreht sie sich hocherhobenen Hauptes um und geht. Überlässt es den Ministern und dem Anwalt, sich um meinen Vater zu kümmern.

Stumm folgen Ced und ich ihr, bis wir im Salon angekommen sind. Dort dreht sie sich zu mir um und ihr Anblick zerreißt mein Herz aufs Neue, denn jetzt lässt sie die Hüllen fallen und fängt bitterlich an zu weinen. Ced zieht sich zurück, um zu sehen, wie weit Lizzy ist, die alles für Amelia vorbereitet, und ich schließe meine Mutter in die Arme, halte das letzte bisschen, das von ihr übrig ist, zusammen.

***

König Edward der Dritte dankt noch am selben Tag ab und wird wenig später von den Wachen aus dem Schloss begleitet.

Die nächsten Tage werden hart für meine Mom, doch ich bin da und wir werden das irgendwie hinbekommen.

Mein Vater hat so viel Schaden angerichtet. Er hat veraltete Denkweisen gefördert, die Menschen in meinem Land diskriminieren und ausschließen. Er hat dafür gesorgt, dass Homosexuelle sich nicht trauen, sich zu outen oder ihre Liebe öffentlich leben dürfen und können. Und das, obwohl er sich selbst zu Männern hingezogen fühlt.

Er hat seine Söhne, aber vor allem Phil verraten, was dem letztlich das Leben gekostet hat.

Er hat die Medien dazu benutzt, um Lügen und Märchen zu verbreiten, und meine Frau, Amelia, damit fast zugrunde gerichtet. Denn Menschen neigen zu Vorurteilen, dazu, vorschnell auf einen Zug aufzuspringen, und dem, was sie serviert, bekommen, einfach zu glauben. Anstatt sich darüber zu informieren was oder wie es tatsächlich passiert ist. Anstatt denjenigen kennenzulernen oder gar nach seinen Motiven zu fragen.

Welchen Schaden man dabei anrichten kann, vergessen wir gern.

Ich bin genauso ein Idiot, ich habe genau das getan. Und wurde auf harte Weise eines Besseren belehrt.

Mein Vater hingegen muss jetzt die Konsequenzen seines Handelns tragen. Was aber nichts ungeschehen macht.

Richardson wurde verhaftet und konnte mit zwei weiteren Erpressungen hochrangiger Politiker in Verbindung gebracht werden. Er wird also im Knast verrotten. Trotzdem wird es einige Zeit dauern, den Schaden, den er angerichtet hat, zu beseitigen.

Nur dieser Bastard von Henry ist noch nicht wieder aufgetaucht. Aber ich werde ihn aus seinem Loch jagen und dann bezahlt er dafür, was er Amelia angetan hat.

Als ich in unsere Wohnung komme, weiß ich, ohne nach-zusehen, dass sie bereits hier ist, denn es riecht wieder nach ihr. Mein Herz macht einen Hüpfer und ich gehe sofort in unser Schlafzimmer, denn ich habe sie vermisst. Jede Faser in meinem Körper will zu dieser Frau und als ich die Tür öffne, lehne ich mich lächelnd in den Türrahmen, weil mir das Bild, das ich sehe, gefällt.

»Sollst du dich nicht ausruhen?«

Amelia zuckt erschrocken zusammen und hebt ihren Blick zu mir. Ein Lächeln erscheint auf ihrem Gesicht und auch wenn sie nach wie vor richtig übel aussieht, kann sie zumindest das Auge wieder öffnen und ist schon viel fitter. Sie lehnt an einem riesigen Berg Kissen, die Haare zu einem unordentlichen Dutt hochgesteckt, in einem Hoodie von mir und liest.

»Tue ich doch. Ich bin im Bett und bewege mich nicht.« Sie zuckt mit den Schultern und grinst, und wieder macht mein Herz einen Satz. Langsam schlendere ich zu ihr und setze mich an den Rand, beuge mich hinunter und gebe ihr einen sanften Kuss.

»Hmmm, das habe ich vermisst. Hallo, Goldlöckchen«, summe ich an ihren Lippen, und wieder bekomme ich dieses Lächeln, das mich immer und immer wieder aus der Bahn wirft. An dem ich mich nicht sattsehen kann.

»Du hast mich oder meine Lippen vermisst? Hallo, Ehemann«, wispert sie zurück und ich sterbe ein bisschen. Meine Brust zerspringt gleich vor Stolz und Freude. Dieses Wort.

Fuck.

Ich hätte nie gedacht, dass es mich so treffen, so berühren würde, wenn sie es sagt. Ehemann.

Es fühlt sich gut an, sehr gut und ich drücke meine Lippen gleich nochmal auf ihre.

»Beides. Wie gehts dir?«, frage ich sie, als ich mich vorsichtig zurückziehe und mich zu ihr auf das Bett lege. Ich hebe meinen Arm und sie kuschelt sich sofort an meine Brust.

»Jetzt geht es mir gut. Die Frage sollte eher lauten, wie geht es dir?« Sie sieht zu mir hoch und inzwischen ist es so selbstverständlich, dass ich sie immer berühre, dass meine Finger zart über ihre Wange streichen.

»Hmmm, keine Ahnung. Besser, als es mir gehen sollte? Ich meine, mein Vater ist ein Arschloch, mein Bruder seinetwegen tot und meine Mutter leidet. Meine Frau wäre ebenfalls fast gestorben und mein bester Freund hat richtig Scheiße gebaut. Trotzdem bin ich gerade jetzt in diesem Moment zufrieden. Was das über mich aussagt, lassen wir jetzt mal außen vor.« Ich grinse sie schief an aber sie erwidert es nicht. Ihre blauen Augen mustern mich ernst und aufmerksam.

»Es ist nichts Falsches daran, Nicolas. Nachdem, was wir beide erlebt haben, dürfen uns auch so kleine Momente wie dieser glücklich machen. Auch wenn die Welt um uns herum noch brennt«, murmelt sie leise und legt ihren Kopf wieder auf meine Brust.

Vielleicht hat sie recht und ich sollte das hier einfach mal genießen.

Amelia

In den nächsten Tagen und Wochen geht es meinem Körper und Geist jeden Tag etwas besser, doch es wird noch einige Zeit brauchen, bis ich wirklich geheilt bin.

Zumindest meine Seele. Es ist für mich immer noch hart über dieses Thema zu sprechen und deshalb gehe ich auch zweimal die Woche zu einem Therapeuten, der mir hilft, zu verarbeiten, dass ich familiärer Gewalt ausgesetzt war. Über Jahre.

Meine Albträume werden weniger, aber sie verschwinden nicht ganz, genauso wie die Scham, die sich wie ein öliger Film auf der Haut an mir festgesaugt hat.

»Worüber denkst du nach?«

Ich drehe meinen Kopf und sehe meine beste Freundin an, die sich neben mich ins Gras gesetzt hat. Ich bin mal wieder bei Philipp, denn auch mit ihm zu sprechen, regelmäßig hierher zu kommen, hilft mir über meine Trauer, über diese ganze Scheiße hinwegzukommen.

Richardson und Edward haben durch ihr Handeln soviel Leid verursacht, dass es schwer ist, alles zu begreifen.

Die Harlington Post hat inzwischen einen umfassenden Bericht veröffentlicht, in dem alle Vorwürfe, Gerüchte und Anschuldigungen gegen mich widerlegt und berichtigt wurden. Doch das Internet vergisst nicht - und auch die Menschen nicht. Es gibt noch genügend, die mich nach wie vor anfeinden, doch inzwischen komme ich besser damit klar.

»Wie bekommst du es hin, so entspannt zu sein? Ich meine, nach allem, was passiert ist?«, stelle ich die Gegenfrage und Lizzy sieht mich einen Moment nachdenklich an.

»Du meinst, mit der Tatsache, dass mein Vater ein betrügerisches Arschloch ist, das sich einen schmierigen Reporter als Komplizen angelacht hat, um seine eigenen Vorlieben und Machenschaften zu verdecken?«

Ich verziehe das Gesicht bei ihrer Frage.

»Ich wollte es nett ausdrücken, aber ja«, gebe ich zurück und sie lacht.

»Na was denn? Wir sprechen hier von Tatsachen. Und nur, weil es mein Vater war, heißt das noch lange nicht, dass ich mich in irgendeiner Weise dafür verantwortlich fühle. Er hat vor langer Zeit aufgehört, ein richtiger Vater und Ehemann zu sein. Und sieh dir meine Mutter an. Sie blüht auf, sie kommt mit der Rolle als Königin wunderbar zurecht und das Volk vergöttert sie. Nicolas ist wie ausgewechselt und du, du fängst endlich an, aus deinem Schneckenhaus zu kriechen. Also weshalb sollte ich nicht auch nach vorne schauen?« Sie sieht zum Eingang des Grabes und ihr Blick wird wehmütig.

»Er fehlt mir. Er fehlt mir so sehr. Aber er wäre glücklich, wenn wir es sind, Lia. Phil hat sich immer gewünscht, dass Nic und ich und vor allem auch du unser Happy End finden. Bisher sieht es doch ganz gut aus, dass zumindest zwei von uns schon darauf zusteuern.«

Eine bittersüße Schwere legt sich auf mein Herz, als sie mich mit der Schulter anstößt und ich auf Philipps Bild sehe.

»Ich glaub, ich bin verliebt«, murmele ich lächelnd und Lizzy bricht in schallendes Gelächter aus.

»Du glaubst es nur? Ich bin mir da ziemlich sicher«, gluckst sie amüsiert und meine Wangen werden ganz warm.

»Du bist doof, weißt du das?«, grummle ich und sie legt einen Arm um mich und drückt mich an sich.

»Ach komm schon, gönn mir die kleine Freude. Ich habe das verdient, denn ich habe es euch beiden gesagt.« Grinsend kneift sie mir in die Wange und ich muss lachen, erstarre aber, als ich eine Bewegung hinter Lizzy wahrnehme und die Person langsam in mein Sichtfeld tritt.

»Lizzy …« Ich bin auf den Füßen, ehe sie überhaupt versteht, was passiert, und gehe ein paar Schritte zurück, weg von meinem Bruder. Meine beste Freundin kapiert erst gar nicht, was los ist, steht aber trotzdem auf und sieht, wer hinter ihr steht.

Wie ist er unbemerkt auf das Gelände gekommen? Wie?

»Oh Scheiße.« Sie flucht und will nach ihrem Handy greifen, doch Henry ist schneller. Er sprintet nach vorn und ist erstaunlich schnell, dafür, dass er schon wieder betrunken ist. Denn das sehe ich an seinen geröteten Augen.

Er packt sie, reißt ihr das Handy aus der Hand und stößt sie grob weg, so dass sie stolpert und fällt.

Nein. Nein. Nein.

»Nicht. Ich … ich will nur reden. Ich.« Er starrt auf Lizzy herunter, die ihn mit riesigen Augen ansieht und langsam von ihm wegrutscht.

»Hau ab. Sofort!«, stoße ich abgehackt aus, denn ich bekomme keine Luft mehr. Mein Herz rast und eine wahnsinnige Angst breitet sich rasend schnell in mir aus.

Er ist hier. Er ist hier.

Bilder spielen sich in wilder Reihenfolge vor meinem inneren Auge ab, der Druck auf meiner Brust wird immer stärker.

»Amelia, bitte … ich … es du warst selbst schuld …« Er kommt weiter auf mich zu und ich weiche weiter zurück, bin gelähmt.

Nicht näher.

Mein Körper fängt an zu zittern und ich lasse ihn keine Sekunde aus den Augen. Lizzy robbt seitlich von ihm weg, doch er registriert es nicht, denn jetzt ist er komplett auf mich fokussiert.

»Verschwinde. Hau ab.«

Ich muss hier weg. Sofort.

Schweiß bricht in meinem Nacken aus, als er immer weiter auf mich zukommt.

»Ich … bitte, Amelia. Ich … du hast mich ruiniert, weißt du. Du hast alles kaputt gemacht. Ich …Ich brauche Geld … sonst bringen sie mich um.« Verzweifelt fährt er sich durch das Haar, sieht mich mit wildem Blick an.

Gefährlich.

Jetzt ist er gefährlich.

Im Augenwinkel sehe ich, dass Lizzy sich aufgerappelt hat und losrennt, und ich weiß, dass sie Hilfe holt. Bis dahin muss ich durchhalten.

»Ich habe gar nichts. Das warst du selbst«, gebe ich mit zittriger Stimme zurück und verfluche mich dafür, dass meine Angst mich so lähmt. Meine Fingernägel graben sich tief in meine Handflächen, und ganz plötzlich macht Henry einen Satz auf mich zu.

Mein Rücken kracht gegen das Mausoleum, als er mich an der Kehle packt und dagegen drückt. Ein gequältes Stöhnen entweicht mir, weil es sofort brennend durch meinen Körper schießt, aber ich muss durchhalten.

»Du musst mir zuhören … zuhören. Du musst …« Sein Griff um meine Kehle wird fester und er fixiert mich fast manisch dabei.

Durchhalten. Durchhalten.

Röchelnd versuche ich, Luft zu holen, und Punkte fangen vor meinen Augen an zu tanzen. Mein Körper erinnert sich und geht in den Überlebensmodus, als der Druck auf meiner Kehle plötzlich verschwindet.

»Du verdammter Hurensohn.«

Nicolas. Er ist hier. Mein Mann ist hier.

Vor lauter Erleichterung geben meine Beine nach und ich sacke an der Mauer nach unten. Hole keuchend Luft, versuche, meinen Blick zu fokussieren. Sofort sind Ced und Lizzy bei mir, doch ich habe nur Augen für das, was sich vor mir abspielt. Denn Nicolas flippt völlig aus.

Er schlägt erbarmungslos auf meinen Bruder ein, immer und immer wieder.

»Haltet ihn auf. Haltet ihn bitte auf …«, flüstere ich, denn ich will nicht, dass er deswegen bestraft wird. Nicht wegen Henry.

Die Security kommt und greift ein, aber letztlich ist es Ced, der Nicolas zu greifen bekommt und ihn von dem inzwischen bewusstlosen Henry wegzieht.

»Es reicht, Mann. Er hat genug. Das willst du nicht durchziehen, Kumpel. Du willst dich und deine Frau nicht unglücklich machen.« Beschwörend packt er ihn mit beiden Händen am Gesicht und redet auf ihn ein.

Die Polizei kommt dazu, doch ich achte nicht mehr darauf, weil Nicolas seinen Kopf in diesem Moment zu mir dreht und seine grauen Augen sich in meine bohren.

Er ist hier.

Ich bin hier.

Mir ist nichts passiert.

Ich atme schwer und greife automatisch an meinen Hals und ehe ich blinzeln kann, geht mein Mann, mit vor Zorn lodernden Augen, vor mir in die Hocke.

»Bist du verletzt? Hat er dir wehgetan?«, stößt er gepresst aus und scannt mich von oben bis unten, bleibt dabei wieder an meinem Hals hängen.

»Ich bring ihn um. Ich kill ihn«, knurrt er gefährlich leise, dabei streichen seine Finger so unglaublich sanft über meine Kehle, dass ein Schauer durch meinen Körper geht.

»Nein, tust du nicht. Er ist es nicht wert«, mahne ich mit rauer Stimme und er ballte seine Hand zur Faust, schließt kurz die Augen. Beugt sich vor und nimmt mein Gesicht in seine Hände, legt seine Stirn an meine.

»Du bist es wert, Goldlöckchen. Du«, raunt er an meinen Lippen und küsst mich sanft.

»Können wir uns darauf einigen, dass wir es in nächster Zeit etwas ruhiger und weniger aufregend angehen lassen? Meine Nerven halten nämlich nicht mehr viel aus, Frau«, fragt er gequält und ich stoße ein krächzendes Lachen aus.

»Ich kann nichts dafür, dass unsere Verwandtschaft ein kleines bisschen irre ist. Aber ja, darauf können wir uns einigen.« Nicolas sieht erleichtert aus und drückt mir noch einen Kuss auf die Stirn, bevor er unter meine Kniekehle, greift und mich hochheben will.

»Ich kann selbst laufen. Ich ...«

»Bitte. Ich brauche das jetzt. Du vielleicht nicht, aber ich«, bittet er mich leise und meine Kehle wird vor Rührung ganz eng. Deshalb nicke ich nur und er hebt mich hoch und drückt mich eng an sich.

Ein Polizist steht noch da, die anderen gehen mit den Wachmännern und der Trage, auf der mein Bruder liegt, bereits zu dem Krankenwagen, der vor dem Parkeingang wartet.

»Wie ist er reingekommen?« Nicolas Stimme ist harsch und der Polizist sieht fast ein wenig zerknirscht aus.

»Eine Bedienstete hat ihn reingelassen. Sie hatten wohl eine Affäre und sie hat ihn gedeckt. Er wird jetzt behandelt und danach geht es für ihn in Untersuchungshaft. Ich melde mich morgen, um die Aussage aufzunehmen.« Damit dreht er sich um und verschwindet und Nicolas läuft mit mir im Arm zu Cedric, der seine Schwester im Arm hat.

»Alles ok, Schwesterherz?«, fragt er sie und sieht besorgt auf sie runter, doch sie nickt und lehnt sich an Ced.

»Alles ok. Der Arsch hat bekommen, was er verdient und kann von mir aus in der Hölle schmoren. Und ich, ich brauche jetzt einen Drink. Den du mir spendieren wirst, werter Bruder.« Sie tippt ihm auf die Brust und Ced sieht schmunzelnd auf sie herab.

»Du hast die Lady gehört, Drinks für alle.«

***

Meinem Bruder wird der Prozess wegen illegalem Glücksspiel und häuslicher Gewalt gemacht. Mein Schwiegervater muss sich ebenfalls vor Gericht verantworten und wir werden ihn lange Zeit nicht mehr sehen.

»Es ist wunderschön hier.« Staunend sehe ich auf die funkelnden Lichter der Stadt, die sich vor uns erstrecken, und genieße diese Aussicht, sicher in den Armen meines Mannes. Ich sitze vor ihm auf seinem Motorrad und er hat die Arme fest um mich geschlungen, sein Kopf liegt auf meiner Schulter.

»Phil hat es hier geliebt. Und er würde das hier …« Er küsst mich sanft auf den Hals. »Auch lieben.«

Ich muss lächeln, denn ja, das hätte er.

»Ich wünschte, er wäre hier. Er fehlt mir«, murmele ich leise und Nicolas seufzt.

»Mir auch, aber wir wahren sein Andenken, in dem wir das Umsetzen, was er sich für unser Land gewünscht hätte, wenn es so weit ist.«

Ich lächle, denn ja, wir haben viele Pläne. Doch erst einmal überlassen wir seiner Mutter die Bühne. Sie ist eine großartige Königin und so haben Nicolas und ich Zeit, uns auf diese riesige Aufgabe vorzubereiten.

»Damien kommt morgen«, unterbricht mein Mann meine Gedanken und ich drehe mich erstaunt zu ihm um.

»Dann bist du endlich bereit, mit ihm zu sprechen? Ich bin stolz auf dich, Majestät.« Ich grinse ihn an, denn er tut sich nach wie vor noch schwer mit Damien. Doch die beiden sind beste Freunde und müssen es aus der Welt schaffen. Auch wenn es vielleicht nie wieder so wird wie vorher, so wird es vielleicht anders-besser.

»Eine kluge, kleine vorlaute Frau hat zu mir gesagt, das ich das für seinen und meinen Seelenfrieden machen muss - wobei ich immer noch nicht verstehe, weshalb wir auf seine Seele Rücksicht nehmen müssen, denn er hat schließlich Scheiße gebaut – sonst werde ich ein verbitterter alter Grinch.« Er stupst mich auf die Nase und ich grinse ihn breit an.

»Das war aber eine sehr, sehr kluge Frau«, kichere ich amüsiert und er presst einfach seine Lippen auf meine.

»Ja, war es. Ich liebe dich, Goldlöckchen«, raunt er an meinen Lippen und mein Herz macht einen Hüpfer.

»Ich liebe dich auch.«

Manchmal wird aus Hass und Abneigung etwas ganz anderes. Manchmal muss man einfach nur genauer hinsehen, hinter die Fassade blicken, um zu erkennen, dass dort vielleicht das größte Glück auf einen wartet.

Meins begann mit einer Tragödie und Hass, und endet mit Liebe und Glück. Nicolas of Harlington ist dieses Happy End, von dem ich nie gedacht habe, dass ich es finde.

Doch jetzt, wo ich es habe, werde ich es nie wieder loslassen.

Ende

Epilog

1 Jahr später …

»Hey, Future Queen, wie fühlt es sich an, wenn man bald ein ganzes Land beherrscht?« Damien kommt grinsend auf mich zu und ich muss lachen, weil er neuerdings gern so Witze reißt, über die kommende Krönung – die wohlgemerkt erst nächstes Jahr stattfindet.

»Du weißt schon, dass es bis dahin noch fast ein Jahr dauert, oder? Und was heißt hier ›Land beherrscht‹? Die mögen mich ja nicht einmal«, gebe ich eine Grimasse schneidend zurück, denn auch nach über einem Jahr haben sich noch nicht alle mit meiner Anwesenheit und der Ehe mit Nicolas abgefunden.

Allen voran Sarah.

Doch ich komme inzwischen gut damit zurecht, also darf ich darüber auch Witze reißen.

Damien verzieht kurz das Gesicht, denn dieses Thema ist auch bei ihm ein wunder Punkt, doch er lernt genauso wie ich, damit zu leben.

»Touché, Prinzessin, Touché. Aber mal im Ernst, weißt du, wo Nic ist? Er wollte mit mir und Ced heute …« Er sieht sich verstohlen um und jetzt muss ich noch mehr lachen.

»Du kannst es laut sagen, ihr fahrt zum Rennen. Er müsste gleich da sein, er wollte nur noch kurz zu seiner Mom«, teile ich ihm mit und er sieht mich mit großen Augen an.

»Was wenn das jemand hört? Das …«

»Das ist völlig scheißegal, weil es keinen mehr interessiert und es sowieso jeder weiß.« Amüsiert sehe ich ihn an und er runzelt die Stirn.

»Auch wieder wahr.«

»Bringst du meine Frau schon wieder auf dumme Gedanken, Dam, oder warum grinst sie so breit?«, ertönt die tiefe, raue Stimme meines Mannes und ich erschauere, während mein Herz einen freudigen Hüpfer macht.

»Hey, da bist du ja.« Ich lehne meinen Kopf nach hinten auf die Couch und schaue falsch herum zu ihm hoch. Er platziert seine Arme links und rechts neben mir und beugt sich zu mir herunter, um mich zu küssen.

Oh Gott, wie ich seine Lippen und seinen Geschmack liebe. Verträumt lächle ich ihn an und er grinst.

»Hast du mich etwas vermisst, Goldlöckchen?«, summt er und küsst mich gleich nochmal, bevor er sich wieder aufrichtet.

»Bereit, um den Saftsäcken in den Hintern zu treten? Wo ist eigentlich Ced?« Stirnrunzelnd sieht er sich um, als hätte der sich hier irgendwo versteckt.

Ich richte mich auf und sehe ihn irritiert an.

»Ja, hier ist er offensichtlich nicht, oder wonach suchst du?«, frage ich ganz direkt, denn man kann ja nie wissen, was in einem männlichen Gehirn vor sich geht.

»Aber falls dir das auf die Sprünge hilft, Lizzy ist auch noch nicht da. Und was das bedeutet, wissen wir alle inzwischen.« Ich werfe ihm einen vielsagenden Blick zu und er verzieht angeekelt das Gesicht.

»Oh fuck, bitte verschone mich. Ich will darüber gar nicht nachdenken«, jammert er los und Damien bricht in schallendes Gelächter aus, denn seit ein paar Monaten, nun ja, sagen wir so: Nicolas‘ Schwester und sein bester Freund kommen sich sehr nahe. Wobei Lizzy sich in letzter Zeit immer mehr zurückzieht. Sie ist in sich gekehrt und oft sehr launisch, doch bisher weicht sie mir aus. Aber irgendetwas stimmt nicht.

»Stell dich nicht so an, sie müssen uns auch ertragen«, gebe ich ungerührt zurück und ich ernte dafür den Todesblick.

»Egal, wir müssen los. Falls er kommt, soll er nachkommen. Falls er noch AUFTAUCHT.«

Er geht schnell in unser Ankleidezimmer und kommt kurze Zeit später in seiner Motorradkluft wieder raus.

Ist es schlimm, wenn ich meinen eigenen Mann anspringen will?

»Guck mich weiter so an Goldlöckchen und Damien kann sich über eine gute Show freuen«, warnt er mich dunkel und ich muss grinsen, während Damien uns beide skeptisch ansieht.

»Kein Bedarf, wirklich nicht, und jetzt komm«, drängt er Nicolas, winkt mir und geht bereits voraus. Mein Mann kommt noch einmal zu mir und ich strecke mich ihm entgegen, als er mich zum Abschied noch einmal gründlich küsst. Sehr gründlich.

»Brav bleiben«, murmelt er, löst sich schweren Herzens von mir und geht, aber ich weiß, dass er sich auf das Rennen freut. Ich mache es mir auf unserer Couch gemütlich und warte, das meine beste Freundin endlich auftaucht, als mein Handy klingelt.

»Hey, wo steckst …« Weiter komme ich nicht.

»L… iiiaa. Hii… llffeee … ich … Hiiilffeee«, schluchzt Lizzy gequält und ich höre eine raue Männerstimme, die mir das Blut in den Adern gefrieren lässt.

»Du dreckige Schlampe … das wirst du bereuen.«

Und dann ist die Verbindung weg …

Danksagung

Puhh, jetzt bin ich etwas nervös. Ihr seid am Ende von meiner ersten NICHT DARK ROMANCE und ihr glaubt nicht, wie sehr mir die Beine schlottern.

Noch nie habe ich so sehr mit einem Buch gehadert wie mit diesem. Nicht weil ich die Charaktere doof finde oder den Plot, sondern weil ich brav schreiben muss, weil es für mich unheimlich schwer war, nicht in das Düstere abzurutschen. Eben mal keine Dark Romance zu schreiben.

Ob mir das gelungen ist oder eher nicht, das entscheidet letztendlich ihr.

Deshalb lasst mich wissen, wie ihr diesen Versuch hier findet.

Aber was wäre eine Autorin ohne ihren Background? Ohne ihre Base? Nichts. Und wenn ich meine Herzensmädchen nicht hätte, wäre ich nach wie vor aufgeschmissen.

Denise - mein Schätzelein, meine Zweifeline-Killerin, meine ohnedichgäbeeskeinBuch-Lektorin, dir danke ich am meisten. Denn ohne dich würde es diese Geschichten so nicht geben. Du bist mein Fels und ergänzt das, was ich selbst nicht sehe, perfekt. Danke dafür. Auf viele weitere gemeinsame Reisen und Abenteuer. Luv yah.

Meine Testlesefehler-Damen - Kathrin, Tati, Jacqui und Melli, die dieses Buch auf Herz und Nieren geprüft haben. Die mir sagen, wenn etwas Scheiße ist oder nicht passt. Die die Schwachstellen aus meinem Buch filtern und es somit besser machen. Danke euch, dass ihr euch wieder die Zeit für mich genommen habt.

Mein Zuckerpopo - Daphne. Danke für dieses wunderschöne Cover, für diesen hammer Buchsatz und dafür, dass du mich immer noch erträgst :-)

Von meinen Bloggerdamen brauchen wir erst gar nicht reden, denn die sind sowieso einsame Spitze.

Und jetzt ihr, meine lieben Leserlein. Danke, dass ihr mir meinen Traum ermöglicht. Danke, dass ihr meine Geschichten lest. Danke, dass ihr dabei helft, diese Geschichten in die Welt hinaus zu tragen.

Danke für eure Rezensionen und eure Mühe. Danke für eure Zeit, die ihr in meiner Welt verbracht habt.

Ach und der Cliff am Ende – er tut mir nicht leid :-). Ihr kennt mich doch. Ihr dürft gespannt sein, was Princess of Love für euch bereit hält.

Bis dahin schaut doch mal auf meinen Social Media Seiten oder in meinem Shop vorbei. Dann seid ihr immer up to date bei meinen Projekten.

Big Kisses

Eure Michelle